魅丽文化 桃夭工作室

川水为湛

边想　著

廣東旅游出版社
GUANGDONG TRAVEL & TOURISM PRESS
悦读书·悦旅行·悦享人生

中国·广州

图书在版编目（CIP）数据

川水为湛 / 边想著. — 广州 : 广东旅游出版社,
2019.12
ISBN 978-7-5570-2062-0

Ⅰ. ①川… Ⅱ. ①边… Ⅲ. ①短篇小说－中国－当代
Ⅳ. ① I247.5

中国版本图书馆 CIP 数据核字（2019）第 257455 号

出　版　人：刘志松
总　策　划：邹立勋
责任编辑：梁　坚　李　丽

广东旅游出版社出版发行
（广东省广州市环市东路 338 号银政大厦西楼 12 楼）
邮编：510060
邮购电话：020-87347732
湖南湖南关山美印有限公司印刷
（湖南省长沙市宁乡市金州镇关山村关山美印）
880 毫米 ×1230 毫米　32 开
10 印张　307 千字
2019 年 12 月第 1 版第 1 次印刷
定价：38.00 元

目录

第一章 ………… 001

第二章 ………… 017

第三章 ………… 033

第四章 ………… 049

第五章 ………… 062

第六章 ………… 076

第七章 ………… 090

第八章 ………… 105

第九章 ………… 126

第十章 ………… 139

第十一章 ………… 155
第十二章 ………… 169
第十三章 ………… 179
第十四章 ………… 188
第十五章 ………… 214
第十六章 ………… 230
第十七章 ………… 245
第十八章 ………… 260
第十九章 ………… 277
第二十章 ………… 289
第二十一章 ………… 299

第一章
Go for it

方泽宁和唐千云结婚了。

他们一个是国学大家独子，一个是唐氏集团千金，金童玉女，才貌双全，经历十多年恋爱长跑，终是喜结良缘开花结果。

热闹的喜宴上，唐湛笑脸撑到一半实在撑不下去，悄悄在婚礼半途退了场，也不去管唐山海等会儿找不到人会不会气得跳脚。

他抛着车钥匙迈进停车场，想了半天也想不出到底还有哪里能去。

不能离海城太近，也不要太远，最重要的一点，不能太苦。

唐少爷筛选了大半天，挑挑拣拣，跟选蜜月目的地一样，最后还真让他找到个符合标准的地方。

打开导航，随意选了个在放歌的电台，伴着激烈的背景音，唐湛开着车连夜赶到了位于海城八百公里以外的一个地方——温镇。

江市政府前几年决定要在温镇大力发展旅游业，开辟风景区，带动经济，引了很多房地产商去那边造楼，专门卖给那些一二线城市有钱有闲的中产阶级。于是，本来一个连 KTV 都没有的小村镇，在有意识的规划下，两年间硬生生被开发商们造成了一座村中城。

唐氏集团也参与了这次改造，不过唐山海不想造楼，唐家做酒店生意起家，他喜欢牢牢掌握土地的感觉。

他在这些高级楼盘中建造了一座温泉度假酒店，一流的装修，一流的服务，金碧辉煌，一公里外就能闻到大堂中散发的花香，专供来温镇或旅游或买房的客人小住。

唐湛去的，便是这座名为“诺亚国际”的五星级酒店。

那里四面环山，绿植葱茏，是个躲清静的好地方。

他在第二天清晨抵达酒店，直奔前台开了一个月的总统套房，全部自费，并没有表明他少东家的身份。

这样一个……说得难听点，穷乡僻壤的地方，大概也就寒暑假生意好些，但也从没有人这么破费的，有这个钱，都可以租人家装修好的小别墅了。前台被他这大手笔惊到了，一再确认是一个月没错吧，得到肯定答复后，给他利落升成了酒店金牌 VIP，说是以后可以打八折。

唐湛有些好笑地接过会员卡，问道：“谢了达令，你们这儿应该有酒吧吧？现在营业吗？”

他两指夹着卡，嘴角噙着笑，虽风尘仆仆，但难掩眉眼风流。像他这样英俊多金又爱把“达令”、“哈尼”挂嘴边的男人，总是更能吸引人的好感。

前台女服务员被他的笑逗弄得心头乱颤，声音也越发甜美了几分：“我们有酒吧，就在顶楼先生，24 小时营业的。”

唐湛得到满意的答复，朝人飞了个吻，转身就走了。

他开了一夜的车，理应是最困倦疲惫的时候，此时却连房间的门都没摸一下就直上十八层，进了酒店自营的摩登酒吧。

五星级的酒店，这酒吧自然也是五星级的水准。

光可鉴人的黑色大理石地面，舒缓的音乐，柔和但不闪烁的灯光，环境十分时尚洋气。

酒吧分了上下两层，下面是吧台卡座，上面是露台。这时节多是带着孩子来旅游度假的，加上这会儿还是大白天，整间酒吧就两三个人，在轻缓的背景乐下小声交谈着。

唐湛随便扫了圈，还挺满意。会千里迢迢到这种偏僻之地买醉的，不是雅士就是傻瓜，显然他是个大傻瓜。

唐湛坐到吧台前，敲了敲桌面，朝女酒保笑道：“给我来杯威士忌。”

“好的。”女酒保三十岁左右，长得端正秀丽，说话带点口音，但不难听，很有点吴侬软语的味道。

她很快为唐湛倒了杯威士忌，推给他：“您慢用。”

说是让他慢用，结果唐湛还是两口就喝完了，跟渴了几天几夜的人好不容易找着水源一样。

“再来一杯。”唐湛将杯子重新推给女酒保。

郁丽一看这喝酒的架势就知道对方不是来品酒的，是诚心想醉的。这世道可真是不好混，像这样出色的一个男人，竟然也会遇到需要借酒消愁的烦心事。

她依然给唐湛满上酒，但还是好心提醒他：“客人，洋酒后劲足，您慢点喝，喝太快容易醉。”

唐湛不怕醉，就怕自己醉不了。他跑这么远，就是想要找个能醉得一塌糊涂也没人认识他的地方，这样也好一醉解千愁。

“你姓郁啊？好少见的姓。”他看到郁丽的工牌，随口问了句。

郁丽一边擦着杯子一边回他：“我们那个村大多数人家都姓郁，传说五百年前是一个大家族迁到这里来的，村里还有以前留下来的祠堂呢。地方离这儿不远，沿着酒店门口那条泞川往西走一公里就到了。”

唐湛支着头听她说话，因为一夜没睡，又开了这么久的车，才喝了两杯人就有些微醺。

“原来门口那条河叫泞川。”他今天开车过来的时候有很长一段路都是沿着泞川开的，可能最近没怎么下雨，水位很浅，几乎露出河床。不过水很清，是在海城看不到的那种清澈，能一眼看到静静躺在河底的各色卵石。

郁丽见他听得一脸认真，也没不耐烦的神色，就絮絮叨叨说得多了起来：“本来我们村叫郁家村，后来为了响应政府发展温镇的号召，就给改成‘温泉村’了，我现在叫起来都怪不顺口的。”

两人正说着，吧台边靠过来一个人。

“丽姐，三号桌要一杯长岛冰茶。”

唐湛顺着声音看过去，只看到那人侧脸——像朵漫不经心的栀子花。

唐湛知道自己不该用一个这样的成语去形容一朵花，也不该用这样一句话去描述一个人，但看到对方的瞬间，脑海里跳出来的第一句话的确只有这个。

可能是对方穿着白衬衫的缘故，也可能是对方的皮肤太白，眼瞳又太黑，叫人一眼看去便只剩满眼的黑白分明。

要是他给自己外貌打一百分，那这个人怎么也能得九十九分吧。

在这个远离大都市的小村镇，常住人口可能连三万都没有的地方，竟然出了个九十九分的帅哥，看来还真是人杰地灵，什么样的水养什么样的人啊！

瞥到对方工牌，唐湛挑了挑眉：“郁泞川？”他转向郁丽，“你们是一个村的？”

郁丽有条不紊地调制着鸡尾酒，手法熟练，动作潇洒利落：“是啊，我和小川都是郁家村的。前两年酒店还没开业，大家想赚钱只想外出打工，现在不一样了，大多都在度假区找到了工作。”

唐湛点点头，又看向郁泞川。这个与泞川同名的年轻人，高鼻深目，竟有点混血的味道。这要是放在大城市，怎么也能捞个校草当当啊！

他仔细打量着对方，从上到下，那目光让郁泞川想忽视都难。

“先生？”

唐湛看着他的脸，年轻，太年轻了，现在是九十九分，等再过几年毛长齐了能不能到一百分和他平分秋色还真不好说。

“你多大了？”

郁泞川不知道他是什么意思，笑得很礼貌：“十八。”一个多余的字也没有。他取过郁丽调好的长岛冰茶，朝唐湛微微颔首，给三号桌送饮料去了。

唐湛猜到他小，没想到这么小，比自己整整小了八岁。唐湛顿时觉得自己这比对方多经历了八年风雨的老面皮连一分的领先优势也要失去了。

“年轻真好啊！”他呷了口酒，感慨道。

郁丽被他老气横秋的语气逗笑了：“您瞧着也不大啊！”

唐湛摇了摇杯子里的冰块，沉声道：“以前年纪小，想着拼命长大，觉得长大了就能做许多小时候做不了的事。可等到真的长大了，才发现小时候做不了的，长大还是做不了。甚至因为见识过社会的残酷，连小时候那点微小的梦想也没了。”他一口喝干杯中酒，总结道，“所以还是年轻好啊，无知。”

郁丽被他突然的沉郁弄得有些无措，总觉得对方话里有话。她听不大懂，就不敢乱接。

唐湛一杯酒接一杯酒地喝，从上午喝到下午，喝得只剩他一个客人，差点把一瓶威士忌喝干，才终于如愿醉死过去。

“先生？先生？”

唐湛只手撑着头打瞌睡，双眼微闭，呼吸沉重。郁丽小心叫着对方，连叫几声都没得到他回应，朝远处招了招手。

“小川，把这位客人送回房里去吧。”她将之前唐湛买单时出示的房号报给郁泞川，并告诉他这是他们酒店唯一一间总统房，一年都不见得有几人住，他能住，就要小心对待。

郁丽比郁泞川大了将近一轮，又是一个村子的，对他一直像是对待自己弟弟一样，能提点的都会提点两句，怕他因为年轻出差错。

“知道了，丽姐。”

郁泞川架起唐湛的胳膊，毫不费力地将人从椅子上架了起来。

“去哪儿？”唐湛还没醉糊涂，有点意识。

浓郁酒气打在郁泞川脸上，他皱着眉不是很舒服地别了别脑袋。

“送你回房。”

唐湛也不知道听没听懂，接下来一路都很安静，也能自己走，都不需要郁泞川怎么费力。

总统房就在酒吧下面一层，由于是套间的关系，面积很大，占着走廊的尽头。

郁泞川一只手打开了房门后，将越来越沉的唐湛架着走了进去，然后把他丢在了卧室的大床上。

唐湛整个人呈大字形摊在床上，面色潮红，气味难闻。

郁泞川任务完成本想一走了之，临走又想起郁丽的嘱咐，啧了一声，最终还是回去将那人鞋子脱了，被子盖好。

他甚至还去卫生间拧了条湿毛巾给唐湛擦脸，自认这样的服务已经无可挑剔后，他才起身打算离开。

可就在这时，本该睡得昏昏沉沉的家伙突然从后面一把抓住他的手腕，嘴里嘀咕起莫名其妙的醉话。

“不要走……”唐湛微微睁开一条缝。

郁泞川听他叫着一个人的名字，眉心一跳，去掰他的手：“先生你认错人了，我是酒吧服务生。”

喝醉的人力气大，唐湛也不知是不是牛脾气上来了，竟然死抓着就是不松手，一口一个“不要走”，叫得人心烦。

郁泞川被他整得脾气都上来了，嘴里骂了声，把郁丽的话都丢到了脑后，打算来硬的了。而唐湛似乎醉着也能启动本能应急反应，早不发力，晚不发力，偏偏在这当口一个使劲。

郁泞川身子一歪往前倒去，然后……

意外就这样发生了。

唐湛头疼欲裂地从床上醒来，已经是第二天中午。他口干舌燥，意识昏沉，遭受着惨绝人寰的宿醉综合征的折磨。

摇摇晃晃光脚来到浴室，开了凉水低头就往脸上泼，刚泼一下，冰冷刺骨的山泉水没使他清醒，嘴角泛起的刺痛叫他顿时精神一振。

他狐疑地抬起头看向镜子，瞬间被自己嘴角的淤青整蒙了。“这是什么玩意儿？”他用指尖碰了碰，痛得倒抽了口凉气。确认自己不是在做梦，唐湛就开始反思，喝个酒到底怎么才能把自己喝成这样。他好像喝了不少，接着就被酒吧服务生送回房了，路上他还有点印象，但一挨着床就完全没意识了。难不成是自己半夜翻筋斗磕到桌角了？唐湛用舌尖舔了舔那伤处，满腹疑虑，以他多年干架经验，这怎么看都像是被人揍了啊！奈何他再有疑问，房间里也没监控，还原不了昨天发生的事。

他也不是纠结的性格，想不明白干脆也就不想了。

这次出来得仓促，他什么行李都没带，虽说酒店里该有的都有，但内衣裤总不好意思让人给他准备。

在酒店餐厅吃了顿马马虎虎的早中饭，唐湛开着自己的卡宴在镇上逛了一圈，在一家平价小超市里买光了所有库存的白色内裤和袜子，结账时顺手拿了瓶不知名的定型摩丝。

老板一边按计算器一边打量他：“帅哥你是单位采购啊？”

“不是，自用。”唐湛对着店里一面塑料花边，模糊得能把人照成柔光模式的镜子捣鼓起自己的头发。跟他有些强硬的性格相反，他的头发很软，刚洗完尤其如此，要是不弄点发蜡发胶固定，软趴趴的瞬间就跟个刚出社会的愣头儿青一样。

这摩丝用着十分不顺手，黏不拉几不说，抓出来的头发像钢丝那么硬，唐湛搞了老半天也只是差强人意。

他叹了口气，转身回到柜台付钱。

“帅哥，你一个人用这么多啊？”老板算好最后金额，将计算器掉个个儿推到唐湛面前。

他其实也不是要追根问底，就是小城镇日子清闲无聊惯了，难得遇到点新鲜事，忍不住就要多嘴闲聊两句。

唐湛从皮夹子里掏出几张百元大钞扔在柜台上：“一天一条，怎么也能顶两个月吧。”

拎着大包小包从超市出来，唐湛将东西放到车上，寻思着再去买两身衣服。他来时穿的是伴郎团那身西装，帅是帅，但不合季节，今天出门他已经减了衣服，就穿了衬衫出门，在大太阳底下晒了两分钟，想裸奔。

温镇最最繁华的中心也不过一个百来平方米的广场，中心的中心竖立着一棵巨大的樟树，树冠参天，枝繁叶茂，主干估摸着五六个人合围都围不拢。

樟树不远处有口井，大概三米见方，冒着股股白烟，水质清澈，不少人自带家什从里面取水，取完就往边上凉亭一坐，就地泡脚。

唐湛从没见过这样的奇景，刚要走近了细看，旁边立马涌过来两名年轻男子，用方言问他要不要泡脚，十块钱一位，修脚另算。

他忙摆摆手：“不用，我就看看。”

走到大樟树底下一看，那儿立了两块碑，一块大些，洋洋洒洒一大堆不知真假的历史故事，介绍了温泉的妙用，以及温镇的由来，还有块小些，上面写着“香樟”“一级保护”“一千年”等字眼。

唐湛仰头去看那樟树，只觉得它高大得叫人不能一眼望尽，枝叶亭亭如盖，葳蕤蜿蜒，不愧为千年古树。

“这棵是樟树奶奶，还有棵樟树爷爷，小哥你有兴趣可以去看看，就在西面，温泉村那边。”旁边泡脚的老大爷见唐湛一副城里人拜服在大自然瑰丽风景下的土鳖模样，热心给出游玩建议。

唐湛诧异道：“树还分性别呢？”

大爷两脚互相搓揉着，手中蒲扇轻摇：“另一棵比这棵还大点，为了好区分就这么叫了。”

唐湛点了点头，谢过大爷沿着广场又兜了一圈，最后在广场附近的门面房找到家男装店，进去买了三十多件黑T恤，无一例外胸口都有个张牙舞爪的白色花纹。

“你这儿就没纯色的吗？”唐湛换上T恤，有些糟心地捏着胸口那块布料问老板。

老板是个年轻女孩，扎着马尾辫，笑得十分有感染力。

“这个好看，你穿着更帅了，你信我啦，帅哥。”

唐湛平时也算个舌灿莲花的人物，一贯是见人说人话见鬼说鬼话，唯一弱点，就是对夸自己帅的没辙。

他笑得桃花四溢，顶着头“钢丝”都没影响他卖弄风情：“既然美女你都这么说了，行吧，就这几件吧。”

最后他又挑了几条裤子，满载而归地回了车上。

他原本打算开车直接回酒店，但半道上忽然又改了主意。一来天光尚亮，他不知道回去做什么，阳光这样好，浪费了着实可惜；二来他见到了那条泞川，波光粼粼，水声潺潺，叫人很有沿着它一路开下去的欲望，有点想要去探寻一番老大爷说的那棵樟树爷爷。

他记得昨天郁丽说过，沿着泞川开一公里就到温泉村了。

晃晃悠悠在沙石地上开了约莫五分钟，左手挨着泞川，右手是一片新建成的商品小区，那商品小区和海城那些超一线城市的房子比都不算差，在这地方算是异军突起了。

唐湛隐隐见到前头地形发生了变化，泞川拐了个弯不见了，道路也从沙石路变成坑洼不平的土路，两旁房屋在黑瓦白墙的传统民居和彩色瓷砖贴面的新式小别墅间来回切换。

这路再往里也开不了了，唐湛干脆将车停在路边，下来走路。

刚落地他手还把着车门呢，就被眼前田地里冒出来的大黄牛吓了一跳。作为一个土生土长的城里人，唐湛是真没见过这么大的、活的、不拴绳的牛。一时间他简直连呼吸都停住了，关门的动作也变得小心翼翼的，就怕那牛注意到他要跟他来一场生死决斗。

“大哥哥，你别怕，这牛不咬人。”

唐湛一愣，往声源方向看过去，就见车头处不知什么时候站了三个小男孩，都是十二三岁的模样。

为首的男孩眼睛贼大，虽说穿得脏兮兮的，但顾盼间透着股机灵劲儿，十分讨喜。唐湛看他觉得有些眼熟，又说不上来哪儿眼熟。剩下两个，一个胖乎乎的，眼都眯缝了起来，还有个瞧着瘦小些，鼻涕拖到上嘴唇。大眼仔一副热情好客的样子，问他：“哥哥你是不是来看樟树爷爷的？我给你带路吧，不然你不好找。”唐湛这人对小孩子没有防备，没怎么犹豫就答应了。“行啊，那你们带我转转。”三个小屁孩两个走前面，一个走后面，将唐湛夹在中间。大眼仔与小胖子一搭一档，沿路给唐湛介绍温泉村的边边角角。

“看到那个屋顶上的龙了吗？”大眼仔回头朝一个方向指了指，“那是咱们村三宝之一，曾经有个富商出一百万要买，房主都没卖。”唐湛看过去，看到一层危房，瞧着有点历史，破得连窗棂都烂了，覆着青灰色瓦片的屋顶上的确有条龙，石头雕的，太远瞧不分明，以他有限的建筑知识来看，那玩意儿应该叫“脊兽”。“为什么不卖？”唐湛才不相信有哪个傻子会花一百万买这东西，多数也就是一句玩笑话。

看过重要“景点”，几人继续往前走，小胖回答他：“不知道，可能房主嫌少，想留着卖高价吧。”

房主就把这一百来万的大宝贝露天摆着，任它风吹雨打都不卖？

唐湛越发不信，问：“其他两宝是什么？”

大眼仔从地上捡起一根树枝，百无聊赖地挥动着，抽在路旁的草叶上，惊起一地蚱蜢。

“最大的宝贝自然是咱们村的温泉呀，第二个是村里的樟树爷爷，第三才轮到刚刚那条龙。”

小胖说：“快到了，樟树爷爷就在前面。哥哥你当心脚下，好多牛粪的。”

唐湛不用他提醒已经注意到了，这不时在前进道路上出现的硕大牛粪，堪比战地陷阱，需以十二万分的注意力应对，不然就要中招。

“你们几个是兄弟？还是朋友？”

大眼仔说：“同学，我们一个班的。”说完他停下来，招呼着唐湛往前看，“大哥哥，这是我们村祠堂，里面供奉着郁家村的老祖宗，祠堂后面那棵树就是樟树爷爷了。”

说是祠堂，更像个破落土地庙，里面统共也没十平方米，供着一尊彩色泥塑像，蒲团香炉一应俱全，还有个功德箱。

唐湛自然不会拜这位老祖宗，从后门出去，直接到了樟树爷爷跟前。

老大爷果然没骗他，这棵树比镇上那棵还大，底下也有块碑，内容和镇上那棵樟树奶奶的差不多。

“这棵树，七八个人抱都抱不住。”小个子吸溜着鼻涕，从树荫底下挑来拣去，最后选了根一厘米粗，成人小臂长短的树枝递给唐湛，“哥哥这个给你，放在衣柜里防虫防蛀，失眠闻一下这个味道就能睡着了。千年的樟树木，拿回去可以镇宅的。”

唐湛有些好笑地接过：“谢了。”

景点介绍到这儿也算告一段落了，唐湛见三个小家伙挺有意思，口才也不错，从兜里掏出三张十块钱给他们当小费。

大眼仔不好意思地接过，挠挠头道：“大哥哥我再带你去个景点吧，这个地方我们一般不带人去。”

唐湛寻思着也没事做，就说：“带路吧，远吗？”

小胖道：“不远，就在他家边上。”他指了指大眼仔，然后问，“哥哥你是来买房的吗？”

现在温镇上的外乡客，十有八九都是在这里买了房的城里人，看中的无不是家家户户温泉入户这一宣传口号。

唐家酒店里的水也都是温泉水，号称养生保健，泡了没病，喝了长寿。

“不是，我就是来度假的，住在前边那家大酒店里，昨天才到。”

话音刚落，大眼仔脚下一滑差点摔跤，还好唐湛眼明手快扶住了他。

“怎么这么不当心？”

“谢，谢谢大哥哥。”大眼仔惊魂未定，脸还有些白。

就这么走了五分钟，渐渐就走到了村子最偏僻的一角，靠着山壁，房舍也少得可怜。

前方出现一户人家，院门开着，灰白的墙壁，从外面看里面房舍的屋顶有些破败。不高，就一层，穷酸程度和刚刚那三宝之一的古宅有得一拼。

“我回去一趟！”大眼仔说完风驰电掣般地冲向那座小院。

唐湛这才知道这是他家，疑惑道：“他回去做什么？”

小胖看了眼大眼仔离去的方向，小声说：“他们家是我们村最穷的，他爸在他两岁的时候修房子从屋顶上摔下来死了，他妈改嫁后就走了不管他了，前两年也病死了，现在家里就剩他和他大伯。他大伯脑子有点问题，没结过婚，也不能干活儿。”

唐湛很久没遇上身世比他还曲折的人了，内心万分振动。

“那他平时生活学习怎么办？”他问。

“就靠一些好心人救济，还有低保……”小胖子看到大眼仔回来了，立马收了声音。

唐湛再看大眼仔不禁从心底升起一股怜爱之情，觉得这么小的孩子不容易，况且他又机灵又懂事。

所谓秘密景点就是口冷泉井，就在大眼仔家旁边，两米见方，唐湛见井水澄澈，刚想蹲下洗个手，被三个小朋友拦住了。

“不能洗手，这是要喝的，泞哥……”小胖子呛咳了一下，“你这一洗手，水会被污染的。”

唐湛讪讪收回手：“行行行，不洗不洗。”

参观完最后的景点，四人又原路往回走。将唐湛送回停车的地方，小家伙正要走，唐湛叫住他们，从后备箱里找出三罐可乐送给三人。

“来，告诉哥哥你叫什么？”唐湛掏出两张红票子塞进大眼仔手里。

“哥哥我不要，你拿回去。”大眼仔像是要推拒，被唐湛一把握住手，紧紧攥成拳头。

“这是给你的一点心意，你以后好好读书，外面的世界很精彩。”他摸摸对方脑袋，加了句土味鸡汤，“知识改变命运。”

大眼仔这回终于收下了钱，他似乎十分感动，垂着眼，用力握紧手里的钞票，低低对唐湛道：“我叫郁祥祥，大哥哥谢谢你。”

唐湛做了好人好事，内心充满一种普世救人的满足感，挥别三个小朋友，就驱车离开了温泉村。

在来温镇前，唐湛就把手机通讯录里所有人拉黑了，连社交软件都退出登录，就是不想有人烦他，可还是耐不住某些神通广大的，还能找到他。

唐湛刚把车往地下停车库停好，还在拿东西呢，手机就进来个陌生号码。

这种垃圾电话唐湛一般是不会接听的，所以他想也没想直接掐了，继续和后座一大堆大小袋子奋战。

归拢战利品时，他目光扫到座椅底下有截木头，拿过来细看，认出是那三个小朋友送给自己的“安神木”。总归是人家一番好意，唐湛好笑地放手里颠了两下，往裤子后面的口袋里一插，打算拿回去当镇纸用。

双手挂满了东西，唐湛用脚踢上车门，回头往电梯口走，走到一半那烦人的电话又响了。

他没关——也没手去关，直接顶着经久不衰的电话铃一路上了楼，其间只要进电梯的人，都会对他投以注目礼。

打电话的人不知疲倦一般，一个接着一个，弄得唐湛心头火起。

好不容易回到房间，唐湛直接将东西丢在玄关，快速摸出手机，甚至带着点迫不及待地接通了电话。

“你是不是有病？”他劈头就骂，“需不需要我送你去看大夫？”

对面静了片刻，响起一道憋笑的男声，旁边还有个笑得更大声的，边笑还边骂。

“哈哈哈哈，我就说他会骂人吧！你还说不至于，唐湛这孙子有什么是不至于的！”

拿手机的人用着不怎么避讳的音量道：“你小点声，他听得到。”

唐湛立马认出这两个声音是谁——孙嘉然和周晖，自己的发小。愣了下后他骂得更欢了，却已是话里带笑。

“原来是你们两个神经病。”

孙嘉然开着免提，问他在哪儿。

唐湛有些犹豫，他才刚来两天，还不想这么快被人打扰。

一旁周晖见他不答，不爽道：“你还怕我们告诉你爸怎么的？咱们什么关系啊，这点信任还没吗？”

孙嘉然也说：“你放心，我们就是找你去玩两天，绝不告诉任何人。”

唐湛想着这两人虽然纨绔，做事有时不着四六，嘴巴还是很牢的，想来也不会给唐山海打小报告，于是将自己所在的地方报给他们。

周晖直接一脸茫然，完全没听过这个地方，孙嘉然倒是知道，就是诧异他怎么会选这么个地方。

“我们还以为你会出国呢。”

唐湛笑了：“好不容易回来的，我再出去？这里挺好的，山清水秀，还能泡温泉。”

孙嘉然听他自己提了，也正好顺嘴提了句：“你爸找你回来，又不让你进公司是想干吗？”

唐湛笑意渐敛，表情变得有些淡漠，他走进浴室，在镜前拨弄了几下头发，发现脆弱的钢丝结构有些摇摇欲坠，忙又沾了水进行加固。

“既想表现出他对我的关爱，又不愿让我瓜分他的权力吧。”刘海儿终究还是垂下来一绺，他也懒得弄了，“唐家的生意，和我这个私生子又有什么关系？”

孙嘉然听他这么说就没意思了，嗨了声：“你也别这么悲观，我看你爸那小老婆生的儿子还不如你呢，胖得跟个球一样！”

唐湛不乐意了：“你骂他就骂他，带上我算什么意思，什么叫还不如我呢？我是一根衡量废物的标杆吗？”

孙嘉然尴尬又不失礼貌地笑了笑：“你心里明白就行，用不着说出来。”

周晖在一边起哄：“这换我都忍不了，老唐你必须问他要说法！”

三人就这么乱哄哄地互侃了一通，最后孙嘉然定了个大概来温镇的时间，准备挂电话前还不忘叮嘱一番。

“这号我新买的，你可千万别再拉黑了。”

唐湛一再保证，一边挂了电话，一边拿上房卡，往门口走去。以前在海城有孙嘉然他们在不觉得，一到温镇，他孤身一人，就觉得时间特别多，简直用不完。在外面转悠了一圈，也不过四点，他午饭吃得本就晚，这会儿也没胃口吃别的，就打算去酒吧坐坐。

直上顶楼，酒吧还是和昨天一样，人很少，放着舒缓的音乐。郁丽仍旧在吧台站着，一见他就礼貌地点了点头：“唐先生，您好。”

别的不说，唐家旗下的五星级酒店，对员工的培训还是很到位的，唐湛作为一个普通顾客，觉得可以打高分了。

“和昨天一样。”唐湛刚在高脚椅上坐下，立马又弹跳起来，从裤子后面的口袋里掏出根硌屁股的树枝。

郁丽笑了：“哟，这是怎么了？”

唐湛也笑，将树枝拍到吧台上：“把这神木给忘了。”

他之前下车时东西多没手拿，就把树枝插在裤子后面的口袋里了，之后接了孙嘉然的电话竟也忘了取出来，还把它又带出来了。

郁丽从酒架上取了酒，给唐湛倒满。

“这是樟木吧？”郁丽从小就在大樟树下长大，村里家家户户衣橱里几乎都有樟树枝，一眼就认了出来。

唐湛指尖弹动着那截树枝，想到郁丽是温泉村的人，就有心跟她打听。

“我下午去了趟你们村，是参观樟树爷爷去的，一进村就有三个小孩儿要给我当向导，还捡了根树枝送我。其中有个小孩儿眼睛特别大，长得挺好的，说自己叫郁祥祥，他们家是不是挺困难的？”

今天出来得比较仓促，他也没什么准备，唐湛想着要是小孩儿家里真的条件不太好，找个机会再去一趟，给人送点东西，就当做好人好事了。

郁丽听了他的话脸色就有些古怪起来：“这三个孩子，是不是有个小胖子，还有个矮矮小小的？”她手比了个高度。

唐湛点头：“对，就这三个。”

郁丽一巴掌捂上自己脑门，瞧着一副气急攻心的样子。

“这三个小兔崽子……”她咬牙骂了句，末了一脸歉意地看向唐湛，“唐先生真的对不起，他们讹了你多少钱？”

他有些不可思议地道：“你这意思……我被骗了？”

从郁丽的态度看，这其中必定有猫腻。而且他猜测这仨已经不是第一次这么干了，不然没可能他一说郁丽就一副明白前因后果的模样。

郁丽惭愧道：“那小胖子是我儿子，贺虎，矮矮小小的叫郁韦，最好看的那个……根本不叫郁祥祥，叫郁吉吉。”

郁吉吉郁祥祥！还吉祥如意呢！

唐湛以为这小乡村民风淳朴，孩子又是最纯净的，定然不会做那种坑蒙拐骗之事。如今细细品味下午发生的一切，发现一环套一环，自己被连环套了还乐呵呵给人送钱呢！

“这小骗子真是高明啊！”唐湛有些回不过神，“先给我带路增加我的好感，再说要带我去秘密景点放松我的警惕，最后立一下身世凄惨的人设引发我的同情，我还傻乎乎地让他好好学习……”

还来了句“知识改变命运”，结果被这群小骗子用实际行动狠狠打脸，他一个海归MBA，套路不过一群初中生。

郁丽闻言越发愧疚，脸都红了，不过是气的。

“小川，过来一下！”她扬声往远处招了招手。

唐湛回头看过去，在吧台对面阴暗的一角见到抹晃动的白影，接着那白影就走了过来。

酒吧服务生这身制服，穿在别人身上也就是个工作服，但是穿在这位身上却穿出了海报模特的感觉。细腰，大长腿，除了脸臭了些，就没别的毛病了。

“叫我什么事？”郁泞川走到吧台前，离唐湛一米远，连个眼神都没给他。

郁丽把三个孩子的糟心事分享了一下，然后一指唐湛道：“苦主在这儿了，你看着办吧！”

郁泞川原本有些冷漠的眉眼一下子阴沉沉的，瞧着有几分恐怖。

唐湛一看，坏了，大眼仔屁股蛋要遭殃了，他有些于心不忍：“其实也没多少钱，你回去好好跟孩子说，别把人打残了……”

郁泞川深吸一口气，松了松制服最上边的两粒扣子，露出一小截锁骨。

“郁吉吉是我弟弟，”他双手扶在吧台上，侧首看向唐湛，“他骗了你多少钱，我还你。”

他板着脸，似乎气得不轻。

“不用不用，反正也没多少。”几百块的小钱唐湛压根没放在心上。

郁泞川却很固执：“我回去问他要过来，明天拿给你。你放心，这件事我一定会给你一个交代。”

这么郑重，反而弄得唐湛有些不好意思了。

老实说知道自己被骗后他的确挺生气的，有种善心被辜负的愤怒，但这会儿看到郁泞川比他还气，他反倒气不起来了，甚至还想安慰对方一番。

不得不承认，长得好看的人，这个世界就是会有优待。明明是苦主讨债，都能诱得苦主丢盔弃甲，小心呵护。

他见气氛凝滞，就想活跃下气氛，笑着去拍郁泞川的手臂："小孩子，好好跟他说……"没想到才拍了一下，郁泞川整个身体绷紧，动作幅度很大地往后退了一步，跟躲什么毒蛇猛兽一样。

唐湛一手拍空，瞬间僵在那里，半天才收回来，脸上笑意也淡了。

这一下着实有些尴尬，连郁丽都感觉到了，悄悄瞪了郁泞川一眼，打着圆场道："小川他们哥俩的确挺不容易的，吉吉那孩子从小没爹妈管，小川又要挣钱又要读书，还得照顾他大伯，实在忙不过来。吉吉可能也是想要帮他大哥减轻负担，才会想出这种歪门邪道……"

还没等唐湛吸收她话里的内容，郁泞川出声打断她："丽姐。"

他声音也不响，但郁丽还是很快闭了嘴。

郁泞川像是有些疲惫，垂着眼低声道："我回去一趟，你帮我请个假吧。"

说完还没等郁丽答应，他就快步往外走去。

"小川！小……这孩子！"郁丽见叫不回他，很有些无奈。

唐湛看着对方修长的背影消失在门边，心里骂了声："什么毛病，阴阳怪气的。"

只听说过带刺的玫瑰，怎么还能有带刺的栀子花啊？真不科学。

第二章

Go for it

郁泞川连衣服都没换，穿着酒店制服就气势汹汹地杀了回去。

到家门口一看，三个小兔崽子正在院里“分赃”，郁吉吉、贺虎、郁韦，围成个圈，面前各自摊着几张钞票，有红有绿，显然是今天的生意还不错。

三人听到脚步声，不约而同地往门口看过来，一见是郁泞川，都站了起来，再看他脸色阴沉，又十分有默契地拔腿就逃，跟受惊的小雀鸟似的四散开来。

贺虎和郁韦往外逃走了，郁吉吉慌不择路，竟然往屋里逃去。

郁泞川也不急着追进去，在院里柴火堆里挑挑拣拣一阵，选中一根触手紧实，可挥可捶的木棍子。

他就跟恐怖电影里拖着凶器不紧不慢追赶主角们的大反派一样，将院门“啪”地关上，回头拎着棍子进了屋。

他先进了郁吉吉的屋子，没找到人，刚要转别的屋，听到院子里有动静，像是有人在开院门。

郁泞川掉转方向就往门口走，他腿长，几秒就走到了，果然看到郁吉吉畏畏缩缩在开门。

“你再走一步试试？”郁泞川将手中棍子掷向男孩，擦着对方鼻尖砸在了门板上。

郁吉吉吞了口唾沫，回头身体向前一倾，干脆利落地在郁泞川面前跪下了，眼里更是迅速聚起水雾。

“哥，我错了！”

郁泞川面无表情，过去就是一脚，将郁吉吉踹翻在地。

郁吉吉连滚带爬又往屋里逃去，边逃边抱头求饶。

“哥，我真的错了，你别生气！”

他躲在一张吃饭的方桌后面，无论郁泞川往哪边绕，他都作势往相反方向跑，就这么僵持几个回合，桌子被郁泞川一把掀翻。

“哎哟，我去！”郁吉吉大惊失色，眼看无路可逃，不管三七二十一抱住了郁泞川的腰。

郁泞川被他一下抱住，很有些拳脚施展不开的感觉。

“放开！”

郁吉吉这会儿哪还敢放，真放了明年今天就是他的忌日！

“哥，你冷静听我说，这事是我不对，我认错，你别生气！但我这么做没偷没抢，人家是自愿把钱给我的，也不能全怪我吧？”

郁泞川冷笑：“你还挺得意是吧？我跟你说过什么？你要是再被我知道这么坑蒙拐骗，我打断你的腿！”

郁吉吉膝盖都软了，愈加不敢松开手。

“我也是想帮家里减轻负担！”他大喊着，“大部分都是实话，我也没怎么骗！”

郁泞川拎着他的后领就要把人掀开，奈何对方就跟块牛皮糖一样，总也扯不掉。

“我短你吃还是短你喝了，你需要这么减轻负担吗？还和人说你是孤儿，你是哪门子的孤儿？你妈在隔壁镇活得好好的，你不知道啊？”郁泞川手劲儿大，将郁吉吉的衣领直扯到肩胛骨，扣子都崩了两颗。

也不知被他的话刺激到哪儿了，郁吉吉一改之前的态度，忽然大喝一声，将郁泞川推了个趔趄，差点没摔着。

“我知道！我就是知道才咒她的！她把咱俩丢下自己改嫁去了，这些年她管过我们吗？我根本没把她当妈！”他手背一抹眼睛，“你现在在酒店工作了，咱们日子是比以前好过不少，但你别以为我不知道，你根本没打算去读大学对不对？”

郁泞川一怔，蓬勃的怒气、满身的气势瞬间被冲击得溃不成军。

“说什么呢？”他声音里没什么底气，反而叫郁吉吉更确信了自己的猜测。

他哽咽着，双眼通红道：“我就知道，你根本没打算去报到！”

郁泞川双唇嗫嚅着：“我……”刚说了一个字，屋里摇摇晃晃走出个中年男子，剃着板寸，鬓角花白，穿了件洗得发黄的白汗衫。

他似乎听到声音才出来的，一见两兄弟的架势，就急急忙忙挡在郁吉吉面前，怒瞪郁泞川。

“不准……不准你打！”他吐字含糊，还有些结巴，动作也不如常人流畅。

郁泞川一见郁大磊这架势，知道今天是拿郁吉吉这小子没办法了。避免刺激到郁大磊，他举起双手，自觉往后退了两步。

“行，我不打。”

郁大磊见他没了威慑力，转身一把将郁吉吉抱进怀里，安慰小宝宝那么拍他的背。

“不怕不怕，有大伯呢！”

郁吉吉被他搂着，脸都压变形了，呜呜挣扎起来，好半天才重获自由。

他悄悄看郁泞川一眼，发现对方就那么静静睨着他，倒是瞧着不那么生气了。

“大伯我和我哥闹着玩呢，你回去接着睡吧！”他扶着郁大磊往屋里走，郁大磊有轻度智力障碍，有时候非得跟个孩子那么哄着。

“……不打不打，我哥怎么会打我呢，闹着玩的，不是打架。”

郁吉吉平常惯做这样的事，很快安顿好了大伯，再出来时门厅那儿翻倒的桌椅已经全部被扶正放回原位了。

郁泞川坐在门口台阶上，手指夹着根烟，正望着天空兀自出神。

白雾笼着他，再换身道袍，郁吉吉觉得他哥就能羽化成仙了。

他挠了挠头，走过去坐到对方身边。

“哥……”

郁泞川摊开手掌伸过去，看也不看他：“钱拿来。”

他指间夹着最廉价的红梅烟，人却漂亮得跟这个家格格不入。

从小到大，没人见到他哥不夸一句好看的，他哥这样的人，就不该困在这小山村里。

郁吉吉咬唇从兜里掏出还来不及分赃的两百块钱，不甘不愿地交到了他哥手里。

郁泞川手一收，将钱塞进了裤兜里。

“我去不去读大学，这事儿和你没关系，你管好你自己能升上高中就行。”他抽了口烟，心平气和地道，“将来你去读大学也是一样的，咱们家只要出一个大学生，就算给全村争光了。”

他要是急赤白脸说这话，郁吉吉还不觉得什么，但他用这么平静的口吻去说，郁吉吉瞬间就不行了。

他幼小的心灵像是被山呼海啸一般巨大的心疼席卷，他的哥哥这样好，他却什么也不能为他做。

眼泪说掉就掉，小小少年一猛子扑进郁泞川怀里，哭得抖动着双肩，整个人一抽一抽的，又不敢发出太大声，怕再引出郁大磊。

郁泞川叹息着揉了揉他的发顶，安慰的话到了嘴边，终究是觉得太空洞，最后什么也没说。

孙嘉然和周晖行动力惊人，说完要来找唐湛，第二天就坐飞机到了温镇。

唐湛也是去接他们才知道，离酒店二十公里距离就有个飞机场，弹丸大小，一天就一个航班，遇到极端天气延误是按天论的。

接完人，孙嘉然坐在副驾驶座上，一开口就是：“我上次坐这么小的飞机应该还是在我两岁的时候，全球金融危机，我家快破产那会儿。”

唐湛笑骂：“矫情！有飞机给你坐就不错了，少爷我开了一夜车过来的，那滋味你们什么时候可以感受一下？”

周晖从后座探过来，挤在两人中间道：“你们俩别杠了，唐湛，客随主便，你先带咱们去逛逛这瑰丽的山川大河，欣赏下大自然的风光啊！你不是可劲儿吹这里是天然氧吧吗？”

唐湛废话不多，直接带着他们去了温镇附近的又一著名旅游景点——温泉谷。

唐湛也是第一次去，一开始三人都挺兴奋，还买了筐鸡蛋煮温泉蛋。

“真香！”哪怕只是把蛋放在地下用地热蒸熟这么个简单的程序，三人都觉得是自己的劳动成果，吃着可美了。

可到后面，吃完蛋三人接着爬山，乐趣就开始呈急速下降趋势，到山顶的时候，三人已经了无生趣了。

“你说我从这儿跳下去能直接到停车场吗？”周晖站在栏杆后，望着崖底问唐湛。

“不能吧。”唐湛擦了擦脖子上的汗，“能直接到天堂。”

看了几个温泉坑，上去下来折腾了三小时，三人最终沾着满身臭硫黄味回到了停车场。

孙嘉然一拉门把手，摸到一手的灰，脸都扭曲了：“你的车多久没洗了？”

他刚被与唐湛重逢的喜悦蒙蔽了双眼，都没注意自己一路坐着怎样的一辆车，这会儿喜悦淡了，嫌弃之情油然而生。

“一个月？”唐湛想不起来了。

周晖一听也开始嫌弃：“我刚就想问了，你干吗开这辆车？你家是没好车了吗？”

唐湛坐进驾驶座，系上安全带，闻言对着两位不知柴米油盐贵的真少爷默默翻了个白眼。

“这车是用我自己赚的钱买的，能一样吗？”他低头响亮地亲了口方向盘，“这就是我宝贝老婆！”

孙嘉然用湿纸巾一根根手指擦过去：“那你能不能给你老婆洗个澡？换你一个月不洗澡你受得了吗？我一想到这么多天都得坐这么一辆车，我就窒息。”

唐湛想想也觉得的确有点过分，可这荒山野岭的哪来洗车的地方？

别说洗车店了，连个澡堂子都找不到。

往酒店方向开着开着，洗车店没找到，却看到了泞川。唐湛被那水光晃了下眼，忽然就有了个主意。

事后虽然证明这是个特别馊的馊主意，但在那一刻那一秒，他觉得自己是个天才。

生活的天才。

泞川在非雨季时，河床很浅，就最中心小小一滩，大概也就盖过小腿的水深。

从岸上下到裸露的河床上，唐湛将车直接开进了河里，半个前轮都埋到了水中。

车子熄火后，三人跳下车，从后备箱取出三条毛巾，脱了鞋子，撸起裤管，开始洗车。

“我是不是脑子有病，不然为什么好好的少爷不做，要过来给你洗车？”周晖抹着车身上的泥点抱怨道。

孙嘉然不洗车，蹲在上游，一边用毛巾沾了冰凉的河水擦脸，一边还要瞎指挥。

“上面那里多脏啊，唐湛你看不见吗？周晖你别偷懒，你前面那片还脏着呢！”

周晖不干了：“你这么讲究你倒是来洗啊？”

孙嘉然露出一抹质朴的笑：“我有洁癖。”

他这毛病，其他两人倒是也知道，但这时候吧，就特别想硌硬一下他。

唐湛凉凉道：“你知道上游有多少人用这河水洗马桶吗？”

果然，孙嘉然脸色立马就精彩纷呈了起来。

洗得差不多了，唐湛就想把车开出来。

但他一发动，车往后倒的时候，轮胎竟然在铺满沙石的河床上打滑了。他不信邪，继续死踩油门，车后沙石飞溅，车没出来，反而越陷越深，在河床上留下两道深深的轮胎印。

折腾了好半天没动静，唐湛下了车，同孙嘉然他们一起盯着卡宴发呆。

“让你别开这破车。”周晖甩着手里的抹布，“咋办啊？”

唐湛道：“推推看吧。”

于是唐湛蹚进河水里，开始推车，推了几下，没动，周晖加入，还是没动。孙嘉然见自己不出手是不行了，踢了鞋子也下了水，奈何车始终纹丝不动。

“不然再找些人来试试？”孙嘉然头上盖着毛巾，就像戴了顶假发似的。

唐湛抹了把脸上的汗，往四周扫了一圈，目及之处连个人影都没有。

“找个鬼啊，人都没有。”

就跟和他唱反调一样，他话音刚落，远远就看见有人骑着自行车要往他们面前过。

“啊，还真有人！”他连鞋都来不及穿，赤着脚跑过去，半途还因被石子硌了脚，痛得五官扭曲。

他张开双臂朝那人示意，高声喊道：“兄弟，帮个忙！”

那人听到声音看过来，脚一撑地，停在了离唐湛五米远的地方。

地势原因，他们一个往下看，一个往上看。

唐湛看清来人长相，当时在心里就骂了一句，白T恤、自行车，不是郁泞川是谁。

对方看到他也是一愣，继而微微皱了眉头，一脸不愿多沾的模样。

“帮个忙行吗？”唐湛也没空仔细研究他的表情，指着自己那辆黑色卡宴道，“我那车胎打滑上不来了，你能帮我们推一下吗？”

郁泞川往他指的方向看了眼，又看着他说了句：“这样出不来。”

还没等唐湛反应过来，他踩着脚踏板就走了，空留唐湛在原地对着他的背影风中凌乱。

唐湛简直不知道用什么言语来形容自己此时的心情。

有点郁闷，有点愤怒，还有点委屈。

“不是，这俩兄弟什么人啊！”

他胸口一口老血都要吐出来了，说好的淳朴的乡村善良的村民呢？

孙嘉然见唐湛去的时候形单影只，回来还是孤家寡人，发出了一声源自内心深处的嗤笑。

“真稀罕，唐少爷也有说话不管用的时候，我还以为你靠自己那张脸能天下通吃呢。”

唐湛心里憋着邪火：“嗨，少爷我算是见识到活的白眼狼了。”

体力消耗了，车一点没推动，唐湛三人蹲在河滩上，一人点燃一支烟，沧桑地抽起来。

“唐湛，下个月你妈五十大寿，你去不去啊？”孙嘉然这问题其实已经憋了一路了，这会儿看时机不错，就问了出来。

唐湛执烟的手一顿，一口烟含在嘴里半天才徐徐吐出。

“不了吧，这么高兴的日子，我去多扫兴！”

周晖皱了皱眉：“你这话说的！怎么说你也是她儿子，她不能这么狠心吧？”

唐湛笑了笑，抽了口烟，眯眼看向远处的夕阳：“她还就真能这么狠心。从送我回唐家开始，她就打定主意与我断绝母子关系了。她要过新生活，就要抛弃过去的黑历史，毕竟领事夫人不是那么好做的。”

周晖还有话说，孙嘉然偷偷给他使了个眼色，他就又把嘴闭上了。

“那你人不去，礼总要到吧？”孙嘉然道，“这样，我给你选条项链，到时就说是你送的。”

孙嘉然家里做金饰起家，几十年发展下来，门店早已遍布全国，甚至在海外也有发展，在业界甚至有金王之称。而周晖和他吊儿郎当的外在不同，家里营生正经得过分，研究光学镜片的，唐湛以前总爱跟人开玩笑说他出生玻璃世家，有做玻璃的天分，被周晖追着打了几次才收敛下来。

“随便吧。”唐湛夹着烟摆了摆手，似乎不想再谈这个话题。

三人正蹲在那儿逃避现实呢，周晖忽然抻长脖子叫了声。

“哎，那下来辆车！是不是刚那人回来了？”

唐湛回头去看，还真看到坡上下来辆自行车，远远瞧着的确像是郁泞川。

三个人缓缓从地上站起，维持着单手夹烟的姿势，看着同一个方向。

郁泞川骑得离他们近了，拧动刹车，一脚踏到地上，做了个帅气的停车动作，同时丢了两样东西下来。

他朝唐湛抬抬下巴：“你们光这么推车出不来，要有工具才行。”

唐湛看了眼丢到他脚边的“工具”，一把铲子和一卷稻草。

“你……你还特地回去拿东西啊，真是麻烦你了。”唐湛刚还恶意揣测过人家，骂人家白眼狼，这打脸来得这么突然，让他有点措手不及。

孙嘉然和周晖肩并肩站着，嘴里叼着烟，纷纷为郁泞川鼓起了掌。

“好人啊！”

“长得好看的人，心肠都不会太差哦。”

虽然有个工具和帮手，但要将车从深陷的泥坑里解救出来，却还需要一番功夫。

郁泞川不仅不是白眼狼，还是个热心的小雷锋。把自行车往边上一倒，拿起铲子就在卡宴左后轮忙活起来，人靓话还不多。

四人挖坑的挖坑，铺稻草的铺稻草，最后唐湛在郁泞川的指挥下，以蛇形走位的操作，艰难地将车驶出了泥坑。

“我眼泪都要出来了！”周晖抚摸着卡宴洗过后焕然一新的车身，庆幸道，“宝贝啊，你差一点就要改名叫‘卡坑’了。”

唐湛从车上下来，差点没忍住和周晖他们抱团欢呼。他瞥到静静站在一旁的少年，见对方鬓角都汗湿了，正用手背擦着下巴上的汗，忙返回车上从车载冰箱里拿出一瓶冰可乐递过去。

“谢谢你啊！”

郁泞川看了看他，没接，将地上的铲子捡起来，又从裤兜里掏出折了两折的红色纸钞递给对方。

“两清了。”郁泞川的嗓音介于少年的清朗与男人的沙哑之间，配合他冷淡的神情，有种青涩的，未经雕琢的性感。

冰凉的水珠顺着易拉罐蜿蜒而下，沾了唐湛满手，他伸出另一只手收下了这被捂得潮湿的两百块钱。

“行，两清了。”

他不知道郁泞川是不是对所有人都这样，就那种拒人于千里之外的感觉，但他自认没做过什么对不起对方的事，对方总不见得因为他人帅多金就看他不顺眼吧？

真是怪人，白瞎一张好脸了。

郁泞川扶起自行车，也没跟三人道别，推着车就走了。

“走不走了还？”孙嘉然从窗口探出头催促道。

唐湛看了眼郁泞川远去的方向，回身上了车，往相反的方向驶离。

三人又是爬山又是洗车，最后还当了回推车劳工，早已饥劳交织，在酒店餐厅吃过晚饭，孙嘉然和周晖就说自己累了，要回房休息。

唐湛体谅他们今天一天过得实在丰富多彩，大手一挥，准了。

然而他自己是个静不下来的性子，这么早回房睡觉是不可能的，想了想，还是去酒吧消磨时光。

晚上的酒吧比白天人要多一些，也热闹几分，郁丽不在，取而代之的是一名瞧着有些娘的男酒保。

“郁丽不在啊？”他在老位子坐下。

男酒保听他认识郁丽，好奇道：“您是丽姐的朋友？”

“我想和人当朋友，估计人家也不答应。”唐湛笑道，“就前两天在这儿喝酒的时候聊过两句。”

男酒保一听原来是这么回事，露出恍然表情：“哦，她今天休息，我们这儿做三休一的。”

唐湛照旧点的是威士忌加冰，他主要还是来打发时间的，既然郁丽不在，和眼前这位……他看了眼对方工牌，凯文聊聊也是一样的。

“你也是郁家村的？”他问花名凯文的青年。

“不是，我是镇上的，和他们农村人不一样。”

照说温镇镇中心和郁家村也就差个十几公里路，可凯文说到自己是镇上的人时，自有股“我是真凤凰，和那些野鸡才不一样”的扬扬自得感，那含嘲带讽的嘴脸，不禁让唐湛想起自己在国外求学时遇到的那些有种族歧视的人。

唐湛端起酒杯抿了口，问他：“农村人怎么了？”

“哎呀，也没什么，就是他们一个村子的，总是帮衬自己人咯。”凯文一副想多说又不好多说的样子。

“乡里乡亲的，偶尔帮衬一下也不为过吧。”

“偶尔是情分，一直就说不过去了吧？”凯文观察了下四周，压低声音道，“您不知道，我们这儿有个关系户，隔三岔五请假，领导从来不说什么。像我就不行了，拉个肚子都只能请半天，下午赶死赶活都得过来。同人不同命啊！”

他话里带着怨气，让唐湛不由得想知道那个被他记恨的倒霉蛋是谁。

“哪个关系户啊？今天在吗？你跟我说说，指不定前两天我见过呢。”

凯文撇撇嘴：“今天不在，下午又请假回去了。就那个……长得挺好看的，有点像混血那个，您见过应该能记得。”

唐湛该说巧呢，还是巧呢，还是巧呢？他竟然听人说了个郁泞川的八卦！

“他是谁的关系户啊？郁丽的？”

“不是，还更大一点的官儿，我们客房部副经理。”凯文说，“副经理原本也是郁家村出来的，然后女儿和他又是同学，就把人招进来了。您也看到了，咱们这酒吧环境好，也不是很忙，多的是人想进来，没门路哪能用他啊！”

唐湛点点头，又问：“进都进来了，这工作也不是很忙，他干吗老请假？”

“据说他家有个傻子，隔三岔五就要发疯，一发疯他就得回去给人擦屁股。我也不是没同情心是吧，但老这样不是增加别人的工作量吗？”

刚才是谁说这工作不是很忙来着？

唐湛听对方吐了一大堆鸡毛蒜皮的苦水，听得他都想用消毒水洗洗耳朵了，不知道一个大男人哪来这么多怨念。

“他真是混血啊？”唐湛走了会儿神，回头正好听到凯文在说叫郁汸川服务的女客特别多，现在的人真是肤浅之类，就顺嘴问了句。

凯文道：“听说他妈是少数民族，北边过来的。您没觉得他长得有点像毛子吗？”

别说，经他这么一提点，唐湛回忆着郁汸川那眉眼还真有点那个味道。凯文实在不是个优秀的聊天对象，唐湛觉得再坐下去自己就要成为一个真正的垃圾桶，被凯文的垃圾话淹没了，喝完一杯酒起身就走了。他吹着口哨走出电梯，刚从口袋里掏出自个儿的房卡，一抬头就看到方才与凯文八卦的聊天对象——郁汸川，带着郁吉吉，正站在走廊尽头，他的房间门口，一脸平静地看着他。唐湛差点被自己口水呛到，可能刚刚背后说完人是非，再面对郁汸川时，就觉得特别心虚。他主动和对方打招呼：“又见面了，你们这是……”

郁汸川冷眼看向自家弟弟：“说。”

郁吉吉瘪瘪嘴，冲唐湛二话不说行了个九十度大礼，弯着腰道：“对不起，我不该骗人，消费他人的爱心，请您原谅我！”他们这么正经严肃，搞得唐湛也只能严肃起来。

“知错能改，善莫大焉。再说……”他停顿片刻，最后还是决定说出来，“我了解一下，你也不是净胡说。”郁吉吉一下抬起头，一副我可总算找到知音的表情：“是吧，我也……”郁汸川手起掌落，一巴掌呼在他后脑勺上，将他脑袋又拍了下去。

“你什么你？”

郁吉吉大声道："我也不能把这个当作犯错误的理由！"

唐湛真是被这兄弟俩逗笑了："行了，我原谅你了。"他向郁泞川伸出手，"正式介绍下，唐湛，无业游民。"

郁泞川盯着他那只手半晌，抬手轻轻握了握，很快又松开。

"郁泞川。"

唐湛将手背到身后，搓了搓指尖。

看不出来，郁泞川的人虽然冷，掌心倒是很热。

温镇虽然是个好地方，但过惯了浮华日子的三位少爷就算短时间能适应，长时间一直待在这么个清汤寡水的小地方，也觉得自己快长蘑菇了。

周晖他们想要吃火锅，吃日料，感受大城市的氛围，唐湛只好开着车去到临市，进行了一场为期五天的环温镇游。等领略够了大城市的魅力，三人又一头扎进了大山里，回到了诺亚国际酒店。

"你别说，虽然城里的娱乐多，吃的东西也丰富，但是水真不如这里的好。"周晖整个身体浸在温泉里，只露出脖子以上部位，"谁能想到我周晖周少，海城响当当的扛把子，也到了注重养生的年纪。"

孙嘉然在池子里游泳，游过他身边时说了句："楼上还有做SPA的呢，你做吗？"

周晖颤抖了下，一脸吃惊地看着对方，双手护住自己赤裸的胸膛："你这是在邀请我吗？"

孙嘉然变换成仰泳的姿势："这有什么啊，男人也需要护肤啊，现在太糙的爷们没市场，女孩子就爱精致Boy懂吗？"

唐湛满脸不以为然："你这数据不太对吧？"

孙嘉然游到他身边，坚决不承认自己数据有误。

"比如你是女孩子，面前站着两个人，一个是不修边幅，胡子拉碴，脸上起皮的糙老爷们，还有个是我，你说你选谁。"

他两个都不想选。

唐湛陷入沉思："这个……"

孙嘉然也不游了，脚踩到池底，手一扫，泼了唐湛满头水。

"你竟然还用思考？唐湛你太伤我心了！"

周晖幸灾乐祸："你就不该这么问，太自取其辱了。我来把问题换一下……唐湛，现在你要是个女孩子，面前站着两个人，一个孙嘉然，一个那天帮我们推车的小哥，除去背景因素，光论长相，你选谁。"

"周晖！"孙嘉然蹚着水朝周晖扑去，"我跟你没完！"

唐湛双臂展开，靠在池壁上，任由两人在他面前打得水花四溅。

三人泡完澡，相约一起去唐湛房间打牌，手机斗地主，谁输谁发微信红包。

因为是酒店自带的温泉，几人穿好浴衣就直接上了楼。电梯稳稳上行，到了七楼时停了下来，门缓缓打开，三人看到了站在外面的郁泞川。

他一身和酒店服务员没有两样的制服，手里捧着两条整齐叠放的浴巾，看到他们时也怔愣在了那里。

眼看电梯门要再次关上，唐湛按住开门键，问他："进来吗？"

郁泞川眨了下眼，快步走进去，背对着三人站好。

电梯继续往上，唐湛看着郁泞川不太一样的打扮，问他："你换部门了？"

郁泞川微微偏过头，侧脸线条堪称完美。

"是，现在在客房部做。"

这还没几天，郁泞川竟然换部门了。唐湛想起那天凯文说的话，郁泞川的关系是客房部副经理，酒吧的职位又是个香馍馍，难不成有个更有关系的人把郁泞川挤掉了，导致他只好换到客房部工作？

电梯行到十一楼，郁泞川选择的楼层到了。这次他离去前，倒是回身朝着唐湛点了点头，再快步走出电梯。

电梯门再次关上，孙嘉然和周晖这才像是重新活过来一样，扑到唐湛身上就开始盘问起来。

"这小哥原来是你家员工？"

"你俩早认识为什么不告诉我们？"

唐湛被周晖吊着脖子，差点一口气没喘上来。他拍打着对方的胳膊，让他快点松开。

周晖没再使力，只是仍然勾着他脖子。

“你老实交代，交代不杀！”

唐湛姿势别扭地歪着身子，无奈道：“我和他也不算认识。”接着他将他与这对兄弟的孽缘尽数说给了两人听，一路从电梯说到了房间，说得周晖和孙嘉然连牌都不想打了，听得如痴如醉。

“这郁吉吉真是个人才啊！”周晖听完整个故事，立马对这小鬼头惊为天人。

“此子长大了必定不同凡响。”孙嘉然也表示了自己的赞赏，“有机会一定要会会他。”

唐湛摊了摊手道：“这就是全部，真的没瞒你们的了。然后你们到底还打不打牌了？不打就走，别占我地方。”

刚刚还在感慨中的两人立马回神，不约而同做了个摩拳擦掌的动作。

“打，怎么不打！”

最后的三人斗地主，以唐湛最高分，周晖最低分结束了12盘回合制。

周晖关掉微信小软件，一脸生无可恋地摊在唐湛床上。

“我果然没有赌运，和你们打十次，九次都是我输，这到底是为什么？”

唐湛嘴里咬着烟道：“不是运气的问题，是你真的打得烂。”

差不多玩到十点，周晖他们才回了自己房间。

唐湛打开电视看了会儿新闻，起身去卫生间，打算洗洗睡了。

叼着烟上厕所，完了抖干净冲水，眼角瞥过一旁卷筒纸，发现已经不足一次的用量了。

他特地吩咐过，不要给他整理房间，所以消耗品的补给可能会有不及时的时候。

他往客房部打了个电话，响了两声很快被人接起。

“您好，这里是客房部，请问有什么需要帮助的吗？”

听到这有些耳熟的声音，唐湛缓缓取下嘴里咬着的，专为过烟瘾，并没有点燃的香烟。

“……郁泞川？”

“嗯。”

对方早就从来电显示得知是他打来的电话，所以并没有像他一样惊讶。

见唐湛久久没有下一句，他又问了一遍：“请问有什么需要帮忙的？”

唐湛指尖翻转着那支细长的万宝路黑冰，这烟有个好处，捏碎了里面的爆珠，就是不点燃也能尝到浓烈的薄荷味。

有时候熬夜来上一支，提神醒脑。

“我这卷筒纸要用完了，你给我来送新的呗。”

郁泞川答应得很快：“请稍等，马上给您送上去。”

挂了电话，唐湛重新咬上烟，将手枕在脑后，盯着被灯光映照成暖色的天花板发了会儿呆。

大概过了五分钟，门铃响了起来，唐湛收回放空的思绪，起身下床去开门。

郁泞川站在门口，一如既往的表情很淡，见他开门，将手里纸筒往前一递，也没有多余的话说。

“谢谢啊！”唐湛接过卷筒纸，因为咬着烟，说话非常含糊。

郁泞川看到他嘴里的烟，皱了皱眉，提醒道：“房间里不允许抽烟，要是触发烟雾报警，天花板会向下喷水。”

曾经有位客人不信邪，非要试验下酒店这套价格不菲的防火装备，结果被淋成落汤鸡不说，房间所有损坏的物品都由他照价赔偿。

普通标间赔下来也要几十万，唐湛住着的这间是酒店最豪华的套房，怎么也得上百万吧。

唐湛闻言取下嘴里的烟，在对方眼前晃了晃，似乎想让他看仔细。

“我知道，没点呢。”

淡淡的薄荷味在郁泞川鼻尖萦绕，带着点并不呛人的烟草味。

他自己其实并不爱抽烟，实在烦得不行了，才会抽一根几块钱一包的红梅，纯属发泄压力。

红梅的味道不怎么刺激，顺滑绵软，有种特别的坚果的香气，和唐湛身上的味道截然不同。

“祝您生活愉快，再见。”郁泞川垂下眼，退后一步，公事公办地说完这句程序化的道别词，就要转身往电梯口走。

唐湛叫住他：“等等，我问你个事儿。”

郁泞川停顿了下，眼里闪过一丝疑问。

唐湛问他：“你为什么不在酒吧做了？”

这问题唐突又没有道理，郁泞川和他又不是朋友关系，凭什么这样的事都要告诉他？

郁泞川对他的恶感虽然有所降低，但还没有低到能在走廊里谈这种个人隐私的地步。

“正常职务调动而已。”这当然不是实话，但他也没打算跟对方说太多。

说完这话，他微微颔首，再次转身离去。

唐湛看着他逐渐远去的背影，挑了挑眉，将灰色的烟嘴又咬回嘴里。

忽然房里的座机毫无预兆地响了起来，唐湛关上门，莫名其妙又怀着一丝好奇地接起了电话。

“喂？”

他想过是不是周晖或者孙嘉然的恶作剧，或者酒店有什么事找他，但怎么也没想到对面竟然传出了唐山海低沉威严的声音。

“你还要胡闹到什么时候？”语气是始终如一的不客气。

第三章

Go for it

八岁以前，唐湛都是住在外面的。这个“外面”，指的是唐山海在唐家以外购置的私宅，海城市中心的位置，两百多平方米的大平层，每天都有专人打扫卫生，洗衣做饭。

唐湛小时候并不理解，为什么自己的父亲总是来去匆匆，一个月也见不上几面。对方也从不带他去游乐园，更不会参加学校组织的亲子活动。

很多事他长大了才知道。

比如他的母亲林雪莹根本不是唐山海的妻子，不过是他外面养的众多情妇之一；再比如他一直生活了八年的家根本不够格称之为唐山海的家，顶多就是个他心情好时停留的宾馆、酒店、夜总会罢了。

唐山海发妻早亡，他一直没有续弦，但男人有时候也有需求，林雪莹就是他需求的产物。她跟了他十几年，从十八岁一直到三十二岁，女人最好的青春年华都奉献给了他。二十多岁的时候，可能也是因为母凭子贵、以子挟婚的念头，她有了唐湛，但之后的八年，唐山海丝毫没有要娶她过门的意思，甚至连唐湛都一副不想认祖归宗的模样。

林雪莹在这个男人身上耗费了十四年，在即将耗费第十五个年头时，她幡然醒悟了。她离开了唐山海，抛弃了唐湛，几个月后嫁给了一位东欧小国派驻海城的领事，摇身一变成了优雅知性的领事夫人。

唐湛到这会儿还对林雪莹送他回唐家时说的话记忆犹新。

她蹲在唐湛身前，板着脸说：“唐湛，从今以后你就不是我的儿子了，你是唐家小少爷，和我林雪莹一点关系都没有。你过好你自己的人生，我也要去追寻自己的幸福。”

唐湛就这么被她懵懵懂懂地推进了唐家大宅，时隔多年，他回想起来都有些不敢相信对方竟然能跟个八岁的小孩子说那样的话。

唐山海原配生有两个孩子，是对龙凤胎，女孩叫唐千云，男孩叫唐千淼，他们教养很好，对唐湛都很和善。可惜的是，唐千淼十七岁那年就死了，被他害死的，之后唐湛和唐千云关系也就亲近不起来了，和唐山海更是日渐生疏。

而在唐湛十三岁那年，也就是他回到唐家五年后，唐山海再婚了，女方身家虽然不如唐家，但也算是有家有底，世代经商，进门没多久就给唐山海生了个儿子。

所以说，唐山海并非不想结婚，只是不想娶林雪莹而已。

唐家现在的三个孩子，分别出自不同的母亲，家庭关系复杂程度可见一斑。

唐山海有意让唐千云接管家业，现在他那三弟年纪还小，继母也不好左右唐山海的决定，但等三弟再长大些，估计一切就不太好说了。

唐湛倒是没有觊觎唐家产业的野心，就情感上来说，他更愿意唐千云接掌唐家。

他那三弟可能将来更适合做一名……厨子？

“你怎么知道我在这儿？”唐湛没想到唐山海能直接打他房间的座机，这说明对方已经很了解他的方位了。

唐山海怒道：“我怎么不能知道？周晖他们两个莫名其妙跑到温镇去，我能想不出来他们是去找你的吗？你怎么想的，那是你姐姐婚礼，你不说一声就走了，让别人怎么看我们家？”

唐湛躺在床上，仰望着空无一物的天花板，对唐山海的话采取了一只耳朵进，一只耳朵出的策略。

“你说说你去那里做什么？啊？”

“我视察一下我们家酒店啊，就……微服私访知道吧？我过阵子会回去的，你放心吧！”

唐山海压根不信他的鬼话：“酒店的事用不着你操心，玩好了赶紧给我回来！别给我惹麻烦！”

这话听到唐湛耳里，无疑就是让他少插手唐家产业的意思。这些都是唐千云的，他别想染指。

唐湛无声叹了口气：“知道啦！”

唐山海又唠叨几句，父子俩结束了谈话。

隔天一早，得知少东家莅临，酒店经理带着手下浩浩荡荡地就来给唐湛请安了。

唐湛顶着一头乱发，牙都没刷呢，就接见了他们。

这么大群人挤在他屋里，经理还握着他的手不住轻抚，恍惚间让他有种置身于新闻里，成了那个被领导慰问的扶贫对象的错觉。

“你有什么需求一定要告诉我们，我们一定给你办到。”经理五十多岁的年纪，姓王，之前在唐山海手底下做过两年，算是唐家的一员老将了。

“王叔看你说的，我就待两天，能有什么需求？”按照情理，唐湛叫对方一声“叔”，客气道，“您就当我不存在，该怎么样还是怎么样，把我当普通客人就行。”

王经理不停地摇晃着他的手，说他年少有为，人中骐骥，把他夸得差点飘到天上下不来。

送走了王经理，还没等唐湛歇口气，周晖他们又来了。

三人在酒店餐厅用了饭，不知道是不是真实身份暴露了的关系，唐湛总觉得这顿饭无论是口味用料还是服务，都要比前几天好上不少。

“吓不吓人？我觉得只要我示意一下手酸，他们都能把饭喂到我嘴里！”周晖显然也和唐湛有一样的感受。

孙嘉然用餐巾抹抹嘴，一脸了然道：“少东家，可以理解。”

“我要是去我家底下几个实验室转一圈，他们只会拿我当空气。”周晖语气深沉地道。

盛夏的午后，烈日炙人，几人都没兴趣去外面蒸桑拿，只好待在房间里继续斗地主。

周晖的牌技是真的臭，唐湛和他一起斗孙嘉然，周晖在唐湛下家，只剩一张牌了，唐湛寻思着出个小牌放跑周晖，共同打倒邪恶的地主。

他出了个“8”，周晖竟然没要。

别说唐湛，连孙嘉然都惊住了。最后地主反败为胜，周晖牌一摊开，小“3”。

唐湛放下手机，真诚地冲周晖比了两个中指。

“你有毒吧，留个 3？”

周晖牌技太差，三人玩到下午三点，都不愿意再玩下去，孙嘉然提议让唐湛带他们去温泉村转转，参观一下传说中的“樟树爷爷”。

温泉村也就离酒店一公里左右，开车五分钟就到了。

太阳过了最猛烈的时候，除了体感闷热了些，倒也不是很难受。

这次唐湛他们并没有一下车就遭遇热情的带路少年们，为此孙嘉然他们还有些失望。

没了郁吉吉，唐湛勉强充当起了临时向导，给两个发小介绍起了温泉村的各种历史和典故。

“这就是村里的三宝之一，龙形脊兽，大家可以回头看一眼。”

周晖和孙嘉然朝着唐湛所指的方向看过去，看到那脊兽的模样，周晖“哦哟”了声。

“这个不错，感觉是个老物件。”

唐湛继续往前走，边走边说：“这个人家一百万都不卖的，你要不花两百五十万买回去做个镇纸。来来来，继续往前，跟上队伍！”

三人走着走着，到了隐藏景点，唐湛抬抬下巴，朝其余两人比画道：“看到前面那小院了吗？就是那对兄弟的家。你们不是要会会那小屁孩吗？走呗！”

郁吉吉正搬着个小板凳在院子里做作业，突然听到院门被人推开的声音，抬头一看，就见唐湛他们几个走了进来。

郁吉吉一时没反应过来，挺直了脊背，瞪大双眼看着他们，表情充满惊疑。

“就是这小子。”唐湛指着他给发小介绍。

周晖道：“别说，眼睛是挺大的啊！”

孙嘉然道：“兄弟俩长得都挺帅啊！”

他们饶有兴趣地打量着郁吉吉，直看得小孩儿都不好意思起来。

“大哥哥，你怎么来了呀？”他从凳子上站起来，两只手不安地绞着一支粗短的铅笔。

唐湛冲他友善一笑："别紧张，我两个朋友来找我玩，我正好带他们参观下大樟树，顺便过来看看你。"他走过去看郁吉吉的作业本，"在做作业啊？你字写得不错啊，挺端正。"

郁吉吉挠挠头："还行吧，马马虎虎，我哥的字才好看呢。"

唐湛看了眼屋里，黑洞洞的，是典型的家徒四壁式陈设，目光所及之处看不到任何现代电器用品，唐湛几乎都要怀疑自己是不是穿越回了五十年前。

"你哥在吗？"

郁汻川昨天值夜班，照道理今天白天应该休息。

果然，郁吉吉点点头道："在里屋睡觉呢。"

周晖也挤过来看郁吉吉的作业本："小朋友你平时成绩怎么样？"

就和很多成年人不知道同小辈怎么开展话题一样，周晖用一个非常常用的句式，问起了自己曾经最讨厌从别人嘴里听到的问题。

郁吉吉矜持地笑了笑："还行吧，也就年级前十。"

"哟，不得了嘛！"

孙嘉然抬头看了眼郁汻川家的房顶，又研究了会儿他们家的梁，唐湛走过去用手肘推了推他，问他看什么呢。

孙嘉然道："我在看这房子为什么还不塌。"

海城的危房弄堂，港城的鸽子笼他也不是没见识过，但凭良心讲，和眼前这栋建筑比起来，前两者都已经可以算豪宅了。

村里别的房子他们刚进来时也看了一路，有钱的都造了两三层的小别墅，还有漂亮的瓷砖贴面；没钱的就造个毛坯框架，等有钱了再一点点补上。但像郁吉吉家这种的，一层小平房，白墙黑瓦，瞧着就有些年头了，起码是爷爷辈就没翻修过的。

两人正看着，屋里摇摇晃晃出来个中年男人，手里拿着两个杯子，口齿不清地往他们面前递着，像是要招待他们喝茶。

唐湛和孙嘉然只愣了很短的时间，马上就接过了。

水是白水，盛水的玻璃杯小小的，因为用得久了，杯壁磨出了显眼的划痕，印在外面的一圈紫色花纹也斑驳一片。

“喝……喝！”对方可能是在屋里看到了他们，以为是客人来了，于是殷勤地为他们准备了茶水。

唐湛一眼就看出对方智力方面似乎有问题，应该就是兄弟俩那个傻子大伯了。

郁吉吉见郁大磊出来了，忙上前扶住他。

“大伯，你怎么出来了？”

这两天郁大磊情况不怎么好，郁泞川嘱咐过郁吉吉，让他看着点大伯，不要让他乱跑，多卧床休息。因为这个，郁吉吉已经有几天没有出过门了。

郁大磊笑得一脸憨厚：“客人来了，高兴。”

他上一秒还挺正常的样子，下一秒整个人就控制不住地抖动起来，抖得唐湛差点以为地震了。

郁吉吉也发现对方的异状，脸色顿时苍白起来。

“不好，大伯犯病了！”

他一个小孩根本扶不住对方，郁大磊翻着白眼摔到地上，四肢不受控制地蜷缩起来，像是一只烫了水的虾米。

周晖一步冲过去，却根本不敢瞎碰对方：“这是怎么了？”

唐湛赶忙把手上杯子给孙嘉然，让他拿着，也过去查看情况了。

郁大磊浑身抽搐，牙齿剧烈打战，嘴角更是溢出白沫。

忽然，唐湛脑海里灵光一现，想起这种症状是什么了。

“他是不是癫痫犯了？”

他以前在国外求学时，有个同学在课上也犯过这个病，症状一模一样。

郁吉吉胡乱嗯了声，他显然已经不是第一次遭遇这种事了，死命掐着郁大磊的人中，同时放声朝屋里大喊：“哥！哥！你快出来！大伯又犯病了！”

在场的几个人里，最镇静的反而是郁吉吉这个小孩。唐湛他们三个没有经验，也帮不上忙，只能在一旁干着急。

大概过了一分钟，或者更短的时间，被郁吉吉声音惊醒的郁泞川风驰电掣一般从屋里奔了出来。边跑边胡乱将一件 T 恤套在身上，脚上两只拖鞋因为慌乱都穿反了。

他只扫了唐湛他们一眼，很快蹲下来查看郁大磊的情况。

癫痫这病，发作得无声无息，好得也十分迅速。只是几分钟，郁大磊便止住了颤抖，同时唐湛鼻尖隐约闻到一股腥臊气。郁大磊失禁了。

郁泞川似乎已经习惯了这种事，脸上丝毫没有嫌恶之色。

他抹去郁大磊脸上的汗，又叹了下他的鼻息，最后向唐湛求助道："能帮一下忙吗？"

唐湛自然不会拒绝："当然，你要做什么？"

郁泞川背过身，半蹲下来，背微微伏低，唐湛立马明白了他的意思。

"是要把大叔背进去吗？"

郁泞川点点头。

唐湛连忙要将郁大磊搀扶起来，但失去意识的人格外沉重，他一下子竟然没扶起来。

郁吉吉见状要去帮他，被周晖拎着领子拖到身后，代替他上前扶起了郁大磊。

两个成年人最终将郁大磊扶到了郁泞川背上，郁泞川背起男人就往屋里走，郁吉吉小尾巴一样跟在身后，唐湛、周晖护了两步，看他完全游刃有余的模样，也就停下了脚步。

孙嘉然端着两杯水靠过来，小声朝两人嘀咕："这家是真的惨，不是卖惨。"

周晖也说："而且那位小弟弟看着挺聪明，是个读书的料，可惜了。"

唐湛揉了揉脖子，看着昏暗的室内，表情有些微妙。

他摸了摸口袋，两个口袋摸出三百五十块钱，将钱呈扇形捏在手中，朝两位好友扇了扇。

"你们有没有？把有的都拿出来。"

孙嘉然把杯子放到郁吉吉写作业的那张小桌上，同周晖一起低头搜起了全身。

"只有这些。"

两人最后搜遍全身也只搜出来五百块钱，唐湛嫌弃地接过，把红票子一张张展平，摞成一沓，一共八百块钱，塞进了郁吉吉作业本中间，还用茶杯压住。

完了他用铅笔在郁吉吉的草稿纸上留了一句话——

好好学习，天天向上！

“走吧！”唐湛搁下笔，朝孙嘉然他们挥了挥手。

夕阳的余晖下，三人默默走在温泉村的青石小路上，都没说话。

郁大磊突然发病这事整得几个人都很蒙，现在还有些回不过神。对于他们这种从小在锦衣玉食中长大的小少爷来说，郁家的破败和贫穷是不可想象的，给他们的心灵冲击很大，或者说巨大。

三人走到村头，唐湛站在车边，回头去看身后的温泉村。

顺着泞川看过去，高楼林立的新小区和乡土气息浓厚的温泉村之间可谓泾渭分明。

以泞川为中轴，唐湛用手掌遮住那些高楼看了会儿，又反过来遮住那些农村新别墅看了会儿。

“看什么呢？”周晖见他不准备上车的样子，问了句。

唐湛放下手臂，答道：“这条河就像条荣枯线，这方一片繁荣，那方逐渐颓唐。”

孙嘉然掏了掏耳朵：“什么线？”

唐湛给他们科普：“金融术语，定个景气值的话，100 以上算景气，100 以下就是不景气，那 100 这个临界值就叫‘荣枯线’。”

他尽量说得简单易懂，让两个非金融专业的都能听明白。

“温泉村虽然基建没那么好，但也还行吧，就是贫富差距大点。”周晖边说边钻进车里。

唐湛也跟着坐到驾驶座，摔上车门道：“我指的不是他们的经济，而是整个村子的发展趋势，有一天它势必消亡，被新的世界吞没。”

孙嘉然道：“人类就是这么发展起来的，这是好事。”

唐湛放下手刹，笑道：“对人类是好事。”

夏季多雨，艳阳天转眼成了瓢泼大雨，温镇正式进入雨季。

下着大雨，去哪里都没滋没味，风景也不好看起来。唐湛三人彻底无所事事，干脆只在酒店待着，无聊了打牌玩游戏，累了就各自休息，不想休息就去健身房挥洒多余的精力。

酒店里不能抽烟，唐湛想抽烟了就下电梯走到酒店大门外，往垃圾桶边一站，抽完一根再进去。

这天他正在那儿抽着烟，远远看到一人撑着把黑伞缓缓走来。唐湛看不清对方掩在伞下的脸，却能看到一截露出来的小臂，结实白皙。顺着看下去，又看到握着伞把的手，也是五指修长，格外漂亮。

他突然有了兴趣，想要看一看这撑伞人的真面目。

对方由远及近走来，踏上台阶，走到酒店门廊，接着那伞被收成一束，水珠纷纷落下，露出背后那张年轻俊美的面孔来。

郁泞川头发微湿，雨水太大，站在伞下仍不能避免身体被淋湿。

他撩起衣服下摆，擦了擦滴到下巴上的雨水，一抬头，就看到唐湛以单手夹烟的姿势站在不远处看着他，表情有些意外。

郁泞川放下衣服，重新遮住自己肌肉匀称的好身材，想了下朝对方走过去。

“上次，谢谢。”

他不光是为了感谢唐湛他们在郁大磊发病时的帮助，也是为了感谢那八百块钱。

他不是个清高到容不下别人表露善心的人，更不会因为别人的怜悯同情而觉得自尊心受挫。

自尊这种东西，既不能饱腹，又不能换钱，多了是种负担。从小到大，如果他不接受别人的帮助，全靠自己养活一家人，恐怕早就被生活压垮了。

唐湛笑了笑道：“举手之劳，不足挂齿。大叔身体怎么样了？”

郁泞川道：“老毛病了，发作过休息几天就好。”

唐湛记得这病似乎是一直要服药的，但以郁泞川他们家的经济条件，显然没办法承担太过昂贵的医药费。

“看过医生吗？”他忍不住问出口。

郁泞川将长柄伞靠在一边，接着从裤子口袋中摸出一包红梅烟，抽出一根夹在指间，目光落在唐湛脸上：“借个火。”

唐湛还没反应过来，就见郁泞川俯下身，将他手上的打火机抢了过去，就着火吸了几口，点燃了自己的烟。

唐湛手指一抖，差点吓得没把烟给抖掉了。

“以前去看过，但药太贵了，吃不起。”郁泞川呼出一口白烟，发梢上的水珠正好滴下来，落到他眼尾处。他夹着烟，用无名指揩去那滴不听话的小水珠，末了，弯了弯嘴角道："而且，我大伯没有医保。"

那笑不是因为高兴和愉悦，更像是一种无奈的自嘲。

这也不过是名十八岁的半大少年啊，想起唐湛的十八岁，正在因为被名校录取而疯狂庆祝，去海上浪了三天三夜。

唐家家庭关系挺复杂，但不可否认，金钱上从来没有短过唐湛的。虽说成年后唐湛就开始自己赚钱，不再问唐山海要零花钱，可也是因为家世和不可小觑的积蓄才让他有底气。他从来都知道，自己是幸运的，起码他生来就衣食无忧，不用为了温饱发愁。

唐湛与郁泞川也不过是熟悉的陌生人，连个朋友也算不上，不好过问太多。剩下的时间两人都很沉默，唐湛抽完一支烟，和郁泞川打了声招呼。

"我先进去了。"

郁泞川点点头："再见。"

这还是对方头一回这么和颜悦色地跟他道别，唐湛觉得挺新鲜，走路都有些飘了。

这场雨一直下到了晚上，唐湛吃过饭后去健身房游了个泳，再出来时已经将近九点。

他还没走到房门口，只是出了电梯，就听到往常安静的走道里有争执声。顺着声音走过去，他看到走廊里，一扇打开的房门前聚着好几个人，而郁泞川正被围在中间。

看上去像是酒店经理级别的两名男性正对着一位戴眼镜的女性解释着什么，郁泞川则不声不响站在那里，冷漠中透着点不耐烦。

"不是他偷的是谁偷的？鬼偷的啊？"女人提高嗓音吼起来，瞬间走廊里都是她的声音。

唐湛听她这样一说，脚步都为之一顿。

他挑了挑眉，出声道："这是怎么了？"

几个人不约而同地看过来，那两位经理明显认得他，几乎不带犹豫就叫出了他的名字。唐湛觉得可能是之前"众臣朝拜"时见过他，那会儿人太多了，他也没留意。

"唐先生，不好意思打扰到您了，我们这儿正好有些小事处理。"

唐湛看了看对方的名牌，是位副经理。视线转动时与郁泞川的眼眸正好隔空对上，还朝对方悄悄使了个眼色。

郁泞川被他轻浮地撩了下，眉头一下皱得更深。

唐湛对此毫无所觉，朝副经理绽开一个灿烂的笑容道："没有没有，没有打扰，跟我说说呗，怎么回事？"他表现得像一位爱凑热闹的热心群众。

副经理犹豫了一下，一旁女人可能以为唐湛是什么更高等级的管理人员，迫不及待将事情经过全部说了出来。

唐湛剔除掉她大量夸张的修辞，总结一下就是这位女士丢了她的钻石戒指，而唯一在今晚进过她房间的陌生人，就是郁泞川。

"也就是说，您让这位服务生来给您送刀叉，然后就把戒指放在进门那边的柜子上，洗澡的时候您听到有人按门铃，您的儿子给开的，没多久您洗完澡出来就发现戒指不见了。"唐湛梳理完毕，问对方，"请问怎么称呼？"

女人双手交叉，气势汹汹地说："姓冯。"

"冯女士，"唐湛尽量让自己的声音听起来亲切和善，"您的孩子当时也在屋里，他怎么说？"

冯女士语气强硬地道："他一个小孩子知道什么？他说他开门的时候一直低头玩手机，全程没抬头。就这么一会儿工夫，戒指不可能自己长翅膀飞出去，不是他偷的还是我们自己藏起来的吗？我也是有身份有地位的人，犯得着讹他一个小小服务生吗？"

副经理连忙安抚："当然不是这个意思，您先别动气！"他看向郁泞川，一脸为难地道，"小川，到底怎么回事，你进门有看到冯女士的戒指吗？"

郁泞川摇了摇头，声线平静道："没有，我放下餐具就离开了，没动房里任何东西。"

冯女士不依不饶，冷笑道："你既然不承认，那我也没办法，只有报警了。"

"别别别！"那个跟副经理一起的保安主管开口了，"有事好商量，小事一桩而已，我们一定会给您一个交代，没必要报警这么严重是吧？"

他明显没有副经理对郁泞川那样和善，眉毛一皱，语气不怎么好地道："要真是你拿的就交出来，唐先生和陈副经理都不是外人，不会硬押着你去见官。但你要是拒不认罪，我们也只好采取非常手段，叫人去搜你的储物柜、办公桌，你待过的任何地方！”

他这种说法，基本就已经认定了戒指是郁泞川偷的，一番恩威并施，还想让对方自己将戒指吐出来。

唐湛听着都替郁泞川觉得委屈，更不要说郁泞川自己了。

他深深吸了口气，神色间多有忍耐，语气倒还算克制，没失控也没骂脏话。

“我没有拿过任何东西，你们要搜要查随便，要报警我也没意见。”他的态度比冯女士还硬，叫保安主管脸色相当难看。

“你……”他还要再说话，被唐湛举起手打断了。

“事情没查清楚前，先别这么快下定论。”他凉凉睨了那主管一眼，不见他话语多严厉，那主管却像是一下子被巨锤击中胸口，没来由觉得心慌。

陈副经理附和道：“是啊是啊，小川不是那样的人，他绝对不会偷拿别人的东西，我可以替他作担保！”

冯女士讥讽道：“我要你担保有什么用？我要我的戒指！”

几人说话间，半开的房门内突然探出一颗小小的头颅。一名瞧着八九岁的男孩子手里握着手机，神色紧张又不安地注视着争执的人群，骨碌碌的大眼睛不期然对上唐湛的双眸时，他吓了一跳，立马惊慌地缩了回去。

唐湛对着那个方向若有所思，收回视线对着陈副经理提议道：“这样，你找两个信得过的人过来，把客房彻底搜一遍，戒指这种东西体积小，说不准被风带到什么地方去了。”

冯女士不可置信地盯着他，简直要被他最后一句荒谬至极的言论气笑了。

“我屋里是刮了八级台风啊，能把一枚两克拉钻戒吹跑？”她鼻腔里喷着气，怒目扫过在场几人，忽然回身挡在了自个儿房门前，“凭什么让你们搜？万一你们串通一气，假装又把戒指给我送回来了怎么办？我今天还就要报警了，我要让警察给我评评理！”

唐湛无所谓地耸耸肩，淡淡道：“行啊，您信不过咱们，那让警察来搜屋子也一样。”

冯女士心里憋闷得要死，先是丢了戒指，又被酒店高管这样忽悠，心里打定了主意无论戒指找没找到，都要将这件事投诉到酒店直属管理集团——贵禾天怡，问他们讨要个说法。

“小磊，替妈妈报警！”她偏过头，朝屋里儿子喊道。

小男孩一脸焦灼地站在那里，吞吞吐吐地开口：“妈妈，其实……其实戒指……”

他从裤子口袋里磨磨蹭蹭摸出一个东西，朝冯女士方向递了递。

冯女士先是一愣，等看清了他手里的东西，脸色唰地沉下来，几步上前夺过戒指放到自己眼皮子底下细瞧。

一枚银色戒托上，镶嵌着切割完美的两克拉大钻，正是她叫嚷着被郁泞川偷去的那枚戒指。

这一下她哪里还有不懂的，一只手攥紧了那枚戒指，另一只手举起巴掌就往男孩身上招呼。

“你要死啊！我叫你调皮，叫你胡闹！我打死你……你给我过来！”冯女士穿着浴袍，走位风骚地和儿子在套间客厅里玩起了猫捉老鼠。

然而男孩也是深谙游戏精髓的，躲避技能层出不穷，又仗着身子灵活，躲过了许多攻击。唐湛在门口瞧着，恨不得主动请缨，上去替冯女士出这口恶气。他保证一抓一个准，让这熊孩子尝尝“竹笋炒肉”的滋味，叫他再也皮不起来。

“妈妈我错了，我再也不敢了！我就是想开个玩笑……”小男孩又叫又哭，脚下跑得贼快，一个闪身就躲进了卫生间，任冯女士怎么敲门都不开。

这玩笑到底乐着谁了？唐湛悄悄看了眼身旁郁泞川，见他剑眉紧蹙着，并没有沉冤得雪后的轻松，反而双唇紧抿，神色更阴郁了几分。

要是今天受到污蔑的人是唐湛，就他这身份摆在这儿，都不用自证什么，陈副经理和保安主管肯定第一个替他作保，甚至冯女士在得知他的身份后，也会立马对自己的判断产生怀疑。

因为他有钱啊，有钱人怎么会偷东西呢？

而他们为什么会怀疑郁泞川？也是同理。因为他只是一个小小服务生，因为他穷。

穷似乎成了他的“原罪”，让他处处低人一等，就算他身上有再多闪光点，品行再如何高洁。世人愚昧肤浅，也总会第一眼看到他的“穷”。

唐湛知道凭自己一己之力，不可能改变这种普遍现象。他也不是什么圣人，能一张口就叫人感悟人生大道。

“女士，您先别忙着教训孩子，先过来下，我有话要说。”但在力所能及的范围，还是可以做点什么的。

冯女士拍门的手一顿，似乎这才想起门外还有四个人在等着她。她整理了一下凌乱的浴袍，清了清嗓子，将那枚钻戒重新戴回手上，接着转身朝唐湛走去。

“不好意思，戒指找到了，是我家孩子胡闹了。”她自知理亏，一下子语气软下来不少。

“没事就好，虚惊一场。”陈副经理干笑着道，“那既然没事了，我们就告辞了。”

冯女士现在尴尬得不行，恨不得他们立刻消失，听对方说要走，自然是欣然同意的。

“走什么呀，”唐湛叫住想要转身离去的陈副经理和保安主管，冲冯女士嘴角带笑道，“冤枉了人，总要道歉吧。说偷戒指的是您，说找到的也是您。我们员工受了无妄之灾，心灵受到伤害，精神损失费就不用您赔了，您就在这儿给他诚恳地道个歉，这事就算完了。”

冯女士脸都涨红了：“我给他道歉？你有没有搞错？我可是你们的金牌 VIP，你让我跟个服务生道歉？”

保安主管也觉得不妥，他们酒店的服务理念一向是以客户为先，做服务行业的哪个没受过委屈？郁泞川又不是哪家千金大小姐，如此做法未免小题大做。

“唐先生，就是孩子闹着玩罢了，我相信郁泞川也不会这么小气放在心上。冯女士也不是故意的，她刚刚都教训过孩子了，就算了吧。”他出声为冯女士解围道。

唐湛嗤笑一声，立马转身问郁泞川：“你放在心上了吗？”

郁泞川看着他，沉郁的眼眸深处似乎亮起了些什么。他纤长的睫毛颤动两下，视线转向保安主管，语气甚为挑衅道：“我挺小气的，放心上了。怎么冤枉我的，就怎么给我道歉。”

冯女士原本得意扬扬的表情一下子变了，她咬牙瞪着唐湛道："你这人怎么还不依不饶了？我要向贵禾天怡投诉你们！"

唐湛"哎哟"了声，被她逗笑了。

"这位女士，你最好去百度下我唐湛是谁。"他连敬语都不用了，眉眼嚣张道，"贵禾天怡董事长唐山海先生，正是家父，你要投诉就去吧，对我有一毛钱影响我就把头割下来给你。"

这还是郁泞川头一次听他自报家门，之前他只知道这个男人金贵，得罪不起，只以为是哪里来的富二代，却没想到竟是他们少东家。

冯女士一下踢到这么硬的铁板，整张脸都要扭曲了。

毕竟眼前站着四个男人，她一个带着孩子的女人，面对硬茬也不得不低头。

别别扭扭，不情不愿，她上身微微前倾了大概十度，冲郁泞川快速说了句："对不起！"

郁泞川背脊挺得笔直，垂眼看着她，半天才掀起唇道："没关系。"

冯女士冷着脸二话不说直起身，当着他们的面就将门摔上了。那动静，唐湛发誓他看到走廊墙壁上挂的装饰画都抖了三抖。

"真的麻烦你了，唐先生。"陈副经理不好意思地向唐湛赔罪。

唐湛没理他，拧眉看向保安主管，不客气道："你也给我道歉！"

保安主管没想到这就轮到自己了，再怎么说他也是个主管，给个最低职位的服务生道歉，传出去他在下属面前哪还有威信？

当即，他的脸色就有点不好看，嗫嚅着说不出话，只好求救地看向身旁的副经理。

陈副经理本想替他说两句好话，但是目光触及郁泞川，想起他是多不容易的一个孩子，又把话都咽了回去，移开视线，只当没接收到保安主管的讯息。

保安主管脸色顷刻黑得跟煤球似的，一咬牙，冲郁泞川低头道："刚才对不住了，是我没搞清楚情况，污蔑了好人。我也是为了我们酒店声誉着想，小川你别放在心上。"

刚刚还连名带姓叫人家，这会儿就是"小川"了。强权之下，改口飞快。

唐湛好笑道："行了，这事儿到此为止，就当没发生过，谁也别提。"

陈副经理连连称是，与保安主管一同走了。郁汿川跟在两人后面，唐湛刚要转身往自己房间走去，已经走出几步的郁汿川忽然回头看了他一眼。

唐湛抬起的脚跟又给放下，朝他意味深长地笑了笑。

郁汿川冲他一点头，郑重而无声地说了两个字：“谢谢。”

说完转身离去。

唐湛微微启唇，用拇指指甲搔了搔嘴角的位置，轻轻呵了一声。

第四章

Go for it

郁泞川被污蔑的事儿，陈副经理谨遵唐湛的意思，就当没发生过，谁也没提，可保安主管却怎么也咽不下这口气。

在他看来，唐湛这个少东家是迟早要走的，郁泞川这小子就算一朝走了狗屎运，也不可能一辈子都有人护着。

再说偌大的一个酒店里少了名服务生，唐湛能知道什么？他与客房部经理郑德庆本就是老乡，这个保安主管的职位，还是对方介绍来的。他将这事添油加醋给郑德庆一说，对方就懂他的意思了。“行了，这事我知道了，我找他谈谈。”郑德庆四十多岁的年纪，长得清瘦贵气，一张脸保养得宜，像个知识分子，凑近了还能闻到他身上的香味。保安主管拍拍他的肩膀，一副哥俩好的模样：“你给我弄死那小子，叫他继续嚣张！”郑德庆被他这样不轻不重地拍了两下，当即面色一僵，眼底泛起一阵厌恶，但表面上还是与他有说有笑。

他找郁泞川来谈话，等人一进他办公室，反手就将门锁了。

郁泞川有些莫名：“您找我有事吗？”

郑德庆靠坐在办公桌上，笑得人畜无害：“昨天的事我都听说了。”

郁泞川一听是这事，越加吃不准对方叫他来谈话的用意。

他没接话，静观其变，等对方亮出底牌。

“你和老陈的关系，我是知道的。之前在酒吧工作，你因为请假太多，引起同事不满，最后只好调来客房部。我和老陈是多年上下级关系了，他要调个服务员过来，我自然不会说什么。”郑德庆的客气到此为止，话锋突然一变道，“但该夹着尾巴做人的时候，还是要夹着点。这个酒店，这个部门，真正该巴结该讨好该小心对付的是谁，你心里要清楚。”

他这话里有话的说话方式听得郁泞川心里非常憋闷，他本身也不是个喜欢耍心眼的人，特别讨厌这么说话的。

“您就直说吧，想要我怎么做。”

郑德庆顿了会儿，突然翻看起自己的手指。他的指甲修剪得十分齐整，指节上连个茧子都没有。

“我知道你们家条件不好，你要是愿意，我可以资助你，按月付钱，或者按年付钱都没问题。作为回报，你需要完全听从我的安排，我让你做什么你就做什么，讨好谁就讨好谁，这对你来说并不难吧？”

郁泞川疑惑地蹙起眉：“我不太懂您的意思。”

郑德庆闻言笑了笑，收回手，起身走向郁泞川。

“我的意思是，你长得不错又年轻，应该是很受欢迎的。酒店里那么多有钱女客，我让你讨好一下，促进下生意，认个干姐干妈，也不为过吧？我知道你很缺钱，很需要这份工作，好好跟着我，保你吃香的喝辣的。但如果没有我做你的靠山，光凭老陈那个庸才，你绝对在这个酒店里待不长。”

郁泞川一开始没懂他的意思，等懂了，只觉得胃里翻江倒海，几乎要被这巨大的恶心感击溃。

他突然觉得有些好笑，他的上司，一个他可以称之为长辈的人，竟然关起办公室的门在这儿跟他谈拉皮条的勾当。

他当真笑了出来，只是这笑并不过眼，又冷又煞。

“如果我不答应呢？”他们挨得很近，郁泞川绷着身上的肌肉，下巴更是因为克制而绷出凌厉的线条。

郑德庆理了理郁泞川的衣领，表情一派慈和：“那就很遗憾了。”

郁泞川一把攥住那只手，神色冰冷，眼瞳深处翻卷着黑色的旋涡。

唐湛在临近毕业那会儿，曾在国外一家著名风投公司久安资本做过实习生，从而认识了夏瀚，一位美籍华裔。

夏瀚虽然有着中国名字，但内里却是个地地道道的洋人，中文都还是认识唐湛后死乞白赖让对方教的。

两人不算一见如故，但也相谈甚欢。唐湛回国后，与对方仍有联系。

这天夜里夏瀚突然与他视频连线，说要给他个惊喜。

“什么惊喜呀？有屁快放！我这都大半夜了，你再不说我就去睡了。”

可能是受到满大街楼盘推销广告的刺激，孙嘉然这两天拖着他们到处看楼盘，说要买一套房子以后每年来避暑度假。

对于全球各大城市皆有房产，一年四季都在度假的孙家小少爷，唐湛不知道温镇的这套房子几年才能得他一次临幸。但既然好友说要买，他总不能在旁泼冷水，也只好全天作陪。

看了两日，终于看中酒店旁的一个楼盘，买下一栋依山傍水，风景绝佳的小别墅。

陪孙嘉然那个处女座奔走了两日，唐湛早就疲惫不堪，这会儿也管不上什么惊喜不惊喜，只想快快洗好澡睡觉，睡它个昏天暗地。

“别别别，我说，我说还不行吗？”夏瀚的中文发音就跟大多数老外一样，有股川普味儿。

他告诉唐湛，自己即将来华担任久安资本中国基金的全球执行合伙人，想邀请唐湛担任普通合伙人，与他一同玩转金融界。

唐湛没有盲目应下，而是问他：“你心里有没有目标领域？”

“TMT（科技、媒体、通信）吧，互联网才是未来。”

现在很多人都喜欢投TMT，也就是所谓数字新媒体产业，稳中求胜，容易出成绩，唐湛倒是认为皆可一试，毕竟风投风投，有风险才好玩。

“丑话说在前头，要我担任合伙人，项目必须得我自己挑。而且我喜欢投人，比起项目的潜力，我更相信人类的潜力。”一个项目就算有再好的前景，没有好的领导者也是白搭。同理，一个优秀的领导者，就算自身行业再不被看好，也能闯出自己的一番天地。

夏瀚点了点头，对他的话无比赞同，在唐湛实习期间，他就发现对方眼光毒辣，见解非凡。有一次在同一领域的几家公司里，夏瀚举棋不定要投哪一家，询问唐湛意见，他一开口就无比确定地告诉他，A公司。

他好奇地问对方，为何是A公司，唐湛回答：“和这几家公司接触下来，A公司的创始人是唯一一个展现了自身个人魅力以及丰富阅历的Leader。而且他的员工非常敬爱他，愿意跟随他，这是一个成功的创始人必不可少的。”

事后证明，唐湛是对的，没有几年，A 公司异军突起，成了领域里的领头羊，更有吞并同行独占鳌头的架势。

夏瀚也因为这笔成功的投资，在久安资本站稳脚跟，为他争取来华担任地区负责人打下良好基础。

“你是个天生的投资者，你父亲不该无视你这颗瑰宝。”风投多和商人打交道，唐家作为商之大家，有许多事是瞒不过风投圈的。

比如唐湛私生子的身份，再比如唐山海对他放任自流的态度。

唐湛这话听了不止一遍，早就已经麻木了。

他打了个呵欠道：“大女儿漂亮能干，小儿子乖巧可爱，当中那个就显得可有可无了。”

夏瀚没有别的事了，见他困乏，不欲打扰他休息，便就此结束了通话。

又过了两天，孙嘉然和周晖可算是要走了。

唐湛开车将他俩送到机场，回程的时候路过温泉村。他也是闲的，觉得回酒店不是健身就是睡觉，还不如去找郁吉吉那个小骗子聊聊天。

除了唐佳聪那惹人厌的小胖子，他对别的小孩子还是很待见的。

停好车，一路步行到郁吉吉家，照旧沿途牛粪陷阱接连不断，唐湛走得辛苦，跟跳梅花桩似的。等接近郁家那破瓦房，未见其人，声先出。

一阵苍劲古朴的弦乐声缓缓传来，音色介于琵琶和吉他之间，十分脆亮圆润。听着有种夏蝉鸣叫之感，就是曲子有点悲，让唐湛非常想立在郁家门前背手赋诗一首。

风萧萧兮易水寒，壮士一去兮不复还……

他寻着乐声走进大门，一眼瞧见郁泞川穿着件白 T 恤，坐在院里台阶上，怀里抱了把什么乐器，嘴里的半支红梅烟还燃着。

唐湛没想到他还有这才艺，一时都有些呆了。

琴音忽地急促起来，犹如金戈铁马横越沙场，郁泞川戴着甲片的手指飞快拨动琴弦，完全沉浸在自己的世界，没有发现唐湛的到来。

纷乱的弦音戛然而止，郁泞川按住琴弦，完成了自己的演奏。

原本寂静的小院忽然响起掌声，郁泞川猛地睁开眼看过去，就看到唐湛站在不远处，眼带笑意地鼓着掌。

郁泞川将琴放到一边，取下嘴里的烟问："你怎么来了？"

唐湛见他不弹了，心里很有些可惜。

"来看看你弟弟。"他如实回答，"他人呢？不在吗？"

他朝屋里探头张望，没见郁吉吉人影，想来人不在家里。

"今天返校，他去镇上了。"郁泞川本是坐在第二级台阶上，这会儿收回一条腿，手肘撑着膝盖，捏住那支红梅烟深深抽了口，又缓缓吐出。

唐湛见他五官都要被烟雾遮盖，忍不住道："少抽点，你才多大烟瘾就这么重？"

郁泞川看了他一眼，像是故意一般，将烟叼在嘴里，又吸了口，随后含着那口烟，朝唐湛方向吹了过去。

"我成年了。"郁泞川夹着烟，下巴托在掌心，总是过分成熟的眼眸里，生起点属于少年人的叛逆。

唐湛喉头微动，觉得有些痒。

"我的烟瘾都被你勾出来了。"他从裤子口袋里掏出自己那包万宝路，抽出一根，见郁泞川的已经只剩个烟嘴，朝他嘿了声，将那根烟丢了过去。

郁泞川接住了，没有立刻点燃，而是放在指尖把玩。

"刚刚是谁让我少抽点来着？"

唐湛用手护着火，低头点上了嘴里的烟，闻言笑眯了一双桃花眼。

"你这人怎么这么得理不饶人呢？"他喷出一口烟，薄荷的味道瞬间在四周弥漫开来，"你大伯呢？"

他都站了好一会儿了都不见人给他倒茶，该不会是又病了吧？

郁泞川冲身后指了指道："屋里睡觉呢，他上午刚在屋后头锄了地，累着了。"

农村娱乐少，不是看电视就是打牌，郁泞川家就一台破破烂烂的小电视机，一共只能收到三个频道，看久了还会突然黑屏，连郁吉吉都嫌弃。郁大磊倒是喜欢看人家打牌，但有一次他看着看着突然发病了，倒在地上抽搐的样子吓坏了不少人，之后别人就不让他看了，为此他还难过了好久。

也只有种种地，喂喂鸡鸭，是他能做的有限的几件事情。

唐湛道："种地好，锻炼身体。我是不会种，会种谁还去健身房啊，我直接种地就行，还能晒个日光浴！"

植被茂密的地方蚊子也多，乡下更是如此，偏巧唐湛特招蚊子咬，来回走动还好，这一站着不动，没多久就觉得脖子上胳膊上痒得慌。

他来回甩手，原地跺脚，都不管用。那蚊子跟不要命一样，还是一个劲儿往他身上撞。

“你都不会被咬吗？”唐湛不可思议地瞧着坐在台阶上气定神闲的郁泞川，看他肤色白皙，裸露在外的地方连个红痕都没有，不由得啧啧称奇。

郁泞川将烟蒂在台阶上按熄，用着缓慢的语调道：“我不招蚊子咬，只有你们这些大少爷，皮肤嫩血肉香，才格外引蚊子。我们皮糙肉厚的，它们想咬也要思量下会不会叮不进去，半路把口器给折了。”

唐湛觉得郁泞川可能对“皮糙肉厚”这词有点误解。他一巴掌拍在脖子上，摊开手一看，掌心一包血，脑海里立马浮现一句广告词：皮薄馅儿多，一口全是汁。

他不自觉抖了抖，就见郁泞川起身回了屋里，没一会儿又走了出来，手上拿着瓶绿油油的花露水。

“涂点吧，解痒。”

唐湛接过瓶子，蹲院子里给自己身上的包一个个涂上花露水。

他咬着烟，口齿不清地道：“你们家要是人都不在，大伯犯病了怎么办啊？”

现在是暑假还好说，等郁吉吉去上学了，郁大磊一个人在家，犯病了摔倒了没人知道，出了事可怎么办？

他就是老妈子心态，觉得和这家人有点缘分，就控制不住想了解更多。

郁泞川道：“平时家里没人，就把他送到村头郁韦他们家。郁韦你还记得吗？就当初跟吉吉一起骗你那小子，矮矮小小的个子。他爷爷和我爷爷是堂兄弟，我家也算和他家有点亲戚关系，他们会帮忙看一看我大伯，晚上再由我们领回来。”

短短几句话，分明也不如何煽情，听得唐湛心里一阵阵酸涩。

小小年纪就要为生计奔波，还要照顾病人，弟弟又是个不省心的熊孩子，真是不容易。

唐湛想着能不能回去跟他领导提一下，给他把工资涨一涨，不动声色地帮助一下这家人。

他知道郁泞川心气高，就不想帮得太明显，怕对方瞎想。

“你刚刚弹的什么？”他目光扫到一旁搁着的乐器，仔细一看，有点像他在电视上看到的那种说书人弹奏的乐器，细长的颈，就三根弦。

“三弦。”郁泞川答，“就觉得无聊，弹着玩玩的。”

唐湛在音乐方面的造诣不高，听不出他这个到底是什么级别的，但如果业余的也能弹成这样，那郁泞川的天赋可以说是很不错了。

他对这种民族乐器充满好奇，忍不住就要上手摸。

“这个是什么皮做的？我瞧着有点像蛇皮。”唐湛摸了摸琴鼓的地方，能摸到隐约的鳞片的触感。

郁泞川手指摩挲着琴头的蝙蝠骨花，道：“就是蛇皮的，蟒蛇皮。”

这把琴还是郁泞川的母亲留下的，作为少数民族，能歌善舞是她的天性，而她把这种天性也遗传给了郁泞川。

他从很小的时候就开始弹奏三弦，甚至自学了五线谱，《梅花调》《夜深沉》《塞上曲》，这些高难度的曲目，他甚至不用看谱就能自如弹奏。

弹拨类乐器，一般都要佩戴假指甲，郁泞川也不例外，右手缠着五枚假指甲，个个色如琥珀，由玳瑁制成。

这会儿也不弹了，他就想将假指甲卸下来。

他用的是胶布缠绕的方式，黏性挺大，一只手不太好卸。唐湛见他吃力，主动上前帮忙。

“我来我来！”他没什么顾虑，一把就将郁泞川的手指握住了。

郁泞川差点没一脚将他蹬出去，刚要甩开手，见对方一副小心翼翼的模样，的确是在认真给他卸甲片蠢蠢欲动的脚和手这才按捺下来。

“你今天不上班吗？还是夜班？”唐湛将假指甲卸下来，指甲片归指甲片放，胶布归胶布放，没一会儿就全都搞定了。

“我不做了。”

唐湛拨弄指甲片的动作一停，诧异地抬头：“不做了？”

郁泞川垂着眼，掩去眼里沉郁的情绪，将指甲片归到掌心，又拿起一旁三弦，往屋里走去。

唐湛蹲在台阶下，愣愣望着他的背影，半天捏住嘴里的烟，用力按向地面。

郁泞川放好了琴，又从屋里出来，手里多了杯白开水。

“家里没茶叶，你就凑合着喝吧。”

唐湛盯着摆到自己眼前的那杯水看了片刻，又去看眼前的郁泞川，似乎想从对方脸上看出点什么。

“是不是他们把你辞了？”

郁泞川这家庭条件根本不可能主动辞职，他不做了的原因只可能是诺亚不要他了。唐湛第一反应就是因为上次丢失戒指事件使得郁泞川被穿小鞋了，这在职场里也不算少见。

“是我不想干了，里面的人际交往太复杂……”郁泞川不知想到什么，皱了皱眉，没有再接着往下说。

唐湛一听是他自己不想干的，虽然心中仍有疑虑，但也不好再说什么。

唐湛在郁家又待了会儿，直到郁大磊午睡醒了，郁泞川听到响动要去照看他，唐湛见他忙，也就不欲打扰他，与他告别了。

回到酒店，他洗了个澡，正准备去酒店餐厅觅食，自称总经理助理的女人打电话给他，说王总想要与他共进晚餐，问他有没有空。

唐湛现在别的没有，最多的就是时间了。有人请客吃饭，他自然是欣然应允的。

时间约在六点，毕竟对方是长辈，唐湛也不敢穿得太随意，翻出许久不穿的西装西裤套上，到点就出门了。

王经理比他到得还要早，远远地就冲他招手：“小湛啊，这儿呢！”

侍者为他拉开座椅，唐湛风度翩翩地说了声谢谢，在王经理对面坐下。

王经理是个见惯大场面，经历过诸多酒局饭局的人，控场能力极强，一餐饭下来话题不断，密度又不会太过惹人厌，叫唐湛十分满意。

甜品过后，侍者上来收盘子，桌上瞬间干干净净，只剩两支酒杯。

王经理摇晃着杯中红酒，在说了一餐饭的废话后，终于直击重点。

“小湛啊，你爸爸最近在忙上市的事情，或许对你是有些疏忽了，但你们毕竟是父子，好好沟通就是了，别伤了亲情。在我这儿待够了就回去吧，你姐姐刚结婚，你弟弟又小，能帮上你爸爸的只有你了。”

他以为自己一番真情实意终能打动唐湛，不想唐湛听后脸色一变，不仅没有感动，反而露出一脸荒唐的表情。

“贵禾天怡在准备上市？”唐湛被这个消息冲击得浑身发麻，对方的每一句话都像是在打他的脸，作为唐家的一员，他却被唐山海排除在外，还要从一个外人嘴里听闻自家公司准备上市的消息。

王经理被他问得一愣：“怎么，你不知道吗？”

唐湛一口饮尽杯中红酒，冷笑道：“毫不知情。”

唐山海根本不需要他这个儿子，他恨他，怨他，甚至打从心眼里不希望他出生。

要不是他，唐家的嫡子也不会夭折。都是因为他，让他失去了完美的继承人。

王经理有些尴尬：“大概是想过一阵子，敲定了再告诉你。”

上市了再告诉他不是更好？不，上市了不用唐山海告诉，他自己就能从新闻里得知这个消息。

之后的谈话，唐湛陷在自己的思绪中，显得有些心不在焉，王经理后悔自己说漏了嘴，但又不知道该怎么宽慰他。话题无法推进，也就聊不下去了。

一顿饭吃得虎头蛇尾，唐湛拖着步子回到房间，一进屋就扑到了柔软的大床上。整个人呈“大”字形躺着。

他不知道自己什么时候睡着的，但他睡得并不安稳。

他沉在水里，所有的声音、光影都离他远去。四周越来越暗，仿佛在向深渊坠落，最后一口气终是憋不住似的泄出胸膛，透明的气泡一股脑涌向上方。唐湛慢慢闭上眼，放弃挣扎，认命地迎接死亡的到来。失去意识的前一刻，一抹身影忽然出现在他的视野中，犹如绝境中的一粒星火，点亮他灰暗的人生。

唐湛缓缓睁开眼，室内因为拉着遮光窗帘，非常暗，看不出天色几何。他在床头摸索一阵，摸到手机看了眼，已经快下午一点了。

昨晚因为上市不上市那点破事，他失眠到凌晨三点，好不容易睡着了，做梦还梦到不开心的往事。

起床将窗帘拉开，夏季午后阳光炽热，唐湛被刺目的阳光照射得一下子睁不开眼。

"瞎了瞎了！"他捂住眼睛，回身快速冲进浴室。

洗了澡，又将自己那一头乱毛打理好，唐湛拿起车钥匙就出门了。

闷在酒店里心情更差，外面阳光那样好，还不如出去走走，散散心。

温镇真的是非常小的一个地方，该玩的该逛的，唐湛早就在周晖他们在的时候全都去遍了。他在这里也没有什么熟人，找不到人跟他唠嗑，唯一算有点交情的，恐怕还要数郁泞川兄弟俩。

想到郁泞川，他又想到郁吉吉。

他寻思着昨天想见郁吉吉没见成，今天要不就再去一次吧？

至于看到了又能怎么样，他这样频繁造访会不会给人家造成什么困扰，人家会不会觉得他目的不纯？这些唐少爷是一概不管的。

他时间踩得巧，到的时候，兄弟俩背着箩筐带着网兜正要出门。

"哟，要出门啊？"他停下脚步，将鼻梁上的墨镜拉下来一点。

郁吉吉见是他，屁颠颠上前："大哥哥，你怎么又来了？"

一个"又"字，让人捉摸不透这小子到底是暗藏讥讽还是单纯没心眼情商低。

"我无聊呗，你们这是要去哪儿啊？我送你们？"

郁泞川手里除了网兜，还握着根长竿，高过头顶，头上钉出来一块小木条，看着有点像抽条的"7"字。

他跟着弟弟走了过来，道："不必了，我们就去山上摘点李子，用不到车。"

唐湛一听摘李子，嘴里不由自主地就开始分泌唾液，瞬间觉得自己牙都要被酸倒了。

"用不到车，可以用到我啊！"他指了指自己，殷勤道，"我跟你们一起去吧，我正好也没事，帮你们一起摘李子。"

郁泞川有些迟疑："要走山路的，你行不行？"

像唐湛这样的大城市娇少爷，爬个楼梯都要喘半天，郁泞川不确定对方能不能爬山，爬上去了又下不下得来。

唐湛感觉被小瞧了，发自内心地"呵"了声。

"千万别问男人行不行！我在学校的时候可是短跑名将，俗称'飞毛腿小王子'好吗？"他跷起一条腿，拍在自己膝盖上。

郁吉吉笑嘻嘻凑近看了看，用一种夸张的语气道："哇，飞不飞得起来不知道，但的确是条毛腿呢！"

唐湛今天穿了条五分短裤，完美露出了他膝盖到脚脖子的肌肉线条。

他一个趔趄差点没站稳，放下腿就要去追郁吉吉。

小男孩贼灵活，一个闪身就躲到了郁泞川身后，完了还要对着唐湛做怪脸。

唐湛摘下墨镜，将它塞进屁股口袋里，不屑道："你个毛都没长齐的小孩子懂什么？"

他去拿郁泞川手里的竿子，想替对方分担点，哪想郁泞川一下子避开了。

"用这个打，会打死人的。"

唐湛没反应过来，愣愣地看着他。

郁泞川踢了踢脚边的一截树枝，继续道："用这个吧，称手。"

还好唐湛是个幽默细胞丰富的男子，瞬间明白过来对方这是在和他开玩笑。他没想到这人还是个冷面笑匠，毫无防备下冲击过大，竟然有点笑不出来。

郁吉吉机灵得很，在郁泞川说第二句话的时候就从他身后冲了出去，一路往山上奔去。

"我不等你们了，我要第一个上山！"

唐湛好笑地朝他的背影摇了摇头，这孩子真是活力四射，猴精猴精的。

"大伯呢？在家吗？"

他与郁泞川并肩走在后头，郁泞川最后还是将那根长竿交到了他手上。原来这东西是用来钩树枝用的，长在高处的果子不易采摘，用它就能把枝条轻易钩到眼前。

郁泞川擦了擦颊边的汗，说："送去郁韦家了，等摘好果子去接大伯的时候给他们家送点李子，就算是谢礼了。"

山路的确不太好走，唐湛走得汗流浃背，前方早已没了郁吉吉的身影，他怀疑要不是为了等他，郁泞川这会儿也该走没影了。

"此情此景，我想到一句话！"他气喘吁吁，用手里长竿充当拐杖，艰难地在崎岖的山间跋涉。

郁泞川回头看了他一眼，伸出自己的手道：“把手给我，我拉你。什么话？世上没有后悔药？”

唐湛一把握住对方的手：“世上本没有路，走的人多了，便变成了路。”唐湛暂停休整，踮着脚敲了敲鞋底的泥，叹道，“鲁迅先生诚不欺我啊！”

他今天还穿的是双小白鞋，这会儿就跟从泥巴坑里打过滚一样，根本没法看。

郁泞川看了眼他的鞋道：“回去洗洗应该还能穿。”

郁泞川和郁吉吉的鞋其实也同唐湛一样沾满山泥，只是他们并不在意鞋底的泥巴，洗洗刷刷，在太阳下晾干，又是一双能走路的好鞋。

鞋对他们来说只是行走的工具，不将鞋底磨穿，这个工具就还能用。可对唐湛来说，它更像是个门面。

“洗什么呀，直接丢了呗。”唐湛在他们圈子里其实不算骄奢淫逸，甚至还挺发奋图强的，平日里自己也会倒腾着做点生意赚些零花钱。这鞋也是跟周晖他们去临市观光游览的时候临时起意买的，三位数而已，既不是名牌，也不是什么名贵材质。

几百块的鞋，别说唐湛这样身家的少爷不会放在眼里，就算是很多城市里的孩子，都不会觉得需要把一双鞋穿到不能穿为止。过季了，过时了，或者旧了脏了，说不要就不要了，都不带心疼的。

“你……”郁泞川本还想说些什么，但对上唐湛坦然的表情，又将喉咙口的话都咽了回去，最终化为一声叹息，“你还真是少爷啊！”

他回身继续往山上走。

唐湛紧跟其后，不满道：“你这么说就不对了，我清洗这双鞋要付出的劳动力，绝对大于这双鞋的价值。虽然我现在还不是一分钟几千万上下的人，但给我一个小时，我绝对能做比刷鞋更有意义的事啊！”

他走得满头大汗，简直觉得自己一头千辛万苦抓出来的发型都要被这酷暑和汗水糟蹋了。

郁泞川走在他前头，靠近脖子的地方发尾都汗湿了，汗水顺着修长的脖颈蜿蜒到衣领里，将后背的布料浸湿了一大块，贴在脊背上，透出里面的肉色。

唐湛咽了口口水，觉得喉咙里干得很，后悔没有带瓶水来。

“哥，快来，这棵李子树结了好多果子！”

前头传来郁吉吉的声音，胜利就在眼前，唐湛不由得加快了脚步。

李子树又高又粗，枝条上挂满了紫红色的果实。

唐湛看着垂到眼前的枝条，摘了颗李子在衣服上擦了擦，做好了酸牙的准备一口咬了下去。

没想到一点不酸，还挺甜。

他一下子睁大眼，发现新大陆般将果子递给兄弟俩看：“一点不酸，这不是野生的吗，怎么这么甜？”

郁吉吉背着箩筐，两手不停地将果子一个个从树上撸下来。

“它就是不酸的呀，若是酸的我们为什么要来摘它？”

说得好有道理……

“帅哥，把上面那根树枝钩下来。”郁泞川指着树顶一根枝条示意唐湛。

唐湛乖乖站过去，用竿子钩了下那根高枝，突然道：“你是不是忘了我叫什么名字？”

郁泞川愣了一瞬：“你不是叫唐湛吗？”

“那你怎么不叫我名字？我比你大，你要叫我哥我也没意见，小川。”他着重强调了最后两个字的发音。

郁泞川用网兜接李子的动作一顿，似笑非笑地看着他。

分明大家都是站在大太阳底下，被酷暑蒸烤得汗湿衣衫，唐湛自觉宛如一块融化了的黄油，而郁泞川就是有本事滴着汗都带着一股清凉的少年气息。就像唐湛爱抽的那种香烟，完全不受周遭环境影响，始终散发着丝丝凉意。

唐湛以为他不会开口了，过了会儿却见他微微弯了嘴角。

“哥？”

唐湛这辈子也没少被人叫过哥，但唯独这一次让他受用不已。

然而没等他飘多久，郁泞川接着用那副笑脸道：“想得美。”

唐湛仿佛从万里高空摔进地心，心态差点崩了。

“你怎么这样？！”

第五章
Go for it

郁泞川不理他，将满满一兜李子倒进郁吉吉的箩筐里。

山上的李子树饱受阳光雨露滋养，硕果累累，地上铺着一层掉落的果实，不时有鸟雀落下啄食。唐湛支着长竿靠在树荫下，眺望万里无云的蓝天，温热的风吹拂在脸颊上，本来该觉得燥热难安的，不知为何心境又离奇平和下来。

“大哥哥，快过来，这里需要你！”

唐湛听到呼唤赶忙直起身：“来了来了！”

只是搜罗了两棵树，郁吉吉不小的箩筐就被装满了。

三人满载而归，从山上原路返回。

俗话说上山容易下山难，唐湛先前上山还只是觉得体力消耗比较大，下山却着实考验他的身手。

重心向下，人就不由自主想要往前冲，偏偏山坡陡峭，一个不留神摔倒不打紧，翻下去那可是关乎生死的大事。

郁泞川也怕他脚滑，便让弟弟走在前面，自己殿后，唐湛夹在中间。这样前后护着，也可稍微放心一些。

好不容易下了山，唐湛觉得自己腿肚子都在打战。要不是手上有根竿子，充当他的拐杖，他或许就要爬着下来了。

三人一同回了小院，郁泞川帮着郁吉吉卸下箩筐，又从屋里拿了个袋子，从箩筐里拨了些李子进去。

“去接大伯回来吧。”他将袋子递给郁吉吉。

郁吉吉一把接过了，腿脚麻利地转身就跑了出去，像只欢快的羚羊。

外面烈日炎炎，郁家那幽暗的厅堂内倒是凉丝丝的。唐湛坐在凳子上休息，郁泞川忽然走过来丢给他一双深蓝色的塑料拖鞋，让他换上。

唐湛不明所以地看向他："干什么？"

郁泞川拿脚轻轻踢了踢他那双泥色的运动鞋："脱下来，给你刷一下。"

唐湛一下子受惊地缩回脚，他长这么大，除了保姆阿姨，连他妈都没给他刷过鞋。

"这怎么好意思？"他弯腰解开鞋带，换上对方给他的拖鞋，用两根手指捏住自己那双鞋，忍着嫌弃道，"我自己刷吧，你告诉我刷子在哪儿就行。"

唐湛其实想直接把这双鞋扔掉，一想要穿着它走进诺亚国际光可鉴人的大堂，踩上人家保洁员辛辛苦苦拖干净的大理石地面，心里就生出愧疚。

好歹还是把鞋底的泥给铲干净吧！

唐湛拎着鞋走出去，见院子里的水井边摆着个小板凳和一把板刷，便走了过去。

洗鞋总要有水，第一步唐湛便犯了难。

郁泞川家打水的器具十分特殊，不是木的，也不是铁的，而是一个篮球做的。唐湛捧着那个缺了顶盖的篮球研究了半天，实在没研究出来怎么将它投到井里打水。

"你真要自己刷鞋？"郁泞川的双脚出现在他的视野。

唐湛语气上扬地"嗯"了声，以彰显自己的勤劳质朴。不等郁泞川再说什么，他起身装模作样地将篮球投进井里，妄图靠着自己那一分钟的刻苦钻研，将里面的水成功打上来。

可惜老天这次没有帮他，唐少爷不是打水型人才。

他牵着那根粗长的绿色尼龙绳，左撇一下，右撇一下，始终不得要领。

郁泞川看不过去了，上前按着他的手，言传身教道："要倒扣着投下去，不然怎么让水进去？"他拉着绳子将篮球拉上来，再调整姿势重新丢下去。

"哎，行了行了！"在"郁老师"手把手的教导下，唐湛成功打起了人生的第一桶井水。

他兴奋地拿出手机拍下了这极具意义的一幕，视线一转，瞧见郁泞川正用一种看傻子一样的眼神看着他。

他赶忙轻咳一声，又把手机塞了回去。

坐到小板凳上，将水倒在鞋子上，他拿着小板刷，勤勤恳恳地刷洗起来。

郁泞川又走了过来，脚上换上另一双与唐湛同款的拖鞋，蹲下身将自己那双同样沾满泥点的黑色胶鞋递了过去。

唐湛满脑袋问号地抬起脸，对方却面不改色又将鞋递了递。

“顺便一起洗了呗。”

唐湛直起腰：“你还挺会占便宜啊？”

郁泞川不管三七二十一就把鞋丢在那儿了，随后托着下巴蹲在唐湛面前，既不帮忙，也不挪地方，就那么干看着他刷鞋。

“那还是你比较会占便宜。”

唐湛再次诧异地抬起头，正想问他何出此言，门外传来郁吉吉的声音。

“哥，我们回来啦！”郁吉吉挽着郁大磊从门外进来，乍一见到唐湛和郁泞川猫着腰蹲在井边交头接耳，不由得惊了惊。待仔细看过，发现唐湛竟然在刷鞋，他哥的鞋也在地上。他双眼一亮，都顾不得换拖鞋，跑过去就把自己脚上那双鞋留给了唐湛：“谢谢大哥哥！”说完转身进了屋。

郁大磊追在后面喊他：“你，你慢慢跑！”

唐湛一只手拿着板刷，另一只手拎着鞋，看起来“弱小、可怜又无助”。

郁泞川起身道：“我去做饭了，你慢慢刷。”

现在其实也就四点多，对唐湛这种六七点才吃晚餐的人来说，为时尚早，但他一天没吃过东西，就靠下午那两个李子垫肚子，这会儿早消化得差不多了。一听“饭”这个字，他就止不住觉得饿，肚子也发出一声应景的嗡鸣。

他不好意思地看着郁泞川，打商量道：“我给你们刷鞋，你们留我吃一餐饭怎么样？”

郁泞川有些愕然，他是想过要留对方吃饭，但又想到自家粗茶淡饭，恐怕入不了这位少爷的眼，便没有付诸行动，没想到唐湛却自己要求上了。

“我们吃的都是自家种的蔬菜，没肉，荤腥就是鸡蛋和鸭蛋。”郁泞川给他打预防针，“你吃得惯吗？”

“吃得惯！你做什么我都吃得惯。”想当年在国外那会儿，他自己捣鼓着做饭，结果经过对菜谱的悉心研究，他做出来的一系列作品，色香味是一样都没挨着。痛定思痛，他只能放弃自力更生这条路，最后还是请了个会做饭的钟点工。

郁泞川做饭再难吃，菜色再简陋，能比他自己做的难吃？

不可能。

郁泞川挑了挑嘴角，去院子后面的田地里摘了些茄子、番茄和小白菜，又让郁吉吉去外面冷泉井装点水回来。

温泉村是通了自来水的，但农村人节俭，一般洗东西都会用井水。郁泞川家院子里这口井还是他爸爸在世时请人打的，水质稍稍有些泛黄，喝的话会有点咸。

离小院十几米远，就是唐湛当初参观的冷泉井，四四方方的一口井，水质要比普通地下水清澈，因为前几日刚下过雨，泉水满溢，已经超出了井口。

“哗啦”一声，惊碎水面的平静，郁吉吉用木桶装了一大桶水，晃晃悠悠往回走。

冷泉井虽然是公家的，但由于离郁家比较近，也为了省些水费，所以他们用的就多一些。

日常他们都是喝泉水，用井水，旱季实在没有泉水了，他们才会喝自来水。

泉水打来了，郁泞川用这水洗菜淘米，万事俱备，便生起火灶开锅了。

还在院子里刷鞋的唐湛，忽然听到一阵食材滚入油锅的“刺啦”声，不一会儿，屋顶的烟囱便升起冉冉炊烟，饭菜的香味也飘进他的鼻端。

他咽了口唾沫，不由得加快了洗刷的速度。

郁吉吉捧着一盘李子在他边上洗水果，郁大磊坐在厅堂饭桌边盯着摆在对面矮柜上的电视机，一边轻摇蒲扇，一边嘿嘿直乐。唐湛好奇看了一眼，那画质还不如他手机上的“省流”模式。

等唐湛好不容易洗完三双鞋，他直起酸痛的老腰，步履蹒跚地进到屋里。郁泞川此时已经做好了饭菜，郁吉吉也摆好了碗筷，他时机倒是掌握得正好。

红烧茄子，清炒小白菜，番茄炒蛋，再加一碗榨菜蛋花汤。

果然是一点荤腥都没有。

然而唐湛已经饿傻了，等人都坐下，他迫不及待地执起筷子大快朵颐起来，只觉得这米饭又香又糯，颗粒饱满，透着浓郁的谷物香气，就连桌上的寻常蔬菜，都格外鲜嫩美味。

“好吃！”他鼓着腮帮子，不忘夸奖大厨，“你这手艺不错啊，我觉着要比酒店里的厨子都好。”

郁泞川自认手艺普通，当不起他这么夸赞。

“你是饿过头了才吃什么都觉得香。”他夹起一筷子小白菜到郁吉吉碗里，叮嘱他，“你多吃点蔬菜。”

郁吉吉扫了眼桌上的几个菜，哪一个不是“蔬菜”了？他哥是不是认为只有绿叶菜才配得上“蔬菜”之名啊？

郁大磊夹了一大筷子鸡蛋给唐湛，笑着道：“吃，多吃点！”

唐湛不胜惶恐地接住了，忙不迭点头：“哎，我吃，我吃着呢。”

自己家人间互相夹菜或许是件正常的事，但换成是客人和主人家之间，就显得有些过分亲密了。特别还是唐湛这个与他们家格格不入的客人。

郁泞川在郁大磊要给唐湛夹菜的时候本想劝阻，但一见唐湛高高兴兴接下了，张了嘴又闭上，终究没有说出口。

吃完了饭，郁吉吉进屋写作业，郁大磊一个人看电视，郁泞川收拾了一桌的碗筷，蹲到井边洗起了碗，唐湛则站在院子里抽饭后烟。

抽完一支烟，郁泞川也洗完了碗。

唐湛见时间差不多了，与他道别：“天色也不早了，我先回了，今天谢谢你们的招待。”

郁泞川擦着手叫住他，转身进屋里拿了袋东西塞到他怀里。

唐湛扯开口子一看，是今天上山摘的李子。

“摘了很多，你拿回去吃吧。”

唐湛其实不太爱吃水果，特别是这种圆圆小小格外可爱的水果，总觉得吃着显娘。但郁泞川给他，他还是收下了。

洗的鞋没这么快干，唐湛穿着拖鞋就回去了，说下次来换鞋。

夜晚的温泉村没有路灯，漆黑一片。郁泞川怕他摔沟里，拿着手电筒要送他到村头。

走了一段，唐湛忍不住问道：“你老实说，你们会不会踩到牛粪？”

白天还是走“梅花桩”，到了晚上这昏暗的小路简直就跟挖雷游戏一样。

谁能坚持到最后不踩雷，谁就是真的英雄。

走在前方的郁泞川沉默一阵后，缓缓开口："会。"

唐湛问："踩到了怎么办？"

"骂人吧。"

唐湛已经有些习惯对方冷不丁的幽默感，闻言笑得特别大声。

忽然郁泞川的手电筒照到前方一抹人影，那个人也发现了他们，有些惊讶地看过来。

郁泞川停在原地没动，唐湛走上前，发现对方是个中年男人，穿着一件不合身的旧西装，佝偻着背，脸上胡子拉碴。他看他们的眼神十分警惕，仿佛下一刻就会被他们扑倒袭击一般，脸上表情甚至还带着些许惊恐。

唐湛不认识对方，自然也谈不上仇怨，那导致对方这样害怕的原因……

唐湛侧目看了看身旁的少年，郁泞川薄唇紧抿着，脸上只是须臾工夫便像是覆上了厚厚的霜雪，看一眼都觉冻人。

两人僵持了片刻，郁泞川忽然朝前跨了一步。

"别打我！别打我！"那人就像是受到了极大的惊吓，抱着头就躲。

郁泞川晃了下手电筒，指了个方向，冷声道："还不快滚。"

那人一刻都不敢多留，灰溜溜地逃走了。

前路再次通畅，郁泞川一言不发继续带着唐湛向前走。

唐湛不是没有好奇心，但看郁泞川脸色，知道现在不是好奇的时候，也就默默跟了上去。

两人行到村头，郁泞川将唐湛送到他停车的地方，替他照着手电一直到他上车。

唐湛看着站在黑暗中的郁泞川，茕茕孑立，只身前一盏孤灯，月光照在他身上，都带着清冷的味道。

"回去吧。"他降下车窗，朝对方挥了挥手。

"走好。"郁泞川点了点头，却没有动。

唐湛从后视镜一直注意着身后，发现直到自己开出一大段路了，立在原地的那盏灯才晃了晃，往相反的方向走去。

回去的路上，唐湛哼着歌，心情特别明朗，瞥到一旁的塑料袋，还伸手进去摸了个李子吃。吃完一个，觉得味道不错，一路就这么吃了下去。

停好车，他拎着袋子坐电梯，嘴巴不带停，一个接一个，等回了房间，一袋李子只剩半袋。

摸了摸有些鼓胀的肚子，唐湛咂了咂嘴评价道："还挺好吃的。"

郁吉吉做着作业，突然听到屋外传来一阵琴声。

他愣怔了片刻，丢下笔就往院里跑。

厅里郁大磊还在一个人乐滋滋地看着雪花片一样的电视节目，郁泞川坐在屋檐下，安静地拨弄着怀里的三弦。

郁吉吉已经有好久没有见他弹三弦了，差点以为这辈子都没机会再见着了。

小孩儿咬着唇，眼眶不自觉就开始泛红。

郁泞川像是感知到他的到来，转头看过来。

"作业做好了？"

郁吉吉小跑过去，抱着膝盖坐在郁泞川身边。

"哥，你给我随便弹个吧，我想听。"他可怜兮兮地求道。

郁泞川对于自己这个一言不合就开始撒娇的弟弟也是没辙，调整了下姿势，随意地拨动琴弦，也没按照谱子弹，反正郁吉吉也听不出。

静静听了阵，郁吉吉将脑袋搁在郁泞川肩膀上，思绪逐渐飘远。

郁泞川拨弦的空当动了动肩，问他："睡着了？"

"没有。"郁吉吉的声音听起来很清醒，"哥，那个唐湛瞧着人很好，也很有钱，你说……要是去求他，他会不会帮咱们？他这么有钱，住在五星级酒店呢，说不定他还能帮着把大伯的病也看好。"

其实郁吉吉心里想得要更直白一些，那个唐湛瞧着很好骗，一看就是人傻钱多，或许对他哭哭穷，卖卖惨，郁泞川的学费就有着落了。

他还是不甘心，郁泞川就这样放弃好不容易得来的走出去的机会。

郁吉吉虽然年纪不大，却知道这是关乎他哥一生的大事。他能不能考上大学暂且不论，但他不想牺牲他哥的前程来成全自己的未来。

零散的琴音戛然而止，郁吉吉感觉到枕着的肩膀忽地绷紧。

他抬起脸看向郁泞川，被对方的表情吓了一跳。

郁泞川的眼里燃着怒意，他蹙紧了眉头，瞧着又是失望又是恼怒。

“哥，我……”

郁泞川闭了闭眼，打断他：“别去找他，人家不欠咱们的。你记住，人可以穷，但绝对不能失了骨气和原则。世人可以看不起你，你却不能做让人看不起的事。善心难得，不要去利用他，听懂了吗？”

郁吉吉白着脸，为对方的严厉瑟缩了下。

“听，听懂了。”

唐湛一觉睡到下午，睁开眼洗漱一番，拎着那双塑料拖鞋就找郁泞川换鞋去了。

然而郁泞川没见着，迎接他的只有郁吉吉和郁大磊。

郁大磊将拖鞋放回原来的地方，转身去厨房要给唐湛倒水，唐湛看穿了他的想法，嚷着：“别别别，别给我倒水了，我等会儿就走。”

郁泞川不在，他跟个小屁孩也没啥好聊的，待不长。

“你哥上哪儿去了？”唐湛问。

郁吉吉一道题正做一半呢，这会儿边和他说话边打草稿。

“我哥在镇上那家炉火灶鱼头店里打工，今天第一天上班。”

唐湛一听郁泞川有新工作了，不由得想起他上份工作辞得不明不白的，就想找郁吉吉打听打听，看是不是他多心了。

“你哥在诺亚国际做得好好的，干吗说不做就不做了？五星级酒店不比鱼头店轻松吗？”

郁吉吉闻言抬头瞅了他一眼，又低头继续写作业：“前阵子大伯发病发得比较勤，他一发病，我哥就得请假照看他，一请假，他那些同事就整天在背后说他坏话。后来他就换部门了，换到陈叔叔的部门，一开始做得好好的，有一天突然脸色很差地回来，就说不做了，我问他原因他也不说。”

看来还真是另有隐情了。唐湛越发笃定心中猜测，只是要怎么套出真相，还要待他再研究一下。

他揉了下郁吉吉的头：“要去看你哥不？”

郁吉吉抬头看他：“去啊，怎么去？”

唐湛摸出口袋里的保时捷车钥匙，帅气地在手上抛了个来回。

“我送你去啊！”

“可是我大伯……”郁吉吉有些犹豫，“不行，大伯不能没人看着，我哥要是知道我把大伯一个人留在家里他会生气的。”

“一起去啊，我那车又不是只有两个座儿，加上你大伯也绰绰有余。”唐湛说。

郁吉吉一下子兴奋起来：“真的啊！”

唐湛笑了：“难不成还有假的？”

唐湛帮着郁吉吉一起锁好了门，扶着郁大磊走到村头，上了他那辆卡宴。

郁大磊和郁吉吉都是第一次坐这么好的车，郁大磊十分紧张，简直手脚都不知道怎么放好了，而郁吉吉心思活络得多，这看看那摸摸，等唐湛起步，还趴到座椅后头看他开车。

“你坐好了，当心一个急刹车把你甩出去。”唐湛吓唬他。

“我们这儿的路，你能开出把我甩出去的速度，那也是算你技术过硬。”郁吉吉双目直视前方，简直舍不得眨眼。

或许每个男人心中多少都有一些对车的热爱，无论年龄，无论阶层。

“我以后也要买一辆这样的车……”两旁景物飞速后退，郁吉吉望着通畅的前路，忽然说起了自己的梦想，“我要赚很多很多钱，让我哥和大伯都能有大房子住，有大车坐。”

唐湛默默听着，想到这俩兄弟都不容易，心里不禁生出些怜惜。

“会的，”他并不是在单纯灌鸡汤，而是真的觉得会有这样一天，“只要有恒心，你的未来就不是梦。”

风投这个行业教会他一个道理，那就是千万不要小瞧任何一个人的潜力。

一飞冲天毕竟是少数，厚积薄发才是常态。

郁泞川新的工作场所就在镇上唯一一条商业街上，也就是之前唐湛买衣服的镇中心。

这条街作为全镇的中轴线，担负着娱乐、医疗、生活以及泡脚的重任。

唐湛将车开过那个大广场的时候，又看到一群人在那儿泡脚。

“这温泉真有奇效吗？我怎么这么不信呢！”说得好听，含多种矿物质，喝了没病，泡了延年益寿，但也没见这里的人百病全消了啊！唐湛阴暗地觉得这些不过是房地产商为了卖楼想出来的广告词罢了。

郁吉吉说：“我们村每家每户也是引了温泉水的，我从小洗澡就是用这个水，别的不知道，但你看我和我哥的皮肤还是很好的。”

唐湛第一眼能把郁汸川看成栀子花，足见对方肌肤白皙。郁汸川在他印象里就是“白净”“纯洁”“青涩”的，哪怕他本人其实并没有几分娇花的气质。

唐湛不服气道：“那是因为你们年轻，你看大伯皮肤就不怎么样。”

这种简单的对话郁大磊还是听得懂的，他指着自己手背上的皮肤，急着帮郁吉吉说话。

“我，老啦！”

郁吉吉乐得拍手：“听到没，我大伯说这是因为他老了皮肤才不好的，年轻时候我大伯也是远近闻名的帅小伙呢。”

唐湛在鱼头店门口停车，老板看到有客人上门，亲自迎了出来。

“客人几位啊？”

唐湛往他身后看去，一眼没瞧见郁汸川的身影。

“三位。”

鱼头店除了室内的座位，还有几桌露天位，不过可能是因为下午太阳晒得慌，这会儿都用大伞遮住了。

唐湛边往里面走着边和老板说：“我要你们店里最好看的人为我服务。”

老板差点脚下一个趔趄，遇过怪的客人没遇过这么怪的，还最好看的人，他这是来吃饭的还是来喝花酒的？

唐湛不再理他，带着一老一小推门进了店里。

郁汸川正在收拾上一桌客人留下的餐盘，抬头见到三人进来，着实惊了一下。但还没等他出声，唐湛就十分霸道地指着他朝身后老板道：“就这个了，给我安排一下。”

老板心里吐槽归吐槽，还是跑到郁汸川身边小声把事情说了说。

郁汸川了解了事情来龙去脉，点了点头，丢下抹布和袖套，接过老板手上的记菜单和圆珠笔。

“既然指名要我，那就我去吧。”

他走到角落那桌，用圆珠笔在桌子上轻轻敲了几下。三人不约而同地看向他，唐湛冲他露出了一个灿烂的笑脸。

“帅哥，你们这儿招牌菜是什么？你给我们介绍介绍呗。”

郁吉吉小声解释道：“哥，唐哥开车带我们来的，说想看看你的工作环境。跟你说，他那个车可大可稳了，座椅还能加热，特别牛！”

郁泞川没心情跟他讨论唐湛的车有多牛，压低了声音对唐湛道：“现在看完了吧，可以走了吗？老板还要做生意呢。”

唐湛翻看着桌上的菜单，随口报了两个菜名。一抬头见郁泞川没动笔，指了指他的记菜单。

“记啊，我真的点。”

郁泞川一口气提到嗓子眼，想说些什么，又不知道能说些什么。

现在不过下午三点多，吃午饭太晚，吃晚饭又太早。唐湛的路数，实在让他摸不清。

郁泞川拿起笔，到底是认认真真在本子上记下了对方要的菜，末了还顺口问对方想喝什么。

“就可乐吧。”唐湛笑眯眯地道，“冰可乐，麻烦快点上。”

郁泞川答应着，与他视线相对，两人莫名对视了好几秒，最终郁泞川缓缓移开视线，往厨房送单子去了。

“唐哥你真点啊？”郁泞川刚走，郁吉吉就迫不及待趴到桌子上问对面的人。

唐湛抽出塑料纸里的一次性筷子，又戳破面前的塑封碗碟。

“你撑了吗？”

郁吉吉一愣，摸摸肚子，感受了下，摇摇头道：“不撑。”

唐湛拆完了自己面前的一套餐具，把它给了郁大磊，接着又拆换过来的那套餐具。

“不撑就吃点呗，又不要你花钱。”

就是不要他花钱他才怕，被他哥知道了一定会骂他的。

郁吉吉咬着唇，一脸忧愁：“我哥他会不高兴的。”

“你哥怎么这么容易不高兴？我请客他都要不高兴，那下次换他请回来不就行了。”唐湛拆完第二套餐具，再次把它让给了郁吉吉，“把你家那老母鸡宰了请我怎么样？”

不等郁吉吉出声，一旁郁大磊忙不迭摇头摆手。

“不行不行，鸡要下蛋的，不能……不能杀！”

郁吉吉也不干了：“我家有三宝，大伯、我哥的琴、鸡，你要是想吃鸡，先从我和我哥的尸体上踩过去。”说到最后一句，他完全是一副慷慨就义的表情。

唐湛哪能为了吃只鸡就要他的命啊，笑骂道：“不就是只鸡吗？瞧把你急的。本少爷什么山珍海味没吃过，才不稀罕你家那几只破母鸡呢！”

可能就他们一桌的关系，菜上得很快，没一会儿冷菜就上齐了，热炒也上了一个。

唐湛尝了一口拍黄瓜，味道还行，中规中矩。

他招呼着郁吉吉和郁大磊道：“多吃点多吃点，别跟我客气哈。”

郁吉吉将一筷子手撕鸡塞进嘴里，完全没跟他客气。

郁泞川平日里其实也做荤菜，但不会做这样讲究的菜色，更不会有鸡鸭这种昂贵的食材。

温镇是鱼米之乡，又靠近泞川，鱼是很常见的，相比其他荤菜也没那么贵，所以他家一向是吃鱼比较多。这也造成了，郁吉吉看到鱼就头疼，非常讨厌吃鱼。

等鱼头店的招牌菜鱼头锅上桌，唐湛吃着吃着发现就自己一个人对着个大鱼头动筷，对面两个人专心吃着别的，一点没有染指大鱼头的打算。

“干吗？不爱吃鱼啊？”

郁吉吉咬着筷子，一言难尽。

这时郁泞川端着最后一碗汤过来了，正好远远听到唐湛的问话，就替自家弟弟回答了。

“我们家的第一大荤是蛋，第二大荤就是这鱼。他不是不爱吃，是吃太多都要吃吐了。”

唐湛没想到还有这一层，拨弄着鱼鳃处的一大块鱼肉道：“那可惜了啊，这鱼头味道不错，挺入味的。”

郁泞川道："你喜欢就好。"

他上完了汤就要走，唐湛一把拉住他，指着盘子里大鱼头的鱼鳃部分道："我一个人吃不了这么多，这块肉是整个鱼头的精华所在，便宜你了。"

郁泞川看着他，没动。

"上班呢。"

唐湛不以为意："你动作快点老板又看不到，再说这是我对你服务的褒奖，'荣誉鱼鳃肉'知不知道？"

郁泞川还真不知道。

他盯着唐湛，唐湛也看着他，两人彼此对视着，最后郁泞川拗不过他，从筷筒里重新拿了一双干净的筷子，一口将那块饱含唐湛心意的鱼鳃肉吃下了肚。

一餐饭后，桌上还剩了不少，郁吉吉眼巴巴地看着，见唐湛要买单了，忙道："唐哥，我能不能打包啊？"

唐湛扫了眼桌上的残羹剩饭，皱眉道："都这样了，不能吃了，你要我再给你点新的。"

"不不不！这样就可以了，千万别点新的！"郁吉吉道，"这些还能吃几顿呢，我哥说了，俭以养德，浪费可耻。"

唐湛本想叫他别这么省，结果对方把郁泞川也搬出来了，他瞬间就没办法了。

他招来郁泞川，指着桌上的剩菜道："把这些都给少爷打包了，然后买单。"

郁泞川看了眼转身走了，过了会儿手上拿着几个打包盒和塑料袋过来，又将一张小票递给唐湛，让他对价钱。

唐湛看也不看，唰唰抽出两张红票子塞到郁泞川手里。

"不用找了，多的是给你的小费。"

郁泞川抽过他手里的小票，冷笑道："一共198元，打包盒三个三块钱，差一块钱不用找了，我替你垫上。"

唐湛感到了一丝丝尴尬。

郁泞川要晚上九点才下班，将郁吉吉和郁大磊送回家，唐湛没再进屋坐，在村头直接发车掉了个头回了酒店。

他总觉得郁泞川辞职这件事有古怪，就想找陈副经理问一问。

还好这天陈副经理在办公室，唐湛突然来找他，他还有些受宠若惊。

“我来找你，主要是想问郁泞川的事。”

陈副经理一愣：“小川？唐先生和小川是……”

唐湛直接道：“我和他是朋友，其实在上次那件事之前我们就认识。他突然辞职，又不告诉我原因，我觉得有些疑惑，就想找你问一问。”

陈副经理没想到两人竟然早就认识，还成了朋友。他心里对郁泞川并无偏见，相反还挺心疼他的，但也有些惊讶于这段双方地位悬殊的友谊。

“其实我也不知道他到底为什么辞职，他也没有和我说得太细。”陈副经理叹了口气，“可能是不想麻烦我吧，他总是这样，就算在工作中受了什么委屈，也都是一个人憋着。我本来是想帮他才介绍他来诺亚的，可最后反而给他造成了不愉快的回忆，真是惭愧啊！”

唐湛听着他话里有话，不自觉身子向前倾了倾。

“陈副经理，你将你知道的说出来就好，他那天是不是见了什么人？或者遇到了什么事？”

陈副经理双手十指相扣着，置于两腿之间。

“唐先生，既然你是小川的朋友，我就跟你说实话了。之前我不将小川摆在客房部，有很大一部分原因，是因为我们的经理郑德庆，那个人，私德不太好。”

对方将郑德庆过往那些乌七八糟的事说了遍，最后缓缓道：“但因为他是总经理的亲信，深得王总器重，固然屡教不改，我们也都是敢怒不敢言。我不知道小川是因为什么辞职的，我只知道他辞职那天上午，郑德庆见过他。”

唐湛在心里简直要骂脏话了，这是把他家酒店当夜总会呢？姓郑的是大坏蛋！

谁能想到他千里迢迢来到这鬼地方，竟然还要当包青天，调查职场潜规则。

第六章

Go for it

唐湛从陈副经理那里了解了部分情况，打算再找个机会向郁泞川旁敲侧击一下，听听他怎么说。这事不是闹着玩的，或许在很多人看来，男人被潜规则不算性骚扰，左右不会掉块肉，但对他来说，性骚扰本就没有男女之分。无论施加对象是男是女，受害者是老是少，性骚扰就是性骚扰，只要一方不愿，就是强求。

也是到这时他才发现，自己竟然还没郁泞川的联系方式。

别说手机，连个座机都没有。

他原想隔天再去一次郁泞川家，临出酒店房门，孙嘉然一个电话打了过来。

“干吗呀？”唐湛一屁股坐到沙发上。

“什么干吗呀？你忘了今天是什么日子了吗？”

唐湛脑袋空了几秒，打开手机翻到日历，发现今天的日期下有个标红的事件——林女士生日。

到这会儿他才想起来，今天竟然是他妈妈的五十岁大寿。这两天事情有点多，往年格外注意的日子，差点就给错过了。

唐湛紧握手机，一时也不知道说什么。

“那……你帮我带句‘生日快乐’吧。”

孙嘉然也是服了唐湛这一对父母，豪门多恩怨，亲缘关系有时候也不如普通家庭那样简单明了，但也少有唐山海和林雪莹这样狠的。

好歹也是有血缘牵绊的儿子，说不要就不要了，真当养小猫小狗呢！

“我给你挑了根项链，发你看看，你妈一定会喜欢的。她要是问起你，我就说你整天不务正业，让她好好管管你。”

“你才不务正业！”唐湛感觉到手机一震，点开信息，看到对方发来的照片,“嚯！金王果然是金王,这大金链子雕龙画凤的,谁戴谁是暴发户。”

孙嘉然啧了声：“你懂不懂啊！这是足金，光沙工艺的，由我们首席设计师倾力打造，上市没几天的新款，好几万呢！”

唐湛想象不出林雪莹戴这条项链的模样，太浮夸了，不过她还是可以将它当作传家宝传下去的。

终究是孙嘉然的好意，唐湛笑过之后，郑重地向对方道了谢。

孙嘉然习惯了他吊儿郎当的不正经样，骤然被这样认真地对待，也有些浑身不得劲。

“哎，你别这样，自家兄弟不说这个。”然而他还是补了一句，“钱打我账上，别忘了，谢谢。”说着挂了电话。

唐湛脸上带着笑，嘴里骂着脏话，给对方迅速转了五万块钱过去。

这个礼物孙嘉然其实选得挺好，再贵重唐湛觉得林雪莹就不会收了，她现在毕竟是领事夫人，有着官家背景，做任何事都要注意影响。

唐湛从手机通讯录里翻出一个从来没有通话记录的号码，这个号码甚至没有名字。他们的短信记录，也不过是唐湛单方面发出的，每年一条的生日祝福，对方从来没有回复过，唐湛甚至不知道对方还用不用这个号码。

今年也同往年一样，他编辑了一条“生日快乐”，点了发送。

如同石沉大海，他拿着手机等了许久，度秒如年，最后不得不承认，今年也同过去几年没有差别，林雪莹是不会回复他了。

唐湛盯着手机屏幕自嘲地笑了笑，突然就觉得很累，由内而外的累。

这世上，没有谁对谁的好是应该的，但既然生了他，为什么又不爱他呢？

虽然外表上看不出，但唐湛其实是个极度缺爱的人。他用玩世不恭做假面，脆弱的心灵却如同一株干枯的植物，无声祈求着被爱滋润。

他像咸鱼挺尸一样在沙发上躺了半天，失了所有的兴致，别说外出，现在就是让他挪个地方躺到床上，他都嫌烦。

他在沙发上看完了两部电影，两部纪录片，还把之前一直没空看的几本小说翻出来看完了。等回过神，天色将晚。

精神上是不想起来的，但耐不住他肚子饿。

拖着脚步到楼下西餐厅吃了顿没滋没味的晚餐，想着林雪莹那头也该开宴了，唐湛给孙嘉然发了条信息。

——怎么样，她收了吗？

消息过了很久也没回过来，想着对方也许在忙，他就没再等下去，起身签单走人。

刚跨出餐厅大门，沉寂已久的手机猛地一震。唐湛不想显得过于激动，特地放缓了动作将手机从兜里掏出来。

然而看到那条信息时，他浑身的血液都凝固了，脸色更是变得煞白一片。

——是我不好，样式的确过于浮夸了，你妈不喜欢，让我换一根哈哈哈。

唐湛盯着那三个“哈”，都能想象回这条短信时孙嘉然脸上的表情有多尴尬。

他紧了紧握着手机的力道，短短几秒钟，手心便出了一层冷汗。

——那你给我存着，下回唐千云生日我送给她。

回完信息，唐湛干脆将手机关机了。

他不想回房发呆，就想出去走走，随便走到哪儿都行，反正这里没人认识他，他可以做个午夜幽灵，在无人的街道上独自游荡。

坐着电梯到一楼，唐湛才出电梯，就瞥到斜对面有抹熟悉的身影一闪而过，瞧着很像郁泞川。酒店办公区域都在一层，他这个方向，似乎是去客房部的。

唐湛今天本来就要找郁泞川，现在倒是正好。

他加快脚步跟过去，可眨眼间的工夫，郁泞川便不知去向。唐湛茫然地在走廊里站了一会儿，忽地听到不远处有关门声传来，连忙往那个方向走去。

郑德庆舒展身体靠坐在办公椅中，微笑着面对郁泞川。

“你是不是想通了？我这里随时欢迎你，你只要点点头，明天就可以回来上班，做我的特别助理。”他笑得可亲又温和，像一位慈祥的长辈。任谁都想不到，他拥有多龌龊的心思。

郁泞川半垂着眼眸，显得睫毛又密又长，他问对方：“特别助理除了工作上的事，还需要做什么？”

“你这是真不知道，还是在和我玩欲擒故纵？”郑德庆站起身，缓缓靠近他，就像毒蛇捕杀猎物，每一步都暗藏险恶用心。

他将郁泞川从头到脚打量了一番，姣好的容颜，年轻有力的臂膀，修长的双腿。他像挑拣货物一般，想要伸手捏捏对方的臂膀。

郁泞川一把抓住他伸向自己的爪子：“你不说出来，我怎么知道你要做什么？”

郑德庆被他扼住手腕，不仅不觉得被冒犯，反而还笑出了声：“你这小家伙……”他摇了摇头道，“我那天跟你说得那么明白了，你难道还不懂吗？以你的条件，肯定有很多姐姐阿姨想要和你‘交朋友’，你听我的话，去房间陪陪她们，以后哪里还会为钱发愁？”

郁泞川努力克制着表情，用胳膊将两人暗暗隔开。

“是不是只有照你说的话做，你才会让我继续待在酒店？”

郑德庆笑了笑，手指轻轻抚过对方的脸庞：“你也是大人了，怎么净说傻话？你不付出点什么，我又怎么可能为你付出点什么？有来有往才是成年人的世界，你满足了我，我才好把你当自家人，有好的事都想着你。”

郁泞川没有回应他，在裤子口袋里摸索了一阵，忽然摸出一部旧手机来。

这手机型号已经很久了，在二手市场可能连两百块都不要，但该有的功能却一样不少。

“录音了。”他到这会儿才抬起头，脸上表情满含嘲讽，眼底更是泛着冷光，“我把这个发给诺亚的所有人，甚至发给贵禾天怡，你还混得下去吗？爬到这个位置，你少说也有一两个对手吧，他们一定很乐意跟我合作。”

郑德庆一惊，哪里想到这乡下小子能有这一手。他马上飞扑过去想要抢，被郁泞川轻松地避过了。

“有话好好说，你不愿意就不愿意，我也不会逼你。”郑德庆开始说软话，“小川，你不是想回来吗？我马上给你安排，让你回客房部，不，我让你回餐饮部，给你开最高的工资，做最轻松的活儿，好不好？”

郁泞川紧紧攥着手机，没信他的鬼话。

“不好。”他干脆利落地拒绝。

郑德庆闻言五官一下子狰狞起来，再次扑上去要抢手机。

就在这时，电光石火间，办公室的门被人大力地踹开。一抹人影旋风般冲进来，对着郑德庆就是一拳。

郑德庆没瞧清楚是谁就挨了一记重拳，感觉半边脸都麻了，嘴里满是血腥味。

他大吼一声用力将人推开，没想到竟然轻易成功了，对方“咚”的一声撞在办公桌上，发出巨响。

待他仔细去看那人，眼前又是一花，几乎要站不住，对方竟然是唐湛！

郁泞川被这急转直下的剧情搞得也有些措手不及，他没想到唐湛会突然闯进来。

见对方捂着手臂一脸痛苦，他赶紧上前询问：“你怎么样？严不严重？骨头有事吗？”

“哎哟，我觉得我骨头断了。”唐湛边哼哼边冲他暗暗眨了眨眼，“快给我叫救护车！”

郁泞川一愣，反应极快：“好，你别急，我去给你叫人。”

事情闹得挺大，连王总都惊动了。听闻唐湛被心腹下属打了，王总简直是飞奔着从自己办公室过来的，跑得气喘吁吁不说，差点把鞋都跑掉了。他到的时候，屋里屋外都聚了不少人，看热闹的，了解情况的都有。那些人看到大老板来了，纷纷让开了道。“看什么看什么？不用工作吗？”陪着王总一起下来的几位高层开始赶人。

他们都是人精，无论这事起因是什么，都知道要把影响降到最低。

众人忍着好奇，终究作鸟兽散，只是走都走了，还要频频回头，看能不能捕捉到一点八卦的尾巴。唐湛一直在地上就没起来，郁泞川陪在他身边，不时安抚地在他耳边低语几句。郑德庆用一块帕子捂着嘴角出血的地方，脸色黑沉地立在房间角落不说话，也不同其他人视线相对。王总快走几步蹲到唐湛身旁，一脸痛心道：“小湛啊，你没事吧？这到底是怎么回事？怎么好端端的就打起来了呢？”

唐湛捂着胳膊眉头深锁，痛苦道：“你问问这个人都做了什么？”

他刚想抬起手臂，郁泞川不动声色地又将他按了回去。

唐湛立马想起自己现在应该还“伤着”，顿时叫得更大声了。

“哎哟喂，王叔你可要给我做主啊！他做了亏心事被我发现，竟然还敢动手伤人，这还有没有天理了？！”

郁泞川在旁看着心里都要替他喝彩，真不知这位少爷怎么撒泼撒得这样顺手？都是哪里学来的招数？

王总也被唐湛嚷得脑仁一抽抽地疼，他怒目看向郑德庆，问他到底是怎么回事。

郑德庆一激灵，终于不再悄无声息做“壁花”。

“王总，你听我解释，这都是误会，是……是我和这孩子的私事，唐先生他搞错了，对我产生了误解，我也不是故意推他，一切都是意外！”

唐湛哪会容他狡辩下去，艰难从地上爬起来，朝他冷笑道：“谁跟你有私事？人家同意吗？”他转向郁泞川，“小川，放证据！”

郁泞川毫不犹豫，将手机里郑德庆“逼良为娼”的录音在大庭广众下播放了出来。

在场几人脸色各有千秋，最难看的数郑德庆，第二难看的大概就是王总了。

郑德庆是他的亲信，跟了他不少年，工作能力没问题，唯一毛病就是贪财，花花肠子一大堆。若是别人撞见这事就算了，这唐湛可是诺亚的少东家，郑德庆不仅证据叫人握在手里，还把对方打了，这事于公于私，他都不好偏袒。

“王总，我是被设计……”

郑德庆刚要开口替自己争辩两句，就被王总厉声呵斥。

“行了，闭嘴！”王总指着他，“你竟然做出这种事，我对你实在是太失望了！”

唐湛将郁泞川的手机拿过来，上下抛了抛道：“王叔，这事我信你，你觉得怎么处理比较好？你要想报警，我可以充当人证。”

鲁迅先生说过，中国人的性情是总喜欢调和、折中的。

唐湛要是一出口就说要开了郑德庆，王总未必狠得了心。但他一说要报警，别说王总，就是郑德庆自己也怕了。

“别别别，报警这负面影响太大了，对诺亚和贵禾天怡都不好。小湛你放心，我一定会给你满意的交代。”贵禾天怡正筹谋上市，这个节骨眼可不能有一点问题，不然唐山海就是再念旧情也不会饶过他。

王总耳聪目明，想得透彻。

他看向曾经的手下爱将，从鼻子里长长喷出一口气，板着脸孔道：“念你跟了我那么多年，你自己写辞职信吧！”

郑德庆闻言膝盖一软，直接跪到了地上。

他想去求唐湛，膝行过去，手还没碰上对方裤腿，就被郁泞川踹了个人仰马翻。

“你！”他愤怒地抬头看过去，却被郁泞川毫无温度的眼神威慑住，差点咬了舌头。

“哦，不好意思，我以为你又要打人，反应大了些。”郁泞川嘴里说着不好意思，脸上却没半点不好意思。

王总懒得再看这枚弃子，揽着唐湛亲亲热热出了门，要亲自送他去医院。

唐湛一听，哪能行啊，忙说不用不用。

“让小川陪着就行，您不用劳烦跟来了。”在他的坚持下，王总好歹是放弃了要送他去医院的打算。

“那好，有什么事第一时间通知我，你一个人在这边，出了什么事我不好跟你爸爸交代。”

唐湛满口称是，在郁泞川的搀扶下，做戏做足，直走到大门外，人都看不到了，还在装伤员。

又走了一段路，眼看停车场要到了，唐湛问：“怎么样？戏好吗？”他大半个身子靠在郁泞川身上，“能不能拿奥斯卡小金人？” 郁泞川架着他，闻言一笑：“能，你就是碰瓷界的马龙·白兰度。”看到唐湛的车就停在前面了，他松开圈在对方腰上的手问，“真要去医院啊？”

唐湛也收回了自己那只胳膊，从裤子口袋里拿出车钥匙，冲郁泞川飞了个眼神道：“送你回家啊，去什么医院！”

两人到了车上，等腺上激素逐渐平稳，唐湛才想起来要数落郁泞川。

“你说你一个小孩子主意怎么这么大？这种事你不能直接跟我讲吗？以咱俩的交情，我还能不帮着你把他搞死？”

郁泞川坐在副驾驶座上，偏头望着窗外。这是他第一次坐唐湛的车，没有郁吉吉那样兴奋，只在一开始唐湛打油门发车的时候稍稍惊叹了一下。

“我再说一遍我成年了。”他强调着，回头看向开车的男人，“然后我跟你什么交情啊？”

他身上的确有着超出同龄人的成熟，但不妨碍唐湛将他当作孩子看待。

“大哥小弟的交情啊！”他空出一只手，去揉郁泞川的头。

郁泞川的头发和他的正好相反，竟然还挺硬，摸上去扎扎的。

还没等郁泞川抗议，他就收回了手：“你这头发一定挺好做造型的。”

周晖他们曾经笑话过他，说他头发软，将来一定怕老婆。

怕不怕老婆他不在意，但抓不起造型真的很要命。

郁泞川有些好笑地睨着他：“你话题的跳跃性让我有些跟不上。”

他不提还好，一提唐湛又想起最初的话题。

“要是这次没有我，你真打算拿着录音发给诺亚上上下下几百号人，甚至发给贵禾天怡，让天收他吗？”

郁泞川要真这么做，除了增加些郑德庆的桃色绯闻，让他低调做人一阵子，估计也翻不起什么浪花。只是模棱两可的暧昧录音，郑德庆多的是借口为自己辩解。

“不，我会把录音交给陈水安。”

唐湛蹙了蹙眉，回忆道：“谁？陈副经理？”

郁泞川道：“在客房部那段时间，我发现他对郑德庆意见颇大，总是对郑德庆下的命令诸多怨言。郑德庆要是下去了，他应该也会比较容易往上爬吧！”

他说得云淡风轻，唐湛却对他另眼相看。

“行啊你，还挺有宫斗的潜质！我帮了你这么大的忙，直接省去了你后面那么多事儿，你是不是该请我吃顿饭？我也不要其他的，就你们家那几只母鸡吧！”

郁泞川看着车外道路两边黑黝黝的灌木丛，来时心情有多沉重，这会儿就有多放松。

“你们家的员工潜规则我，你做了你应该做的，还要我请你吃鸡？”他倾过身，手臂搁在唐湛椅背上，“不是应该你向我赔罪吗？”

唐湛闻到一股淡淡的香味，是带着阳光的皂香，忙道：“你坐好，别打扰我开车！”

到了温泉村村头，郁泞川下车前特地回身说了句：“你要不要来？请你吃东西。”

唐湛笑了：“不是不请我吗？”

“你不是为了我还受伤了吗？算是谢你的。”

唐湛道：“那你还真是赏罚分明啊！”

郁大磊这个点已经睡了，郁吉吉倒是还醒着，穿了条裤衩，坐在电视机前看电视。见他哥和唐湛从外面一起进来，他着实一愣。

郁泞川道：“来吃茶叶蛋的。”

郁吉吉恍然大悟，自己还替唐湛把话圆上了：“我们这儿都是散养鸡，水也是山泉水，集天地精华于一锅，唐哥你们城里人一定没吃过这个味儿，是该尝尝。”

唐湛被他勾得馋虫都要出来了，虽说才吃过饭没多久，但还是对这天地精华凝聚的茶叶蛋兴趣满满。

郁泞川今早煮的一锅蛋，浸在汁水里已经一天，想来应该完全入味了，他和唐湛打了声招呼，转身进灶间忙活。

郁吉吉拍了拍身旁凳子，让唐湛坐下看了会儿电视。

唐湛看着那满是雪花片的电视，看一会儿都觉得眼花。

“我转转。”说着他就在厅堂里转悠起来。

他来郁家几回，倒还没能好好看过他们家。

墙上挂着一把三弦，他听郁泞川弹过，走近了细看。三弦旁边还挂了几张照片，有郁吉吉小时候的，也有郁大磊稍稍年轻时候的，还有几张陌生面孔，应该是兄弟俩的爷爷奶奶和爸爸。

然后，他就看到了一张被裱在墙上的录取通知书。

落款时间是今年，学校是海城有名的一本院校，写着郁泞川的名字。

他有些惊喜地指着通知书问郁吉吉：“你哥考上大学了？”

郁吉吉看着电视呢，一听转过脸，脸上原本乐呵呵的表情在看到那张录取通知书时立刻变得闷闷不乐起来。

“嗯……”

唐湛见他失落，觉得事情并不简单，走过去问他：“怎么了？不是大喜事吗？怎么不高兴？”

郁吉吉看了看他，垂下头盯着自己脚尖。

“我哥不打算去读大学，他说要留在温镇照顾我们。”

夜晚的温泉村不闻人声，只有蝉鸣犬吠。星河璀璨，月朗风清，是饱受光污染的城市看不到的景象。

郁吉吉被郁泞川赶进了里屋，说他看了一晚上的电视，也该看点书了。

唐湛坐在门口台阶上，身旁摆着一碗茶叶蛋。他忍着烫，剥了一个，伴着郁吉吉不甘的惨号，一口咬下去，茶叶与鸡蛋完美结合在一起，咸淡适中，鲜香扑鼻，叫人一吃就停不下来。

郁吉吉没有夸张，茶叶蛋真的好吃，果然是凝聚天地精华了的，就是不知道吃了会不会延年益寿。

他捏着半截蛋壳慢条斯理地吃着，身后传来脚步声，接着郁泞川坐到了他身边。

“咔”，按下打火机，郁泞川熟练地点烟，朝着空寂的庭院长长呼出一口气。

烟草的气息瞬间弥漫开来，将唐湛牢牢裹住。仿佛连口中的食物，都带上些烟火的气息。

唐湛看了眼手中的茶叶蛋，状似不经意地问身边的少年：“你的梦想是什么？”

郁泞川抽烟的动作一停，有点迷茫又有点怪异地看向他。

“……唱摇滚？”

唐湛差点被蛋黄噎死：“问你正经的呢，谁跟你开玩笑了！”

郁泞川再次安静下来，手指弹动着烟灰，似乎陷入了沉思。

梦想是种遥不可及的事物，因为难以实现，才会成为心心念念的所在。

他当然也会有梦想，大大小小，这十几年来有过不少，但说最大的那个，无非还是……

“家人平安吧。”

缭绕的雾气中，少年恬静的侧颜格外赏心悦目。

唐湛的心脏就像被人突然揪了下。

“这么简单？”他吃完最后一口茶叶蛋，也没心思再吃第二个，摸着口袋找烟，结果发现自己压根没带。

“家人平安哪里简单了？”郁泞川看出他在找什么，从烟盒里抽出一根递过去，“凑合着抽吧！”

红梅算是低价烟中口感不错的，绵软顺滑，淡淡焦香，唐湛抽了没感觉不好，还没他平时抽的万宝路呛口。

郁泞川道：“我八岁的时候，我爸修房子摔死了，没有一点预兆，那时候吉吉才两岁多。家里没了顶梁柱，我妈很快就改嫁了，将我们兄弟俩留在了这个看不到希望的地方。”说这些话时，他神情很淡，没有怨恨，只剩麻木，“大伯虽然身体不好，却很疼我们，吉吉就像他自己的孩子一样。

“有一次大伯发病，摔下来的时候撞到了头，出了好多血。我和吉吉都以为他要死了，不知道该怎么办，就只知道坐那儿哭。后来大伯醒了，捂着脑袋上的伤跟我们说他没事，自己晃晃悠悠出门去找人，求人家带他去医院。”

这些年来，他不怕苦不怕累，却最怕生病。他倒下了，大伯怎么办？吉吉怎么办？

生活的重担压在少年尚且稚嫩的肩头，沉得叫人喘不过气，让他不得不成长，不得不坚强，不得不背负起所有的苦难。

“平安”两字虽简单，却也是世上最难做到的一件事。

唐湛维持着将烟递到唇边的动作，听得有些怔然。从前他也觉得自己苦，可和郁泞川相比，那真的是小巫见大巫，矫情死了。

他离家在外，住的是五星级酒店，就算父不管母不要，他还有保姆伺候。失意虽苦涩，但他也看开了。他不忿，他郁闷，可他的生活却从来没被绝望笼罩过。

他一出生就锦衣玉食，父母双全，读书时也是样样顺利，没有什么波折。唯一生命中的大不幸，可能就是唐千淼吧……

唐湛抖落烟灰：“我有一个哥哥，和我不是一个妈生的，但他人很好，就是从小身体比较弱，可能是双胞胎嘛，在肚子里的时候营养都被另一个吸走了。我们小时候不住在一起，大概也是八岁的时候，我才见着他。哎，这么一说，八岁真是个坎啊！”

唐千云和唐千淼对他还算照顾，没什么电视剧里豪门恩怨，兄弟阋墙的戏码。当然，他俩是亲兄妹，肯定要比对他亲近点，但也不会两人联合起来动不动给他穿小鞋，把他从楼梯上推下来那么夸张，就相处挺平和的，没闹过什么大矛盾。

唐千淼是个非常开朗温柔的少年，纤细，但不柔弱。唐山海工作繁忙，作为大哥，他经常带着自家弟弟妹妹外出游玩。方泽宁是他同学，唐湛和唐千云就是这么认识这冤家的。

唐湛十岁那年，十七岁的方泽宁邀请他们一起去乡下避暑，他们三个都去了，玩得也很尽兴。

意外突至，没有一点预兆。

那天格外热，唐湛记得他们一起骑车去看了附近的大水库。他跟在少年们身后，不知怎么脚一滑，掉进了水里。

“水好深，好凉。我不会游泳，吓坏了，一下子就沉了下去。”隔着水，他听到了唐千云的尖叫声，“不过还好，我哥和他同学都会游泳，就把我救上来了。当时我扒着我哥的肩膀，能够重新呼吸的时候，简直觉得自己再世为人了。”

这样的夜晚大概特别适合交心，唐湛不知不觉就把自己的底都给交代了。这些事周晖、孙嘉然他们也知道，可这么深入的剖析，这么多年他从来没和身边人聊过。

唐千淼本就体质弱，回去后唐湛没事，他倒是病倒了。

然后这一病，就再也没好。

“这年头，你相信还会有人着个凉得个感冒就死的吗？”唐湛没等郁泞川回答就接着道，“嗨，这年头什么事不会发生，倒霉起来喝凉水还塞牙呢！”

唐千淼最后死于全身脏器衰竭，从他救起唐湛到离世，不过短短一个月。

对于唐家人来说，这绝对是暗无天日的一个月。所有人都绷着神经，每天都在期盼唐千淼的好转，可最后奇迹都没发生。

唐千淼快不行的时候，所有人都聚在医院走廊，连方泽宁都来了。应唐千淼的要求，他们一个个进去和他告别，唐湛是最后一个进的。

唐湛记得那时候自己满心愧疚，觉得唐千淼会这样都是自己的错，如果可以，他真想将自己的命给对方，换他去死。

“要好好长大啊！”唐千淼气息奄奄地躺在那里，吃力地拉住他的手，憔悴瘦削的脸上露出一抹温柔的浅笑。

唐湛一下子没忍住，握紧那只手，跪在他床边大哭起来。

“我求他别死，求他留下来，他一直冲我笑，告诉我‘别怕’……”时隔多年，唐湛回忆起那天的情形，仍旧红了眼眶。

郁泞川的烟早就抽完了，他不会安慰人，也不觉得唐湛想听他干巴巴不漂亮的安慰。

他看了眼那碗茶叶蛋，端起来递向对方。

“吃个蛋吧！”他说。

唐湛看了看他，烟蒂扔到脚下踩灭了，从碗里拈起一颗蛋。

“你说得对。”唐湛说，“家人平安最重要。”

郁泞川轻笑着，自个儿也拣了颗蛋剥起来。

唐湛道：“我明天跟老陈说一下，让你回诺亚上班吧，别去那鱼头店了，离家远活重还钱少。”

“你怎么知道钱少？”

“难不成他们看你长得漂亮还给你开高价？”

郁泞川瞟着他：“自从你上次指名要我服务，老板给我涨了五十块吧。”

“这都行？”

唐湛内心既觉得荒诞又觉得好笑。

说来也奇怪，他和郁泞川分明差了好几岁，可日常谈话聊天却与同龄人无异，并没有什么代沟。到底是这小子太早熟，让他忘了年龄差，还是他格外能聊，可以无视各个年龄层？

不过话说回来，他和方泽宁还差了七岁呢，不也完全沟通零障碍吗？

所以说，年龄这个东西，有时候就是个摆设，在意就有，不在意就没有。

吃完茶叶蛋，聊完了心事，唐湛拍拍裤子起身向郁泞川告辞。他去井边洗了下手，又隔着窗跟郁吉吉道了别，转头见郁泞川要去寻手电，唐湛叫住了他，边往门外走边朝他摆手。

“你别送了，黑灯瞎火的，我自己打个手电得了。”他拿出手机，打开手电模式，冲对方晃了晃。

郁泞川也没跟他客气，送出远门，倚在古旧的木门边，果然没有再送。

唐湛走出一段路，回头见他还没进屋，又挥了挥手。

“回吧！”

郁泞川抱着手臂，提醒他：“当心看路，别踩牛粪了。”

唐湛心里骂他乌鸦嘴，转身继续往前走。

郁泞川这个事，他还得从长计议，直接给钱虽然能解对方燃眉之急，但终究不是长远之计，而且他总觉得对方不会收。

到底怎么个帮法，他还得再琢磨琢磨。

可能是想得太投入了，唐湛一个不小心竟真踩到一坨绵软之物。

他不可置信地低头看去，就见自己脚下正正好踩中一坨牛粪，颜色黄绿，恶臭扑鼻。

唐湛咽了咽口水，心中发出了“呐喊”般的尖叫。

回到车上那一路，他都是蹭着地走的。

来时路上，他让郁泞川给他手机打了个电话，算是彼此留了个联系方式。

这会儿他迫不及待就给对方发了信息过去。

——你个乌鸦嘴，我真踩牛粪了！

他放下手刹时，手机震动了一下，他拿起来一看，郁泞川回复了他一个“哈”字。

第七章

Go for it

郑德庆落马后，陈副经理成功上位，成了新的客房部经理。不用唐湛吩咐，他就向郁泞川重新发出了任职邀请，安排了比较轻松的工作，可谓十分会揣摩“圣心”了。

唐湛在诺亚国际住了快一个月，有些乐不思蜀。只是他的衣服库存即将告罄，再不洗，恐怕就要裸奔出门。

他一个电话打到客房部，让人来收脏衣服。

就算他不是诺亚的少东家，以金牌 VIP 的身份，也足够让酒店为他洗衣晾晒。接线员让他等一下，说很快安排服务生来取。

五分钟后，门铃声响，唐湛一开门，郁泞川站在门外。

“哎哟，这么巧啊！”唐湛侧过身让对方进门。

“衣服呢？”郁泞川问。

唐湛指了指浴室道：“都丢在脏衣篓里了，你整个端走吧。”

他这房间每天都有专人打扫，并不脏乱，郁泞川没有心理准备，就有些轻敌。当他进到浴室，看到那满满一篓的脏衣服时，着实震惊了下。

里面少说也有二三十件 T 恤，而且很多款式都是重复的。也就是说，在郁泞川以为唐湛连着两天穿的都是同一件衣服时，它们很可能是两件独立的新衣服。

郁泞川翻了翻上面的几件衣服，回头看向倚在浴室门边的唐湛，不用说话，表情已经代表了一切。

唐湛冲他堆起一抹眉眼弯弯的假笑：“你就直接说我四体不勤、好吃懒做吧。实话告诉你，为了不洗内裤，一到这里我就买了足够穿一个月的量，穿一条扔一条。现在库存已经没剩几条了，过两天我又要去补货了。”

郁泞川拎起沉甸甸的脏衣篓，用膝盖顶了下，抱在胸前。

“你怎么这么聪明呢？”要不是空不出手，他简直想给唐湛鼓鼓掌。

唐湛跑到门口给他开门：“我听出来了，你这是话里有话，明褒实贬。”脏衣篓有点挡视线，他不忘叮嘱对方，“你当心脚下。”

他不说还好，一说郁泞川就在地毯的接缝处绊了一跤，整个人霎时向前扑去。

唐湛眼明手快，一把将人扶住了，心有余悸地道：“我说让你当心吧，差点出事。”

郁泞川被吓了一跳，心跳得也特别厉害。

“你也是个乌鸦嘴。”他站直身体，自然地脱离唐湛的搀扶。

他这样一说，唐湛立马想起上次踩牛粪的经历，那时候他发短信说郁泞川是乌鸦嘴，这会儿对方是将这句话还给他了。

然而唐少爷也是个很幽默的人，冷笑着“哈”了一声，多余一个“哈”都没有。充满着对世事无常、命运反复的嘲讽。

郁泞川颇为无语地看了他一眼，嘴角好笑地微微上扬。

“走了。”他重新掂了掂怀里的衣篓，离开了唐湛的房间。

唐山海有个妹妹，叫唐玉芬，从亲缘关系上来说，也是唐湛的姑姑。

唐玉芬的丈夫在海城体育局任职，与林雪莹同是上流社会的官太太，两人年轻时没什么交情，年纪大了反而因为各种交际场合熟悉起来。

唐玉芬自己没有孩子，却是个疼爱孩子的长辈，唐湛嘴甜又机灵，尤其得她喜爱。

知道林雪莹退回了唐湛送的生日礼物，她心里不是很舒服，但碍于身份不好直接找林雪莹算账。本想找个机会打电话给唐湛，没想到这时候唐千云竟然检查出来怀孕了。唐千云的母亲早逝，后妈又是个大她没几岁的女人，唐玉芬放心不下，头三个月硬是要亲自照看。

好不容易该买的买齐了，要准备的也都准备好了，她才想到坐下来，给唐湛打个电话。

经过一个月的沉淀，唐湛早已将黑名单里的电话号码都放了出来。他一看是唐玉芬打来的，很快就接了电话。

唐玉芬在电话那头事无巨细地问了他这些日子的生活状况，末了还要抱怨他不说一声就去了那么远的地方。

“现在千云怀孕了，公司许多事都力不从心，你不要再往外跑了，赶快回来帮帮你爸爸吧。”

唐湛听闻唐千云怀孕，愣了愣：“这么快呀，我还以为她会以事业为重，最近不是贵禾天怡在计划上市吗？”

唐玉芬道：“婚礼前就有了，只不过前两天才查出来。应该是意外，但有都有了，也不可能不要。她已经三十多了，也是考虑要孩子的年纪了，再大了生对身体不好。”

“那真是恭喜她了。”唐湛说，“姑姑，公司的事不是我不想帮忙，而是爸爸不让我插手。贵禾天怡要上市这么大的事，他都没有告诉我，他根本不想我进公司，我又何必到他跟前去惹嫌。”

唐玉芬一时静下来，似乎也被这个消息打得措手不及。

过了半晌，她说：“你不要瞎想，他是看重你的，他之前还跟我说要收收你的心，让你进公司历练历练呢。你也是奔三的人了，总是没个定型，他自然不高兴。你赶快回来吧，其他的我去跟他讲。”

唐湛总有种背着唐山海打小报告的错觉，不过唐玉芬说得对，他老是待在温镇也不是个办法，就算今天不回，明天也是要回的。

这里是他暂歇的港湾，却不是他最终的归宿。

“我知道了，过一阵子就回去，您放心吧！”

“过一阵子是多久？你给我具体定个时间。”唐玉芬不依不饶。

唐湛想了下：“就下个月吧！”

“什么？还要下个月……”

唐湛拿开手机：“喂？我听不到声音了……姑姑你还在吗？这里信号不好……喂？”

他喂了两声，声音越来越小，最后掐断了通话。

叹了口气，唐湛再次把姑姑的电话关进了小黑屋。虽然知道对方是为了他好，但唠叨也是真唠叨。

郁泞川手背撑在脸侧，正一边值班一边看书。他重新回到诺亚后，由于唐湛和陈经理的关系，再也没有人敢为难他，得到的工作也是最清闲不过的。

夜班虽然要熬夜，但一般没什么事，他还能利用这个时间多看会儿书。

他在读川端康成的《千只鹤》，书是他从学校那间不大不小的图书室里借的，暑假结束，他就要把它还回去。

书中有位女性，胸口长着一块紫黑色的、带毛的痣，年轻的男主人公自幼年看过这块痣，便无法将它从脑海里剔除，每每想起，都十分厌恶和嫌弃。

郁泞川到底年纪还轻，并不能很准确地理解，为何男主人公要对一块厌恶的痣念念不忘，这又是怎样一种复杂的感情。

就在这时，电话响起，他看了眼来电显示，是唐湛打来的。

"请问有什么能帮您吗？"

对面传来一阵轻笑："你干吗这么客套？"

"公事公办。"

"那你给我送碗泡面来，我饿了。"

"吧台上有。"

"吃完了。"

郁泞川合上书，确定自己是不得不走这一趟了。

"要什么口味的？"他问。

唐湛发出心满意足的爽朗笑声："红烧牛肉的就行。你饿吗？饿就带两桶，我请你。"

郁泞川不饿，也不喜欢吃方便面，所以就带了一桶上去。

他走到唐湛房门前，发现门用一只拖鞋卡着，他推门而入，听到了隐隐水声。

"唐湛？"

就这么会儿工夫，他竟然就去洗澡了。

唐湛听到声音，透过水幕和关上的浴室门，和郁泞川闷闷地打了个招呼。

"不好意思你给我泡一下！"

郁泞川没见他有哪里不好意思的，使唤得可顺手了。

他撕开塑料包装，倒好调料包，刚要拿起水壶倒水，发现唐湛连水都没烧。

叹口气，他只好拿着水壶去敲门。

“做什么？”唐湛问。

“盛水。”

“没锁，你进来。”

郁泞川拉开门走进去，被迎面的雾气撞了一脸。空气中含着大量的水汽，透出柠檬的清爽香气。

他目不斜视地走到洗手台前接水，随后烧水泡面。

等一碗面泡好，唐湛十分会选时间地裹着浴袍从浴室出来了，头发只是擦了半干，还在往下滴水。

没了发胶定型，他的头发柔软地垂在脸侧，瞧着有几分生嫩。

“谢谢。”他讨好地冲郁泞川笑了笑，捧起方便面就迫不及待地吸溜起来。

郁泞川想给他倒杯水，刚倒好了想要端过去，就听坐在沙发上狼吞虎咽的人含混不清地道：“你要不要考虑卖身给我？”

郁泞川手一滑，杯子打翻在地，还烫到了手。

唐湛丢了叉子几步走过去，要看他的手。

“有没有烫着？”

然而他刚碰到郁泞川的手，对方像是受惊，又像是痛极，一下子将他打开了。

两个人同时愣了下，唐湛看他脸色不好，以为是真的烫狠了。

“你让我看看啊！”

郁泞川的手背绯红一片，瞧着的确很严重，但他最在意的还是方才唐湛问他的那句话。

他反手握住唐湛的手腕，用力到让人感到疼痛。

“你刚才说什么？”他几乎是咬牙切齿地说出这几个字。

要真的是那个意思，他一定会……

一定会怎么样，郁泞川也没想好，只知道他绝对不会让唐湛好过。

“呃……”

望着他的表情，唐湛心里竟然生出些怯意。他恍惚间觉得，要是自己不小心说错了一个字，郁浐川就会像匹凶恶的狼，扑上来把他脖子都给咬断。

求生欲令他谨慎起来。

“卖、卖身？”他期期艾艾地揣测着，忽地发现这话的确歧义不小，忙解释道，“啊，不是‘那种’卖身，就是我每年资助你一笔费用，你用来安置你的家人和完成学业，毕业甚至没有毕业，你都要替我工作，直到这笔费用还完。有点像商业贷款，怎么样，有兴趣吗？”

郁浐川怔然地松开手：“贷款？”

“没错，当然是要签卖身……要签合同的，不然你赖账怎么办是吧？”

唐湛想了很久，觉得这种贷款形式的资助方式郁浐川应该是最容易接受的。既不会太殷勤，造成负担，也不会显得太随意，像施舍。

得到对方的解释，郁浐川脸色好了一些，却仍然轻拧着眉心。

“是不是吉吉和你说了什么？”

他从未和唐湛提起过自己考上大学的事，对方既然不是从他这里得知，那就唯有郁吉吉了。

唐湛咳了声，蹲下身清理起地上碎片。

“不关他的事，我那天不小心看到了你的录取通知书了。华海大学是吗？还是汉语言文学专业的。”他抬头看了眼郁浐川，“你就这么干看着吗？”

郁浐川回过神，忙将不远处的垃圾桶拿了过来，然后与唐湛一起将瓷器碎片捡起来丢进了垃圾桶。

房间里一时无话，静悄悄的。

唐湛见他不说话，注视着他低垂的睫毛，语重心长地道：“你知道多少人挤破头都想进华海大学吗？或者说，你知道多少人想要去海城打一片天地吗？你就甘心让机会白白溜走？”

自然是不甘心的，如果不是心中有所憧憬，他根本不会在第一志愿填华海大学。

可是不甘心又能怎么样？

他捡起最后一块瓷片，低声道："我不去读大学，钱是一个原因，无法离开温镇是另一个原因。我走了，吉吉他们怎么办？谁来照顾？他们是我的责任，我不能抛下他们。"

唐湛为他眼中的成熟早慧而心痛，寥寥数语，便叫人了悟生活的苦涩与压抑。

众生皆苦，无人可免。只是有的人少一些，有的人多一些的区别罢了。

唐湛拍了拍他的肩膀，加重力道揉捏了两下："没叫你抛下他们，你先在海城站稳脚跟，之后再将他们接过去就是。我给你的钱，是根据我对你的估值来的，就跟股票一样你明白吗？我觉得你有潜力才会帮你，你要相信你的成就绝对不限于此。"

郁大磊的病唐湛了解了下，虽然不能根治，但只要定时服药，注意饮食，就可以控制得很好。那些进口药对郁家或许是笔天文数字，但对唐湛不是，他给郁汻川的"资助"里，也包含了这部分费用。

"你可以给郁韦家一些钱，让他们代为照顾大伯和吉吉，我看俩小孩关系挺好，应该也乐意待一起。"隔三岔五，他还能远程让陈经理去探望一下，送点东西。诺亚国际在这里一天，他就能罩着他们一天。不比郁汻川辛辛苦苦养家，郁大伯生病没药吃，郁吉吉一年到头吃不到几顿肉强吗？

郁汻川陷入沉思，似乎有些犹豫不决。

不得不说，唐湛的游说十分诱人，但凡有一点野心，他都应该同意。但这并不是一件能靠冲动决定的事，他要考虑的因素还有很多。

郁汻川说："我会好好考虑。"

唐湛点点头："行，你慢慢考虑，别耽误报到就行。"接着他摊开手，"现在能给我看手了吧？"

郁汻川愣了愣，可能脑子里还在想着唐湛给他的选择，有些蒙，格外听话地将手递了过去。

唐湛握住他的手，笑道："真乖。"

郁汻川的手被烫红了一大块，唐湛看过伤处后，皱着眉让他坐在沙发上，自己去冰箱里取了点冰，敷在了他的手背上。

"你听我说那话，是不是吓了一跳？觉得我要逼良为娼，你有眼无珠看错了人？"

郁泞川伤处被冰敷着，终于不那么火辣辣，他被唐湛毫无顾忌的用词弄得眼角直抽。

“是我误会你了。”

唐湛不依不饶：“你也不想想我这什么人品，正直、无私、积极、向上，到底哪一点让你对我的品行产生了怀疑？”

大概是一开始的印象太差了吧……

郁泞川默默腹诽着，嘴上道：“‘向上’不是形容词，你换一个吧！”

唐湛憋了两秒：“乐观。”

说完两人对视片刻，不约而同笑了起来。

敷了十分钟，直到冰都化得差不多了，唐湛才让郁泞川离开。

清晨，郁吉吉从熟睡中起身，伸了个懒腰。

他揉着眼睛往外走，想去院里刷牙，迷迷瞪瞪中路过一个坐在台阶上的人影。

走出去几步，他一下刹住脚，一个回身看到郁泞川大早上不去补觉，竟在家门口吞云吐雾。

他了解郁泞川，知道对方不会无缘无故如此。

“哥，你怎么了？”

郁泞川脚下已经积了好些个烟蒂，他思考了一夜，仍旧找不到答案。

是要接受唐湛的好意，去追寻自己的梦想，还是留在家乡，照顾家人？

“唐湛说，他愿意资助我完成学业。”郁泞川没打算瞒郁吉吉。

“真的？！”郁吉吉惊喜地瞪大双眼，简直要从地上跳起来，“我知道，我就知道他一定会帮咱们的！”

但一见郁泞川的样子，他又有些忐忑，不确定对方的想法。

“哥，这是大喜事，你怎么看着像不开心？”他坐到郁泞川身旁，小心翼翼地问道。

郁泞川看着他：“你希望我去吗？”

“当然！你本来就应该去。”

“可我走了，你和大伯怎么办？”

郁吉吉瞬间明了他的顾虑，真是个傻哥哥。

他哥俩好地搂住郁泞川肩膀："哥，我已经不小了，十三岁啦，可以照顾好自己还有大伯。小时候我们那么苦，靠着百家饭不也好好长大了吗？你不要把我们当作你的责任，我们不想做你飞翔的枷锁。你好好飞，我们会努力赶上你的。"

郁泞川很少看他这样一本正经的时候，不免有种"吾家有儿初长成"的感动与心酸。

他揉了揉郁吉吉乱糟糟的脑袋："你们不是枷锁，是我飞行的动力。"

唐湛一觉睡醒，看时间的时候发现有条郁泞川发来的未读短信。

他预感到这是什么，怀着稍许紧张的心情点开。

——拟卖身契吧！

依旧十分有郁泞川的个人风格，简单明了。

唐湛心下一喜，直接从床上跳起来，兴奋得手舞足蹈。

"Yes！"

要不是空间场地不允许，他大概还会翻个筋斗。

他不确定郁泞川这会儿有没有醒，但想着就算睡着了，醒了总能看见，他便发了条询问短信过去。

——你的手怎么样了？没起泡吧？

等了一会儿，唐湛没收到回复，默认对方还在睡。

他像个老妈子，又忍不住开始担心。那样一双手，留疤可就太可惜了。

怪他，昨天非得皮那一下，不好好说话，害郁泞川打碎了杯子。

他起床换好衣服，先去了趟酒店医务室，问他们有没有烫伤药膏，要最好的不留疤的那种。

对方为难地翻了翻医药箱，找出来支快过期的烫伤膏。

唐湛看了眼那支用了快一半的药膏，摇着头丢了回去。

随后他驱车去了镇上，找了家最大的药房，把他们每款治疗烫伤烧伤的药都买了一支。大早上他什么都没做，光买药了。

等到下午的时候，郁泞川醒了，一出房门，看到桌上有个陌生的马甲袋，再一看里面装的，竟然是十几支包装不一的烫伤药。

“这哪儿来的？”他问郁吉吉。

“哦，那个啊，唐哥送来的。”郁吉吉坐凳子上看电视，两条腿晃晃荡荡，“我还以为他送什么好吃的呢，结果都是药。”

郁泞川有些失笑，他就烫着点皮，也不用买这么多吧？

他找出手机，本想给唐湛回个谢谢，结果看到屏幕上好几条未读信息。

——你的手怎么样？没起泡吧？

——我给你买了点药，你记得涂。

——这个算工伤。

——你既已卖身于我，以后就叫我少爷吧！

郁泞川一个“谢”字都打出来了，看到最后一条，决定还是不要理他为好。

高级的场所限制了消费档次，却不能筛选顾客素质。

唐湛有些日子没去酒吧，这天心情好，就想小酌一杯。一进酒吧门，他就注意到不远处一桌顾客正在喝酒划拳，声音非常大，以致其余顾客对他们频频侧目。

唐湛皱了皱眉，来到吧台，和郁丽打了声招呼。

“唐先生。”郁丽看到他有些惊喜，“您好久没来了，怎么样，还是老样子吗？”

唐湛点头道：“老样子。”

郁丽给他倒了酒，与之前一样，两人有一搭没一搭聊起来。

“小川的事我听说了，多亏了您，没想到郑经理竟然是那样的人。”郑德庆性骚扰员工的事，虽说酒店里做了上下封口，不让多提，但天下间哪有不透风的墙。

郁丽是真心觉得唐湛不错，可劲地夸他，说他人帅心善，敢替他们这些底层员工发声，把唐湛夸得飘飘然，仿佛成了什么大英雄。

“应该的应该的。”唐湛呷了口酒，满脸受之有愧的表情。

“小川那孩子也是命苦，老子死了，老娘改嫁了，大伯又傻又病。”郁丽手里擦着杯子，叹了口气，“不过还好，吉吉虽然皮了些，但也是个懂事的好孩子，知道心疼哥哥。”

唐湛轻笑："的确，吉吉是个小机灵鬼。"

这时，他手机震了下，拿起来一看，是郁泞川发来的信息。

——你是不是忘拿房卡了？

唐湛的衣服洗好熨好后，郁泞川又给他送去了房里，走时看到桌上摆了两张房卡。

每位客人入住时前台都会给两张房卡，这会儿全都在这儿，那必然就是唐湛一张没拿。

唐湛摸了摸身上口袋，还真没拿。

——你给我送来吧，我在酒吧呢！

唐湛行使着少爷的权利，使唤得得心应手。

"怎么了怎么了？有什么意见啊？"

突然，唐湛身后响起争执声，他回头看去，就见先前那桌划拳的几个男的和旁边一桌女客起了冲突。

"这里是公众场合能不能请你们声音小一点？"

"老子又不是没付钱，关你们屁事，臭老娘们！"

"你怎么还骂人，有没有素质了！"

"骂的就是你，老子想怎么样就怎么样，别逼老子动手！"

那桌喝酒划拳的一共四个大老爷们，个个蛮横不已，对着两个瘦弱的年轻女孩子一通嚷嚷，凶神恶煞。

唐湛见情况不对，让郁丽马上打电话让酒店保安上来，随后起身几步挡在了两个女孩身前，将她们与醉酒男隔了开来。

"有话好好说。"

与女孩们吵得最凶的是个板寸头的男人，小眼睛，四方脸，皮肤喝得醺红，身材高壮。

他正伸着手指骂人，下一刻却点在一堵肉墙上。

他一愣，醉醺醺地晃了晃身子，视线逐渐向上，对上了唐湛英俊的面孔。

"你这小白脸，谁啊？"他满身酒气，说着还打了个酒嗝。

唐湛搭上他的手，缓缓推开："这位先生，你喝醉了，不如我让人送你回房吧！"

板寸头一把挥开他的手："回房？凭什么我要回房？"他回头问自家

兄弟，“这小白脸要我们走，我们走吗？”

其他三人坐在座椅里，杯子用力往桌上一掷：“不走！走的是他儿子！”

不知哪个还用力踹了下桌子，致使桌上的酒瓶纷纷翻倒，碎了满地。

女孩们被这动静吓得不轻，惊呼着往唐湛身后躲。

“你们已经影响到别人了，再这样我们要报警了。”唐湛严肃着脸警告他们。

然而醉酒的人并不存在理智，酒精刺激着他们的大脑，让他们一夕间仿佛成了世界的王，对所有人都肆无忌惮起来。

“报警？哎哟，我们好怕怕啊！”板寸头怪模怪样地做出夸张的表情，下一秒从桌上拎起一个完好的酒瓶，凶神恶煞地指着唐湛，“你有本事就报警啊！”

唐湛护着身后的女孩退后几步，眼角余光瞥到郁丽在朝他们招手，偏头对女孩们说：“你们躲到吧台那边去。”

酒吧白日里本就没几个人，又因为这场突如其来的争执，能走的都走了。

“躲什么？刚刚不是挺厉害的吗？”板寸头作势要追，唐湛哪里会让他过去，两人推推搡搡，眼看要打起来。

板寸头的其他几个同伴见要动手，也纷纷不甘示弱地站起来。

唐湛其实没想打架，但就在他被板寸头推了个趔趄时，郁泞川来了。他一进门看到这架势，别说犹豫，连劝架都不带的，上去就对着板寸头后腰一脚，将人踹了个大马趴。可谓身手了得，迅捷如风。

唐湛复杂地看了他一眼，撸起袖子，得，开打吧。对着扑上来的人就是一记左勾拳。

两人也算合作无间，两对四也没落了下风。

郁泞川下手贼狠，从他外表根本看不出他是手这么黑的人。

唐湛看他干净利落地将人撂倒，眼都不带眨地一脚踩在对方胸口，都怕他把人肋骨踩断了。

唐湛到底是公子哥，仗着对方几人喝醉酒行动迟缓讨到不少便宜，但终究缺乏打群架的经验，手段不够龌龊。

打架不是以武会友，逼急了，随便抄起一样东西都能往对方身上招呼。

唐湛都没反应过来，就看到郁泞川突然惊恐地瞪大了眼，冲他张开嘴要喊什么，下一秒头上一阵剧痛，耳鸣得厉害。

他感到有液体顺着头顶流下来，遮挡了他的视线，让他摇摇欲坠。

女孩的尖叫声像隔着层棉花一样传到他耳朵里，他往地上倒去，意识逐渐模糊。

“唐湛！”郁泞川慌张地冲过来将他挡在身后，而在这时他的身后，几名穿着制服的保安也冲了进来。

四名醉酒闹事的客人最终被制伏，警车与救护车同时赶到，该进局子的进，该送医院的送。

唐湛脑袋开花，缝了八针，还剃掉一大块头发。

郁泞川陪了他一夜，注意他输的点滴，还要定时给他量体温看他有没有发烧。

唐湛中途迷迷糊糊睁了次眼，看到床边坐了个人，他还没开口，对方就将手掌温柔地探上了他的额头，还用蘸了水的棉签润湿他的下唇。

“没事了，还难不难受？”

“嗯……”他含糊着，拖长了音回了一声。

果然，下一秒那只手摸了摸他的头发，用着轻哄的语气道：“没事了，很快就没事了，醒了就不难受了。”

唐湛再次睁开双眼彻底清醒时，天已经亮了。床边站着两个人，一个是王经理，还有一个竟然是方泽宁。

他的头还隐隐作痛，犹在梦里。

“你……”

他见鬼似的盯着方泽宁，被对方强势又不失温柔地按了回去。

“别起来，小心你的伤口。”

唐湛只好躺回去：“你怎么来了？”

方泽宁高大俊朗，可能因为职业的关系，责备起人来，总有种教训学生的感觉。

“你出了这么大的事，王经理怎么可能不告诉爸爸。”方泽宁替他掖了掖被子，“爸爸让我来把你带回去，我昨晚连夜就赶来了。”

唐湛一听要强制带他走，不是很乐意："我没事……"

方泽宁神情还是很温和，声音却有些冷："你缝了八针，这不叫没事。"

唐湛最怕他这样，每次方泽宁生气，他都跟老鼠见了猫一样，连大气也不敢喘。

王总趁机也劝他："青山绿水再好，海城才是你的家，你要是实在喜欢这里，几个月来一次当度假就是。"

唐湛嗫嚅着，想说自己还有好多事没办呢，可又说不出个所以然来，他在温镇，并没有不得不留下来的理由。

几人说话间，病房门口又进来一个人。

郁泞川守了唐湛一夜，怕唐湛醒了会饿，特地去外面买了些早餐回来。他才离开二十分钟，想不到唐湛就醒了，病房里还多了一个从未见过的生面孔。

"小川！"唐湛第一时间注意到对方，双眸瞬间一亮。

伤痛和见到方泽宁后形成的沉郁心情，仿佛在瞬间恢复了鲜活。

方泽宁顺着他视线看向来人，见一个长相惊艳的少年拎着个塑料袋就进来了，不由得疑惑道："这位是？"

王总给他介绍："这位是小湛在这里交的朋友，叫郁泞川。"他又指着方泽宁对郁泞川道，"这位是小湛的姐夫，听说他受伤了，特地从海城赶过来的。"

郁泞川这时也正好走到他们跟前，他朝两人点了点头，算是打了招呼，转身将手里袋子放在了床头柜上。

"这是什么啊？"唐湛问。

"粥。"他刚松开手，方泽宁就接替了他，将塑料袋打开，把里面的粥取了出来。

"我喂你吃吧！"方泽宁掀开盖子，对着还很烫的粥吹了吹，"不过要等凉一点才行。"

唐湛哪敢让他喂，忙撑着手半坐起来，不好意思地伸手道："阿宁，不用了，我自己吃吧！"

郁泞川不动声色地看了两眼方泽宁，又去看唐湛。看唐湛时，他太过入神，很快被对方发现了。

“你是不是有话说？”唐湛被他盯得怪怪的，抬眼问道。

郁汒川淡定地和他道了别：“你慢慢吃，我先回去上班了。”

王总正好也要走，两人便一同走了。

第八章
Go for it

消毒水气味浓郁的病房内，一共有两张床，唐湛占了一张，另一张床暂时空着，没有人睡。

剩下他和方泽宁两人独处，唐湛不自觉有些紧张，这种紧张由来已久，要追溯到他的少年时期，倒不是因为与对方久别重逢的关系。

方泽宁看着他头上的“补丁”，先前的温柔严厉通通化为一声叹息。

“千云怀孕了，我不能在这里停留太久。”他在床边陪护椅上坐下，手上不停搅动着勺子，“就后天吧，你跟我一块儿回去。”

唐湛一听，头更疼了，打着商量道：“我这才刚受伤你就让我坐飞机，你也不怕我伤口绷开啊？要不你先回去，等我伤好了我再回去。”

方泽宁没说话，将手里稍稍冷却的粥碗递给他。

“谢谢。”唐湛接过了，就着另一个小碗里的腌萝卜愉快地吃起来。他以为方泽宁是妥协了，没想到对方是在憋大招。

“千淼的忌日快到了，你真的不回去吗？”

唐湛心头一颤，立马呛咳出声，手抖得要将粥泼出来。

方泽宁没想到他反应这么大，忙接过他的粥碗，替他拍背顺气。

好半天唐湛才止住了咳，脸都涨红了。

方泽宁真是了解他，只一句话就正中他的死穴，让他无力反抗。

“行吧，之前在国外很多年没去给大哥扫过墓了，今年怎么说也要去一次，不然大哥该生气了。”唐湛苦笑道。

方泽宁闻言揉了揉他的脑袋，一如小时候那样，不过避开了他的伤口。

“他怎么会生你的气呢，他永远不会生你气的。”他虽然笑着，眼里却涌现一抹伤感。

唐千淼是他们多年来共同的心病，腐烂生疮，惶惶难安，不得摆脱。

郁吉吉正睡午觉，突然被院子里凄厉的鸡叫给惊醒了，他连拖鞋都顾不得穿，抓起床上一根痒痒挠就冲了出去。

“哪个浑蛋敢动我家的鸡？”他举着痒痒挠，气势十足道。

郁泞川蹲在鸡窝前，手里按着只老母鸡，闻言缓缓回头。

“你说什么？”

郁吉吉顷刻间打了个寒战，连说话都不利索了：“哥，哥你怎么在抓鸡啊？”

郁泞川拎着鸡翅膀站起来，简洁明了道：“炖鸡汤。”

郁大磊站在一边见证了他抓鸡的全过程，此时满脸心疼不舍，脸都皱成了一团。

“没，没了。”这几只鸡鸭一直下蛋勤快，承担着郁家的主要营养补给任务，没了哪一只都是巨大的损失。郁大磊每天早晨去鸡窝鸭窝掏蛋是最幸福的时刻，他只会从一数到十，当蛋的数量超过十枚时，他就能开心一整天。

郁吉吉走过去抱了抱他，安慰道：“没事，我们还能再孵小鸡。”

其实他心里乐开花。

他哥终于要炖鸡了啊！他都多少年没喝过鸡汤了！老母鸡汤啊！想想都流口水！

郁泞川干净利索地将鸡放血拔毛去内脏，游刃有余得一点都不像个二十岁不到的少年人。这鸡要是让唐湛杀，他能举着菜刀和鸡打起来，就算再加周晖和孙嘉然，都不一定能打赢。

鸡汤炖了一下午，炖得满院飘香，郁吉吉跟只小狗似的蹲在灶间门口，眼睛都等绿了。

终于，郁泞川端着锅子走出来，郁吉吉欢呼着一路跟在哥哥身后，像只蹦蹦跳跳的小袋鼠。

“你们先吃，不用等我了。”郁泞川将锅子放到桌上，一口汤都没坐下来尝便又往外走。

郁吉吉探头正要掀盖子，闻言奇怪道：“啊？你去哪里啊？”

“去医院。”郁泞川去灶间拿了之前盛出来的一罐鸡汤，推着自行车就走了。

唐湛躺在医院，百无聊赖，也就一天，他觉得自己就快长霉了。

他也不是伤重到不能自理，方泽宁下午来看了下，坐了两个小时就又回酒店了。他是硕导，经常要带学生，的确不能久留。

唐湛希望他最好不要来，这样自己也能轻松些。

他没事做，就想发短信跟郁泞川聊天，可发出去的短信都石沉大海，好半天没人搭理。

难道在忙吗？

他如死鱼一样瘫在床上，久违地体验了一把空虚寂寞冷。

正当他在犹豫要不要下楼走两圈消磨下时间时，有人推门而入，他一看，竟是满头大汗的郁泞川。

他倏地从床上弹起来，因动作太猛牵动伤口，痛得嘶了一声。

郁泞川将鸡汤放在床头柜上，肌肤因为在烈日下骑了一个小时的车，微微发红。

“克制一下，知道我给你送鸡汤来也不用这么激动吧。”他衣服都让汗水染透了，发根里湿漉漉的，就跟刚洗完澡一样。

“来就来呗，带什么东西啊。”虽是这么说，但他还是积极主动地将罐子抱进怀里，迫不及待地打开了盖子，黄澄澄的鸡汤里，沉淀着大块的鸡肉和鸡血。“哇，好香！”他深深吸了口气。

“你吃吧，我先去洗把脸。”唐湛屋里有个小洗手间，郁泞川之前流了太多汗，被空调一吹身上黏糊糊的，就想稍微用水冲一下。

“用我的毛巾吧，上面蓝色那条。”唐湛嘴里边咬着肉边道。

郁泞川进了洗手间，一眼看到那条蓝色条纹毛巾。

他取下来过水拧干，按在了自己脸上。

清新的薄荷香扑面而来，呼吸间窜入肺腑，每个细胞都仿佛凉快起来。

他擦完从洗手间出来，唐湛还在啃鸡腿。

“这鸡汤好好喝啊，你在哪儿买的？诺亚的厨子炖的吗？”

郁泞川坐到床边，白衬衫的纽扣解开两颗，露出明显的锁骨。

“这就是我们家那只你觊觎已久的老母鸡，怎么样，终于吃到了，开心吗？”

唐湛瞬间呆住，连咀嚼都忘了。

“你把你们家宝贝炖了？”他还记得郁吉吉的话，这鸡是郁家三宝之一，要炖要杀，得先跨过郁吉吉的尸体。

现在鸡死了，郁吉吉何在？

“放心，就炖了这一只，其他别说你，我都不给碰了。”再杀鸡，大伯该跟他拼命了。

知道这份鸡汤的可贵，唐湛越发珍惜，每一口汤都细细品味，每块鸡都吃到只剩骨头渣。

“你喝过没？”唐湛突然抬头问郁泞川。

“喝过了。”郁泞川眼也不眨地道。

唐湛心满意足地解决了一大罐鸡汤，摸着饱胀的肚皮躺到床上，觉得世间再美不过如此。

但一想到明天就要离开这里，回到海城，他的表情又有些难受。

“小川，我有件事要和你说。”他坐起身，满脸严肃，“明天我就要跟我姐夫回家了，那个合同我已经让律师在拟，等做好了就给你寄过来。你可以继续在温镇待到报到为止，我会在海城等你。”

郁泞川以为他要说什么，凝神听了两句，心里一松。

“我还当什么事……那你一路小心，别碰着伤口。”

郁泞川原本坐一会儿就要走的，但唐湛以太阳大天气热不宜骑车为由，将他一直留到了太阳下山。

十五公里，郁泞川又骑了一个小时才到家。

郁吉吉在里屋写作业，郁大磊一如往常在看电视，饭桌上留着一碗白米饭和一大碗鸡汤。郁泞川原本一只鸡腿给了唐湛，留下一只是给郁吉吉吃的。剩下的一只鸡腿，现在却静静躺在碗里，一口未动。

显然，郁吉吉是将最好的部分留给了哥哥。

郁泞川不由得嘴角微扬，坐下大口吃起耽误许久的晚饭。

第二天，唐湛是一早走的，没办法，温镇那小机场一天就一个航班去海城。

他迷迷糊糊地跟着方泽宁一路过安检，托运行李，再过安检，躺在椅子上等登机的时候，连眼睛都睁不开了。

等了半小时，终于通知商务舱能登机了，唐湛懒洋洋起身往机舱走。

等坐进客舱，唐湛就想睡觉，眯了会儿，突然感到手机来短信了。

他这才想起还没调飞行模式，慢悠悠拿出手机看了眼，发现是郁泞川的道别短信。

——一路平安。

这小子时间掌握得真好，好像知道他什么时候飞一样。

唐湛笑了笑，回道：期待再次相遇。

郁家那一方小院内，郁泞川收起手机，头顶上方的蓝天恰好飞过一架飞机。

他眯眼看去，飞机在天空中划下一道白痕，最终消失在视野中。

由于唐山海的吩咐，唐湛与方泽宁一下飞机便直奔唐家。

唐山海不仅是贵禾天怡的掌权者，也是唐家说一不二的土皇帝，他说要一起吃饭，那一家人无论如何都要到齐。

等到了唐家，还未进门就听到唐玉芬、唐千云与严婧三个女人说笑的声音。

"我跟你说啊，孩子长得很快的……"

"我给你的精油记得涂，防妊娠纹的。"

两人走至客厅，严婧先看到他们，忙起身招呼："哎呀，你们可算回来了，先休息休息，要六点开饭呢。饿吗？要不要先吃点水果垫垫肚子？"

唐湛对这个小妈说不上来什么感觉，人前就万事周到让人挑不出一点错，人后则态度一百八十度转弯，从来不来搭理你。精明且装，让人受不了。

"不用，我累了，先去睡一觉。"唐湛说着就往楼上走。

方泽宁也有些项目上的事要处理，与三人短暂地聊了几句后，拎着电脑包也上了楼。

唐湛一觉睡到保姆叫吃饭，打着呵欠起身，随意洗了把脸便往楼下餐厅走。

这顿饭，除了唐玉芬的丈夫有应酬，唐家最小的儿子因为读的国际学校，有严格寄宿制度没能回来，其余唐家人都到齐了。

唐山海坐在主位，不时与唐千云等人闲聊两句，谈谈孩子，谈谈公司，还会谈论方泽宁带的学生，唯独不与唐湛说话。

唐湛也乐得轻松，能好好吃饭，他现在头上开花，想也知道唐山海会怎样斥责他胡闹，如今冷处理，对他俩都好。

如果唐千淼还在，他一定能成为令唐山海满意的继承人，毕竟他一直都很优秀。

唐湛喝汤的动作停滞了般，盯着碗里的汤有些出神。

饭桌上的氛围安静又压抑，山珍海味吃到嘴里都变了味儿，还不如郁泞川炒的大白菜好吃。

他应该属于这里，但他却更怀念温镇。

“怎么了，小湛？是不是身体不舒服？”唐玉芬就坐在唐湛身边，见他突然不吃东西发起呆来，有些担心地问道。

唐湛冲她笑了笑：“没，我吃着呢，刚刚在想事情，有些太投入了。”

唐山海一餐饭吃完，用餐巾抹了抹嘴，隔着长条桌对唐湛道：“你也老大不小了，你姑姑让我给你找点事做，不然你整天往外跑，惹一身事回来。”

唐湛发现嘴里的汤都变味了，只好放下勺子，做出虚心受教的模样，认真但不走心地听唐山海唠叨。

其他人低头吃饭，将餐具碰撞的声音降到最低，不会有人突然插话或者打断唐山海说话，在唐家，他稳坐“独裁者”宝座。

“等你伤好就进公司帮忙吧！”

唐湛一愣，连严婧都诧异地抬头看向说话的丈夫，一时间连伪装都忘了。

“让我进公司？”以为自己所学终于有了用武之地，唐湛的内心骤然升起些兴奋和期待，然而唐山海下一句话，彻底将这些念头通通打消。

“就做我的特别助理，好好收收心。”

一听是个没有实权如同闹着玩的助理职务，严婧明显松了口气的样子，努力压下嘴角，再次低下了头。

这兜头一盆冷水，浇得唐湛浑身发寒，手指控制不住地打战。他读了那么多年的书，努力证明自己，到头来只配在自家公司当个助理？

他多想现在拍桌而起，大吼一声：“老子才不干！”

可当他抬起头与唐山海深沉的眼眸对视时，便如捏扁的游泳圈，气势一去不复还。

最终他僵着脸，干笑着点头：“好的，爸爸。”

虚伪得连自己都唾弃。

唐玉芬并不太懂这些，一听唐湛进了贵禾天怡，无论什么职位她都挺开心。严婧家人多有在贵禾天怡担任要职的，俨然就是公司里的第二大姓，没道理外戚都进了，让唐湛这个正宗“皇室子弟”落单。

“挺好的挺好的，你姐姐正好要休产假，这段时间你就多帮帮你爸爸。上班要专心，可别三天打鱼两天晒网的，听到没？”

唐湛点点头：“听到了。”

帮什么呢？做点会议记录，倒倒水，打印文件吗？这些事就是唐佳聪那小子都能做，唐山海让他一个海归MBA（工商管理硕士）做这个，和蹉跎他有什么区别？

唐湛闭了闭眼，努力压抑着内心的怒火。

方泽宁看了眼唐湛，又看了眼身边的妻子。唐千云注意到他的视线，冲他微微一笑，然后小幅度地摇了摇头。

他们是不可能改变唐山海的想法和决定，又何必掺和进去，弄得大家都不开心呢？

吃完晚餐，唐湛以身体不适为由直接回了房间。

一进门，他就冲到床边将枕头和靠枕全部摔到地上，发泄着自己的怒火。其间他还拿起了床头一部电话，刚要摔，想到这之后又要引来多大麻烦，咬了咬牙又给放回去了。

他发丝凌乱，呼吸急促，呈大字形倒在了床上。

“我活得怎么就这么憋屈呢？”

就这么躺了一阵子，睡意没躺出来，脑子里反而越来越乱，全都是这些年唐山海和林雪莹对待他的桩桩件件。

他深深地吸了口气，又再吐出，觉得这样不行，翻了个身，拿出手机按下了串号码。

对面一接起，唐湛就说：“帮我转客房部谢谢。”

对面挂断，又响了两声，电话再次被接起，取而代之的是熟悉的悦耳男声。

“喂？这里是客房部，有什么能为您服务？”

唐湛的嘴角不由得泛起微笑：“你能不能记一下我的手机号？”

对面一静，接着那礼貌又机械化的语气一下子变了。

“你到家了？”变得更为自然，也更放松了。

“早到了，我晚饭都吃好了，你吃了吗？”

“吃了。”

唐湛顿了片刻，话都到嘴边了，终究还是没把一肚子委屈说出来。

郁泞川年纪比他还小，也不是他什么人，和对方说这些家长里短的糟心事，总觉得有点丢脸，显得他很幼稚。

“我已经好几天没洗头了，现在头痒得要死，你说我该怎么办？”

郁泞川也很直接：“除了忍耐，没有别的办法。”

“你说我能避开伤口洗吗？”

“技术过硬的话，可以试一试。”

唐湛笑起来：“再不洗真的要臭了，我今晚就试试。”

“唐湛。”郁泞川突然叫他，“你没事吧？”

他也说不上来哪里不对，就觉得唐湛似乎情绪不佳。

唐湛被他问得哑口无言，他一下失了声，盯着天花板眼眶发热。

一句简简单单的“没事吧”，就让他严防死守的心墙裂出一道缝，透出脆弱的模样。

“没事啊，怎么这么问？”

“没事就好。”郁泞川没有在这件事上纠结太久。

两人聊了十几分钟，等挂了电话，唐湛情绪奇异地平静不少。

唐湛在家养了几天，等终于熬到伤口拆线，又是生龙活虎一条好汉。

孙嘉然和周晖知道他回来了，约他出海开游艇派对。

唐湛想着在家也是闷在屋里，都要闷发霉了，就去了。

一去才知道这并不是什么好兄弟局，而是网红局。

孙嘉然也不知道从哪里找来的这些男男女女，一群人自他上船就开始围着他叽叽喳喳，吵得他头都开始痛了。

“我为什么要来？简直是遭罪。”唐湛手里举着香槟，终于短暂地脱身，和孙嘉然、周晖吐槽起来，“一个个身上香得熏人，这是熏肉呢？”

孙嘉然一手插兜，帅气地同唐湛身后的两个比基尼美女飞了个媚眼。

“你这人怎么这么没情趣？三个大老爷们出海有什么好玩的，有娇人作陪才是人生乐事啊！”

周晖也说：“这几个可是我和老孙千挑万选来庆祝你大病初愈的，你看他们的身材、长相、谈吐，绝对是现在网红圈的这个！”说着他跷起了大拇指。

唐湛不屑地扯了扯嘴角，还这个呢，一个个都长得差不多，男的就走阴柔路线，女的就走妖艳路线。

他忍不住道：“还没郁泞川长得好看呢。”

话一出口，对面两个人都不约而同惊诧地看向他。

“那你要求也太高了，大哥。”孙嘉然抱拳，“恕小弟实在办不到啊！”

“看来只有我自己上了，来吧，不要不好意思。”周晖作势挨近唐湛。

唐湛一把推开他就往船舱逃，边逃边笑骂：“你少来点肉麻！”

唐湛不太愿意住在唐家，一来家里常年只有严婧这个小妈在，不太方便；二来他也是奔三的人了，总该独立生活了。

唐山海倒是没什么意见，他自己一年到头在家的时间还没唐玉芬来串门的时候多，并不在意唐湛是不是要住家里。

在温镇时，是唐湛开车载着孙嘉然和周晖到处看楼盘，等回到海城，就成了孙嘉然和周晖陪他。

好在唐湛目标比较明确，几人没有浪费太多时间就选中了一套满意的高层公寓。

“为什么选这里啊，你是钱不够了吗？要不要我和老孙支援你一点？”

周晖从窗户里望出去，就能看到马路对面华海大学葱葱郁郁的校园。

唐湛还挺满意的，大小正合适，离贵禾天怡总部也不远，最主要的是……对面就是郁泞川就读的华海大学。

“你管我，我就喜欢这里。”他走到周晖身旁，勾着他的肩膀深深吸了口气，“年轻的气息，多闻点可以让人恢复青春。”

“我劝你少闻点，这气息和雾霾有点像，当心肺吸坏了。”孙嘉然打量着全精装修的布局，负责跟中介讲价，“你看这地板有点响声，是不是降个几万？”

最终，中介问过卖家，给唐湛便宜了两万块钱。

三个平时出个门吃顿饭都要好几千的人，因为这两万块钱，高兴得像一百来斤的孩子似的。

唐湛的合同在一周后便寄到了，郁泞川签完还给按了指印，以示郑重。而就在他将合同寄出的隔天，唐湛第一年的“助学贷款”就打到了他的账户上。

郁泞川的账户上从来没有这么多钱过，他拿出一部分，带郁大磊去市里的大医院看了病。

郁大磊的癫痫属于继发性癫痫，没有脑部病灶，并不能通过手术治愈，也就是说，他需要终身服药。

多年前郁泞川的爷爷奶奶也曾带郁大磊看过大夫，一听说看不好，药还不便宜，他们便打了退堂鼓，不给他治了。

对于本就不富裕的家庭，实在没有更多的钱和精力花在一个傻儿子身上。

医生为郁大磊重新做了检查，制定了治疗方案，等拿上配好的药，郁泞川便带着郁大磊回家了。

临走前，他将郁大磊和郁吉吉托付给了郁韦家，又跟村里能打上招呼的人家都打了声招呼，让他们帮忙照看。

郁丽让他放心去读书，说就凭他是村里第一个大学生，都要替他断了后顾之忧。

郁韦那小屁孩更是勾着郁吉吉肩膀向他保证：“泞哥你放心，我一定会好好照顾郁吉吉的，他待在我们家一天，我就绝对不会让他受委屈。”

那模样，像新姑爷对着老丈人指天发誓要对新娘子好一辈子似的。

确定了去海城的日子，郁泞川直到前一晚还在上夜班，连陈经理都佩服他这样勤工俭学，说要让自己女儿也好好学学。

《千只鹤》已经还给图书馆，郁泞川百无聊赖，看起了酒店报刊栏里的杂志。

里面有一篇关于贵禾天怡董事长唐山海的采访，郁泞川从姓氏和职位上，猜出他就是唐湛的父亲。

采访稿中，唐山海对自己的女儿多有提及，赞誉有加，大有百年后将贵禾天怡交到这位女儿手中的意思。

可是，从头到尾都没提起唐湛啊！

正看着，座机响了，他头也不抬地接起来，嘴里说着千篇一律的套词。

“不是让你记我的手机号了吗？怎么还认不出？”

带着低笑的男声，成功将郁泞川的注意力从杂志上转移。

“你能不能不要老打这个电话，很影响我工作。”他嘴角带着笑，偏又要装作一本正经的语气。

唐湛才不会被他骗到：“你是要冲业绩吗，这么认真？明天你都走了，我也不会打了，最后一次。”

“那你快说什么事。”

“明天几点到海城？”

“下午五点。”

“那我正好来接你，然后带你去吃饭。”

郁泞川始终觉得，唐湛帮他的已经太多，他无法心安理得地去接受对方更多的帮助，也不想再麻烦他。

“其实你不用来接我的，我自己去学校就行。”

唐湛当然不会跟他说，他现在就住在华海大学对面：“别这么客气啊，我反正没事做。你第一次来海城，我总要尽一尽地主之谊的。”

好意难拒，郁泞川最终还是经不住唐湛的磨，接受了对方来火车站接他并且一起吃饭的提议。

唐湛这下满意了，又讲了小半个钟头，这才挂了电话。

待到郁泞川出发那天，村长开着自己那辆桑塔纳2000，亲自送他到了火车站。

郁吉吉挥泪送别，哭得上气不接下气，话都说不全了，光会喊“哥”，每一声里都包涵了浓浓的不舍。

郁大磊只知道他要去一个很远的地方，不能带上他们，一开始还有些不开心。但等到了车站，见郁泞川真的要走了，他便也跟着抹起眼泪。

“要好好吃饭，记得……记得回来。”他紧紧握着郁泞川的手，粗粝的掌心宛如砂纸一般。

背井离乡，第一次远离亲人，虽是为了追逐梦想，可郁泞川还是忍不住红了眼眶。

他摸了摸埋在他怀里的小脑袋：“要好好照顾大伯。”

“嗯！”郁吉吉闷闷应了声。

离别的时刻终究还是到了，郁泞川挥手向三人道别，拎着自己为数不多的行李进了车站。

夏瀚在一周前到达了海城，刚安置好，他便马不停蹄地开始了工作。

久安资本享誉全球，每天都有数不清的创业者往他们邮箱递商业计划书，也就是BP，能从众多商业计划书中脱颖而出并被召见的，寥寥无几。

而杨永逸意外成了那个少数的幸运儿，接到了夏瀚的约见。

到了约见日，他战战兢兢走进会议室，发现除了久安资本中国区的老大，还有位衣着得体的年轻帅哥坐在一边。见他紧张，那人还冲他友好地笑了笑。

“这位是我们公司的合伙人之一，唐湛。”夏瀚向他介绍。

杨永逸连忙上前握手：“你好，你好！”

唐湛握了握他汗湿的手心：“你好。”

杨永逸看起来瘦瘦小小，做的生意却让人看不出是他这个年纪会涉猎的。

“你想将家政公司品牌化？”唐湛翻看着商业计划书，挑了挑眉。

杨永逸在向两人介绍自己的生意时，一改之前的紧张局促，越说越兴奋，简直是口若悬河，舌灿莲花。

“它有特定刚需，也有市场发展潜力，更有垄断可能，现在市场上缺乏这一类的产品方案，用户对这一块信心不足。但如果我们能将它打造成一个响亮的品牌，质量和服务的保证，我相信我的公司绝对能成为赛道里的冠军。”说这话时，他的双眼闪闪发亮，充满了自信。

夏瀚食指撑着脸颊，闻言莞尔一笑：“有意思。”

杨永逸离开后，夏瀚问唐湛感觉怎么样。

“我一开始并不认为他是个优秀的创业者。”杨永逸给他的第一印象倒像是个一年到头都足不出户的宅男，可当他开始谈论自己的生意时，身上散发的光芒是怎么也掩盖不住的，“可他的BP很吸引我。就像你说的，有点意思。或许我们可以投个天使轮，让他先领跑。”

夏瀚扬起嘴角：“我也是这么想的。”他注意到唐湛不停在关注时间，“怎么？等会儿还有事吗？我还想请你吃饭呢！”

唐湛抱歉地冲他晃了晃自己的手机：“我要去火车站接人，下次吧！”说罢，他起身拿上自己的外套就往外走。

夏瀚这下更诧异了，提高音量问他：“是美女吗？”

正在推门的唐湛差点手一滑被门打到鼻子。

他好笑地回头：“帅哥。”

路上颠簸了八个小时，在广播甜美女声的报站下，郁泞川终于到达了心心念念的海城。

同样是城市，作为国际金融枢纽的海城非他们那个三线小城市可比，与温镇更是不可相比。列车驶进海城时，那些远处的摩天大楼让他惊叹，也让他第一次意识到，这里和家乡那个小村子，是如此不同。

他从一个青山环绕，温泉流淌的小村子，不远千里，到达了一座钢筋水泥建成的大都市。

如无意外，这里便是他今后四年要待的地方。

跟着人群往电梯口走，一出站口，他还在迷茫该往哪里去，人群中就传来唐湛的声音。

“这儿呢！”

不知道为什么，在见到对方的一瞬间，两人心中都生出了一种久别重逢的怀念感。

唐湛上前就是一个熊抱，要不是郁泞川下盘稳，差点就被他冲了个趔趄。

“欢迎来到海城。”他声音带笑，在郁泞川耳边说道。

郁泞川手里拿着东西，只能任对方又抱又拍。

唐湛的气息全都吹到了他耳朵里，让他忍不住想要偏头避开。

“来，我给你拿两个。”欢迎完了，唐湛主动替郁泞川分担了两个行李包。

海城海纳百川，是全球文化、经济，以及美食的聚集地。为了替郁泞川接风洗尘，唐湛带他去了一家自己非常喜欢的私房菜馆。

开在隐蔽的老式弄堂内，上个世纪建成的老洋房，环境优美，人迹罕至，价格也十分对得起它的格调。

席间，唐湛吃着吃着，问起郁泞川晚上的住处。

华海大学的报到时间是明天和后天，按理说今晚郁泞川是要外宿的。他不知道为何唐湛突然问这个，但还是老实道：“在学校附近随便找个招待所吧！”

唐湛轻咳一声，就在这等着他呢。

“其实我有个地方，不要钱，可以让你免费住一晚。”

郁泞川停下筷子，狐疑地看着他。

“哪里？”

“我家。”

郁泞川一愣，唐湛怕他又像上次那样误会他的动机，忙解释道：“我家就在华海大学对面，你明天去报到很方便的。然后你后天不是还空了一天吗，我带你出去玩啊！”他憨厚地笑了笑，“地主之谊地主之谊，都是地主之谊。”

这地主的情谊也太深厚了，郁泞川想着他在温镇时都没带唐湛转悠过，请他吃的也不过是一些上不得台面的农家菜。唐湛却又给他钱又陪他玩，还请他吃饭，到底谁是少爷？

郁泞川在唐湛的极力邀请下，盛情难却，最后答应晚上住他家。

进门前，唐湛不好意思地跟他说："家里有些乱，你不要介意。"

郁泞川没见过他的破坏力，心理准备不够充分，一进门还是被眼前飓风卷过般的景象震慑到了。

他看向唐湛："说实话，你不是真的想要我来住，就是想让我给你收拾屋子吧？"

唐湛羞涩地挠了挠面皮："没有没有，是真的想要你来住……"顿了两秒，"然后顺便收拾房子。"

郁泞川在唐湛家住了一晚，用两小时的劳作抵了房费，隔天一早还给他做了早饭才去报到。

唐湛睡到日上三竿才起，睡眼惺忪地进了厨房，刚给自己倒了杯水，就看到餐桌上的白粥和煎蛋，另外还有一张贴心的小纸条。

唐湛将杯子放到桌上，拿起那张纸条看了看。

——我去报到了，早饭别忘了吃。

"这是哪家的田螺姑娘啊！"唐湛感叹道，然后拉开椅子坐下来开始用餐。

由于郁泞川报到比较早，另外三名室友都还没到，所以寝室就他一个人。他花了些时间将屋子整个打扫了一遍，下午又在学校各处走了走，熟悉环境。

这里汇聚了全国各地的优秀学子，每个人都怀揣着属于自己的梦想。郁泞川原本并不认为自己能够与他们一样，走进华海大学，完成学业，然而他来了，坐在学校的长椅上，看着人来人往，简直就像做梦一样。

这些都是唐湛的功劳，如果没有他，自己可能一辈子都不会离开温镇。

树荫下，郁泞川一身简单的白T恤牛仔裤，双腿自然地伸直，微闭着双眼，神情惬意。微风拂过他的发丝，细碎的阳光洒在他身上，衬得他眉眼如画，肌肤白皙。这样一个气质干净，长相出众的少年，自然引得路人纷纷侧目。有人甚至将他的样子偷偷拍了下来发到班级群中，供众人品评。

"我看到一个好好看的少年！像画一样！"

"大惊小怪，老娘什么世面没见……真的好好看啊啊啊！"

"这光影，这表情，绝了！你去投稿最美华海摄影比赛吧！"

“这届学弟质量好高啊！”

尚未开学，郁泞川便靠着自己惊艳的出场引起了众多学姐还有学长的关注。不过现在的他还并不知道这些，他只知道阳光正好，风很舒服，操场上的人声，头顶树叶的簌簌声，乃至自行车经过的铃声，都让他觉得美妙无比。

唐湛的电话将郁泞川从这种近乎冥想的状态里，一下子拖回了红尘俗世。

一接起电话，他还没开口，对方就抢先问道：“你是不是弄完了？”

“嗯，差不多了。”

唐湛那边传来关门的声音，该是刚刚出门。

“那你出来，我们去哪里逛逛吧，你有想去的地方吗？”

郁泞川想了想：“博物馆吧！”

唐湛静了几秒，用一种不可思议的语调道：“……博物馆？是我想的那个博物馆吗？”

“熟悉一个城市最好的地方，不该是当地博物馆吗？”

“是吗？”唐湛发出了怀疑的声音。

他大概只在小学春游的时候去过一次海城博物馆，之后十几年都是过门不入，完全没有再去过。

不过他的意愿并不重要，郁泞川是客，总要以客人为先，既然对方想去博物馆，那就只好带他去。

讲好了让郁泞川在校门口等，五分钟后，唐湛开着他那辆黑色卡宴出现在了华海大学正门口。

车缓缓停下，唐湛降下车窗，手肘搁在窗口，探出小半个身子，冲背对着他的人喊道：“小川！”

郁泞川闻声回头，看他戴着一副再烧包不过的墨镜，头发抓得分外有型，手上还戴着一块绿表盘的钢表，简直将“我是富二代”几个字明晃晃写在了脸上。

郁泞川一坐上副驾驶座，唐湛就像模像样问道：“这位帅哥，去哪里啊？”

郁泞川扣着安全带，倒也十分配合：“去海城博物馆，师傅。”

唐湛挂挡起步：“好嘞！”

海城博物馆位于海城市中心位置，人不多，十分安静。唐湛对历史和古董不怎么感兴趣，全程都是郁泞川指哪儿他走哪儿，跟着对方上上下下将所有的展厅都逛了个遍。

逛到陶瓷馆，唐湛看到有个茄红色的碗，就用胳膊肘撞了撞郁泞川道：“这碗我爸好像有一个，不过比这个好，没裂缝。”

郁泞川看了眼标牌，北宋钧窑。

他默默又走了会儿，唐湛再次拉住他：“这盆我爸好像也有一个。”

郁泞川再一看，清朝乾隆粉彩。

一路上唐湛都在认这个瓶家里有没有，那个罐在哪个叔叔伯伯家好像看到过差不多的，仿佛成了一个大型的认亲现场。

等终于出了陶瓷馆，两人一转弯，又进了织物馆。

郁泞川看到橱窗里展示的一件龙袍，故意回头问唐湛：“这个你家有吗？”

唐湛摸着下巴琢磨了一阵儿，似真非真地胡扯：“这个没有，皇位倒是有一个。”

贵禾天怡偌大一个商业帝国，唐山海就相当于帝国中的皇帝，那他们家可不是有个皇位要继承吗？

郁泞川打趣他：“原来不是少爷，是太子爷。”

唐湛摇摇头：“太子不是我，是我姐，我不过是……”他眼里涌现淡淡的怅然，“一个不受宠的皇子。”

唐家家庭关系的复杂程度，之前郁泞川与唐湛聊天时已窥见一二。虽然出身富贵，但唐湛看起来与家人的感情牵绊并不深厚。

家家有本难念的经，并非衣食无缺就没有烦恼。

郁泞川望着对方落寞的表情，潜意识就要开口宽慰，可又不知道该说些什么。

这一刻他突然发现，自己原来并不了解唐湛。

唐湛的确不像一般的富二代，虽然娇气，但不骄纵；虽然花钱大方，但绝不大手大脚；这些矛盾的气质组成了他独特的人格，可郁泞川却不知道它们形成的原因。

唐湛叹了口气，从短暂的情绪低落里恢复过来，一转头就发现郁泞川光盯着他不说话，似乎是想什么想出神了。

他在对方眼前打了个响指："回魂了，想什么呢？"

郁泞川一把抓住那手，给他按回去，转身继续往前游览。

"在想你家是不是连马桶都是金的。"

"水箱是镀金的，马桶圈是汉白玉的。"唐湛跟上去，眼也不眨地说瞎话。

逛完了博物馆，唐湛又要请郁泞川吃饭，郁泞川不想让他破费，就说要吃面。

唐湛想了想，说行，给他拉到了一个马路边上的苍蝇馆子门前。

郁泞川原以为这样一家小店，二十块怎么也能吃到撑，结果唐湛一进去就和老板特别熟地打招呼，让老板上两碗蟹黄面。

一碗面两百八，这是郁泞川吃过最贵的面。

唐湛拌着面，见对面不动筷，催促道："快吃啊，等会儿面就要坨了。"

郁泞川拿起筷子，做了好一番心里建设，每一口都觉得自己是在吃黄金。

他突然想到，唐湛说不定花钱并没有他想的那么收敛，他会有这种错觉，只是因为温镇那个小地方限制他的发挥。

吃完饭，唐湛将郁泞川送回学校，并约好了明天还来找他。

郁泞川朝他挥了挥手，看着他车子开远，这才转身进了学校。

唐湛一脚油门刚刚起步，没开多久就又停了，他到家了。

唐湛再次感叹自己把房子买在华海大学对面是多么明智，找郁泞川玩方便多了。

他插着口袋往楼里走，刚进家门，孙嘉然的电话就来了，又是约他出海。

"明天？明天我没空啊！"

孙嘉然诧异道："你干吗去？你进公司不是得下个星期吗？"

唐湛将郁泞川来海城的事情与对方道明，只是跳过了其中助学贷款的部分。

"那就让他一起来啊！"孙嘉然一听多大点事儿，"郁泞川咱们又不是不认识，正好叙叙旧。”

唐湛想也不想拒绝：“你那网红局算了吧，别把人小孩带坏了。”

孙嘉然乐了：“人家都十八了，毛长齐多少年了？我十八岁的时候都已经不是处男好几年了！”

“那是你。”唐湛不松口，“网红局不行。”

孙嘉然只好让步：“行行行，不要网红，就我们几个，再叫上秦逍他们。”

秦逍是孙嘉然的朋友，也是海城富少圈的，唐湛回国后就和对方见过两次，不算熟。

“好，明天老时间老地点。”唐湛道。

第二天，唐湛接了郁泞川，在车上跟他说要给他个惊喜，带他去一个特别的地方。郁泞川见他神秘兮兮，也很捧场：“参观你家皇宫吗？”唐湛笑着说：“那个下次带你去，今天去的地方可比皇宫大多了。”

郁泞川原以为他这是夸张的说法，没想到还真是实话。

开了一个小时，两人来到海边。

唐湛带着郁泞川往码头走，冲海的方向抬了抬下巴，问他：“大不大？”

郁泞川生于内陆，长于内陆，这是他第一次见到蓝色的大海。海鸥从他头顶飞过，落在远处的船帆上，连海风吹拂在他脸上，都带着一股奇特的腥咸。

他望着无际的海岸线，不禁有些怔然：“大。”

唐湛笑着问他：“会游泳吗？”

郁泞川看向他，忽地露齿一笑，微弯着眼的模样可与秋日烈阳媲美：“我叫泞川啊，怎么可能不会游泳。”

泞川流经温镇，滋养着温泉村也滋养着那里的人，他三岁就能在泞川里扑腾了。

唐湛突然有种被对方闪到睁不开眼的错觉，他缓了脚步，从后面去看郁泞川，少年身高腿长，光背影就让人觉得青春无敌。

孙嘉然他们已经在游艇上等着了，一共六个人，秦逍还带了他新任女朋友。

一上船，秦逍就跟唐湛打招呼：“唐少，好久不见。”

唐湛过去跟他拥抱了下，道：“好久不见。”

秦逍往他身后看了眼，忽然勾住他的肩膀小声问道：“那小帅哥你哪里找来的？模特、网红还是小明星？”

以郁泞川的长相，丢到演艺圈里也毫不逊色，不怪秦逍猜来猜去都是靠脸吃饭的职业。

唐湛瞥了眼正被孙嘉然和周晖围住的郁泞川，道：“我弟弟。”

秦逍吃惊道：“你弟弟不是才 13 岁吗？”

唐湛一肘子戳到他胸口：“我新认的弟弟，华海大学的学生，正经人，你别欺负他。”一连串的标签，唐湛说一个，秦逍的眼睛就更亮一些。

“弟弟好啊，你弟弟就是我弟弟。”

唐湛蹙了蹙眉，加重语调道：“我说真的，别动他。”

秦逍一愣，还要再说什么，游艇发动，缓缓离岸，孙嘉然招呼几人进舱。

一群人出海，总不能真的都躺甲板上晒太阳，等把游艇开到海上，四周一望无际皆是蔚蓝，周晖拿出一副牌，说要玩 24 点。

秦逍第一个响应：“好啊，老规矩，谁赢谁可以命令输的人做一件事。”

唐湛听他这样说，突然警惕起来。

“小川是我带来的，他输了算我的，我替他完成。”唐湛道，“先说好，不能太过分，毕竟还有姑娘家在呢！”

秦逍的小女朋友笑得花枝招展：“没关系的，不用顾忌我，我玩得很开的。”

秦逍亲了亲她的面颊，对唐湛道：“我女朋友一个姑娘家都玩得起，他一个大小伙子不会玩不起吧？”

唐湛见他不依不饶，眉心隐隐蹙起，刚要再开口，肩膀被郁泞川一把按住。

“你们以前什么规矩今天就什么规矩吧，”他看向秦逍，“我玩得起。”

秦逍心里乐开了花，满肚子都是鬼主意：“那开始吧！”

周晖发牌，发完三张牌后，第四张牌刚掀开，秦逍便迅速拍了桌子。

“1、3、7、10，3 乘 10 加 1 减 7，正好 24！”他兴奋至极，仿佛已经胜券在握，“输了的人要脱一件衣服，不想脱的得亲我一下。”

周晖闻言骂他鸡贼，这惩罚明摆着给他女朋友行方便，后门开得飞起。

“这才第一把，谁胜谁负还不知道呢。”他一边发牌一边琢磨牌面，发到第四张牌的时候，他还没算出头绪，桌子又被人拍了。

他抬头一看，这次是郁泞川。

“4+5+7+8……”

第三副牌，秦逍集中精神，但还是没有快过郁泞川。

接下来的每副牌，郁泞川都没有错过，甚至周晖才发两张牌，他就已经开始拍桌子了。

玩到最后，孙嘉然已经放弃同场竞技，开始抱臂围观其余几人的垂死挣扎。

唐湛原本还怕郁泞川吃亏，结果自己也尝到了被对方实力碾压的酸爽感，一时心情复杂。

这场扑克游戏，仿佛成了郁泞川的个人秀。一局玩完，周晖先叫了停。

“你怎么这么厉害？”有他在这游戏根本没法玩啊！

郁泞川弯了弯嘴角说出一个让在场几人都胸闷气短的答案：“因为我刚高考完。”

“……”

是啊，他们为什么要和一个刚参加完高考的学霸比赛运算能力呢？

几个人都陷入了沉思，特别是秦逍，因为自己的失策，他付出了惨痛的代价。

在唐少爷的大力怂恿下，郁泞川很快定下了大家的惩罚内容——脱光秦逍的衣服并把他丢进海里。

秦逍稀里糊涂被扒得精光，又在自己小女友疯狂的大笑中被三人抬着甩进了海里。

之后的 24 点，他们都没带郁泞川玩。

不过他坐在唐湛身旁，有时候遇到难解的牌型大家都算不出，他就会与唐湛耳语两句。唐湛得他提示，很快所向披靡，让周晖大呼“作弊”。

第九章

Go for it

唐千云已经怀孕三个多月，头四个月不太稳定，唐玉芬和唐山海便劝她在家休息。这个孩子纯属意外，方泽宁手头还带着学生，没法一直陪在她身边，只好委屈她一个人待在家里。唐千云理解他的工作，就像方泽宁也知道她的事业心有多重，她让他放心离家，不要有所顾虑。

唐千云在贵禾天怡担任要职，日常工作总是排得满满当当，突然清闲下来，总觉得浑身不对劲。

她在客厅里来回走了几圈，仍觉不够，又去拿了鸡毛掸子在屋子各处掸灰。

在家里，她和方泽宁各自都有一间书房，平时除了保姆打扫卫生，他们彼此没事不会随便串门。

这便是天意，让唐千云突然想要打扫卫生，又突然想要替方泽宁整理书房。然而她到底是个不理俗务的千金大小姐，鸡毛掸子扫过书桌时，一个不注意便扫倒了方泽宁书桌上的相框。

她忙蹲下身查看，发现相框已经散架，照片都掉了出来。那是一张唐千淼和方泽宁的合照，照片里两人笑容灿烂，稚嫩青春的脸庞透出少年特有的美好。

一见是唐千淼的照片摔在了地上，唐千云更是心痛。唐千淼是方泽宁挚友，又是她最亲密的胞兄，他的死给了他们非常沉重的打击，这么多年几乎成了彼此的禁忌话题。

唐千云小心地将照片从一堆碎渣中捡起来，打算另找相框安放时，她忽然看到了照片下的东西——那是一张叠得非常整齐，瞧着已经有些年头的纸。

好奇心驱使唐千云想要将它展开，可同时心中又有一个隐隐的声音让她放回去，告诉她这可能是方泽宁不想让她发现的东西，她不该看。

唐千云垂眼将它捏在指间，挣扎片刻，最终是女人对于某些事的敏感度占了上风，让她义无反顾地展开了那张泛黄的纸张。

这是一封信，一封方泽宁写给唐千淼的信。

她忍不住跟着文字念出声："我最……"

到第三个字，她只觉得浑身都掉进了冰窟，手控制不住地开始颤抖，连呼吸都凝滞了。

唐千云看着这样一封信，过去种种都在脑海里一一闪过。

她从小就喜欢方泽宁，可方泽宁一直将她当作长不大的小丫头，直到唐千淼去世……

他们感情急速升温时期，正是唐千淼不在的第二年。彼时她以为他们是患难之情，遭逢大变，方泽宁彻底认清了自己的感情，更懂得珍惜眼前人了。可如果从一开始就是个谎言，一个骗局呢？

唐千云坐在冰冷的地上，手指紧紧攥着那封信，震惊与愤怒交织在她脸上，最终都化为了深沉的痛苦，以及茫然。

郁泞川就读于华海大学中文系汉语言文学专业，这个专业有个中文系的通病，连一流院校都不能避免，就是女多男少。郁泞川他们班一共三十几号人，二十几个女生，男生才十二个，分在三个寝室。

一个寝室四个人，包括郁泞川在内，三个是外省的，只有一个是本地人。

本地的那个叫倪子平，高中就读于华海附中，通过提前预录取进的华海大学，因为家里有点小钱，又是顺风顺水没有遭受过挫折，到了如今的年纪，就有些以自我为中心。

他家虽然就在本市，却是四个人里最后一个报到的。拖着个巨大的行李箱，动静奇大不说，一来就吵着要换床位，说自己那个一起身就能看到厕所间的马桶，他不自在。

"你不自在，我们就自在了？"李响身为东北汉子，一句话直接怼回去，之后就耳机塞耳，不想理睬这个小作男。

剩下两个人，一个是皮肤黝黑，虽矮肌肉却很结实的江涛，还有个就是看着细皮嫩肉，浑身清爽的郁泞川。

倪子平眼珠子一转，就求上了看起来更好说话的郁泞川。

“帅哥，跟我换个床位吧。我就是有心理洁癖，其实四个床位睡哪儿不是睡？就当帮哥们一个忙，求你了。”他看郁泞川穿着普通，桌上空空荡荡，除了几本书就一部又旧又破的手机，计上心头，“这样，你跟我换床位，我给你一百块钱怎么样？”

郁泞川原本已经要动，听他最后这话又打消了念头。

他重新翻开手里书本，淡淡道：“既然睡哪儿不是睡，那你就睡那儿吧！”

床位在郁泞川旁边的江涛一下子没忍住笑出声，倪子平脸上挂不住，直起身愤愤然道：“不换就不换。”然后小声用本地话骂了句，“穷鬼。”

海城话虽然独特，但同属于南方语系，郁泞川不是海城人，但也听得懂一些，加上倪子平嫌恶的语气实在太明显，叫人一听就知道不是好话。

“你说什么？”郁泞川抬头看向他，目光冰冷如刃。如同一只无害的白鹤，突然化身成了噬人的恶狼。

倪子平被他气势所慑，不自觉地退后半步。

“什么……什么说什么，你自己听错了吧！”他翻了个白眼，没人肯跟他换，他只好不甘地往仅剩的那个床位走去。

因为不顺心，整理行李时他柜子抽屉关得都非常用力，乒乒乓乓都是声音，吵得李响戴着耳机都被他烦得不行。

“你能不能小点声？”

他本来就嗓门大，加上戴着耳机，说话更是中气十足，简直就像是用吼的一样。倪子平被他吓得一哆嗦，再看他人高马大，得罪不起，动作果然就轻了下来。

李响吼人的时候郁泞川和江涛都不由自主看了过去，见倪子平立马就不说话了，也没吵没打，两人又各自收回了视线。

江涛满脸讪讪，不经意与郁泞川视线相对，还冲他笑了笑。

虽然还没开学就经历了这么个不太愉快的小插曲，但并没有影响郁泞川对大学生活的向往。

开学典礼后没几天，大一新生们便开始了为期两周的军训。其间不允许用手机，无一例外。郁泞川提前与唐湛打过招呼，随后便关了机。

唐湛起初并不觉得如何，但当两天后，当他有事想找郁泞川却想到他手机关机的时候，他就知道难受的滋味了。

“早知道该问他要个寝室电话。”唐湛泄气地收回手机。

他身处酒会，穿着正装，却觉得哪哪儿都不舒服。领带勒得他喘不过气，频繁的应酬更是让他疲惫不堪。

作为贵禾天怡在海城的又一家高端五星级酒店的揭幕仪式，无论在公在私，他都应该与宾客谈笑风生，觥筹交错。然而唐家三少与董事长特助并存的身份，让他总是很尴尬。公事谈得再多他也做不了主，私事更是糟心事一大堆。

他想去外面花园抽根烟透透气，刚走到一座花架下头，就听到不远处传来隐隐争吵声。

这两个声音他都十分熟悉，一个是方泽宁，一个是唐千云。

他有些吃惊，不要说现在唐千云怀着孕，就是他俩恋爱的时候，方泽宁对待他这个姐姐也是百依百顺，温柔体贴到极致的。

虽然方泽宁对谁都很温柔，但唐湛深知他对唐千云是不同的，他将她当作自己的公主，放在心上呵护。方泽宁对唐千云的深情，让他曾经以为他们永远不会吵架，或者说方泽宁永远不会让唐千云有一点不顺心的地方。

“别说了，我不想听……”

“不是你想的那样，千云，你……”

“……那为什么……你还……”

“我……”唐湛听他们越吵越激烈，就往两人方向走了过去。他故意发出响动引起两人注意，很快，他们停止了争吵。

唐湛绕过遮挡物，就见一身礼服的唐千云和方泽宁脸色难看地僵立在原地，都往他的方向看过来。

“吵什么呢？”唐湛双手插在口袋提醒两人，“今天人这么多，有什么不能回家吵的？”

要让人大晚上听见唐家女太子和老公在自家刚落成的酒店里吵架，不知道又会被传成什么样。

唐千云别过脸用手指抹了抹眼角，将那点难以自抑的泪花抹去。

“我们没事。”她声音有些哑，鼻音也很重。

也不去管方泽宁，她快走几步来到唐湛身边，一把挽住他的胳膊。

“陪我跳支舞吧？”

不知是不是在外面待久了，她穿的又是露肩露背的晚礼服，体温格外低。

唐湛看了她一眼，又看了始终站在原地一言不发的方泽宁，直觉告诉他，这两人一定有问题，还是大问题。

可人家是夫妻，吵架也是他们俩之间的事，哪有他置喙的地方。

他冲唐千云笑了笑，道：“乐意之至。”

一对养眼的姐弟在舞池中翩翩起舞，唐湛年轻英俊，唐千云艳丽夺目，叫不少人看了眼热，羡慕唐山海那老东西能生出这样一对儿女。

“那是申鑫基金的代表，公司要上市，我生孩子顾不上，之后跟他们打交道的就是你，你记着点。”唐千云一边跟着唐湛舞步旋转，一边向他介绍场中众人。

唐湛瞥了眼那位秃头大腹的基金代表，不甚上心道：“我就一个小助理，你跟我说这些有什么用。”

唐千云看着他，满目复杂：“你姓唐，无论爸爸怎样对你，你都要争气给他看。”

唐湛一愣，舞步不停：“今天真是太阳打西边出来了，你也会学姑姑给我灌鸡汤了。”

他是真的没想到，唐千云会和他说这样多，自从唐千淼死后，他们就很少交流了。生疏、客气是常态，他们更像是主人家与客人，而不是一对姐弟。

唐湛说不出现在心里什么感觉，感动还不至于，就是……有些意外。

“我们在同一件事里陷得太久，也该出来了。”唐千云眸光黯了黯，按着唐湛肩膀的手稍稍收紧，“我们不能……总是活在过去。”

唐湛觉得她话里有话，语气也十分古怪。

“你没事吧？”礼尚往来，他总要关心一下。

唐千云一双明艳的眸子里水光浮动，她认真地看了唐湛半晌，微笑道："没事。"

郁泞川军训完，唐湛的电话炮轰就袭来了，让他周末上自己家玩。

"玩什么？打扫卫生的游戏吗？"郁泞川压根不上当。

唐湛不屑地"切"了声："正经游戏，你来了就知道。"

郁泞川心里并没有很期待，已经做好了面对一室狼藉的准备，结果到了周五来到唐湛家，一进门发现屋子里竟然整洁得不像话，简直到了一尘不染的地步。

"我昨天刚做好清洁。"唐湛见他震惊，为他解惑，"当然，请的家政。"

自己住了以后，唐湛才深刻理解一个好家政的重要性。这个行业里的确缺乏一个代表性的品牌，除了抓瞎盲选，好像也只有通过别人推荐，口耳相传。

他在国外读书时，一直有请专人保洁，那边的家政公司非常正规、专业，几乎你能想到的任何死角都会帮你清洁到位，一周一次，一次三到四个人，分工明确，迅速便捷。虽然单次服务的价格比较高，但以家庭为单位的话，这笔支出其实不算多。过去人们也不习惯外卖给配送费，用手机买单，或者用软件叫车，可现在这些都是常态。

唐湛相信，如果支付合理的费用，就能解放双手，远离家务，一定有非常多的人愿意尝试。至少他愿意。

为此他还特地打电话给夏瀚，让对方追加了杨永逸的投资资金。这是大有可为的项目，要是成了，杨永逸绝对能成为这个行业里的领军人物。

郁泞川看着整洁如新的沙发，都有点不敢把自己的背包放上面。

他小心翼翼坐下，问唐湛："正经游戏在哪儿？"

唐湛经他提醒也想起来了，转身就进了自己那屋，再出来时手里拿着部薄薄的智能手机。

"给，这是我不用的旧手机，你拿去用吧。"郁泞川那机子质量是好，但又笨重又不智能，连个聊天软件都装不了。他其实想过直接买部最新款的手机送给对方，但又觉得无缘无故送礼物不太好，容易惯坏小孩子，最后还是翻箱倒柜找出了自己不用的一部手机。

郁泞川接过看了眼："我那部手机用得挺好……"

"现在谁还用砖头机？"唐湛打断他，"你们班没个 QQ 群微信群什么的吗？你要是连个小程序都装不了，多不合群啊！"

唐湛为了郁泞川的校园生活操碎了心，循循善诱着，好歹是让郁泞川收了自己那部白色二手机。

然后他就开始进入正题，指导着郁泞川下载软件，登录用户名，进入房间，开始游戏，玩起了……三人斗地主。

郁泞川抬起头："这就是你说的正经游戏？"

唐湛理直气壮挺直了脊背："斗地主哪里不正经了？这可是一个非常有历史意义和人文情怀的扑克游戏。"他凑到对方身边坐下，"你 24 点都玩得那么好，斗地主应该也不在话下吧？"

郁泞川登录的这个账号，是唐湛的，而房间里的另外两位玩家，很明显就是孙嘉然和周晖。

以郁泞川的脑子，吊打两人不是问题，他没回答唐湛，用实际行动证明了自己的实力。

九局打完后，积分出来，唐湛的账号稳稳居于第一，分数拉开第二第三一大截。

又过了一分钟，唐湛收到了属于孙嘉然和周晖的微信转账，孙嘉然还问他为什么突然如有神助，这么厉害。

唐湛瞟了眼身旁少年，嘴角微微扬起，回了两个叫人看了牙痒的字——你猜。

赢了钱，唐湛兴高采烈地拉郁泞川出去吃饭，言明这是对他出色牌技的嘉奖。

海城是唐湛的地盘，哪里有好餐厅，他都烂熟于心。

他想带郁泞川去最好的餐厅，看最美的风景，将今天赢到的钱全部吃光。于是他选了家海城响当当的西餐馆，一流的地段，超一流的厨艺和装潢，历史悠久，名人会聚，望出去就是璀璨夺目的沿岸江景。

这地方按道理是不预约吃不了的，但唐湛是谁？在海城拥有最多 VIP 金卡的人，作为尊贵的餐厅 VIP，他享受到了直接入座豪华景观位的待遇。

可让他没想到的是，他竟然在这样一个平平无奇的周五夜晚，遇到了林雪莹。

人生何处不相逢，老天爷真是爱开玩笑。

服务生热情有礼地引他们入座，还帮唐湛拉开了座椅，然而一抬头，却看到唐湛僵立在几步开外的地方，不知所措地盯着旁边一桌客人。

那桌客人一男一女，男的是位高大俊朗的外国人，女的则是华人面孔，长得美丽又有气质。

“先生？”服务员不解地唤了唐湛一声。

郁泞川从后面走上来，手搭上唐湛的肩膀：“怎么了？”

唐湛没有回他，双目牢牢盯着林雪莹，期盼能从对方脸上看到一丝久别重逢的喜悦与温情。可林雪莹保养得宜的面容始终淡然，看了他片刻，便又将视线调回对面的丈夫身上。他们有说有笑，甜蜜温馨，视唐湛如无物。

那一瞬，唐湛觉得自己无比多余，尴尬、狼狈，还有些心灰意冷。

每个人都希望自己是被父母爱着的，他也不例外。他总是怀有一丝侥幸，哪怕遭受再多冷遇，都觉得林雪莹可能是为了他好，是爱他的。

可是今天在这里，他看到她，一个儿子看到自己的母亲，竟然无法上前相认！对方看他的目光宛如在看一个陌生人，世间哪有这样爱孩子的母亲？

唐湛落荒而逃，顾不得惊讶的服务生，也顾不得身后的郁泞川，他只想以最快的速度离开这里，去一个安全的地方。

他连电梯都没坐，直接从安全通道跑到了一楼，从大门冲了出去。

滨江步道游人如织，他迅速消失在了人海，让追出来的郁泞川瞬间失去了方向。

唐湛在人群中穿行，从奔跑慢慢变成了步行，江边的晚风吹着他，闻着有股独特的土腥气。两岸灯红酒绿，照得黑夜犹如白昼。

他沿着江边走了许久才停下，脑海里翻腾着从小到大遇到的倒霉事，有一刹那难受得怀疑自己是不是得了抑郁症。

世间父母千千万，怎么就给他遇上这俩奇葩了呢？

唐湛倚着护栏在江边抽了两根烟，叫风吹得脑子都疼了才逐渐冷静下来，也终于想起了郁泞川。

他赶紧往回赶，逆着人流，在沿路彩灯的映照下，寻找着郁泞川的踪影。

拿出手机给对方拨了个号，唐湛一边四下搜寻着，一边往他停车的地方走。

电话被接起，还不等对方说话，唐湛就抢先道："你在哪儿？"

那头顿了顿，从听筒和唐湛前方，两个方向不约而同传来了郁泞川熟悉的声音。

"在你眼前。"

唐湛猛一抬眼，果然看到郁泞川身高腿长地倚靠在车头，手里还握着他送的那部手机。

经过短暂的军训，郁泞川黑了一些，手臂上的肌肉也更结实了些，这样姿态随意地靠在车上，远远看着像在拍画报的车模。

唐湛收起手机，不好意思地摸着鼻子缓缓走近："那个，我……"

"我饿了。"郁泞川说。

唐湛一愣，立马掏出车钥匙："都怪我，选的地方不好。我们这就吃东西去，我想想还有哪儿的东西比较好吃……"

郁泞川又打断他："你们家楼下那串串香就不错。"

唐湛开门的动作一顿："串串香？"

他住了一个多月，还是头一次知道自家楼下有一家串串香。

郁泞川开了副驾驶座的门坐进去，也不给唐湛选择的余地，直接指挥道："就串串香吧，我看挺好的，祛祛湿。"

从小在国外长大的唐湛对郁泞川最后一句话产生了深深的怀疑。

不是，串串香难道是人体干燥机吗？还能祛湿？

"我挺干，我很好。"他连忙自证清白。

郁泞川平静地看了他一眼："那就当我湿吧。"

将车停好，两人一起去吃了串串香。

"不错，还能喝点酒。"唐湛点了瓶冰啤，一口干下大半杯，爽得眼睛都眯了起来。

郁泞川原本也想喝点啤酒，但被唐湛制止了，换成了冰可乐。

"为什么我不能喝酒？"他颇有些嫌弃地看了眼手中的红色易拉罐。

唐湛将托盘里的各色串串全都浸到红油锅里，他们坐的露天位，九月的天气倒是不怎么热，只是锅比较沸，坐在边上难免会被沾上热气。唐湛解了衬衫的前两颗扣子，还将袖子撩到了手肘，可被蒸汽一熏，额头仍旧迅速起了细汗。

“你小孩子喝什么酒？”

郁泞川已经懒得和他重申自己的年龄，淡淡道：“我酒量肯定比你好。”

唐湛冷笑一声，信他才有鬼：“说话要凭良心，你不要为了杠而杠。乖，喝你的冰可乐。”

锅里的食材很快就煮熟了，经过这一夜晚的折腾，两人都有些饿了，胃口大开，几十根串串不一会儿便吃完了。

唐湛又将第二盘串串下到锅中：“刚刚那个是我妈，亲妈。”

郁泞川对辣比较敏感，一吃就要出汗，这会儿吃得鬓角发根都汗湿了，双唇也嫣红一片。听到唐湛的话，他灌可乐的动作一顿，没有出声，静静等着对方的下文。

“这个故事老套中带着一些狗血，其实也没那么复杂。我妈是我爸以前养在外面的情妇，跟了他好多年，也等了他好多年。可时间一久，眼看没有转正的希望，就丢下我抽身走人了。她是个有魅力的女人，没了我的拖累，只会越过越好。”唐湛苦笑，“她将我送回唐家，说从此以后要各自安好，她过她的，我过我的，互不相欠。她做得很好，我却做不到。”

他要的不多，只要林雪莹不拒绝他的问候，能够每隔几个月与他见个面吃顿饭就好，难道这样的要求很过分吗？

他们住在同一座城市，却几年都见不到一面，他的礼物她不要，他的问候她也不稀罕。

唐湛将杯子里的酒一饮而尽：“我们是母子啊，我爱她难道有错吗？又不是我想出生，是他们生了我让我来到这个世界的啊，我又有什么错？”

“你没错。”郁泞川毫不犹豫地回答他，“这个世界上，不是所有母亲都是合格的母亲。”

唐湛从他眼里看到了一闪而逝的落寞，想到郁泞川的妈妈好像也是丢下他们兄弟俩不管不顾就改嫁了，突然涌起些同是天涯沦落人的感慨。

她去寻富贵，留他们在苦海挣扎，偶尔想要获得一点温情，也被拒之门外。

唐湛叹了口气，给郁泞川杯子里倒上半杯啤酒。

“算了，今天破例给你喝一点，消消愁。”

两人吃串串吃到半夜，喝掉好几瓶啤酒。事实证明，郁泞川的确不是个为杠而杠的人，他酒量和酒品都比唐湛好太多了。

“我跟你说……我弟，特讨厌……是个两百斤的……小胖子……”唐湛被他架着，歪歪扭扭走在小区路上，“小时候，一见我……就哭……说我是大坏蛋……”

郁泞川虽然也有些微醺，但理智尚存，没有像唐湛这么话多，除了面色也有些红，但都看不出他喝过酒。

一段不过百米的路，走得他身上的汗都出来了。好不容易将唐湛扶到家门口，郁泞川问他钥匙在哪儿。

“就在这儿啊……”唐湛颤颤巍巍伸出手，然后将手指捅进了锁眼。

郁泞川见他都醉成这个样子了，也不指望他自己将钥匙拿出来，只好将手伸进他身上各个口袋摸索。

他摸着唐湛的裤子口袋，才摸了两下就被挣开了。

唐湛完全不配合：“别乱摸！”

郁泞川无奈地靠到一边：“那你自己开门。”

唐湛原地转悠了两圈，哆嗦着从另一边裤子口袋摸出一串钥匙，想去对锁眼，却傻乎乎直往郁泞川身上撞。

郁泞川被他撞到胸骨都痛，两人的脸凑得极近，唐湛呼出的酒气全都吹在他耳边，又热又痒。

“别动……”唐湛还在执拗地想将钥匙插进门锁里，“很快……很快……”

郁泞川不知道是因为喝了酒的关系，感觉呼吸有些不畅。

他咽了口唾沫，催促道：“你快点。”

刚说这话没几秒，只听咔嗒一声，门开了。他还没反应过来，人就靠在门上往后倒去。好在唐湛没醉到分不清危险的地步，他本能地一把拉住往后摔倒的郁泞川，将人又拉了回来。

“幸好幸好，还好我身手敏捷……你可长点心吧……”说着，唐湛打了个酒嗝。

郁泞川哭笑不得，心说这都要怪谁。

“行了，你快回去吧……”他催促道。

唐湛懒懒地靠在墙上，整个人却在一点点往下滑。

“不回。”

郁泞川知道他这是完全不讲道理了，拿他没办法，只好认命地架着他往屋子里艰难挪移。短短几步路，郁泞川走出了跋山涉水的气势，恍惚中觉得自己仿佛成了那个驮着唐僧取经的白龙马，要过九九八十一难。

千辛万苦来到唐湛卧室，郁泞川本想将他推到床上，哪晓得这种情况下唐湛像烂泥一样，又重又沉，一不小心直接带着他一起倒向了柔软的床铺。

唐湛双眼迷茫地看着头顶的灯，有些恍然不知道自己现在身在何方。

“这，这是哪里啊……”

“这是你家。”

顺着声音，唐湛看到了昏黄灯光下的郁泞川。

“小伙子长得真精神。”他认真看了半晌，伸出手放在郁泞川脸侧轻轻拍了两下，“就是比我差一丁点。”

都醉成这样了还臭美呢！

郁泞川翻了个白眼，就势往旁边一滚，躺到了另一侧：“是，你最帅了，是天下第一大帅哥。”

他毫不吝啬地赞美唐湛，双眼盯着天花板上的装饰线，控制不住地耷拉下了眼皮。军训本就消耗体力，加上今晚又喝了点酒，还被唐湛这么一闹腾，他这会儿也有点撑不住了。

困倦让人完全不想动弹，郁泞川索性就这样歪七扭八地与唐湛胡乱在一张床上凑合睡了一晚。

翌日一早，唐湛头疼欲裂地醒来，一睁眼就看到身旁躺着睡得香甜的美貌少年。

因为他的动静，郁泞川也幽幽转醒。

他似乎也缓了一下才记起自己在哪儿，手臂遮着双眼，好半天才说了一句话：“你以后少喝点酒吧！”

唐湛可能昨天睡觉姿势不对，下床就感到一阵腰酸腿疼，他撑着腰活动了下筋骨，不是很明白地回问对方：“为什么？”

“酒品太差。”

唐湛扭腰姿势一下子卡住：“我昨天做什么了？”

仔细一想唐湛其实也没做什么，但桩桩件件连在一起，还是让郁泞川觉得喝醉酒的唐湛非常难伺候，让人退避三舍。

“你硬要教我学狗叫。”

他胡乱掰扯了一个，唐湛立马就惊了。

“还有驴叫、马叫、羊叫、猪叫……”

唐湛想象了下那画面，尴尬到升天。他之前也没听别人说起过他喝醉了有这毛病，难道是近来新得的？

他寻思了下，这次是郁泞川还好，要是孙嘉然他们，估摸着得把他学动物叫的样子拍下来嘲笑一辈子。想到要被这么丢脸的视频胁迫，他就一阵后怕。

“行吧，那我以后……少喝点。”唐湛说。

第十章 Go for it

倪子平路过郁泞川床铺，看他桌上摆着一部与之前完全不是一个风格的新手机。他有些惊讶，又有些酸："哟，换新手机啦？"

郁泞川视线落在书本上，闻言将桌上的手机丢进抽屉里，抬头问他："有事吗？"

他这个人就是这样的，但凡他不喜欢一个人，就做不来虚与委蛇，别说笑脸，连个敷衍的眼神都懒得给。瞧着与世无争，其实心里有杆秤，不好的、讨厌的他都会拒之门外。他不会主动惹事，但也不会任人欺负。

倪子平脸有些黑："用得着这样吗，切！"

他转身进了浴室洗漱，江涛对着关上的浴室门扯出抹不屑的表情："自己为什么惹人讨厌自己不知道吗？"

"我去练琴，晚些回来。"郁泞川取出柜子里的琴盒，与两位室友打了声招呼，离开了寝室。他背着琴盒，一路出了学校大门，去了唐湛家。

唐湛这几天出差去了，家里没有人，但他将钥匙交给了郁泞川，以便他随时过来。

郁泞川之前为了不影响室友休息，特地跑到学校小树林弹琴，结果不知道为什么围观的人越来越多，整得跟他在开演唱会一样，让他很不自在。

他与唐湛无意提了一句，这人还无聊到特地晚上去参观了下，回来还跟他说："不是我说，你前面摆个琴盒，他们都能往里丢满钱你信不？"

虽然不想承认，但他信。

后来他会三弦这事莫名其妙在院里甚至学校里流传开来，学生会的人还找到他想让他在迎新晚会上表演节目。

他推了几次，被对方堵教室堵食堂，差点连厕所都堵，最后只好答应下来。

这下他更是要找个安静不扰民的地方练琴，正寻思着，唐湛向他伸出了援手。

他那房子里有间影音室，隔音好，又安静，非常适合练琴。

郁泞川一开始觉得直接给钥匙有点……隆重，他们不过认识几个月，唐湛对他也太信任了吧。

唐湛看他不接钥匙，也猜出点他的心思，想了想道："你学校，你家，你身份证，甚至你银行账号我都知道，我到底还要担心你什么？"

他说得太有道理，让郁泞川无话可说。

钥匙收了下来，郁泞川却也没有乱用，只在晚上需要练琴的时候会去，去之前也会提前给唐湛发个信息。

郁泞川开了灯，换好拖鞋，刚背着三弦进到影音室，唐湛的信息就回过来了。

——给我开个语音直播吧，我需要一个提神解乏的背景音舒缓紧张的神经。

唐湛跟着唐山海视察公司旗下酒店，展开了为期半个月的全国巡游。

他虽然只是个无关紧要的特助，但会议记录仍是要他整理，最后形成一份资料汇总，供唐山海回到总部后与公司众部门反馈探讨。

工作不算难，却枯燥又烦琐。唐湛在房间里做 PPT 做得醉生梦死，简直有种错觉好像回到了大学时期，自己熬夜写论文那会儿。

偏生酒店房间还不能抽烟，他只好一杯杯给自己灌咖啡提神。

就在他烦得不行的时候，郁泞川的信息仿如甘泉，救他于苦闷的火海。

"你想听什么？"他给郁泞川发了信息后，对方不一会儿就给他开了语音。

唐湛将手机摆在一边，趴在床上苦哈哈地对着会议记录做 PPT，闻言随口道："都行，就弹你迎新晚会上要表演的吧。"

那头郁泞川没说话，拨了拨琴弦，清扬的乐声缓缓响起。

唐湛原本也没注意，但做着 PPT 忽然跟着对方音乐哼唱了起来，心情也越发低落，简直要落下泪来。

他突然就反应过来：“……等等，你表演《一剪梅》啊？”

琴声停住，郁泞川的声音响起：“他们选的曲子，我本来想弹《彩云追月》，但他们说不够新颖，想要我弹一些耳熟能详的曲子。”

唐湛在床上滚了一圈，滚到手机边上，嘴唇贴在话筒位置道：“我想听你上次弹的那个。”

郁泞川有些想不起来了：“哪个？”

“就那个嘛！”唐湛给他哼了一段，因为实在印象深刻，他一直都记着。

“哦，《夜深沉》啊！”郁泞川一下听出来，“你等等。”

唐湛仰头望着顶上天花板，等了会儿，果然又听到了熟悉的曲调。

这是首慢节奏的曲子，比一剪梅还要缓一些，除了最后一段都特别有助眠轻音乐的潜力。

只是听着从手机里传出的乐声，唐湛就能同步想象郁泞川此时的模样。

“你们学校迎新晚会，校外人员能进去看吗？”

那头弹拨声并没有停止，郁泞川的声音伴随着乐声响起：“我去问问，你想来看吗？”

唐湛缓缓闭上眼，神经的疲乏是得到了缓解，但困意也随之而来。

“嗯，想去看你弹……”他声音越来越低，直至消散在空气中。

“唐湛？”郁泞川试着叫他的名字，都没得到回应。

他猜唐湛是睡着了，故意放慢了拨弦的速度，让曲子听起来更加柔和低婉。

他一个调子来回弹了好几遍，确定唐湛是真的睡熟了，这才挂了语音，结束了摇篮曲的演奏服务。

第二天，郁泞川找到组织迎新晚会的学生会干部王倩，问她校外的人有没有办法观看晚会。

对方颇为八卦地凑到他跟前问：“你女朋友吗？”

郁泞川摇了摇头：“不是，男的。”

“男朋友？”

郁泞川眼角一抽：“不是，就普通朋友。”

哇，这么看来新晋院草小学弟还是单身啊！

“没问题，我给你留张入场券，保证是前排的好位子！”王倩心想着等会儿一定要将这个好消息分享出去，让单身的学妹学姐们欢呼雀跃一下。

郁泞川还不知道，自己已经在学校里有名成啥样了。

现在但凡消息灵通些的华海大学学生，没一个不知道他大名的。

文学院的白衣男神，长得肤白貌美，像个混血，还会在夜晚降临的小树林里弹奏神秘的乐器，这是什么神话一般的人设！

有他的课，上座率都会高一些，他方圆五个位子更是不会有空位。

人人都想泡他，他却不自知。

唐湛一直在看时间，会上讲话的人一个接一个，PPT也都换了好几轮，周报、月报、年报，一份份摆在众人面前。这个会已经开了一个下午，此时将近7点，早就过了下班时间，唐山海却丝毫没有要散会的意思，甚至差人去订了盒饭。

这些问题来回捣鼓，到底还有什么讨论的价值？就是这样注重形式，不重实际，才会让员工工作效率低下。

唐湛又看了眼腕表，脸上不耐更甚。

他答应了郁泞川今天会去看他演出，迎新晚会七点开始，郁泞川的表演在后半段，他要是现在赶过去，应该还能赶上。

就在这时，会议室的门被推开，送餐员送盒饭来了。

“那先休息十分钟，之后边吃饭边开会。”唐山海摆了摆手，坐了一下午的众人立马上厕所的上厕所，放风的放风。

唐湛受不了地默默翻了个白眼，总算是找着机会偷偷溜走了。

他镇定地出了会议室，踏进电梯，一路冲进来的同事礼貌地点头微笑打招呼，等到了地下一层停车库，刺溜一下就窜出去了，快得都能化成一道闪电。

郁泞川抱着三弦等在后台，不时透过幕布看一眼舞台下方。唐湛的位置始终没有人坐，他发过去的消息也石沉大海。

下一个节目就轮到他了，看样子唐湛是赶不上了。

“准备准备！下一个节目准备！”王倩按着耳麦，指挥大家就位。

她颇为满意地打量着郁泞川的一身演奏服，仿佛在看一件完美的作品，要不是场合不允许，她就要拉着对方跟自己合影留念了。

王倩课余有个不算大众的爱好，就是喜欢汉服，还在学校组建了一个汉服社，供一些有共同爱好的同学交流探讨。自从郁泞川答应要在迎新晚会上表演，她就想好了，要让他在晚会上穿汉服。

郁泞川这气质，穿什么都好看，但三弦这种民族乐器，她还是想要配一个比较古典的造型。

她问同袍借了一套衣服，白色交领上衣，驼色襦裙，外面她本想搭件白色大氅，结果郁泞川嫌袖子太长累赘，给拒了，只好换成一件黑色绣花的短褙子。这样一套汉服，她想过郁泞川穿着应该会很好看，如今上身一看，岂止是好看，简直就是天仙下凡啊！

俗话说“男要俏，一身皂”，长得好，再穿一身皂，就更是相得益彰。

在王倩的目送下，郁泞川在内的三人走向舞台。

他们这个节目，是《一剪梅》三弦独奏协奏曲，三弦主奏，小提琴、钢琴协作配合。主持人报幕后，台下爆发出了有别之前的热情，大多是女孩子的声音，甚至还有人吹口哨。而这种热情等到郁泞川他们上台时，达到了巅峰。

王倩在后台捂着嘴，差点泪流满面。

妈妈，世界上怎么会有这么好看的男孩子！

台上只有一把椅子，是特地给郁泞川准备的，为了配合他的造型，还给他找了把古色古香的雕花木椅。

观众席上的闪光灯此起彼伏，台下负责晚会摄影的同学更是快门按个不停。郁泞川这身打扮，这个颜值，绝对是可以做下期校报头条的。

等到全校都领略到了他们院草的风范，华海大学新的校草估计就要诞生了。

郁泞川在座椅上坐定，左手持琴，右手触弦。

钢琴前奏响起，他等着自己插入的点，正要拨动琴弦，台下那个始终无人的座位，忽地坐上了一个匆匆赶来的身影。

准确无误地落下第一个音，他目光望着唐湛的方向，不由得露出一抹浅笑。

唐湛的位置离舞台很近，近到郁泞川能看到他额头上因为奔跑而溢出的汗水。他该是跑得热了，坐在位子上拉开自己的领带，还将外套搭在手臂上。

这样一个西装革履的社会精英，不像学生，更不像校领导，着实引来许多好奇的目光。

唐湛全然不顾，只望着台上的郁泞川，笑得露出一口白牙。

小提琴接替三弦开始演奏，郁泞川趁着这间隙，冲台下的人轻轻点了点头。

唐湛笑意更深，欣赏着对方的表演，简直要沉醉其中。他拿出手机录了段视频，想要保存下来作为纪念。

他觉得他现在能够理解那些随时随地都想把孩子一切记录下来，恨不得一天二十四小时给孩子装监控的家长的心情了。值得骄傲的，有趣的，的确是很应该录下来啊，这样，以后才能不时拿出来回味。

台上三位演奏者一曲奏罢，台下掌声雷动。郁泞川起身向观众鞠躬示意，刚直起身，忽地被一名女生扑住了献花。

那花挺大，都戳到他的脸了。郁泞川抱着花有些蒙，好半天才给对方说了声“谢谢”。

“郁同学，有兴趣的话联系我呀！”说完这句，对方在大家的起哄声中甜笑着跑下了台。

唐湛站在一片夜色中，手里夹着烟，视线望着会场出口的方向。

郁泞川节目表演完后，他就离场了，在外面选了个离得近的垃圾桶，一边抽烟一边等人。

不远处亮着一盏白色的路灯，可能是年代久远的关系，亮一下总要闪两下，跟拍鬼片似的。

没等多久，他就听到有人“嘿”了声。

他朝声音传来的方向看去，就见已经换回常服的郁泞川，手里抱着一大捧花，缓缓走向他。

维持着夹烟的姿势，唐湛徐徐喷出一口烟，隔在了少年和他之间。

“这么大一束花啊！”可惜选花的品位不怎么样，他在心里默默补上一句。

郁泞川将花递给他：“你拿去吧！”

唐湛一愣，没等他要接呢，对方已经把花强行塞进了他怀里。

“干吗给我呀，人家送你的，你这样不太好吧？”说是这么说，但唐湛已经将花束捧在怀里了。

郁泞川指尖撩了把花束里的玫瑰花瓣，仿佛一位轻薄美人的登徒子。

“我寝室又没花瓶，插不了的。上次我在你厨房里好像看到一个玻璃花瓶，你拿回去养吧，别浪费了。”

别人女孩子的一片心意，他却只想到别浪费了。

唐湛哭笑不得：“行吧，那我帮你拿回去养。”

郁泞川还得回去做最后的谢幕，又与他聊了几句，才施施然返回会场。

唐湛抱着花往停车位走，一路收获众多探究的目光。

他坐进车里，刚要启动，无意间发现花束里有张小卡片。

取出来一看，还挺精致的，粉色的面，烫着银色的花纹，展开里面有一串电话号码，上面还有个名字。

送花还留电话号码，目的不纯洁。

唐湛“啧”了声：“不好好学习，整天想什么呢？”

他仿佛一个严厉的、发现孩子有早恋倾向的家长，把那小卡片对折对折再对折，折到折不下，这才将它丢到一边。

唐湛为了赶上郁泞川的演出，从会议中途离席，还关了手机不让唐山海找到。第二天贵禾天怡的总部大楼，每个路过老总办公室门口的员工都能听到里面传出的怒骂声。

唐山海发了好大一通脾气，就差指着唐湛鼻子骂他是扶不起的阿斗了。

唐湛背着手，乖乖立在办公桌前听训，可只要是明眼人，都能看出他一个耳朵进一个耳朵出，压根没将唐山海的话听进耳里。

“你看看你，你看看你，像什么样子！”唐山海抖着手指骂他，“我怎么会有你这样的儿子？你不想来上班就不要上了，省得给我丢脸。”

唐湛也想问，为什么自己会成为他的儿子，可该上哪儿问呢？要是当初他出生时，他们问一问他的意见，或许就不会有这场孽缘了。

然而他也只敢在心里腹诽，没法说出口。

“以后不会了。”他老实认错。

“你每次都说以后不会了，哪次真的不会了？”唐山海火气压都压不住，“你就是被你妈给惯坏的！从小到大净惹事，千淼要不是你……”

唐湛的表情一下子变了，像一团灰色的雨云，裹挟着沉郁的雷电，忍了许久，酝酿了许久，终是要以雷霆之势劈下。

“要不是我，他也不会死。”他的声音平静到让人感到一种死一般的麻木，“死的应该是我这个情妇生的私生子，最好我死了，是不是？”

唐山海粗重地喘息着，震惊于唐湛会说这样的话，也愤怒于他敢说这样的话。

他的脱口而出，无心之失，倒像是正好给了对方一个不错的反击借口。唐湛用它攻击他，妄图让他感到愧疚，这让他生出一种权威被冒犯的不悦。

“你怎么敢这么跟我说话！谁是谁老子？”唐山海恼羞成怒，将桌上摆放的文件夹通通丢向了唐湛。

也是不巧，一个文件夹划过唐湛眼前时，尖锐的塑料封角正好磕在他额头上。

鲜血顺着那个小小的口子流下来，顺着脸颊滑到下巴，再一滴滴落到唐湛的衣领上，甚至地上。

唐山海没想到会让他见血，也有些怔然。

唐湛望着他，也不去擦拭脸上的血，眼里诸多复杂的情绪一一闪过。

无论是父亲还是母亲，这两个人带给他的总是失望，他却总学不会死心。

“你是我老子不错，但我是你儿子，不是你养的狗。你高兴了就随手赏我块肉骨头，不高兴了就对我不假辞色。我无论怎么讨你欢心，对你来说都是一只狗的摇尾乞怜。你从来不会为我感到骄傲，因为你从来不觉得我是你的骄傲！”说完他转身就出了办公室，摔门摔得门框都要震掉了。

原本还关注里面动静的员工在他出门的一瞬间纷纷移开目光，装模作样各做各的，不敢再多看。

唐湛脑袋再次开花，不过好在只是皮肉伤，流了点血，不一会儿就凝住了，也不需要缝针。

他跑到人事部，指着脑门上的口子给人事总监看，说是受了工伤，要回家休养。

这一对父子的争执，早就传遍了贵禾天怡大厦的角角落落，总监不敢拦他，更不敢留他，讪笑着直接请他回去了。

唐湛一路顶着一身的血迹斑斑，凄惨地回了家。要是半途遇到交警，指不定要被他的模样吓一跳。

他一回家便满身疲惫地躺到床上，也不知是他最近体质差，还是本就着了凉，之前脑壳上受伤被缝了几针都没事，这会儿却觉得有些头晕发热。

他吸了吸鼻子，用外套将自己裹得更紧了些，心里庆幸还好是搬出来住了，不然又要去住酒店，搞得他跟青春期离家出走一样。

唐湛在家浑浑噩噩待了好几天，手机不开，人也不出门，连头上的伤也只用创可贴胡乱应付着。饿了就叫外卖，无聊就睡觉，烧是退了，鼻涕却是止都止不住。

他是几年都不会感冒一次的人，谁能想到爆发起来会这样厉害。

一次抽了好几张纸，唐湛狠狠擤着鼻涕，看着日益减少的纸巾库存，考虑要不要网购几箱备用。

他缩在沙发上，百无聊赖地一个个电视频道看过去，最后停到了一档纪录片节目上。

“春天来临，又到了小动物交配繁衍的季节，远在非洲的长尾巧织雀开始了它的求偶之路……”

他看得昏昏欲睡，忽然听到门外有人开锁的声音。

一个激灵，唐湛从困乏中打起精神，紧紧盯住大门，在思考进小偷的概率有多少。

握紧了遥控器，就在大门打开的一瞬间，他都把手举起来了，结果看到门外站的是郁汻川，一下子放松下来，又躺了回去。

“是你啊，吓死我了……我还以为是小偷呢！”这么一紧张，他觉得头更晕了。

郁泞川轻轻带上门，换好拖鞋走到他身边。

“你一直不回我信息，我怕你有什么事，就过来看看。”一开始他以为是唐湛忙，没空回他，就没有再发信息，可一连几天都没消息，还是让他有些担心，怕他一个人出了什么事。“电视新闻上，不是经常有那种孤寡老人在家摔倒，几天都没人发现吗？”

唐湛手臂挡在额头上，闻言笑骂道：“你才是孤寡老人！我这几天身体不舒服，手机没开机而已。”他闭着眼缓解眩晕，感到身旁沙发往下陷了陷，睁眼看去，是郁泞川坐了下来。

对方看了眼茶几上堆积如山的废纸巾，问他：“你没事吧？吃过药了吗？”

“吃了。”唐湛说话的时候鼻音很重，“但好像不太管用。”

郁泞川打量着他的脸，忽地眉心一蹙，拉下他的胳膊，盯着他脑门问：“你头上是怎么回事？”

口子虽然被创可贴贴住了，红肿却是贴不住的。

唐湛自然不会跟他说实话，目光游移道：“磕桌角上了。”

郁泞川半信半疑：“磕桌角了？哪张桌子？”

唐湛一听他连哪张桌子都要追究，头更晕了，胡扯了一个：“我办公室的桌子，我就弯腰捡了支笔，一抬头就磕上了，你要给我报仇吗？”

郁泞川没回话，拿起茶几上吃了大半的感冒药看了起来。过了片刻，他起身往外走。

唐湛急急叫住他：“我去，你走得也太快了吧？”

可能生病的人就是会特别黏人、怕孤独，独自一人的时候还好，没有对比。等郁泞川一来，重新感到了活人气息，他就不愿意再一个人独处了，就想让郁泞川留下来，陪他说说话也好。

郁泞川没有因他的话语停下脚步：“我去买点东西，马上回来。”

望着重新关上的大门，唐湛张了张嘴，一句“你别去了，想要什么我直接叫人送来”还没说出来就被原路憋了回去。

迈着沉重的步伐，他把自己艰难地从沙发上挪到了床上。躺了半个小时，门口再次传来门锁拧动的声音。

他耳尖微动，听到了关门声，以及属于郁泞川的脚步声，接着，他那个相当于摆设的抽油烟机被打开了，还隐隐传来锅碗瓢盆的声音。

小川在做什么？

唐湛睁开眼，刚要下床，卧室门被推开了。郁泞川手里拿着一杯水和一个袋子，朝他走过来。

“我给你买了消炎药，”他瞟了眼唐湛额头上的卡通创可贴，“另外还买了盒云南白药的创可贴，你重新贴一下。炉子上煮了南瓜粥，等好了就给你端过来。病了要吃清淡点，你别老是叫那么油腻的外卖。”

唐湛上一份外卖残骸还留在餐桌上来不及扔，刚才就被郁泞川全都扫进了垃圾桶。

“我也不想啊，这不是附近只有油腻的吗？”唐湛接过水和药，仰头一口咽下。

将杯子放在床头柜上，他抬手去撕额头上的创可贴，谁知道粘得太紧，他伤口附近又肿着，扯得他疼。

郁泞川看他撕得眼泪都要出来了，拍开他的手，接过了这项细致活。

唐湛盘腿坐在床上，感到额头上的创可贴被一点点掀开，还没来得及呼痛，一阵温柔的轻风便抚过火辣辣的伤处，带来一丝舒适的凉意，顿时痛感就减了不少。

“小川，你真是直男界的楷模啊！”唐湛被他吹得都要睡着了，不由得感慨。

郁泞川将创可贴小心撕下，换上新的，道：“小时候只要吉吉摔倒，我一给他吹他就不哭了，百试百灵。我总是告诉他，吹吹就会不疼。”

唐湛想象了下年幼的郁泞川给更年幼的郁吉吉吹伤口说痛痛飞的模样，霎时有种想穿越时空回去给他俩拍照留念的冲动。

那一定非常非常可爱……

“好了。”郁泞川直起身，“注意不要碰水，碰水了就立马换掉。”

他晚些时候还有课，不能久留，给唐湛端来了粥，没待一会儿就走了。

在郁泞川的精心照料下，唐湛的伤口没两天就消了肿，感冒也大有好转。

就在唐湛在家养病快满一周的时候，唐家的“润滑油”，常年充当和事佬一角的唐玉芬找上了门。

唐湛给她开门，心里却在想到底是孙嘉然和周晖这两个孙子里的哪一个出卖了他，暴露了他的行踪。

“哎哟哟，小湛，给姑姑看看，这脸色怎么这么憔悴啊！”唐玉芬捧着他的脸，眼眶都要红了，“你看你都没有好好照顾自己，在外面住哪有在家舒服，我看你还是早点搬回去吧！”

唐湛一听那还了得，忙摆脱姑姑的钳制，努力证明自己的健康。

“没事，你看我不好好的吗？就前两天有点感冒，现在都好了。”唐湛怕她不信，还捶了两下自己的胸口。

唐玉芬坐到沙发上，掏出帕子摸了摸眼角。她从小过得富裕顺心，纵然年纪大了身材发福了，也仍旧是位优雅端庄的贵太太。

“小湛啊，我已经说过你爸爸了，再怎么样他也不该和你动手。”她叹了口气，开始说今天的来意，“你伤也养得差不多了，下个礼拜就回公司上班吧！一家人哪里来的隔夜仇是吧？你爸爸也晓得自己过了，但他这个人你知道的，好面子，只能让我来劝你回去。”

唐湛静静听她说着，突然问她：“姑姑，你知道我在公司都做什么吗？”

唐玉芬一愣：“你知道姑姑一向不懂这些……”

“我什么都没做。”唐湛道，“整天都在接收各种要批复的文件，整理会议记录，复印表格资料。姑姑，我读书考证，在知名风投公司实习，不是为了给人端茶倒水的。”

他有抱负，有理想，也想在自家公司做出一番成绩给别人看。这么多年他都默默忍下来了，不争不抢，不去要求，他真的已经快憋死了。

“你知道他说了什么吗？他怪我，怪我害死了大哥。”唐湛闭了闭眼，“他恨我，所以我怎么做，他都是不满意的。”

唐玉芬手指绞紧了帕子，脸色都变了：“他，他是太生气了，才会口无遮拦。千淼的死怎么能怪你呢，你那会儿才多大啊！小湛，姑姑也是为了你着想，你要是现在不在公司站稳脚跟，以后等你弟弟长大了就难说了呀。”

等唐佳聪长大了，那时唐山海垂垂老矣，公司里又都是严家的人，唐千云都不知道能不能顺利继承公司，就更不要说唐湛的利益了。

说到底，还是他们唐家人才凋零，子嗣不兴啊！

唐湛还要说什么，郁泞川突然拎着菜从门外进来了，瞬间打断了两人的谈话。

唐玉芬惊奇地注视着站在门口的少年，心里不住猜测着对方的身份。

“这是……”

唐湛看了看郁泞川，又看了看唐玉芬，急急道：“姑姑，这是我请的家政，就是……小时工，保姆，学生兼职。”

唐玉芬愣了愣，总觉得哪里不对：“家政？兼职？”

唐湛用力点头，又转向郁泞川，朝他狂使眼色：“小川，这是我姑姑，你跟她……解释一下。”

郁泞川一瞬间不知道自己要解释什么，然而当前情况不明，他还是决定配合唐湛。

“您好，”他走向唐玉芬，从口袋里掏出一样东西递过去，“我是华海大学的学生，课余时间兼职充当唐先生的……保姆，您要是不相信的话，这是我的学生证和身份证，您可以看一看。”

唐玉芬当真接过去仔细看了起来。学生证上的郁泞川白皙俊秀，没走样没变形，仍是十分上相，唐玉芬都不用看第二眼就确定了学生证上的人就是他。

郁泞川怕她不信，还给她看手里的东西：“这是要给唐先生准备的晚餐食材。”

唐玉芬挑剔地扫了眼，看到好些个蔬菜，还有条鱼。

“你还挺能干……”

郁泞川冲她笑了笑。

她看向唐湛，又道：“小湛，姑姑该说的话都说了，你自己好好想想。你这里不方便，我晚上也还有事，就不久留了。”

唐湛压抑着内心的欢欣雀跃，将她送到了门口。

“姑姑再见，有空再联系！”

目送唐玉芬进入电梯，唐湛才将门关上。

“可算走了。”他靠在门板上长长呼出一口气，只是还没一吐到底，就对上了郁泞川意味深长的目光，霎时间呼吸一窒，差点岔了气。

郁泞川问他：“你干吗让我骗你姑姑？”

唐湛一只手摸着脖子，揉了揉后颈，走向郁泞川的短短几步路，他也在思考这个问题。

“就……咱俩的关系解释起来比较复杂，兼职家政的身份比较容易让我姑姑理解。”

郁泞川挑眉：“我们的关系很复杂吗？”

唐湛一下子哑然，他比了个五毫米左右的长度：“有那么点点儿？”

郁泞川抿了抿唇，转身进了厨房。唐湛心道不好，看对方表情怎么都有点危险啊！他赶忙跟进了厨房，候在郁泞川的身旁。

“小川，你不是生气了吧？”

郁泞川垂着眼，将一束蓬蒿浸入水中清洗。

“我的确没有资格做你的朋友。”

唐湛差点跳起来，抓着他胳膊，声音都不自觉沉了几分：“你胡说什么呢？”他满脸严肃，“我根本没拿你当朋友！”

郁泞川怔愣地看着他，表情空白了一瞬，接着又听唐湛道：“我拿你当弟弟啊！”

郁泞川差点没忍住把手里的蓬蒿砸过去，但如此一来，他那点不快也烟消云散，再也找不到。

唐湛见他表情轻快起来了，心里松了老大一口气。

郁泞川今天买的菜挺多，有鱼有肉，还有一团手工面。

唐湛在他身边绕来绕去就是不走，奇怪道：“今天好多菜啊，咱俩吃得完吗？”

“还行吧，也没几个菜。”郁泞川用一种特别平静的口吻道，“今天我生日。”

唐湛愣了两秒：“你怎么不早说？”他去拉郁泞川胳膊，“做什么饭？走了，哥带你去外面吃大餐。”

郁泞川纹丝不动：“走什么走？我菜都买了，鱼今天不吃明天就不新鲜了。”

唐湛见拉不动他，寻思半天，趿拉着鞋就往卧室跑去。

郁泞川动作迅速地拌好了蓬蒿，炖了鱼汤，又炒了牛腩和土豆，等他将菜一个个端上餐桌时，唐湛才背着手从卧室里出来。

唐湛有些不好意思地将手里的盒子递给郁泞川："你今天以后就十九了吧？我也没有准备，只能从我用过的二手货里挑一样送你了，你别嫌弃。"

那盒子又大又沉，绿色的皮面外还绑着一条略显丑陋的蝴蝶结。

郁泞川嘴角抽了抽："你刚在房里不会一直在绑这蝴蝶结吧？"他接过了打开一看，里面躺着一块绿表盘的钢表，他曾经见唐湛戴过，的确是二手的，但丝毫不见旧。

唐湛见他愣在那里没动，拿出表主动要帮他戴上。

"这个颜色衬你肤色，你这个年纪还是戴这种款式的比较好看，皮带款式又太老气了，不适合你，手动的又太麻烦，总是要对时间。"

"等等！"郁泞川挡了一下，"你这个多少钱？"

他能接受唐湛的旧手机，是因为电子产品折旧后本就没有几个钱。可是这块手表不同，光是看它的成色和质感，郁泞川就敢断定它一定价格不菲。

唐湛推开他的手，坚定地替他戴上，扣好。

"我知道你在想什么，但这块表真的不贵，可以说是我所有表里最便宜的。"只是因为已经停产，所以二手价炒得挺高的。

他将郁泞川的手举起来来回翻看，满意不已："除了洗澡，别的时候都不可以脱下来。"

郁泞川还有些怀疑，摸了摸表盘道："你别骗我，我会去查的。"

唐湛受不了他："你还给我，我就扔进楼下那水池里，让它陪里面那两条锦鲤游泳。"说着他将郁泞川推到餐桌旁，"吃饭吧寿星公。"

这样大喜的日子，没有酒怎么行？

唐湛拿出自己压箱底的收藏，一瓶52°的五粮液金剑南，摆到了郁泞川面前。

"我已经戒酒了，但你能喝啊！是不是？"

这瓶酒其实不是他买的，是周晖和孙嘉然送他的乔迁之礼，之前一直丢在储藏室吃灰，今天总算是有了用武之地。

郁泞川再好的酒量也喝不了一瓶白酒，唐湛就嘴上说说，实际只给他倒了小半杯。

"今天是周五，你醉了就睡这儿，也别回学校了。"

郁泞川浅浅呷了口酒，觉得有点冲，没敢一下子多喝。

“就我一个人喝有点没劲。要不这样，我喝一口，”他用筷子点了点面前的酒杯，“你用筷子蘸点酒舔一口？”

唐湛挥开筷子：“太寒碜了吧？这样，你喝白的我喝啤的呗。”

他去冰箱里拿了一罐冰啤，就这个量，他还是游刃有余的。

他拉开拉环，朝郁泞川举杯：“生日快乐，小川。”

郁泞川嘴角含笑，碰了碰他的易拉罐：“谢谢。”

两人刚相识那会儿，是绝不会想到，会有一天心平气和地坐在一张桌上庆祝生日的。

到底是高纯度的白酒，郁泞川喝不惯这种，二两下肚就不太行了，趴在桌上一抬头就晕。

唐湛还非逼他一定要把面吃了，说是长寿面，害他差点把面塞鼻孔里。

“我……趴会儿。”他酒品要比唐湛好很多，醉了也睡了，绝不会像唐湛那么闹腾。

“小川？”唐湛推了他好几下，见他真的醉过去了，过去架起他的胳膊将他扶到客房。

平日里瞧着郁泞川苗条清瘦得很，其实肉都藏在衣服下，身上硬邦邦的，贼扎实。唐湛气喘吁吁地将他丢到床上，一不小心被带着倒下去。

空气中弥漫着一股酒液的醇香，唐湛被熏得也有些晕头转向。

他转头去看郁泞川，见对方毫无反应，睡得简直不要太香甜。

这小子……

唐湛恶作剧般地去拨郁泞川的眼皮，还往里面吹气；举高郁泞川的双手，又骤然松开；还将他摆成了罪案剧里经典的受害者造型。

一番折腾下来，他兀自坐到地上盯着郁泞川岁月静好的睡容笑得不能自已。

笑着笑着，突然卡壳，开始逐渐拧起眉心。

他捂着剧烈跳动的心脏，喃喃道：“心跳得好快，是不是喝多了……”

他有些恍惚地起身，摇摇晃晃地往外走去。

第十一章

Go for it

他就不该喝酒……

唐湛望着天花板，陷入久久的沉思，直到孙嘉然来拍他家的门。

“你怎么还没起呢？”唐湛三天前毫无预兆突然驾临他的豪宅，霸占了他的客房不说，整天无精打采的，既不陪他玩，也不和他说发生了什么事。

他跟人一打听这才知道，唐湛又和家里吵架了，额头上那刚愈合的疤还是唐山海的杰作。可以说，他完美地误会了唐湛来找他的动机。

唐湛从床上爬起来，顶着一头乱发进了浴室。

孙嘉然又往浴室门口一站，双手环胸地问他：“你什么时候回去啊？”

唐湛口里都是牙膏沫，给了他一个自己体会的眼神。

“不是我不想留你，但你一直在这里，我……”孙嘉然心里苦，“我也不太方便啊！”

唐湛万万没想到，自己也有被孙嘉然嫌弃的一天。

他吐掉嘴里的泡沫，漱了漱口道：“知道了，今天就走。”

孙嘉然很不好意思地说：“真不是赶你，你姑姑刚打电话跟我问起你了，你要是再不回去上班，我怕她直接冲过来抓你。”

唐湛一想到唐玉芬也十分头痛，他这个姑姑，有时候对他总有种盲目信赖，觉得他只要去公司上班了，他爸就会把公司交给他管。似乎在她看来，只有唐湛继承了贵禾天怡，才能一直保证公司是他们唐家的。

唐湛擦了擦脸，放下毛巾，看着镜子里的自己道：“知道了，不为难你。”

然而还没等唐湛自己回去，夏瀚一个电话，直接半强迫地让他回了贵禾天怡，与唐山海勉勉强强达成和解。

唐山海既是一位企业管理者，同时也是一位风投界的LP（有限合伙人）。简单来说，他既可以带来投资项目，也可以成为金主爸爸。

夏瀚作为久安资本中国区的负责人，想要与他见上一面是再正常不过的事。就算谈不成项目，也可以联络感情，发展人脉。成人的世界，便是由这样一顿顿饭局串联起来的。

唐湛作为唐山海的儿子，是最好不过的引荐人，他一面让助理与贵禾天怡联系，一面又打电话给唐湛，希望他也出席饭局。

他这个时间点卡得太准，充满了戏剧性的巧合，要不是他和唐玉芬没可能认识，唐湛都要以为对方也是唐玉芬找来的说客了。

再不甘不愿，唐湛也只好按照约定时间出现在餐厅，给足唐山海面子，也不让夏瀚难做。

一餐饭吃得倒也算是宾主尽欢，各方都很满意。也是在饭桌上，唐湛才知道贵禾天怡已经通过了港交所的聆讯，唐山海明日就要前往香港，启动分析师路演。

“你也和我一起去。”这不是商量的语气，唐山海一锤定音，直接定了唐湛接下来的行程。

唐湛张了张口，顾忌夏瀚在，终究没回嘴。

“好。”他笑了笑，忍下来了。

吃完饭，三人各自坐车离去。唐湛回到家里，总觉得空气中似乎还留有那日的酒香。

他简单收拾了行李，想了想，还是给郁泞川发了条信息，告诉他自己要出差，可能要一个月不在海城。

从启动路演到正式登陆港交所上市，一个月也差不多。

郁泞川收到唐湛信息时，正在图书馆自习。他对着那条信息有些愣怔，一个月，等唐湛再回来时，海城已经是冬天了。

——知道了，一路顺风。

他回过去之后，等了一会儿，唐湛没再给他回过来。

他往上翻了翻聊天记录，往常一天就有十几二十条信息，可这几天加在一起，也不过寥寥几条。

唐湛第二天打车去机场的路上，想要给郁泞川发个出发信息，掏出手机犹豫了几秒，又给塞了回去。

算了，要说的话等回来再说吧，现在有更重要的事等着他，他得专心“备战”。

在机场与唐山海等人会合，一路走VIP通道出关登机。等到了飞机上，唐湛想将手机调成飞行模式，结果掏出来一看，好嘛，他没给郁泞川发信息，对方倒是给他发了一条。

——飞了吗?

唐湛对着手机龇牙咧嘴，就跟大脑突然短路了一样，半天不知道怎么回。

写了几条，都给擦了，纠结半天，结果就回了两个字。

——快了。

接着就像是怕郁泞川那边再给他回过来一样，他迅速关了手机，问空姐要了毯子和耳塞，刚上飞机就打起盹来。

从海城飞香港不过三个小时，唐湛可能这几天神经的确有些紧张，竟然全程做梦，一个接一个，停都停不下来。

他梦到小时候同林雪莹住在一起的时光，那可算是他最无忧无虑的一段日子了。之后他就回了唐家，认识了方泽宁，害死了唐千淼，被送出了国……

接着他又梦到温镇，那座被青山绿水环绕的小镇。那里既有现代化的五星级酒店，也有淳朴的农家小院；既有传统，也有创新。

……还有郁泞川。

他梦到了两人的相识，他在酒吧一眼看到对方，觉得这山沟沟里竟然有个长相、气质都出挑的人，大为惊叹了一番。

最后，他梦到了一朵花，一朵硕大的玉兰般的白花。

对方磨磨蹭蹭地靠过来，满是清幽冷冽的香气，蒲扇那么大的花瓣打到他脸上，打得他头晕目眩的。

唐湛不知要如何消受这朵花的垂青，推也不是，不推也不是：“你……你别这样。”

花朵吐着馥郁的香气，两片叶子缠住唐湛不放：“唐湛，我香吗？”

唐湛眼睛无处安放，手忙脚乱：“香，香的……”

“那你娶我吧。”

“这……”唐湛有些为难，“咱们人花殊途，不太好吧？”

“那你是嫌弃我咯？”白花的叶子越变越长，越来越细，最后都成了挣不开的枯树藤蔓，将他紧紧缠绕。

唐湛感到自己要无法呼吸了，他大声求饶：“我错了，我再也不敢了！”

白花明明没有眼睛，唐湛却觉得看到了对方眼里闪过的一抹悲伤。

“你既然不喜欢我，那明天天一亮，我就会死去。花瓣全掉光，叶子也都枯萎。”

唐湛大惊失色，还想问清楚一些，那朵花突然就像融化了一样，从头开始一点点耷拉下来。他想要挣脱，却发现自己就跟长在了对方身上一样，也逐渐融化。

唐湛身体一颤，从噩梦中醒来。

他心有余悸地抹了把脸，掀开毯子，简直想要骂脏话。

这出《花的儿子》是什么鬼？《海的女儿》变奏版吗？

唐湛一行抵达香港后，按照正常上市程序，与主承销商开始了一系列宣传路演，来获得一些潜在投资者的认购意向。如一切顺利，贵禾天怡将在确定新股定价后挂牌上市。

然而路演期间，却出现了一个不小的问题。这个问题因为唐山海不满于潜在投资者给出的估值，他认为贵禾天怡的价值被低估了，不肯再继续路演，甚至要停止上市计划。

作为一家典型的家族企业，唐山海拥有绝对话语权，他牢牢掌控着公司八成以上的股份，基本上贵禾天怡就是他的一言堂。

唐山海想要等市场回暖再重新启动首次公开募股，可唐湛却预感到了其中的风险因素。

“我们与申鑫基金是签了对赌协议的，他们注资换购了12%的股份，要求贵禾天怡必须在五年内上市成功，今年是最后一年，如果我们无法在年底实现IPO，按照协议，是必须要拿出十亿回购他们手中股份的。”他在路演大厅外拦住唐山海，“我们哪里来十亿元现金？”

况且这两年市场波动一直很大，酒店业的黄金时期已过，想要回暖谈何容易。

唐山海满脸不耐烦，推开他继续往前走：“这件事我会与基金代表商议，你不用管。”

唐湛追上去：“上市势在必行，估值低也比还不出钱强制清算卖掉公司好吧？”

如果申鑫基金不肯让步，时间一到，唐山海就必须拿出当年投资额的两倍来回购那12%的股份，一旦拿不出，就会连环触发协议里的相关条款，需要变卖自身股份来补足基金回报。

这个售出的股份数量一旦超过50%，贵禾天怡就不再由唐家主控。

唐山海在投资机构那边受了气，心情本就烦躁，做的决定还要被唐湛质疑，简直怒火中烧。

他口不择言地斥责道：“你懂什么？不要以为在国外念了几年书就能教你老子做事！这些公司决策不需要你来管，我还没死呢，你就想着要夺权了？”

唐湛说到底也是为了贵禾天怡、为了唐家，才会这样力劝唐山海，万万没想到会受到对方如此恶意的揣测。

他做什么都是错的，因为他是那个本就不该出生的孩子，他不是唐千淼，不是唐山海的骄傲。

“我没有那个意思，你不愿听我的，就当我没说吧！”唐湛举起手，示意唐山海冷静。

吵了那么多次，他发现自己的心脏已经一次比一次强健，现在都不太会生气了。他对父母的感情一点一点被消磨殆尽，等到哪一天能完全不在意他们对自己的伤害，应该就能彻底走出来了吧？

唐山海含着怒气冷哼了声，擦着唐湛的身子头也不回地离去。

唐湛孤零零的身影在原地呆立片刻，长长叹了口气，最终掉转方向快步赶了上去。

就在这时他的手机忽然响起来，显示是郁泞川的来电，犹豫了几秒，他边走边接通了电话。

“唐湛，我……”

这不是一个谈话的好时机，无论是时间地点还是情绪，都不好。

唐湛语速飞快道：“抱歉，我这边有点事，晚点打给你。”

那头静了一瞬，传来郁泞川低低的一声“好”。

忙碌了一整天，晚上唐湛回到休息的酒店，第一时间便将电话打给了唐千云。

他已明了唐山海不会听自己的，然而唐千云是他最满意的继承人，担任着公司 CEO 的职务。她的话，唐山海或许愿意听一听。

唐湛简明扼要地说明了这边的情况，唐千云静静聆听，末了告诉他自己会同唐山海商量，她也觉得终止上市不是明智之举。他们已经做了那么多的前期投入，差临门一脚就要成功，这样放弃实在太可惜了。

唐湛听到她也认同自己的想法，这才终于放下心来。

“你这样说我就放心了。”唐湛和她也没有什么别的能聊，正打算挂电话，对方突然吞吞吐吐地叫住他。

唐千云一向是个雷厉风行的女人，行事手段就是在男人主导的商界也毫不逊色，能让她这样难以说出口的事，让唐湛十分好奇。

“怎么了？”可能是姐弟间的心有灵犀，让他在一瞬间想起了上次酒会撞见的，她和方泽宁间的争执，“是不是，你和阿宁的事？”

他猜得很准，准到唐千云都为他的敏锐感到惊奇。

她低低叹了口气：“我打算和方泽宁离婚。”

唐湛整个人都愣住了，他差点怀疑自己是不是得了幻听。唐千云和方泽宁相恋十几载，一直琴瑟和鸣，相濡以沫，前几个月终于修成正果，连孩子都有了，唐千云突然跟他说要离婚？

“你开什么玩笑？”唐湛拿开手机看了眼日期，确定今天不是愚人节。

“我没开玩笑。”

“那孩子怎么办？”

“生下来我自己养。”

唐千云的语气无比坚决，没有一点开玩笑的痕迹，显然这是她深思熟虑后做下的决定。

“阿宁他到底……怎么你了？”唐湛不明白是什么促使唐千云怀着身孕也如此迫切地想要离婚。虽说婚姻是爱情的坟墓，可这死亡速度也太快了。

“他……”唐千云似乎难以启齿，“你不要管了，反正我已经决定了。”

她是个有主意的女人，说到底也不过是知会唐湛一声，并不是想要听他的劝。唐家的孩子，再怎么不愿承认，其实骨子里还是遗传了唐山海的“倔”。这份倔让他们在做某些决定时，一锤定音，永不回头。

唐湛并不想，也没立场干预他们夫妻间的事，唐千云既然通知了他，他只要回答“哦”就够了。

心中存着一点唏嘘，他挂断了这通电话，回头再想给郁泞川回电话的时候，却怎么也打不通。

这么晚了，他还在和谁打电话？唐湛盯着手机，有些烦闷。

他发了一个“？”过去，想让郁泞川看到了可以给他回电话，可直到他困倦地沉沉睡去，手机都没有响起。

唐湛不知道，郁泞川正在连夜赶回温镇。他的电话已经打到发烫，可郁吉吉的哭声自始至终都没有停止过。

“哥……大伯，大伯不会有事吧？”郁吉吉哭到打嗝。电话是郁丽借给他的，他就像抱着一根救命稻草般，蹲在医院空荡荡的走廊上，一刻不停地与对面的郁泞川说着话。

他害怕，他需要听到郁泞川的声音。

“没事的，你别怕，我马上回来了。”

郁泞川的话就如定海神针，稳住了小小少年惊惶不定的心神。

郁大磊在今天下午的时候突然摔了一跤，一开始都以为他癫痫发作，可过了许久都不见他痉挛抖动，倒像是昏迷了。郁韦的爷爷觉得不对，叫来了村里人，将他迅速拉到镇上的医院。大夫一瞧，发现郁大磊有脑出血的症状，赶紧进行了抢救，到这会儿都没有出来。

郁吉吉哭得声音都哑了，巨大的恐慌袭上他的心头。郁大磊是他在这世间，除了郁泞川外最后的亲人了。他从小没有父亲，母亲也只当死了，这是他第一次真正尝到即将失去亲人的那种恐惧。

虽然大伯身体不好，也不聪明，但他对他们兄弟很好很好。他尽自己所能保护他们，养大他们，疼爱他们，完全不求他们回报。他已经那么苦了，一生都没有过过好日子，老天爷为什么还要这样对他？

“哥，我好怕……”郁吉吉一想到最坏的可能，眼泪就止不住往外流。

忽然，手术室的门打开，一名大夫走了出来，随后一台医疗床也紧跟着被推出来。

郁丽连忙上前询问医生情况：“大夫，手术怎么样？成功吗？”

郁吉吉紧张得连眼泪都忘了流，握着手机浑身都在发抖。而手机那头的郁泞川也屏住了呼吸，等待大夫的宣判。

“人是救回来了，但什么时候醒就不知道了，还要进一步观察。”

听到不是最坏的结果，郁吉吉松了一口气。

“哥，大伯出来了，我，我先挂了……”他吸了吸鼻子，含着哭腔道，“你要快点回来啊！”

郁泞川坐在火车上，还有两个小时才到目的地，就算再怎么想快一点也是没有办法的，但他还是尽可能地安抚着郁吉吉。

“好。别怕，我马上到了，有什么情况再打我电话。”

挂了电话，郁泞川疲惫地靠坐在列车衔接处的走廊上闭了眼。事出紧急，他想以最快的速度赶回温镇，只能买了站票。

从接到消息开始，他的神经就是紧绷的。虽然一直在安抚郁吉吉，但其实他也怕，他太害怕从郁吉吉嘴里听到不好的消息。甚至有那么一刻，他为将他们丢在温镇而懊悔不已。这会儿郁大磊好歹是脱离了生命危险，他那摇摇欲坠的一颗心才算回到原位。

他太累了，好不容易松弛下来，竟然两分钟都不要就陷入了沉睡。也因此，他没来得及发现唐湛发给他的信息。

第二天一早醒来，唐湛查看来电和短信，仍然没有郁泞川的消息。

“这小子……”他头发还乱着，神志都没完全清醒，就又给郁泞川拨了电话过去，可那头迟迟没有人接听，仿佛对方的手机被遗落在了一个无人知晓的角落。

要说之前唐湛还只是烦躁，这会儿就有些着急了。

一天一夜找不到人，信息也不回，对方会不会出了什么事？

唐湛从床上起身，光脚踩在酒店柔软的地毯上，来回踱了几步，给郁泞川寝室打了个电话。

响了半天，就在唐湛以为没人要挂断的时候，那头终于被接起。

“谁啊？大清早的！”对面响起不耐烦的男声。

唐湛知道大清早扰人清梦是自己不对，低声向对方道歉：“不好意思啊，同学，那个，你们寝室的郁泞川在吗？”

对面一静，那人再开口时语气和缓许多：“你找他啊，他请假回老家了，好像是家里人生病了。”

唐湛五指一紧：“谁生病了？”

“这个就不知道了，昨天下午走的，特别急。”

唐湛谢过对方，挂断了电话。

他有些恍惚，昨天下午，不就是郁泞川打电话给他的时候吗？

当时他是怎么回复他的？说自己在忙，不方便说话，要晚些时候再打给他。

唐湛双拳猛地捶在墙上，懊恼得简直想要狠狠揍自己一顿。在郁泞川需要他的时候，他自己在那儿矫情什么劲儿啊！

他用手机查询了最近的一班前往江城的飞机，发现就在今天下午，还有不足四个小时起飞。

他赶忙洗漱穿衣，整理行李，一阵鸡飞狗跳，才总算将自己收拾妥帖，奔出房门。

走到酒店门口，门童替他拦车，并将行李放到了后车厢。唐湛坐进副驾驶，与司机说了去机场，起步后，才拿出手机给唐山海拨了个电话。

铃声响了片刻，那头接了起来，毫不客气地道：“有什么话不能当面说，你打电话给我干什么？”

唐山海的声音听着不像是刚睡醒，唐湛也不跟他啰唆，直接回了一句：“你既然终止了上市计划，那也没我什么事了，我这边遇到点事，先走了。”说着不等唐山海再说什么，利索地挂了电话。

反正唐山海也看他不顺眼，不如就让他继续当个忤逆子吧。

郁汻川自昏暗的室内睁开眼，抹了把脸，从床上坐起身。接着摸到床头的烟盒，点燃一支烟抽起来。

他昨天半夜才下火车，赶到医院时已经快天亮了。然而加护病房每天只有半小时探视时间，一次还只能进两位亲属，他到了也见不了郁大磊。干等着也不是办法，没人知道郁大磊到底什么时候醒。

郁汻川索性让郁丽将郁吉吉带回去，自己在医院附近的招待所开了间单间，打算一直住到郁大磊情况稳定离开加护病房为止。

烟抽完，他看了眼墙上的钟，发现已经快到探视时间了，简单洗漱后，连饭都没吃就奔向医院住院楼。

加护病房不能进电子设备，郁汻川便将手机留在那间逼仄破旧的小房间内。

郁大磊身上插着各种郁汻川叫不出名字的管子，头上网着纱布，眼皮紧紧合着，任郁汻川怎么呼唤都没有反应。

看见他这个样子，郁汻川的眼眶抑制不住地发起热来。半小时后，护士来赶人，郁汻川拖着沉重的步子离开了住院楼。他也没有别的地方好待，只能往招待所走，路过包子铺时，买了两个肉包凑合着吃。

走到门前掏出钥匙，刚要插进钥匙孔，屋里的手机就响了。

怕是医院联系他，郁汻川加快动作开门进屋，拿起床头柜上的手机一看，发现竟然是唐湛的来电。

他迟疑片刻，还是接起了电话。

“喂……”

唐湛夹着电话，拖着行李，伸手拦车，刚拦到，因为行动不便慢了一步，被人捷足先登。

他对着车尾气小声地骂了句，发现手机接通了，连忙转换了语气道：“小川，你现在在哪里？”

他已经抵达江市，只要拦到车，一个小时内就能到温镇。

“我在学校。”

郁泞川的声音听上去似乎没有任何不妥的地方，可唐湛的心脏还是因为他这句显而易见的谎言一下子揪紧了。

“小川，我打电话到你寝室去过了。”唐湛干脆没有形象地坐到箱子上，耷拉着脑袋与他讲电话，“你同学都和我说了。是不是大伯的病情出了什么问题？”

郁泞川可能没想到自己的谎言会这样轻易地拆穿，愣了一会儿没有出声。

“小川，我已经到江市了。你给我发个地址，我去找你。”

郁泞川骤然回神，诧异道：“你到江市了？”

唐湛扯着行李箱上的信息条：“见面再说，你快给我个地址。”

“就在你上次住院的那个医院。”郁泞川道，“大伯昨天突然脑出血送过来的，幸好抢救及时没有生命危险，就是人还没醒，需要住在加护病房。”

唐湛原本以为是郁大磊的癫痫有所反复，才让他匆匆赶回温镇，结果竟然是如此凶险的情况。

他远远看到有辆空车过来了，连忙道：“我先挂了，等到了再打你电话。”

他这回眼明手快，刺溜一下就钻进了后车座，先一步夺得了这辆出租车的使用权。

就着凉水吃完了两个包子，郁泞川又给郁丽打了个电话，感谢她这两天的帮忙。

“谢啥啊，都是自家人。”郁丽关心地问起郁大磊的情况，又说等人从加护病房出来了，就要郁泞川回海城读书去，“我和村长他们都商量好了，到时几家人轮流照顾大磊叔。你放心，一定给你照顾得妥妥帖帖！”

郁泞川微微张着唇，不知道该怎么表达自己此时的心情。有些酸楚，又有些感动。

“谢谢……”他只能不住地，反复地说着“谢谢”两个字。

“别谢别谢，村长说了，你是咱们村唯一的大学生，我们这些大人有义务为你免去后顾之忧。你只要安心上学就好，家里的事就交给我们。”郁泞川从小就苦难加身，能读上这个大学极为不易，能帮他一点是一点。郁丽是十分热心肠的人，秉持着同村同姓一家人的理念，是真不觉得有什么好谢的。

最后，郁丽说这两天会好好安抚郁吉吉，等周六不上课了就带他去医院看郁大磊，又嘱咐郁泞川好好照顾自己，这才挂了电话。

在他以为终究逃不过天意难违时，老天却偏偏让他看到了一抹又一抹微光，如冰冷暗夜里的暖阳，照亮他灰暗的前路。

郁泞川握着手机，坐在床尾，既是直抒郁气，又是感慨万千，于寂静的室内长长呼出口气。

命运给了他厄运，也给了他无比的幸运。

唐湛拖着箱子，急急忙忙赶到医院，又照着名字找到了郁泞川栖身的那家招待所。

这个设施和卫生条件，不要说比不上五星级诺亚，就是街边一家两星级酒店，恐怕也是比不过的。

前台看到他连问也不问，直接让他进到里面。

他对着房号，一间间找过去，找了两分钟，终于停在了一扇房门前。

他敲响房门，很快听到薄薄的门板后传来了脚步声。就这一会儿等待的工夫，他竟感到了一丝没缘由的紧张。

房门缓缓打开，郁泞川修长的身形出现在唐湛眼前，简直让人眼前一亮，连破败老旧的招待所，都仿佛被他照亮了那么一点。

郁泞川刚要启唇，还没来得及出声，就被唐湛一把扑上来抱住了。

“没事了没事了，我来了。”

唐湛在郁泞川耳边轻声念着，就如昨夜郁泞川隔着手机安抚郁吉吉那样，带着抚慰人心，叫人平和下来的力量。

招待所虽然又破又小，却是离医院最近的一家招待所。唐湛知道郁大磊的情况随时都会有变化，为了能以最快的速度赶到医院，也只有这个选择。

郁泞川原以为唐湛只是暂时过来看一看他，坐一会儿就要去诺亚，毕竟那里环境好，住得舒服，没想到对方箱子一开，拿出各种东西摆到了桌子上。

郁泞川越看越不对劲："你做什么？"

唐湛将自己的发蜡摆好，电动剃须刀摆好，笔记本电脑摆好，不大的桌面上瞬间就显得有些拥挤。

"留下来陪你啊！"

郁泞川环顾了一圈周围，墙上霉点重重，被褥和床单上满是可疑的污渍，就连窗户玻璃上都结着一层厚厚的灰尘。医院走廊的环境恐怕都要比这里好，唐湛一个大少爷，哪里待得惯？

"不用……"他一把抓住唐湛的手腕，阻止他再继续往外掏东西，"你去诺亚住吧，加护病房一天就开半小时，我一个人在这儿足够了。"

唐湛反手握住郁泞川的手掌，半真半假道："我赶了一天的路，现在好累，你让我在你这儿睡一晚吧，明天我再走。"

"这张床我们两个睡有些小，"郁泞川看着身后一米二的床，为难道，"要不我再去给你开间房？"

"不小不小，干吗浪费这个钱，凑合一晚得了。"唐湛制止他，一屁股坐在了并不柔软的床垫上，往后躺下去，"侧着睡还是挺宽敞的。"

平时花钱眼也不眨的人，今天教育他不要浪费？郁泞川心想这太阳明天怕不是要打西边升起吧？

既然唐湛自己都不介意这简陋的条件，郁泞川便不再劝他。反正就一晚，将就将就也就过了。

招待所破归破，但该有的设施一样也不少，连转身都难的一间房里，还给配了浴室——只是喷头都生了锈，水也时冷时热。

待唐湛洗去一路风尘，擦着头发从浴室出来，就看到郁浐川已经给他从外面买来了饭。

疲劳在洗好澡之后稍有缓解，肚子却在闻到饭香后更饿了。唐湛说了声谢谢，接过那盒盖浇饭，心满意足地坐在床沿扒拉起来。

一张窄小的床，两个大男人。

被子是唐湛盖过最不舒服的，但可能是舟车劳顿的缘故，他躺下没多久就睡着了。

第二天，唐湛自己还没说呢，郁浐川便帮他整理好行李，催促他住到诺亚去。唐湛没办法，只好搬走了。

不过之后的每一天，他都会早早地来找郁浐川，再待到不能再待了才走。

第十二章

Go for it

郁大磊最终在入院第五天时醒了过来，只是脑出血凶险万分，他的身体各项指标都要慢慢恢复，心急不得。

医生说他运气已经很好，太多都是再也醒不过来的。

等郁大磊情况稳定，从加护病房出来的时候，郁丽带着郁吉吉迫不及待地来看他了。

不过郁丽没想到唐湛也在，进门就愣了一下。

唐湛主动与她解释："我来江市有些事，正好听说大伯病了，就来看一看他。"

郁丽自然不会无缘无故怀疑他，同他说起那一日的惊心动魄："还好是救回来了，医生也说差一点，可吓人了。"她叹了口气，"只希望大磊叔这次之后能否极泰来，以后都顺顺利利的，再也不要这样吓人了。"

唐湛看向病床上还不太能说话，但是已经睁开眼的郁大磊，由衷地道："会的。"

郁吉吉趴在床边，紧紧盯住郁大磊。

"哥，大伯会好起来吗？"他被吓狠了，胆都快破了，以致到这会儿还没有什么安全感。

郁泞川正替郁大磊擦身，闻言抬头看了他一眼："不是正在一点点好起来吗？"

郁吉吉噘了嘴："可是大伯还不能说话……"

唐湛听到兄弟俩的对话，插了一句嘴："你以为你大伯是超人啊，这才几天？脑袋上开刀，哪有这么快好的。”

郁汾川将毛巾丢进水盆里，往郁吉吉方向塞了塞：“去，倒了。”

郁吉吉接过了转身就要往外走，郁丽追过去：“哎，我去我去，吉吉，等等我呀！”

郁汾川本要叫住她，奈何对方走得太快，病房里又有在睡觉的病人，不宜大声喧哗，他只好看着她与郁吉吉一起消失在了病房外。

唐湛见人走了，凑到郁汾川身旁压低声音问他：“累吗？”

转到普通病房后，郁汾川白日里只能坐在椅子上干熬，晚上就躺在问医院借的折叠床上陪护。别人想换他，都让他拒绝了，说一共请了十天假，这十天里他能自己照顾郁大磊，十天过后等他要回学校了再麻烦乡里乡亲。

他不说唐湛也知道，他只是不想麻烦别人。

唐湛每天都会从诺亚给他带饭，还会替他看着，让他下午回招待所睡个午觉，洗好澡换了衣服再来。不得不说，有了唐湛的帮忙，郁汾川确实轻松不少。

“不累。”郁汾川每隔一段时间都要摸一摸郁大磊的额头，确认他有没有发烧。

“不累也坐下。”唐湛按着他坐到床边唯一一张椅子上，给他按揉起肩膀。

他手上力度正好，手法专业，没按两下郁汾川就昏昏欲睡。

几分钟后，病房外传来郁丽和郁吉吉的声音，唐湛最后用力揉捏了下郁汾川的脖颈，松开了手。

唐湛从医院回诺亚的路上给郁汾川发了条短信。

——你明天想吃什么？

唐·老妈子·湛一天都还没过完，就开始操心起郁汾川明天的伙食了。

——随便。

郁汾川不知道在做什么，隔了好一会儿才回了两个字。

唐湛盯着这两个字，简直不知道该气他惜字如金好，还是恼他太不会提要求。

“还是带鸡汤吧……”唐湛对着手机屏幕喃喃自语，“这两天感觉他都瘦了。”

他还想给郁泞川回过去，手机边震边响起来，方泽宁打了他的电话。

唐湛心想该不会是又来劝他回家的吧？但想到唐千云和他要说离婚的事，犹豫片刻还是接了起来。

他刚“喂”了一声，方泽宁就毫不赘述地道明来意。

“唐湛，我和千云产生了一些误会，你帮我劝劝她。她现在大着肚子一个人不知道跑到哪里去了，我打电话她也不接。”

唐湛没想到他们已经闹得这样不愉快了，问道：“你们到底怎么了？”

方泽宁顿了顿，最终叹了口气：“她看到了一些东西，让她对我和她在一起的动机产生了怀疑。”

唐湛越听越不明白了，这绕来绕去的什么玩意儿。

“这样，我先联系一下她，看她愿不愿意理我。”他其实都不觉得自己有这么大面子，能劝动唐千云，但他又不好直接跟方泽宁讲。

“好。”方泽宁将最后的希望都押在他身上。

挂了电话，唐湛马上又拨了唐千云的手机，可响了许久都没人接。他转而又给对方微信留了言，问她在哪里，到底怎么回事。

然而如同没有回音的电话，这两条信息也是石沉大海。

这个结局唐湛早有预料，发了条信息给方泽宁说明了情况，接着便进了浴室洗漱，出来看到方泽宁回了他一个“嗯”，他也不再管这件事，躺到床上睡觉去了。

在那时的他看来，这是方泽宁和唐千云两个人之间的事，他能管，却不能多管。

如果他知道之后会发生那样的事，一定不会只拨一通电话。

唐湛一早醒来，发现手机上有两条微信未读语音，都是唐千云发来的。

“唐湛，方泽宁就是个骗子！他骗了我们，他是个伪君子！”

“唐千淼就是个诅咒，这些年虽然不说，但我和爸爸都在怪你，是我们对不起你……”

一条语气非常激动，一条相对平和，只是第二条说到结尾，突然因为一声巨响戛然而止，震得唐湛心头没来由地蹿上一股寒意。

“搞什么……”他为了确认唐千云的安全，立马回拨了电话，可就像昨天晚上一样，始终无人接听。

他不在海城，也不知道那边的情况，只好又打给方泽宁。但今天也不知道出了什么事，方泽宁竟然也不接他的电话。

唐湛烦躁地挂断电话，心里的不安越来越重，而这股不安在手机显示唐玉芬来电时，达到了顶峰。

他望着床上兀自震颤的手机，迟疑着，竟然有些不敢伸手去接。

血脉至亲间有时会有特别的心灵感应，唐湛说不清，但他的确对这通电话产生了不好的预感。

不过他最终还是接了起来。

还没等他出声，唐玉芬带着浓浓哭腔的声音无疑坐实了他的猜想。

“小湛啊……”光是说完这三个字，对方就哭得喘不上气。唐湛心中愈急，他快走两步，来到落地窗边：“怎么了？姑姑你慢慢说，别急。”

寒冬降临，曾经苍翠的青山也逐渐颓唐，一眼望去，唐湛只看到漫山遍野的褐土与枯黄。

“千云，千云没了……昨晚她在高速上出了车祸……一下子就没了……”

满眼的色彩迅速褪成一种可怕的黑白，唐湛晃了晃，一只手撑在玻璃上。唐玉芬的声音似乎从很远的地方传来：“小湛，快回来吧……你爸爸……你爸爸听到消息一下子就受不了了，人都晕了过去……唐家，唐家只能靠你了……”唐湛慢慢滑到地上，全身都在发抖。

唐玉芬的哭声充斥着他的鼓膜，他有一瞬怀疑自己是不是又在做梦。这个梦荒诞又可怖，拖着他陷进沉沉的黑暗里，无法醒来。

这些年在国外，唐湛和唐千云联系并不密切。只是逢年过节，他总能收到唐千云的问候短信，每当生日，也会收到她的红包祝福。虽然他们的关系一直很疏离，很客气，但她从来不曾因为唐湛的私生子的身份为难他、耻笑他。因为唐千淼的事，她就算心里怪罪他，有疙瘩，也始终没有苛责过他一句，让他难过，她只是……无法亲近他。

唐湛有几次放假回国，唐千云见了他总会问他关于学业的事，知道他拿奖学金，表情都会柔和下来，还会告诫他不骄不躁，少跟孙嘉然那些纨绔子弟乱搞。

他总觉得自己与唐千云关系不睦，亲情单薄，可如果唐千云真的厌恶他，又为何要让他回来，让他进公司？

“我……我马上回来。”

一切都是那么突然，倏忽而至的厄运，让唐湛很难找到真实感。他似乎进入一种应激反应，让他整个人都呈现麻木状态。他很混乱，却没有太多的悲伤。

就连什么时候挂断的电话他都不知道，怎么收拾行李的他也没印象。

等反应过来，他已经坐在了王总的座驾上。

“小湛，你可要撑住了啊！贵禾天怡如今没了千云，你爸爸又伤心过度缓不过来，你必须要担起重任，主持大局，明白吗？”唐家出了这样的大事，必然无法瞒住这些高层，王总也会同唐湛一起前往海城，送唐千云最后一程。

“主持大局？”唐湛靠在车门上，无意识地重复着王总的话。

他不是没听懂对方的意思，只是他完全没法集中注意力，脑子里空茫茫一片，像是突然被人抽掉了神思。

王总看他这样，知道他还蒙着，叹了口气，拍拍他的肩道：“节哀啊！”

唐家在子嗣上也算是命途多舛，原本四个儿女，个个出挑。结果老大未成年便遗憾夭折，老二怀着身孕又一尸两命，现在留下个二十来岁的老三，和上着初中的老四，也不知道以后贵禾天怡要何去何从。

唐湛直到快上飞机了，才反应过来要跟郁泞川说一下，不能这么一声不响地就走了。

然而电话通了，他却迟迟无法出声。有什么卡在了他的喉咙，让他张着嘴，一个字都蹦不出来。

“唐湛？”郁泞川正在奇怪今日对方来得格外晚，刚想打电话给他，他的电话就先一步到了。

听筒里只能听到浅浅的呼吸声，郁泞川确定电话那头有人，却不知道他为什么一言不发。

长久的沉默让他觉得事情有些古怪，他从椅子上站起来，走到门外，轻轻地带上了门。

“唐湛，怎么了？”离开病房，他提高了说话的音量。

“我……”唐湛几经尝试，终于能发出声音，只是这声音又沙又哑，每个音节都支离破碎，“小川，我要回海城了。”

郁泞川听到对方终于出声，心稍稍放回去一半，他潜意识觉得这事还有下文，不然唐湛不可能这个样子。

他不由得柔和了语气：“是不是出了什么事？”

王总无声地冲唐湛比画了两下，示意要登机了。唐湛点了点头，往登机口走的同时，也加快了语速：“我姐姐出了点事，我必须回去。你……等你回海城再联系。我这边要登机了，先挂了，再见。”

他始终没办法说出“唐千云死了”这几个字，这就像一句禁语，让他连触碰都不敢。

没等郁泞川再说什么，他便匆匆挂断了电话。

“再……”郁泞川才说一个字，对面就挂断了电话，他有些愣神，“……见。”

他盯着手机屏幕，微微皱眉。昨天还好好的，今天就说要走，显然是早上刚知道的消息。到底是什么样的事，让唐湛这样着急赶回去？

因为怕打扰到唐湛，之后两天他都没主动发信息给他。到第三天，他用浏览器查东西时，无意中看到了下面的新闻推送。

可能和他之前查询过贵禾天怡有关，这是一条唐千云车祸身亡消息的推送——唐家长女深夜高速疾行，擦撞集卡车，豪车失控撞向隔离栏，导致当场死亡，胎儿也胎死腹中。

直到这会儿，郁泞川才明白唐湛为何吞吞吐吐，又为何走得这样急。

他的姐姐死了，他是回去奔丧的。

郁泞川猛地站了起来，吓了正在给郁大磊喂水的郁丽一跳。

“小川你干吗？”

郁泞川看向她，眼里有丝急切：“我……学校忽然有事，我要提前走了。”

原本他是明天的火车，可如今知道唐家出了这样的事，就像当日唐湛不远千里来到他身边，他现在也恨不得插上翅膀去到唐湛身边。

唐千云的遗体告别式在海城香山殡仪馆举行，唐家各路人马到齐。唐山海因悲伤过度无法站立，只能坐在轮椅上由严婧推着出来，唐家最小的儿子唐佳聪也从寄宿学校回来，见姐姐最后一面。

现场愁云惨淡，一片哀戚。

唐湛举目四顾，在大堂角落一排花篮前找到了方泽宁。

对方木愣愣坐在一张凳子上，长久地维持同一个动作，双肘撑在膝头，十指交握，视线盯住脚下一点。

他这种状态已经好几天了，自从唐湛回到海城，见到他就是这个样子，仿佛三魂六魄都已经跟着唐千云下到地府，人间的这具不过是没有灵魂的躯壳。

唐湛走到他跟前，垂头俯视着他，半晌才开口：“阿宁，姐姐都和我说了，为什么要骗她？”

唐湛想了很久，仍然不能释怀。他一定要知道到底是什么让唐千云这样痛苦，不惜深夜开车外出，酿成了这出惨剧。

唐千云两次与方泽宁争吵后，对唐湛都提到了唐千淼，这让唐湛有了一种猜测——他们夫妻间的矛盾，或许来自唐千淼。

可是信息太少，他没办法靠着零星的一点线索拼凑出整幅拼图。所以他决定诈一诈方泽宁，诱他说出真相。

唐湛在方泽宁面前蹲下：“她那么相信你，你为什么要骗她？”

犹如雕像的男人听到他的话，忽地轻颤了下，缓缓抬头看向了他。

“我……”他双目赤红，嗓音喑哑不堪，“我没有想要伤害她，我真的没有。”

唐湛凝视着他，又问：“为什么要把大哥牵扯进来？”

方泽宁的神情一瞬间变得更为痛苦，他眼里滚出热泪，无助而迷茫地呢喃着：“我不知道为什么会这样，我真的没有骗千云……我答应千淼要替他照顾你们……我是真的喜欢千云……”

唐湛从他颠三倒四的话语里终于拼凑出自己想要的真相，他目光一点点变得难以置信起来，片刻的工夫双手便被冷汗浸湿。

他恍惚站起：“你……”

方泽宁将脸埋进掌心，哽咽道："我没有照顾好她，我对不起千淼……我不应该让她出门的……是我的错，一切都是我的错……"

太可笑了。

唐湛心中唯有这四个字。

这一出命运的闹剧，太可笑，太荒谬了。

一股滔天的怒意徒然爆发，迫使唐湛失去了理智。他一把拎起方泽宁的衣襟，将人扑到了地上。花篮倾倒，人群惊呼，唐湛挥起一拳，揍向身下满是泪痕的脸。

方泽宁不闪不避，完全接受他的怒火。

唐湛见他如此，怒意不消，反倒更炽："你以为你这样，就能恕罪吗？"

方泽宁形容狼狈，被唐湛打得嘴角乌青，鼻子也流出血来。最后一点微光从他眼里消逝，他缓慢闭上了眼，整张脸都黯然下来。

唐湛犹不解气，他恨方泽宁荒唐，也恨自己袖手旁观，明知道这两人出了问题，还这样心大地置之不理。

他的拳头还要落下，被赶来的众人从后面拉住，他们七嘴八舌劝着架，要他冷静些，今天是唐千云的追悼会，有什么不愉快的也要过了今天再说。

突然一声尖厉的惊叫划破纷乱的大堂："快点快点，老唐晕过去了，快叫救护车！"

唐湛认出这声音是严婧的，连忙回头去看，隔着人群，他只看到唐山海煞白的一张脸，没有半点血色，双目紧闭着瘫在轮椅上，任旁人怎么呼唤都没反应。

一场追念亡者，表达哀思的告别仪式，状况频出，让外界看足了笑话。新闻不仅占了金融版块，还上了娱乐头条。

贵禾天怡的太子爷与驸马在追悼会上大打出手，害得老父当场怒急攻心，中风住院。这样吸金的标题，直接刷爆了那天的网友热搜榜。

路人纷纷看戏吃瓜，揣测这其中是不是隐藏了一出不为人知的豪门恩怨。

热闹是别人的，苦难是自己的。当唐湛拖着疲惫不堪的身子回到家中，已是凌晨时分。唐山海情绪激动下诱发了小中风，现在下肢麻木，需要住院观察。方泽宁最终一个人捧着唐千云的骨灰，将她葬入方家的墓地。

明天醒来还有很多事情要处理，一桩桩一件件，他却已经无力思考。猝不及防压在他身上的重担，一时之间让他除了咬牙硬撑，没有别的办法。

打开房门，原本以为的满室空寂荡然无存，迎接他的是空气中迷人的食物香气，以及足以驱散寒冷的温暖。

他心中一动，快步走进厨房。

“小川……”他哑着嗓音唤了声。

郁泞川听到声音，从燃气灶前转过身。

“我炖了鸡汤，你要喝点吗？”郁泞川没有提旁的事，也避免去提。

唐湛如果自己不想说，他绝不会勉强，不是所有人都想时刻记得那些让人遗憾的事。

“好。”唐湛拉开餐椅坐了下来。

不一会儿，郁泞川盛好鸡汤端到他面前。

鸡是超市买的冰鲜鸡，不能和郁家养的走地鸡比，但仍然十分鲜美可口。唐湛喝了两口，才终于将口中的苦涩滋味冲淡。

郁泞川拉开他对面的一张椅子坐下，一言不发地默默陪伴在他身边。

等到唐湛吃完，他动作自然地接过那只碗，放进水池清洗起来。

唐湛望着他的背影，拿出口袋里的手机，找到唐千云最后发给他的那条语音，点开播放。

“唐千淼就是个诅咒，这些年虽然不说，但我和爸爸都在怪你，是我们对不起你……”

随着巨响，郁泞川浑身一颤，转过身看向唐湛。

“唐……”

他刚开口，就看到唐湛殷红的眼眶，所有话语便像是哽在了喉头，闷得他心脏隐隐作痛。他从没见过这样的唐湛，悲伤、脆弱、迷茫……仿佛找不到出路的孩童，想要寻求他的帮助。

“这是我姐姐出车祸前给我发的语音。”唐湛陈述着他的苦恼，“它没有使我解脱，反而让我陷进了一个奇怪的循环。”

他撑着桌子站起身：“这太奇怪了……唐千淼、唐千云，他们都因我而死，我难道……我难道是扫把星吗？”

他一步步走向郁泞川，用一种泫然欲泣的表情问他：“小川，为什么会这样？她还怀着宝宝，为什么老天要这么残忍？”

这个问题太让人心碎了，在他即将走到自己面前时，郁泞川上前一步，将他紧紧搂进了怀里。他怀抱着他，就像之前唐湛给予他的，他也想成为可以令对方依靠的支柱，奉献自己所有的力量与温暖。

“这不是谁的错，这些都是意外……”他忽地失语，“唐湛……”

唐湛的脸埋在他的脖颈处，有一股热流渐渐湿润了他的肩头，不用看他也知道那是什么。

一直以来没掉过一滴眼泪的唐湛，终是抱着郁泞川无声哭泣起来。

郁泞川拍着他颤抖的脊背，轻声道：“没事了，哭出来就没事了。”

唐湛冷静下来，终于抬起了头。

他眼眶通红道：“小川，谢谢。”

“这有什么好谢的。”

之前大伯出事那会儿，唐湛做的只比他多，不比他少。如今他不过是为对方做了顿饭，安慰两句，并不觉得是什么值得感谢的事。

“小川，”唐湛望着他，欲言又止，“其实……”

“什么？”郁泞川不明所以，倾身想要听清他说的话。

唐湛凑近他，挣扎片刻，到最后却还是什么也没说。

“没什么……”他退后一步，倒显得有些欲盖弥彰。

郁泞川心里有些不解，看着对方的眼睛，似乎感觉到了什么。

“唐湛，你到底要说什么？”

“没有，你回去吧。我之后要去香港，可能有段时间不能联系你，有什么话我回来再说。”

“你……”

唐湛已经走到门边亲自给他开了门。

他低垂着眼眸，并不看向郁泞川。

郁泞川深吸一口气：“那我就先回学校了，你自己早点休息。”

大门关上，满室静谧，最终又只剩唐湛一人。

第十三章
Go for it

伊人已逝，活着的人还要继续为了生活奔波。

唐湛临危受命被唐山海正式任命为贵禾天怡的新任首席执行官，代替他前往香港继续上市路演。

然而经由这一波折，潜在投资者对贵禾天怡更不看好，甚至有机构代表责问唐湛在唐家两大支柱倒下的情况下，他有什么底气说未来能创造更好的收益。

唐湛直视着他的双眼，在台上不卑不亢道：“您看我的年纪，可能会像低估贵禾天怡一样低估我的能力。但我想告诉您，您错了。我在美国求学期间，曾在国际著名投资机构久安资本担任GP。友达快讯A轮进入C轮退出，获利四千万美元；Avoca（阿沃卡）天使轮进入C轮退出，获利一千万美元；Yawoo（雅虎）社区C轮进入，现在同贵禾天怡一样，在进行IPO全球路演，如果它能成功在纳斯达克上市，获利将超过上亿美元。而这些，都是我操盘的。”一字一句掷地有声，无论是语言感染力还是表达出的个人魄力，都令人信服，“我或许不如我父亲资历深，但我确信自己的能力足以匹配现在担任的职务。我对贵禾天怡的未来充满了信心，也希望各位投资者能对贵禾天怡同样报以信心。”

随着唐湛的演讲结束，台下掌声雷动，唐湛出色的履历宛如一剂强心针，将低迷的路演会场重新点燃。

或许他少不更事，但一个优秀的领导者，从来不会让人在意他的年龄。在场坐着的都是眼光毒辣的投资圈大佬，这人有没有水花，值不值得投资，一眼便知。

分析师路演顺利结束，最终确定下了四家投资机构作为基石投资者，签订认购书，以首次公开募股价格购入贵禾天怡股票。

虽然估值依旧不高，四家基石投资者中两家都只属于中型中资基金，但对于唐湛来说，只要能够顺利定下基石投资者名单已经别无所求了。

坐上车，唐湛松开领带，长长松了口气。可还没等他屁股坐热，一旁助理吴洋就递上了手机，道："唐总，刚才您的手机一直在响，同一个人已经打了五六个电话了。"

唐湛接过一看，都是郁泞川打来的。

他垂眸沉思片刻，删掉了那些来电记录，将手机又丢还给了助理。

"再有电话就替我接了，然后说我在忙，等有空会给他回过去。"

吴洋见他神色不对，很有眼力见地没有多问什么，点头应下了。

唐湛望着车窗外的风景，之前松下的那口气，转瞬加倍压在了他的心上。

自从那晚后，他和郁泞川便陷入了一种古怪的僵持状态。

头几天郁泞川没有联系他，他也不敢联系对方，之后他来了香港，一直忙着公司上市的事，也就想把他和郁泞川的事暂时放一下，一切等回去再说。

他也只是一个凡人，做不到两头兼顾，光是处理贵禾天怡的事，已经让他身心俱疲。

在这种关键时刻，他只好先将郁泞川的事放一放。

回到酒店，与助理一路确定明天行程，最后互道晚安。唐湛满是疲惫地开门进房，脱掉身上衣物，步入浴室洗漱。

热水淋在身上，自脖颈落下，一点一滴打在地砖上，形成错落的音节。

唐湛双手撑在墙上，闭眼静止了稍许，随后直起身拧上花洒，围着浴巾走出了浴室。

他为自己倒了一杯水，拿起床头柜上的药瓶，随意地倒出几颗，就着水吞服入腹。

可能是压力太大，他最近睡眠总是不好。唐千淼与唐千云的影像总是交替出现在他梦里，没睡几个小时又被惊醒，始终无法进入深度睡眠。

几天前，他忍无可忍，只能借由药物入睡。虽然第二天总要花费更长时间清醒，头脑也很昏沉，但总比无法入睡，精神不济要好。

吃完药，他钻入了柔软的被褥之中。

没多久，身体宛如陷入了一团云朵之中，他沉沉睡去，梦里一片空白。

郁泞川视线盯着课本，思绪却早就飞往九天。

郁大磊身体恢复良好，已经可以正常说话起卧，前两天就办理了出院手续，他的一桩心事也算是了了。可唐湛，俨然成了他的另一桩心事。

已经半个月了，对方都没有回他的电话，只要他打过去，永远都是助理接听。

这种情况自他们相识以来从未出现过。

他正兀自发呆，放在桌上的腕表突然被人拿起。

“你这个表是真的吗？”倪子平来回翻看着唐湛送给郁泞川的表，“还有你那手机，开学前还是砖头机，没两天就换成苹果的了，如今还戴上名表……”他左右看了看，压低声音问，“你中彩票了？”

郁泞川正心烦，没空搭理他，伸手过去就将表抢了回来。

“不关你的事。”

他冷言冷语，却耐不住有人还是要找碴儿。

倪子平睨着他：“你那个朋友挺有钱的，这些是不是都是他送你的？就是那个开卡宴的男人。”

“你到底想说什么？交朋友犯法吗？”他不耐烦地瞪着倪子平，慢条斯理地戴上了那只表，“犯法你报警啊！”

倪子平被他噎得没话讲，怪腔怪调“切”了声：“有什么了不起，人家说不准就是可怜你，有钱人哪里会和你做朋友。”说着冷哼一声翻着白眼走了。

郁泞川冷冷地剜了他背影一眼，心里越发烦躁。

他忍不住去想倪子平的话，唐湛是不是觉得他烦了，所以不想和他做朋友了？

唐湛现在正在最紧要的关头，他却什么忙也帮不上……郁泞川慢慢收拢手指，薄唇也紧紧地抿在了一起。

半个月后，贵禾天怡完成首次公开募股定价。唐湛戴着胸花，在万众瞩目下敲响了巨大的铜锣，至此，贵禾天怡正式登陆港交所。

经历了这一路风风雨雨的上市团队员工纷纷喜极而泣。虽然市场行情不知道会否转好，首日股价也不知道走高走低，但是这一刻他们整个人都被巨大的成就感充斥着，相信未来会更好。

唐湛手里紧紧握着那根木槌，将它举过头顶。他仰着脖子，目光在上方扫视着，似乎在搜寻什么。

“姐，你看到了吗？你安心吧，我一定不会让你失望的！”

唐家新任掌权人于公司上市当日，高举木槌告慰亡姐在天之灵。这一幕被在场媒体的相机忠实地记录下来，并通过网络急速发酵。

贵禾天怡下午收市时股价涨幅近 10%，首日告捷。

唐湛刚回海城，就接到了周晖他们的电话，说要给他庆祝一下。

“有什么好庆祝的？不去。”他神经绷了一个月了，现在就想回去好好睡一觉，睡醒了再想以后的事。

周晖也知道他这阵子不容易，才会格外想要把他叫出来，让他放松一下。

“别啊，小川秦逍他们也在呢！”

唐湛想要挂电话的动作一顿：“小川？你们怎么把他叫上了？”

周晖直言不讳：“我跟他说你会来，把他骗出来的。”

唐湛握手机的手紧了紧：“他人呢？叫他听电话。”

“刚还在呢……”周晖似乎找了圈，“可能被秦逍拉走了。”

唐湛简直要炸了：“你把他丢给秦逍？”

周晖愣了愣，没明白这里面有什么问题。

唐湛简直想顺着信号立马闪现到他面前掐死他，秦逍是什么货色，他这么久了能不知道？他到底是对秦逍太放心还是对郁泞川有什么误会？

“你……”唐湛气得话都说不清了，“你等着！”

周晖对他突然的情绪激动感到莫名其妙，但一听他要来，还是很高兴的。

“那你快来那你快来！我们等着你！”

周晖有套市中心顶楼的房子，从窗外看出去城市景观一览无余，还有个阳光房恒温泳池，一年四季都能开泳池趴。

唐湛一进门就看到一溜儿的比基尼美女从自己眼前晃过，额头青筋都要爆开来。

周晖这厮，跟他讲过的话都当耳旁风了。这是要给他解压吗？这分明让他压力更大了！

唐湛在人群中穿行，好不容易在泳池边找到了周晖。

他一把抓住他，问："小川呢？"

周晖玩得正嗨，见他来了，就要招呼他一起。

"你管他呢，来玩呀！"

唐湛见他醉醺醺的，也不抱希望能从他嘴里得到答案，推开他继续去找郁泞川了。

他在屋子里上上下下找了一圈，每间房都推开看了眼，打扰无数人的好事后，他也变得越来越急躁。

要是秦逍敢对郁泞川下手，唐湛已经做好了打断他两条腿的准备。别的不怕，就怕秦逍这孙子玩阴的。

唐湛忽然看到吧台角落里坐着两个人，离他比较近的那个看背影就是郁泞川，他急忙过去抓住他的肩膀，唤道："小川！"

郁泞川惊诧地转头，与唐湛四目相对，一时之间，两人都有些愣住了，谁也没开口。

突然，满脸通红的秦逍从郁泞川身后探出头来："小川，咱们接着，接着喝……"

唐湛上前一步按着秦逍的脸把他按离郁泞川身旁，随后拉着郁泞川走了。

两人一直走到屋子一处僻静的角落才停下脚步。

"你以后离他远些。"唐湛转过身，板着脸孔说道。

郁泞川挑了挑眉，诧异道："谁？秦逍？"

"他不是好人你看不出来吗？当心把你带坏了。"

郁泞川靠在墙上："没看出来。我看人一向不准。"

唐湛听出他的言外之意，一下笑了："你这是埋汰我呢。"

两人在黑暗的角落说着话。周围群魔乱舞，只有这一角是安静的。

“那啥……你有话和我说吗？”唐湛犹犹豫豫地问他。

“这话应该是我问你吧。”郁泞川抬起眼皮，“你这段时间为什么一直都不接我电话？”

唐湛跟他解释：“我在香港忙上市呢，不能分心。”

郁泞川从新闻报纸上看到了贵禾天怡上市的消息，也为他感到高兴。

“恭喜你。”

唐湛抿了抿唇：“……就只有这三个字吗？”

郁泞川静静地看了他片刻：“这段时间，我其实想了很多。作为朋友，我们之间的差距的确很大，你出了事我也帮不了你……”

唐湛一下子急了：“你怎么会有这样的想法？我申明我从来没那样想过啊，你这个阶级思想可要不得！”

瞧他那急于撇清的样子，郁泞川嘴角带上一些笑意：“你听我后面继续说。虽然差距很大，但我仍然想要做你的朋友，甚至不只是朋友，也想试着做你的……亲人。”

随着郁泞川的嘴唇开合，唐湛双眸惊喜地一点点睁大。

“试啊！”唐湛道，“随便试，你想怎么试怎么试，我无条件配合你！”

“不会烦我吧？”

唐湛忙不迭摇头：“怎么可能。那天其实我也想说这个事，又怕太唐突吓到你。”

郁泞川深觉好笑：“我是胆子这么小的人吗？”

唐湛不好意思地挠了挠脸：“那时我心里很乱，事情又多，这样脆弱的想法说出来有点让人脸红，只能先将你放到一边了。”

至此，两人经过一个月莫名的冷战，又和好如初了。

唐湛至此过上了春风得意的日子，连工作上都像是顺畅了许多，如有神助。

唐山海小中风后一直在家休养，唐湛每周都会选一天去看他，顺便汇报工作。他只剩两个儿子，能用的就唐湛一个，比起过去放养状态，迫于现实的压力，总要更重视几分。

似乎过了二十多年，他才突然想到要了解这个儿子。

唐湛说完公司的事，唐山海没觉得他处理上有什么不妥的地方，暂且结束了这个话题。

“唐湛，你刘叔叔的女儿你还有印象吗？”

唐湛一愣，仔细回想了下，记忆里是个胖胖的小姑娘。

“有点，有十年没见了吧，我和她，怎么了？”

唐山海抿了口茶，道：“她前阵子从国外留学回来，要在咱们公司实习一阵，你多照顾照顾她。”唐湛一听是这个事，毫不犹豫应下了：“行，我会安排。”

唐山海停顿了一下，又道：“顺便多和人家增进感情，你不是还单身吗？刘家丫头也单身。”

唐湛算是明白了，这是要相亲啊！

他连忙表示：“现在贵禾天怡刚刚上市，很多事等着我处理，个人感情问题我觉得还是往后摆一摆吧。我也才三十不到，还不急。”

唐山海不为所动：“又不是马上让你结婚，你们可以先处起来嘛。再说，我们两家联姻，对股市也是个好消息。”

原来这才是他的真正目的，一切为了利益。

唐湛不可置信地道：“我们难道是你们提升市值的工具吗？”

唐山海闻言一下子板起面孔：“这是什么话？你们既然生在这样的家庭，就该为这个家做出尽可能多的贡献！”

唐湛深觉荒唐：“我可以为家里做出贡献，毕竟我享受了这么多年唐家带给我的优渥生活，但不是这样的‘贡献’！”

唐山海身体刚有好转，唐湛不愿与他争吵，最后在对方的怒吼中摔着门离开了唐家。

郁泞川正在自习，突然收到唐湛短信，问他在干吗。

——自习，快期末考了。

唐湛很快回过神来：考完试你们是不是就要放假了？过年的时候我来找你玩吧！

郁泞川问他：你在哪里？

——在回家的路上。

郁泞川笑了笑，课本一合，起身离开了自习室。

唐湛回到家，一开门就看到郁泞川坐在沙发上看电视。

“今天怎么有空来？”

郁泞川指了指桌上的梨道：“在学校门口看到卖梨的，觉得不错就给你买了点来。”

可能一个人住的关系，唐湛很少吃水果，也想不到要去买。

但如果是郁泞川买给他的，他一定会乖乖全部吃光。

他脱掉外套，从厨房拿了水果刀，坐在郁泞川身边削起梨来。

郁泞川专注地看着他，目光平静温柔，他一抬头就能与对方对视。

“看什么呢？”他忍不住道。

“你现在这么忙，过年能抽出时间去温镇吗？”

事业上，现在作为学生的郁泞川能帮到唐湛的很少，想着就想尽可能地让他在其他地方感到舒心。他寻思着明天炖个汤给唐湛补补，好让他恢复点元气。

唐湛笑道：“年总要过的，时间太长估计有些困难，但两三天还是有的。纵使我有钢铁般的毅力，也不能不休息吧？”

忽然他鼻子一痒，打了个喷嚏。手一滑，就在另一只手的拇指上割开道口子，鲜血一下子冒了出来。

郁泞川吓了一跳，连忙抽过茶几上的纸巾递过去。

“怎么打喷嚏了？感冒了吗？”

唐湛放下刀和梨，将纸巾按在伤口上，吸了吸鼻子道：“可能是在外面吹了冷风有点感冒了吧。”他看一眼桌上那个染血的梨，轻啧了声，“害我浪费一个梨。”

郁泞川见他的手有些松开，血马上透出纸巾洇了出来，皱眉将他推了回去：“按紧些，别乱动！”他站起身，“我上次给你买的云南白药的创可贴呢？还有吗？没有我去楼下再买些。”

“有，在我左边床头柜的抽屉里。”

郁泞川转身往他卧室走，找了左边的床头柜没找到，想他可能记错了，就又顺便找了下右边的。结果抽屉一拉开，创可贴是找到了，但同时一幅合照也撞进了他的眼里。

绿柳依依的河岸边，唐湛大概十岁左右的模样，笑得眯缝起眼，手里拿着一根扑虫网，身后站着三个大一些的少年。其中两个是长得一模一样的双生子，还有一人，郁泞川在医院见过，是唐湛的姐夫。

他拿起相框看了两眼。

“找到了没啊？”忽地，从客厅传来唐湛的声音。

郁泞川将相框丢回抽屉里，拿起一旁的创可贴往外走去：“找到了。”

替唐湛处理好伤口，郁泞川看了眼时间，差不多要到宿舍楼锁门的时间了。

“我走了，你早点休息。”他拿起沙发上的外套和围巾穿戴好，浅灰色的围巾遮住郁泞川的下巴，将他过于明艳锐利的五官衬得柔和不少。

“路上注意安全。”唐湛将他送出了门。

第十四章

Go for it

日子就这么晃晃悠悠地到了一月，郁泞川进入繁忙的考试周，唐湛也经历了管理公司以来第一个年终。

在年终总结会上，唐湛拍板决定，过年将进行贵禾天怡旗下酒店的全国视察活动。此话一出，立马引起会议室内上一片哗然。

董事之一道："这……会不会太突然了？"

唐湛看向他："就当我突击检查了。平时我也没空，过年期间正好总部放假，可以利用这段时间进行全国视察。"

这是拼命三郎吗？

别人过年是难得的喘息时机，乐得清闲，他过年竟然还要求进行视察活动。

"那随行人员？"

"我一个人就够了，一切从简，我也不想占用其他人的休假。"唐湛笑道，"到了当地分公司自然会派人接待我，我一个大男人总不见得会走丢了。这些细枝末节会后我的助理会向各分公司负责人说明，有什么不明白的大家可以问他。现在，我们开始讨论下一个问题……"

唐湛虽然年轻，但做事风格雷厉风行，颇有唐山海年轻时的风范，公司又是他带领着上市的，股东对他都十分信任。他决定的事，其他人也不好多说什么。

在座的几位严家人互相看了眼，在彼此的眼中都看出了意味深长。

唐湛这样强势，严婧若再不加把劲儿对着唐山海吹吹耳边风，他们严家在贵禾天怡可连一席之地都要没有了。

会议上众人各怀心思，却都不动声色。

年前，杨永逸的家政公司初具规模，做了份像模像样的年终总结交给夏瀚与唐湛。两人看了，都觉得这家伙是个人才。条理清晰，逻辑缜密，没有在得到投资额后盲目扩张，而是稳步地发展公司，将钱花在刀刃上。

“你果然没有看错人。”夏瀚道。

“现在夸我还早了点。”虽是这样说，但唐湛眼角眉梢无不飞扬，“风投回报是个玄学，同样也是个漫长的等待过程，少则两三年，多则六七年，而且不一定等待就会有好结果。我只能说杨永逸这人挺有意思，或许会创造出第一家行业里的独角兽企业也不一定。”

和夏瀚吃了一餐饭后，唐湛回到家里舒展着四肢，洗了个热水澡，早早地躺到了床上。虽然工作顺风顺水，但他身上的压力仍然不轻，一天最起码也要进行长达十个小时的工作。

命运还真是神奇，要不闲死，要不忙死，让他难以取舍。

为了保证充足的睡眠，也为了不在睡下后胡思乱想，唐湛一直维持着睡前服药的习惯。不过，虽然吃了药能睡着了，但也有弊端。比如第二天醒来时总是头重脚轻，浑浑噩噩，必须洗冷水澡才能完全清醒。并且随着用药日久，他必须加大药量，才能得到和一开始相同的药效。

唐湛服下几颗药后便沉沉睡去，连家里什么时候进了人都不知道，更不要提这个人还开了他的房门，站到了他的床边。

他仿佛在云海里遨游，四周皆是白茫茫的一片，有龙在白云里穿梭，透出青黑的身子。

他飞来飞去，突然像是被人定住了身形，动弹不得。

“何方妖孽！”他大喝一声，就要祭出法宝，结果地动天摇，他也跟着摇晃起来。

到底是怎样的妖怪，竟然能使得天崩地裂？好生厉害啊！

他在云里想要站稳脚跟，可晃动得太剧烈，忽地就一头栽下了云端。

“唐湛！”

唐湛耳边隐隐听到呼唤，努力睁开眼睛，从缝隙中看到郁泞川一脸焦急的模样。他眼皮沉重，刚挣扎着掀开一条缝又要闭拢，而就在这时，郁泞川当机立断，扬手就给了他一巴掌，直接把他打蒙。

唐湛偏着脑袋，腮帮子一阵阵痛，魂游天外的神志一点点地回到躯壳里。

“唐湛？！”

唐湛被他吼得一下子回过神，怔怔地看向对方：“小，小川……”他错愕不已，“你怎么来了？”

郁泞川见他一副不知道发生什么事的懵懂模样，简直气不打一处来。

“你知道我叫了你多久吗？十分钟！无论我怎么推你，拍你，叫你都没反应，我差点就打 120 了！”他是真的被吓到了，特别是在唐湛床头发现那瓶几乎见底的安眠药时，种种糟糕的可能循环浮现在他的脑海，每种都让他胆战心惊。

他刚受过一次惊吓，好不容易求得大伯平安无事，唐湛这要再来一出，他真的不知道会怎样。

唐湛没想到事情原委是这样的，被打的震惊都在一刹那变成了心虚。他捂着脸，本想同郁泞川解释自己工作上压力大，吃安眠药是为了更好地休息。但视线一对上郁泞川漆黑如墨的双眸，又把话咽了回去。这些事就算说了，也只是徒增担心，而且对方未必能够理解。

唐湛道：“运动有助于睡眠，你陪我多动动，我就能睡得好睡得香了。”

郁泞川看了他一眼：“那我以后找你夜跑。”

唐湛刚要再说什么，手机忽然响了。之前他一直将它放在床头柜上充电，这一震动起来，不仅是他，郁泞川的目光也移了过去，是方泽宁的电话提示。

并且因着之前两人关系还算密切，电话簿里唐湛对方泽宁的备注，还是“阿宁”。

唐湛接起了电话：“喂？”

自唐千云的葬礼过后，唐湛与方泽宁便断了联系，没有将对方拉黑，完全是看在两家长辈的面子上。他也不知道对方为何突然来电，含着一丝倦怠与逃避的心理，甚至不想接这通电话。

“小湛，我……”方泽宁的声音低沉，从电话那头传来，要不是唐湛极其熟悉这个声音，恐怕一时都辨认不出，“我马上要带队去西北参加一个科研项目了，归期不定，少则半年，多……多的话可能一两年都回不来。我想在走之前和你见一面，可以吗？”

唐湛紧紧握着手机，撇去方泽宁是他姐夫这层关系，对方仍然是他年少至今，在成长过程中亦兄亦友，待他甚至比对亲人还要亲的人。

他在唐千云葬礼上因为一腔怒火打了对方，冷静下来后也觉得自己太过冲动。有些事，的确该坐下来好好说清楚。

“好，地点你说，我来找你。”唐湛边说话边掀开被子下床。

方泽宁似乎没想到他这么好说话，语气里都染上了喜色：“谢谢，谢谢你小湛……”

最后他报了一家茶座的名字，挂了电话。

唐湛到处找着自己的衣服，一回身，见郁泞川从床上站起身，手里拿着件黑色毛衣递了过来。

唐湛这才猛地反应过来，郁泞川好不容易找时间来看他，还没聊两句，坐都没坐热乎呢，他就因为接了通电话把人撂家里了，似乎有点……说不过去。

“小川，我……我很快回来。”他尴尬不已，不知道要如何解释才好，“你要不等等我？或者你跟我一起去吧？”

郁泞川垂着眼看了看手上的表：“不了，十一点宿舍大门就该关了，我和你说过的。”他弯腰从地板上捡起自己掉落的围巾，对唐湛道，“走吧，你既然有事，我们就下回再约。”

唐湛抵达茶座的时候，方泽宁已经等在那里了。

他见到唐湛，有些局促地站了起来：“小湛……”

才两个月未见，方泽宁消瘦得可怕，原本三十多岁风华正茂的年纪，乍一看竟像是四十多岁了。

他双颊凹陷，神情憔悴而疲惫，每说一句话，都像是在消耗他的生命。

唐湛从未想过这个人会变成今天这样，方泽宁一直是温柔强大的，在他成长的路上就像参天大树一般，替他挡风遮雨，给了他很多安慰。现在这棵大树仿佛从芯子里被蛀烂了，即将枯败倒塌，再不复原来的生机盎然。

唐湛神情复杂地看着他：“坐吧。”

两人相对坐下，却又相顾无言。

短短的两个月，他们竟然已经生疏到这个地步了。

方泽宁苦笑着先开了口：“我过两天就要离开海城了，我不在的时候，爸爸就拜托你多照顾了。”

他口中的“爸爸”，自然只能是唐山海了。

“他也是我亲爸，这个不用你操心。”唐湛做不到对他毫无芥蒂，话语间总是有些冲。

方泽宁双手在桌上不安地交握着：“我这次来，是想将我和千云还有千淼之间的前因后果都说给你听。是非对错，我不争辩，我也愿意为我犯下的错付出代价，一辈子遭受良心的谴责。”

说完他抿了抿干燥的唇，从与唐千淼年少交好说起，再将后来他接受唐千淼的嘱托，照顾他们姐弟，又和唐千云日久生情等等一系列的事情全部告诉唐湛。

当唐湛听到他说唐千云无意中发现他夹在相框夹层中他写给唐千淼的信时，忍不住轻声骂了句脏话。

这样离奇荒谬的剧情，唐湛简直不敢相信会发生在他身边，还间接导致他姐姐的悲剧。

方泽宁停顿片刻，见他没有要说什么的意思，又接着将后面的事情讲完。

“千云一直不肯相信我，觉得我骗了她，非常激动。我发誓我从来没骗过她，我对她全是真心，没有半点假意。”他绞紧了十指，低垂着脑袋，“我想带她去看心理医生，让医生帮助我们走出困境，都被她拒绝了。一切都是我的错，我对不起她，也对不起千淼，我没有照顾好他的妹妹。”

唐湛烦躁地扒拉了下头发：“你从一开始就不该瞒她……”也不该留着那封该死的信。

然而当他面对方泽宁，看见那双盛满痛苦的双眸时，再多苛责的话都说不出来了。对方的悲痛是真的，绝非作伪。唐千云的死已经将他永远困在了绝境里，或许终其一生都无法走出。

这是老天爷的一场恶作剧，也许是太过喜爱唐千云，所以才会想要让她早点到天上去陪他。

方泽宁闭上通红的双眼：“你要恨我骂我我都接受，这是我的错，从头到尾都是我的错。”

要骂什么呢？唐湛自己也是有秘密的人，根本没有资格去说方泽宁什么。

“悲剧已经发生了，说这些又有什么用？”唐湛叹了口气，“我也不会替我姐说什么原谅你的话，我为上次打你的事向你道歉，从今以后……我和你算是两清了，你过你的，我过我的，就不要再联系了。”

当中横着两条人命，唐湛自认没办法再像以前那样与方泽宁坐在一起谈笑风生、推杯换盏，而唐千云的死，从根本上来说方泽宁的确要负不可推卸的责任。

如今这样，已经算是最好的结局了。

说完一席话，唐湛起身看也不看方泽宁就往外走去。

虽然表面上毫无显露，但他心里也很难受，这股难受劲儿来自命运的捉弄，还有对唐千云的惋惜和对自己的厌恶。

把自己撇得那么干净，站在道德的制高点睥睨方泽宁。他算什么东西？

唐湛将额头抵在方向盘上，于黑暗的车厢内静静闭着眼，这样待了许久才发动车子离开。

他神思不属，心神恍惚，开到半路还差点跟前车发生追尾事故，还好一脚刹车踩得及时，这才幸免了卡宴被毁容的惨剧。

回到家里，他原本想直接躺到床上睡觉，路过厨房倒了杯水解渴，忽地看到桌子上有个袋子。他走过去打开看了看，发现里面竟然是两个肉包子。

他想起来，之前问过郁泞川他们大学食堂饭菜怎么样，对方说饭菜还行，包子挺好吃，他就随口说了句有机会想尝尝。没想到被郁泞川记在了心里，这就给他带来了。

唐湛脸上绽开点笑意，掏出手机给郁泞川发了条消息。

——怎么带了包子来也不和我说？

这个点对方应该已经休息了，唐湛等了会儿没等到郁泞川的回复，直接将这两个包子丢进微波炉里加热。

“叮”的一声，打开微波炉，肉香伴随着热气朝唐湛扑来。他不停呼着气，左右手交换着，将热腾腾香喷喷的包子塞进了嘴里。两个下肚，他拍了拍餍足的肚子，打了个饱嗝。

又过了一周，郁泞川陆续考完了试，即将放假回家。周晖他们得知消息后，硬是要给他办个欢送会，顺便也约唐湛这个大忙人出来，提前吃顿尾牙宴。

唐湛前一天加班到深夜，好不容易空出了下午四点以后的时间。他兴冲冲地开车到华海大学大门口，想接郁泞川一道赴宴。没想到对方是出来了，身边却跟着一名姿容秀丽的长发女生。

那女生一直紧紧贴在郁泞川身旁，脸上含羞带怯，笑容不减，任谁看了都知道她对他有意思。

他们一路说着话往校门口走来，郁泞川始终没注意到唐湛，几乎要走过了。

这么大辆车他竟然一点没注意？

有情况！唐湛的雷达亮了起来。

他按了按喇叭，刺耳的声音顷刻间让走至车前的两人一道回眸看了过来，那表情和动作极其合拍，宛如一对璧人。

郁泞川与身边女生又说了什么，女生笑着冲他摆了摆手，转身走了。之后他绕到了副驾驶座，拉开车门坐了进去。

车缓缓起步，开了十来分钟，唐湛一直在等郁泞川向他解释那名女生是谁，但始终没等到对方开口。

他忍不住了，清了清嗓子问："刚刚那女孩是……"

郁泞川瞥了他一眼："一个同学。"

唐湛再接再厉："只是一个同学？人家对你有意思吧？"

"有吗？"

唐湛笑了："以咱俩的关系，你没必要这么藏着掖着吧？"

郁泞川蹙眉道："你干吗老觉得我跟她有什么？人家只是和我顺路而已，你想多了。"

唐湛见实在问不出什么，只好心不甘情不愿地放弃了这个话题，但心里仍觉得郁泞川瞒他了，憋屈得很。

行了半小时，两人到了与周晖、孙嘉然他们约好的会宴楼。这楼是座港式酒楼，装饰是古色古香的红木家具，吃的也多是山珍海味、鲍参翅肚之类的大菜。只是能得这些富贵少爷的青眼，多少有些不同——几乎每道菜上，主厨都要撒上点金粉，以显示它的金贵。

秦逍这回仍是携女友前来，只是与上次的不是同一个，不知道他是换了，还是本来同时有好几个。

“小川，上回怎么不说一声就走了？”秦逍这厮瞧着贼心不死，一有机会就要找郁泞川套近乎，甚至亲亲热热地叫他“小川”。

“有事就先走了，我跟你打过招呼，只是你醉了，应该没什么印象了。”郁泞川说起谎来没有一丝停顿，十分顺溜。

秦逍摇晃着红酒杯，抿了口道：“我还想什么时候咱俩能深入聊聊你上次说的那个好点子呢，我很感兴趣。”

唐湛闻言蹙了蹙眉：“什么点子？”他怎么从来没听郁泞川说过？

郁泞川冲秦逍遥遥敬了杯酒：“有空吧！”

唐湛见两人都像是无视了他的话一样，心里那股先前就一直憋着的火一下子就上来了。他将筷子往桌上一搁，冷着眼问道：“你们俩是有什么私密不能让我们这些朋友知道的？”

秦逍也是商场里混熟了的人精，对方舒不舒坦，他一看便知。见唐湛一副皮笑肉不笑的模样，他知道对方是动了真格的，暧昧地笑了笑，道：“其实也不是什么大事，就是小川有个初步的创想，我鼓励他可以尝试一下，我愿意帮他入驻创业孵化基地，甚至直接投资他的项目。”

唐湛不可置信地转向郁泞川：“你怎么从来没跟我讲过？”

郁泞川不知道他在吃惊什么：“我也不想什么都靠你。”

他和唐湛之间差距巨大，也知道不是长久之计。他也想在唐湛需要帮助的时候能帮到他，也想在旁人看到他们的时候，对他们的关系不存疑惑，不要像倪子平那样，怀着恶意揣测。

唐湛一下子没了言语，总觉得不该如此，又找不到反驳的话。

这样的事，以他们的关系郁泞川难道不该第一时间告诉他吗？之前那个女孩的事也是！

今天唐湛可以说是受刺激大了，两重憋屈。

一餐饭吃得十分憋闷，唐湛的活跃度不高，始终板着脸，郁泞川任他如此，也不理他。

他知道唐湛在不高兴什么，但他觉得这是对方的少爷脾气发作，在无理取闹。他不想惯着，也就任其发作了。

周晖、孙嘉然对视一眼，总觉得唐湛和郁泞川之间气氛古怪，却也没直接在桌上问出来。

酒足饭饱，各自回家。

唐湛重新将郁泞川载回学校，一路上没有说话。等郁泞川下了车，他又目送对方进了校门才走。

到了要睡觉时，他习惯性地拿起床头柜上的药瓶，打算吃几粒药再睡觉，刚倒出一粒，脑海里就想起上次郁泞川叫他醒来时的场景。

唐湛就像跟自己较劲儿一样，一会儿别过脸不愿再看手上的药，一会儿又把手艰难地挪到嘴边，似乎想要逼自己吃下去，下一秒又像是有只无形的手，将他的胳膊拉开了。

自导自演了会儿，他也觉得无趣，一下子垮下肩膀，将手里的药连着药瓶一同丢进垃圾桶。

“不吃了不吃了，睡觉！”

他躺到床上，闭上眼睛，翻来覆去两个小时，直到凌晨才勉强入睡。睡得还极浅，总是莫名醒来，又不停地做梦，第二天不到六点就醒了。

睡不着只好起来健身，跑步跑得满身是汗，洗了澡又去床上躺着。有句话他没说错，运动的确能让睡眠变好，但对他也只是稍稍有所改善罢了，眯了个回笼觉，不到一个小时，晚上该睡不着的还是睡不着。

就这样熬了两天，周一进公司时，他顶着两只硕大的黑眼圈参加晨会，脸色糟糕到每位上台做报告的主管都掂量着自己的音量，就怕踩了雷区，触了霉头。

别人在台上讲话，唐湛撑着下巴，双眼瞄着桌子底下，另一只手翻阅着手机短信，来回来回，就是不见有新的消息进来。

臭小子，心肠挺硬啊！已经过了十二个小时了，竟然也不知道发个消息过来？

“华东这个月的净利润要比上个月有所增长，调查问卷也显示客人对我们的服务非常满意……”

唐湛从手机上抬起头，看了眼大屏幕上的表格，忽然眯了眯眼："第十一位，严经理，这家的营业额你是不是算错了，小数点没点对吧？我记得上个月这家才七十万，这个月就成七百万了？你这么算，不增长才有鬼啊！"

这位严经理是唐湛后妈的堂兄弟，在贵禾天怡担任旗下某一经济酒店的华东区区域经理。他闻言连忙看了眼电脑上的表格，发现真的错了，一下子涨得脸通红，额头上连汗都冒出来了。

"唐总，抱歉抱歉，我助理大概是做表的时候看岔了……"

唐湛打断他："你都不审核的吗？"

严经理讷讷地说不出话来，会议桌上一时安静得可怕，众人大气都不敢喘。

唐湛有些心烦，摆摆手："算了，下一个。"

严经理如蒙大赦，灰头土脸地就下去了。下一个汇报工作的经理夹紧了尾巴，小心翼翼地上了台，两人相遇时还互相对视了一眼，似乎是将这项苦差事用眼神做了移交。

又过两天，到了郁泞川放假回家的那天，眼看再不联系，对方就要离开海城去过寒假了。唐湛还空出两个小时开车到了华海大学，在大门口掏出手机给郁泞川打了个电话。

电话一接通，他就咬牙切齿地抢白道："郁泞川你怎么这么狠心啊，我不联系你，你也不知道联系我是吧？"

那头静了片刻，郁泞川的声音才姗姗响起："你在哪里？"

"你们学校门口！"他没好气地道，"快点拿着东西出来，我送你去火车站，我下午还有事呢！"

那头"嗯"了声，利索地挂了电话。

唐湛在路边等了十分钟，正抱着胳膊暗骂自己没出息，车门被拉开了。郁泞川拿着个行李包丢到后座，人坐到副驾驶座上，扣上了安全带。

"我以为你不会来了。"

唐湛绷着脸没说话，闷头发动了车子。

见面了也不意味着和好了，相反，两人各自僵持着，将冷战延续到了车厢里。

他见唐湛不理他，也就安静坐在那里，没再开口。

火车站离华海大学不算远，开车半个小时就到了。唐湛将车停在出发口，脸色比起郁泞川刚上车那会儿更显黑沉。

这已经到了最后分别的时刻了。

唐湛被不舍与生气两种情绪来回拉扯，纠结到连自己都不知道是该当机立断结束这场可笑的冷战，还是继续维护他的自尊。

"唐湛……"

"到了给我打电话。"

两人几乎是同时开口，这几乎就是破冰的信号了。

对视片刻，郁泞川点点头："知道了。"下了车，他又开了后车门拿出行李。

临走时，他回身冲唐湛再次确认道："我们和好了吧？"

唐湛一下没忍住，笑骂道："快滚！"

年尾到来，公司氛围有所松懈，处处洋溢着节日前的喜庆，不少人已经计划好了新年要去哪里度假。然而这些都是属于普通员工的，对于唐湛来说，一年三百六十五天，每天都是工作日，只是办公地点在哪里的区别。

周五的夜晚，十点多了，他仍旧待在办公室签署一份又一份合同，对系统里的申请逐一过目审批，还要回复来自各方的邮件。

将一封长长的邮件逐字逐句又检查了一遍，按下发送键后，唐湛躺进椅背里伸了个懒腰，松了松已经僵硬的肩膀，随后一手拿起桌上的咖啡杯，一手打开了手机。

他刷着朋友圈，看周晖又在家里开泳池派对，孙嘉然也不知是和谁看了场电影，秦逍带着新女友去了海岛度假，郁泞川今晚在和一群年轻人聚餐。

唐湛往下滑了两下，瞬间醒神，往上滑到郁泞川那条朋友圈。

这小子从来没发过朋友圈，今天这是怎么了？

唐湛仔细看了照片里的每一张面孔，发现都十分稚嫩青春，瞧着像是与郁泞川一般大的少年人。

他点开郁泞川的名字，发了条消息过去。

——今天在和同学聚餐吗？

往常这个点郁泞川早该休息了，但今晚他很快回了信息过来。

——嗯，高中同学聚会。

——聊得怎么样？

——挺好，每个人都有所成长，开始了各自的新生活，还有不少人谈了新恋情。

——年轻真好，珍惜你们的青春啊！上班可苦了，哥哥这会儿还在公司里加班呢。

唐湛喝了口马克杯里的咖啡，已经微凉的苦涩液体顺着喉管一路落进胃里，从外到内都苦透了。

消息发出没多久，郁泞川的电话就来了。

“你吃晚饭了吗？”

唐湛瞥了眼桌上吃剩一半的外卖盒，二十块一份的盖浇饭，味道实在不怎么样。

“吃了，你回家了？”听他那头挺安静的，不像是在外面。

“刚到家，在院子里抽烟，吉吉和大伯都睡了。”

“大伯身体还好吗？”

“挺好的，就是好像记性更差了……”虽然郁泞川极力抑制，但唐湛还是听到了电话那头传来的，极轻浅的叹息，“你这次过来，他不一定认得你。”

毕竟是在生死线上走了一遭，受伤的又是大脑，能不能恢复到以前还是未知数。唐湛也有些怅然，但他仍尽量安慰郁泞川：“总要慢慢来，不认得不要紧，我会让他重新认得我的。”

他转着椅子，面向身后巨大的落地窗。夜晚十点的海城灯火璀璨，远处高架上络绎不绝的车流，透着大都市的喧嚣与繁华。

他望着窗外，仿佛要望尽千山万水，去到郁泞川的身边。

电话那头的郁泞川像是缓缓吐了一口烟，他突然问唐湛：“你现在看得到月亮吗？”

唐湛只稍稍抬头，就在夜空中看到一轮硕大的明月。

“看得到，怎么？”

“我也看得到，我们看的是同一轮月亮。”

“给我上地理课呢？”

“仰头看明月，寄情千里光。”

唐湛彻底愣了，学霸就是学霸，古诗词信手拈来啊！

“原来是给我上语文课啊！”他冲着月亮笑道，“那我刚刚对月亮说，让你好好学习，你感受到了吗？”

好好一个月亮，给他们俩倒是当快递员使了。

“感受到了，”郁泞川在那边吸了吸鼻子，“他说只要我好好学习，总有一天唐湛会为我打工。”

唐湛一下子破功：“去你的。”他看了眼时间，“烟抽完了就快进屋吧，院子里凉，当心感冒。”

郁泞川嗯了声：“你也早点下班吧，注意劳逸结合。”

他们就这样保持着联系，渐渐迎来了除夕。

除夕这天，唐湛无论如何都要在家里过的，没法子，唐山海不说，唐玉芬也不会允许他在别的地方过年。然而因为唐千云是新丧，还没过百日，唐家并没有多少喜庆的颜色。连严婧都非常识相地穿着一身素，唐湛的异母弟弟更是一改往日调皮模样，从坐上餐桌开始就显得十分安静。

用餐时，唐玉芬和丈夫主要负责活跃气氛，充当提问者。唐湛被问到了就简单说两句，没被问到就低头乖乖吃饭，少了唐千云夫妻作为调和剂，唐家本就沉闷的气氛变得越发让人难以忍受。唐湛恍惚间觉得自己回家不是过节，是来受难的。

唐玉芬注意到唐山海拿勺的手一直在轻微颤抖，皱眉问道：“哥，你的手怎么了？身体还没好吗？”

严婧替唐山海擦拭溅在衣襟上的汤汁，替他回答：“医生说可能是小中风的后遗症，多锻炼应该就能好的。”

唐玉芬听她这样说才放心下来：“没大问题就好，哥你可要保重身体啊，唐家需要你，公司也需要你。”

她不说还好，一说唐山海手里的勺子猛地摔进碗里，发出刺耳的声响。一时之间，餐桌上的所有人都看向了他。

“公司还有我说话的地方吗？”唐山海苍老的面孔扯出一抹讽刺的笑，“恐怕早就不认我这个‘唐总’了。唐湛现在多威风啊，想辞退谁就辞退谁，想不要谁就不要谁，贵禾天怡都已经成为他的天下了！”

这话明里暗里都直指唐湛夺权架空他，让受到如此指控的唐湛无端生出一种荒唐感来。他终于知道为什么古代太子难当了，特别还是这太子有个昏聩年老的父亲，简直就是灾难。

他放下筷子，拿起餐巾擦了擦嘴，随手丢到桌上。

“你要说的是严强，那我没辞退他，我只是觉得他不适合做华东区的经理，降了他的职，是他自己接受不了，一气之下就辞职了。”严强正是严婧那位堂兄，例会上马大哈到营业额后移了一位小数点都没看出来的那位。现在不比过去，贵禾天怡已是上市公司，每一个决策都要呈现在大众眼下，任何一点差错都有可能影响股价，唐湛不认为严强的能力足以匹配他的职位。可以说，以他懒散懈怠的性子，能够做到经理这个位置，完全就是靠和严婧的亲缘关系。

“你还有理了！”唐山海一拍桌子，“我还没死呢，你就急着要动我的人了？”

唐湛瞟了眼若无其事帮唐山海顺气的严婧，意有所指道：“你的人？严家认吗？”

“你！”唐山海脸涨得通红，许是岔了气，忽地激烈咳嗽了起来。

严婧不住拍着他的背：“老唐别气别气。”她色厉内荏地瞪向唐湛，责怪道，“小湛你做什么大过年的气你爸呀？他身体才刚好一点。”

唐玉芬夫妇在餐桌上也是尴尬不已，谁也没想到这对父子好端端的，说吵就吵起来了。

“大过年的，都少说两句吧！”唐玉芬执起酒杯敬了敬两人，“你们就当卖我一个面子，有什么话过好这个年再说行不行？”她话锋一转，声线微微冷下来：“还有你，小靖。知道我哥身体才好一些，就别老拿你家那点破事烦他。你自己都说了，严强这两年一直在外面花天酒地，连他老婆都看不过去和他离婚了。这样的人别说小湛，我都觉得不适合留在公司。”

严婧没想到之前无意中和唐玉芬聊起的家事，这会儿竟成了对方拿住自己的话柄，心里别提多憋屈了。

但她偏要装作一副笑脸，委屈巴巴地道：“是我没拦住他，让他哭到家里来了。但我这个堂兄虽然私生活混乱了些，对公司还是忠心耿耿的，勤勤恳恳这么多年，经理职位说没就没了，也难怪他接受不了。”

唐湛似笑非笑地看着她：“勤勤恳恳就是一问三不知，连自己负责区域内每家酒店的基本情况都不知道，还没一个助理熟悉？”

严婧说到底也是个不懂公司运作，没有商业头脑的家庭主妇，这些问题严强回答不了，她就更回答不了。她被唐湛噎得说不出话，轻咳了声，低头不说话了。

就在这时，坐在唐湛对面，原本一言不发的唐佳聪突然发作，将手里筷子掷向唐湛。

“不许你欺负我妈！你这个丧门星！”小胖子力气挺大，筷子打在唐湛胸前，立时印上了两道深色的酱油印。

唐湛缓缓低头，拿起桌上餐巾擦拭起来。耳边几乎同时响起的是几名大人的喝骂声。

唐玉芬的声音最为尖厉，训斥对象也主要在严婧：“你怎么教的孩子？这是什么话，有这么说自己亲哥的吗？”

唐山海说话有些吃力，桌子拍得倒响：“不像话，太不像话了！一个个都不省心！”

“你要死啊你！跟哥哥道歉，快点！”

“我不！呜呜呜呜我就不！”

严婧的打骂声伴随着唐佳聪的号哭声，两人互相追逐着，一路到了楼上，以一声巨大的关门声为休止符，将母子俩与楼下众人隔绝开来。

唐湛闭了闭眼，将那块脏了的餐巾狠狠丢到地上。

真是一场闹剧。

唐湛在大年初二一早飞抵温镇，再由诺亚派车将他接到酒店。

他先在酒店各处视察了一圈，与王总吃了一餐饭，接着便以舟车劳顿为借口回了房间。从箱子里整理出几件衣服塞进背包，又问酒店前台借了台自行车，偷偷摸摸，没有引起任何人注意，一个人骑车去了温泉村。

他一路顺着小道骑进村子里，停在了郁泞川他们家门口，他将自行车靠墙锁好，轻轻推开了院门。

令他没想到的是，从屋外窗户望进去，他发现郁家大堂坐着不少人，有男有女，与郁泞川坐在一张桌子上，六个人似乎在玩着什么桌游，讨论得十分激烈。

唐湛眼尖地认出，三名女生中的一个，正是上次在校门口与郁泞川一同走出来的那位。

本想给对方一个惊喜，这下不知道会不会变成惊吓。

他在门口站了半晌，江涛无意间瞥见窗外直愣愣站了个人，吓得差点叫出声。

“我去！”

所有人顺着他的视线看过去，奇怪地望着屋外的来客，只有郁泞川一下子从凳子上站起来，快步往门口走去。

他打开门，含着点惊诧，又有些喜出望外：“你怎么这么早就到了？”

唐湛刚要开口回答，郁吉吉就跟一阵风似的从屋里冲出来，一下子扑进了唐湛怀里，两腿更是缠在他身上。

“唐哥！”

唐湛“哎哟”了声，被他扑得一个趔趄，有些吃力地道：“咱们吉吉又长大了啊，想你哥了吗？”

“想了！”

郁泞川皱了皱眉，拎着郁吉吉后领将人从唐湛身上撕下来：“站着好好说话。”

郁吉吉稳稳落到地面上，吐了吐舌头：“哥你真啰唆。”接着又去抱唐湛的胳膊，领着他往屋里走，“咱们去看大伯吧，他在屋里睡午觉呢。我昨天还跟他提起过你，他说他记得你呢。”

唐湛一听郁大磊还在睡，脚步一刹道：“要不等你大伯醒了我再去见他，现在让他休息吧，别打扰他。”

郁吉吉想了想觉得也有道理，就说：“好！等吃饭的时候再叫他吧。”

他们走进稍稍暖和点的屋子里，郁泞川跟在他们后面关上了门。江涛、李响等人这时纷纷站起身，朝唐湛打招呼，介绍自己是郁泞川的室友，而另外三名女生也做了自我介绍，说自己是郁泞川的同班同学。

唐湛与他们一一握手："我是他们兄弟俩的朋友，这次过年正好路过温镇，就来看看他们。"

长发女生与唐湛握了握手，声音温柔道："我叫安澜，叫我小澜就行。我们这次是趁着假期组队来找小川玩的，昨天到的，预备初五才走。"

唐湛听她叫出"小川"两个字，额角都要控制不住抽搐。

"那你们好好玩，这里还是有不少好玩的地方的，风景很不错。"

一群年轻人原来正在玩狼人杀，郁吉吉当法官。唐湛跟着玩了两盘，一直有些心不在焉，做狼人的时候狼人输，做村民的时候好人输，做个神职，也成了第一个被刀出去的。

他觉得没意思，说了句让他们先玩，起身去屋外抽了支烟。

他站在冷风里吞云吐雾，说不出是失落还是憋屈的情绪在胸膛里愈演愈烈。

原本以为有一个地方终是只属于他的，他瞥了眼屋里正玩得热闹的几个年轻人，现在看来也不尽然。

郁泞川有他自己的交友圈，有他自己的同学，有他自己的理想，他并非全然依附于他，他不是除了他就一无所有。

他必将拥有精彩的，甚至璀璨的未来。

这让唐湛既骄傲，又充满忐忑……

抽完一支烟，身子都快冻僵了。他看了眼屋里的郁泞川，浑身散发着年轻人的朝气，笑得也很好看。

他和别人待在一起，原来也可以这样快乐。

唐湛那一瞬间心里突然不是滋味起来，他完全不想再跨进那道门半步。

他转身走向院外，连包都没拿，逃也似的骑上自行车原路返回了酒店。

寒风吹着他的身体，吹得他裸露在外的肌肤一片冰冷，冻到麻木，吹得他鼻子红了，嘴也僵了。

当回到酒店房间，接触到温暖的空气时，他发自心底地发出一声舒适的喟叹，倒在大床上闭了眼。

郁泞川久等唐湛不回来，在一局桌游结束后出门找了圈，结果只找到地上的一根烟蒂，人却是怎么也找不到。他若有所思地掏出手机给唐湛打电话，发现手机是关机状态。走到门口查看，也没找见对方的自行车。

他最终确定，唐湛自己一个人走了，他抿了抿唇，脸色有些沉郁地转身回了屋子。

江涛他们见他一个人进来，惊讶道：“咦？唐哥呢？”

郁泞川坐回座位上，淡淡地道：“他有事先走了。”

桌上的人面面相觑，都敏感地捕捉到了一丝不同寻常，但谁也没开口追问。

唐湛一觉睡到晚上，再醒来时，是被急促的门铃声吵醒的。

“谁啊？”他捂着睡得昏沉的头，拖着步子缓缓走到门边，也没看猫眼就拉开了门。

郁泞川面无表情地站在门外，手里拎着个眼熟的背包，见他开门，一把将包塞进他怀里，转身就要走。

还好睡蒙的唐湛一见他就彻底醒了，并且在他转身时施展出了自己灵活的身手，猛地抓住了对方的手腕。

“怎么来了就走啊？你好歹跟我说句话啊！”

郁泞川回过身，倒是说了句话：“你走的时候跟我说了吗？”他拧着眉，寒着脸，“一声不吭就走了，还关机玩失踪。要不是我在这里工作过，前台知道我和你熟，我连你房间号都要不到。”

唐湛紧了紧握住他手腕的五指，盯着他宛若混血的精致五官看了片刻，将人拉进房里迅速关上了门。

背包掉在地上，两人面面相觑。

“唉……”唐湛长叹一声，肩膀靠在门上。

他很累，累到遇到任何不开心的事，都已经不想去花时间思考，只想找个没人的地方躲起来，好让“不开心”找不到他。

郁泞川察觉出不对劲：“你怎么了，唐湛？是不是出了什么事？”

“小川……”唐湛不想去说家里的糟心事，却又憋不住委屈，“这世上没有一个人是真心实意爱我的。我只是想要得到父母的一点爱而已，只是一点而已，这个要求很过分吗？”

每个孩子都是期待被爱，渴望被爱的，当父母无法给他们足够的爱，他们就会变得极度缺乏安全感，甚至焦虑。在这样缺爱环境下长大的孩子，往往会为了一点温暖就奋不顾身。

“不过分。”虽然唐湛不说，但郁泞川大概知道是怎么回事了，也只有在亲情上，才会给唐湛带来这么大的打击。

既然已经说到这份儿上了，去掉过激的情绪，两人干脆坐下来，开诚布公地将事情全部说清楚。

“我也不知道他们今天会来。”郁泞川解释今天下午的情况，“他们五个人昨天到的江市，江涛和李响是我的室友，知道我是温镇人，早上打我电话就说要来找我玩。明天他们会去别的地方。”

他轻咳一声：“下午是我不对，你别生气了，我真诚地认错。”

两人说开了，也就和好了。

郁泞川又坐了一会儿，起身同唐湛告别。

“你早些休息，我先走了。”说着他脚步一转，就要往门口走去。

唐湛立马追了上去：“休息什么，我跟你一起！”

郁泞川愣了愣：“你要跟我回家吗？”

唐湛从后面勾住他的肩：“不是早说好了住你家的吗？怎么，不让我住啊？”他摸摸自己肚子，颇为委屈地道，“我晚饭都没吃呢，小川弟弟，行行好赏我点吃的吧！”

郁泞川反手拍了拍他的面颊，笑道：“叫哥。”

唐湛睨了他一眼，拎起方才丢在门口的背包，打开门道：“别烦了，我叫你祖宗行吧？”他往门外伸出手，一躬身，“请吧，小祖宗。”

郁泞川大摇大摆走出去：“这还差不多。”

郁泞川载着唐湛，在夜风里行了一刻钟，回到了温泉村。郁吉吉还没睡，听到动静出来，又往唐湛身上扑了一次。

“我还以为你不来了呢！”他回头朝屋里嚷了一嗓子，“大伯，唐哥来了！”

他拉着唐湛进屋，正好郁大磊从里间出来，见了唐湛果然还认识他，咧开嘴笑得见眉不见眼的。

“吃，吃了吗？”他热情地握住唐湛的手。

“还没呢。”唐湛与他在桌边坐下，询问了几句他的身体情况，对方都能很清晰地回答，看起来恢复得不错。

又过了一会儿，郁泞川端着一碗汤和一碗菜饭进来了，都是他刚刚在灶上热好的。

唐湛快步上前接过了，深吸了口气：“好香！”

郁吉吉双肘撑在桌面上，道：“我哥知道你要来特地杀了只老母鸡呢，炖了一下午，香到隔壁的狗路过门口都走不动道。还有这菜饭，咸肉是郁丽姐送来的，菜是自家种的，都是纯天然无污染的食材，青菜上还有虫眼呢。”

唐湛香喷喷地吃着，听到最后一话，差点被饭粒呛到。

“一边去，”郁泞川手指勾住小孩儿后领，将他往后一拎，“大冬天哪儿来的虫。”

“哎呀，哥你别老拎我行不！”

“谁让你长得矮。”

“我怎么矮了，我这学期长了足足五公分呢！”

唐湛扒拉着饭，喝着鲜美的鸡汤，身体迅速暖了起来，被美妙的饱腹感充斥。

真好啊，他愉悦地欣赏着兄弟俩斗嘴。虽然这里不及唐家那样富丽堂皇，吃的也不是什么山珍海味，却胜过他在除夕那顿饭的千万倍。

他真的好喜欢这个家，喜欢这个地方。

这里不会给他压力，不会对他有不切实际的期许，更不会想要试图掌控他，将他当作牲畜一样差遣。

要是能一辈子待在这个地方，那该多好啊！

吃完饭，时间已经不早了，郁泞川让唐湛先去洗澡，自己则坐在院里拨弄起三弦。

唐湛有一阵没听他弹琴了，可能是过年的关系，他弹的曲子没那么缓慢克制，节奏很快，透着股异域风，还挺喜庆。

他边洗澡边跟着院里的乐曲声哼了起来，闭眼冲水的时候，嘴角都是带着弧度的。

大半个月以来，这可以算得上是他最开心的时刻了。

他美滋滋地冲完澡换上睡衣，裹上外套走出了洗澡间。

郁泞川他们家的洗澡间和温泉村里大多数人家一样，挨着灶间建造，除了一根接到头顶的水管，连花洒都没有。因为离地下泉眼近，得了地理优势，温泉村村如其名，每家每户都接了温泉，日常洗澡就等于泡温泉。

唐湛也是视察诺亚的时候才从王总嘴里了解到，泉眼附近方圆五公里都是引入了温泉水的，所以房价也特别贵，但是五公里外就没了，供不到。而且这温泉非常特殊，与别的地方的温泉不同，可以饮用，对人体无害。因此就算地处偏远，诺亚这些年的生意还是很好，就连淡季生意也不受影响。

一接触到室外的冷风，唐湛忍不住打了个寒战，瞬间觉得自己头顶冷飕飕的，每根湿润的头发都要被吹冻住了。

郁泞川看他还洗了头发，忙抱着三弦站起身，道："快进屋吧，外面冷。"

唐湛被郁泞川推着进了屋，这还是他第一次仔细认真地打量郁泞川的房间。

郁泞川房间的家具很少，一张床，一张书桌，加一个双门的衣柜就是全部。书桌上压着玻璃，玻璃下有不少字条儿和照片，一旁还堆着不少书。墙上贴满了奖状，乍一眼看过去还以为是墙纸的花纹。

床是一米八的床，对唐湛来说有点大了。不像酒店床铺着席梦思，郁泞川的床显得有些硬，不太能说倒就倒下，不然得摔疼了。

"我家不能用大功率电器，不然要跳闸。"郁泞川将三弦放好，取掉甲片，给唐湛递了条干毛巾，让他擦头发。

唐湛擦着头发道："村子前面就有个新小区，当初我陪周晖他们去看过，环境和设施都挺好的，我给你买一套，你让吉吉和大伯搬过去住吧！"

那里离村子也近，到时候想回村里串个门也方便。

郁泞川闻言手一顿，就在刚刚那瞬间，他忽然从来没有过地意识到了他和唐湛之间的巨大差距。

"那要好几十万呢。"他委婉道，"没意思。"

唐湛没听出来他的言外之意，在这时显出了自己富二代的本色："房价在这儿算是贵的，但比起海城可要便宜多了，三房也就五十多万吧。以我在华海大学边上那套的价格都可以在这儿买好几套了。”

郁泞川道：“我还不起。”

唐湛摆摆手道：“不用你还，这是我送给你的。”颇有点“多大点事儿啊”的语气。

这种语气让郁泞川越发皱紧了眉，他坐下来，双眸一眨不眨地看着对方道：“唐湛，你还记得当初为什么是以助学贷款的形式资助我上大学，而不是直接送钱给我的吗？你也应该有考量过吧？”

唐湛心头一震，是因为不想显得太殷勤，让对方有太大的心理负担，也不想太敷衍，看起来像施舍……

他张了张嘴：“我……”没有施舍的意思。

一紧张，他差点咬了舌头。

郁泞川道：“我知道你的意思，你是不是觉得，之前那些助学贷款也不用我还了？”

“我只是想让你过得更好。”唐湛讷讷地道。

“那就像以前那样对我。”郁泞川眉眼间透着无比的坚定，“我可以接受你的助学贷款，你的旧手机，你的生日礼物，但我不可以接受你的房子。你明白它们之间的差别吗？”

唐湛其实不太明白，但他不想同郁泞川闹矛盾，不想破坏这份和谐的气氛。

于是他不懂装懂：“嗯，是我不好，没有顾及你的感受。这两者间的区别我没掌握好，我下次注意。”

郁泞川没识破他拙劣的演技，还当他真明白了，表情一下子松动了：“你明白就好。”

第二天一早，郁泞川先醒，他掀开被子下床，去为全家准备早餐。

唐湛是在食物的香气里自然醒来的，他先伸了个懒腰，接着听到自己肚子发出了一声饥饿的呻吟。他揉揉肚子，从床上坐起来，叫被窝外的空气冷得一哆嗦。

在床上磨磨叽叽穿戴整齐下了地，翘着头发开门出屋，结果一眼和坐在桌边吃早饭的郁吉吉视线对了个正着。

对方正扒拉着粥呢，一见唐湛这飞扬的发型就笑喷了。

“哈哈哈哈，唐哥你这是什么新潮发型啊？”小孩儿坐板凳上两腿乱蹬，笑得手舞足蹈，“火箭头吗？”

唐湛连忙用两只手掌按住自己的头发，特顾及形象地让郁吉吉别看别看。

“还不是你家没电吹风吗！我这头发本就软，平时一定要用发蜡抓起来才能见人，不然就软趴趴没个型儿。昨天洗好了没吹就睡了，能不奓毛吗？”说着他快步走向灶间，将郁吉吉的嘲笑甩到脑后。

郁泞川煎饺子，见唐湛进来了，冲一旁水槽努了努嘴，道：“牙刷是新的没用过的，一旁热水瓶里有热水，你兑点冷水再刷牙。”

唐湛照着他的吩咐调好一杯温度适宜的刷牙水，弯腰冲着水槽刷起牙。等他刷完了牙，搞好了他那一头乱毛，郁泞川的煎饺也做好了。

他在前边端着饺子，郁泞川在后边端着醋碟，两人一前一后进了堂屋。

郁吉吉也没光顾着自己吃，已经十分机灵地给两人盛好了粥，还放好了筷子。

唐湛坐下来，同两人一起吃了顿虽简单却舒心的早餐。这样平淡又温馨的早晨是他从未经历过的，原来吃早饭也可以是一件这样愉悦的事，他以前从来不知道。

“对了，大伯呢？”喝了口粥，唐湛突然想起一早上还没见郁大磊呢。

“大伯六点就起了，刚吃了碗粥这会儿出去散步了。”郁吉吉说。

“大伯起得挺早呀！”唐湛有些惊讶。

“那是你起得太晚了！”郁吉吉一脸嫌弃，“这都九点了，你才刚起。不过我也要批评你一下，哥。”

郁泞川好好吃着饭被点名，挑着眉看向自家弟弟，听他怎么说。

“以前你在家的时候都是七点就起的，怎么出去读了个大学，反而懈怠了，今天八点了都没起，这粥还是我忍不下去了自己煮的呢。”

唐湛看了眼碗里：“怪不得有点稀……”

郁吉吉白了他一眼，敲了敲桌子：“哥，粥我自己煮没事儿，但你可不能犯懒啊，不要把大好光阴浪费在睡觉这种无聊的事上！”

一字一句掷地有声，说得唐湛肃然起敬。可以啊，几个月没见，小孩儿觉悟都这么高了？

郁汻川慢条斯理地吃着粥，一针见血地道：“我又不跟你似的，还有成吨的寒假作业。我就算起晚一些，也不用怕作业做不完。况且整个寒假，我就今天一天起晚了一个小时，你对我是不是有些太严苛了？”

郁吉吉摆了摆手，严肃道：“由小见大，平时也不能马虎啊！”

唐湛好笑地问郁汻川：“他这是怎么了？突然这么热爱学习。”

郁汻川嘴角含着笑，说：“他说他以后想学医，所以要加倍努力学习。”

唐湛是真的没想到，对郁吉吉也有些刮目相看。他端起碗与郁吉吉的相碰，敬酒似的说：“不错哦，祝你心想事成！”

郁吉吉双手捧着碗：“谢谢，谢谢！”

吃完早饭，唐湛帮着洗碗。他发现他还挺享受这种生活的。

“以前我看电视的时候，特别羡慕人家爸妈一起洗碗。”唐湛接过郁汻川手里沾着洗洁精的碗，冲过水放到一边，“就觉得在水槽前一边说着话一边洗碗，看起来特别和谐。”

倒不是说他真的觉得洗碗这件事很有趣，只是对于家庭的缺失，让他向往一切看起来美好的家庭行为。

郁汻川明白他的心理，深知这种向往，所以越发心疼他。

“那你以后每天都陪我一起洗碗呗。”

“行啊！”唐湛冲他笑道，“这个活儿我乐意干。”

两人有一搭没一搭地聊着，充满了生活的气息。

“对了。”唐湛突然想到什么事，手上动作一顿，问对方，“你上次说你有个创意，是什么来着？你这人，我不问你也不说。你都和秦逍说了，就是不和我提。”说到最后，声音渐小。

碗都洗好了，郁汻川擦了擦手，靠在水槽边说：“只是个初步设想而已，影都没呢，秦逍那人就是借着这个跟我搭话而已。等我想好了，想仔细了，做一份商业计划书给你过目行不？唐总。”

唐湛心里甜滋滋的：“这还差不多。”

两人说着话，院子里响起郁吉吉的怒斥声："你干什么？谁让你来的？"

唐湛手一滑，差点把盘子打碎了。

郁泞川敛起笑，看向门外："出去看看。"

苏米亚有着一头浓黑发亮的长发，这是她身上唯一还称得上"青春"的地方。因为常年劳作，她的肌肤显得黝黑粗糙，才四十多岁的年纪，脸上已经布满风霜，身形也十分干瘪。

作为少数民族，她的五官有别于汉人，显得深邃立体。山根很高，嘴唇很薄。

郁家两兄弟继承了她的所有优点，并将之发扬光大。特别是郁泞川，美貌呈几何递增。

她早年嫁到温泉村，本也是想好好过日子的，苦就苦一些，再穷也没有她老家穷。可是在生完第二孩子没两年，她的丈夫因为修房子，从屋顶摔下，竟然就这样丢下他们母子走了。

她没有勇气接过这个家庭重担，也自觉养不活一家老小，于是她逃了。抛下幼子和残疾的大伯，在温镇附近的宁远镇，找了户三十多了还没找到老婆的单身汉，匆匆二嫁。

那之后的十年，她再也没回来过，只是不时会托人送几百块钱给郁泞川，还是偷偷瞒着丈夫的。

近两年，孩子大了，她也老了，她和现在的丈夫没有孩子，就又想起了被自己抛弃的这两个孩子。

"吉吉，妈妈就是想来看看你们，给你们送点年货。"苏米亚举了举手里的腊肉和腌鱼。

郁吉吉拦住了门，不让她进屋："你少假惺惺了，这里不欢迎你，赶紧麻溜地滚！"

苏米亚满是难堪，垮着脸一副要哭出来的样子。

"吉吉！"这时，郁泞川出来了，两步走到他身边，一见门外的苏米亚，什么都明白了。

他揉了揉弟弟的脑袋，低头道："你先进去，我和她说。"

郁吉吉一脸义愤填膺的模样："你可别心软。"

郁泞川在心里叹息一声，推了他一把："去吧！"

郁吉吉气鼓鼓地走了，半道被没摸清状况的唐湛一把拉住。

"怎么啦？门外谁来了？"

郁吉吉挠了挠脖子，不是很想在唐湛面前说这些糟心事。

"我妈。"

"你妈？！"

第十五章

Go for it

唐湛和郁吉吉坐在堂屋中，一边嗑瓜子一边看电视里播放的新春特辑。谢天谢地那台老旧的电视机终于下岗了，接替它的是郁韦家淘汰下来的32寸电视机，虽然也不新，但比之前雪花状态可要好多了。

“你妈经常来看你们吗？”唐湛不时偷瞄着院门口郁泞川的情形。

他看不见郁泞川的表情，只能看到门外的中年女人一脸尴尬，嘴唇嚅动着不停说着什么。

“不经常。”郁吉吉满脸不屑，“谁要她来看，我早当她死了。”

唐湛弹了记他的额头：“小孩子别乱说话。”

郁吉吉吃痛地捂头，嘟囔道：“我是不会认她的，我的家人只有我哥和大伯，她对我来说就是个陌生人。当初走的时候可干脆了，什么都没留，现在想让我们认她？做梦呢！”

唐湛经他这样一说，发现自己的遭遇其实和这两兄弟还挺像的。只是他要幸运些，投胎在了唐家，就算没有父母疼爱也照样吃穿不愁。换位思考下，要是唐家一贫如洗，他妈将他丢给唐山海，任他自生自灭，他或许也不会有如今这样大的执念，还想与她恢复母子关系。

他俩嗑着瓜子，突然门口响起女人的尖叫声。唐湛一下子站起来就往门口冲，跑出去一看，郁大磊不知什么时候回来了，见到苏米亚抄起地上一根枯树枝就往对方身上抽。

郁泞川拦他都来不及，苏米亚被他狠准快地在胳膊上抽了两下，拎着的年货也掉到了地上。

“不、不要脸！抢孩子！不要脸！”郁大磊不会骂人，“不要脸”可能是他会说的最恶毒的话了。

苏米亚不知是委屈还是气愤，哭了起来，抹着脸道：“他们是我的孩子，我凭啥不能来看！当年要不是你拦着不让我带走吉吉，他现在会不认我吗？”

说着她也要冲上去，被唐湛一把拦住了。

“阿姨，阿姨！你别冲动，有话好好说！”

郁吉吉张开双臂挡在郁泞川和郁大磊身前，一副谁也别想伤害他们的架势，防备地盯视着苏米亚。

“我凭什么跟你走？我一辈子都姓郁，你少做梦了，我不会跟你走的！”

苏米亚哭得更大声了：“你好歹是我十月怀胎掉下来的一块肉，你怎么能这么对我啊！”

唐湛最看不得女人哭，简直头都大了：“阿姨，你先别哭，哭是解决不了问题的。”

苏米亚根本不听他的，眼泪跟不要钱似的往下掉。

“不要脸！”身后郁大磊大喝一声，唐湛忽地后脊一痛，什么东西砸了他之后又掉到地上，他低头看了眼，发现是截树枝。

“唐湛！”郁泞川也被郁大磊这下吓得不轻。

“没事，没事。”唐湛龇牙道。

苏米亚的哭闹引来了不少村人围观，不少老人对着她指指点点的，都在说她脸皮厚，怎么还能回来。

唐湛见她哭声渐小，劝她：“您回去吧，今天就算了，再待下去只会让小川和吉吉更排斥您。”

苏米亚抹了抹眼角，透过唐湛的肩，留恋地再看一眼自己的两个儿子，最终还是不甘心地离去。

看她走了，周围人也渐渐散了。

有几个老妇人走前还对郁大磊说：“大磊啊，你消消气，别激动，病刚好，当心点。”

郁大磊点点头：“她，她走了，我就不生气了。”

郁泞川叹了口气按住他的肩膀，推着他进了屋。郁吉吉跟在他们后面也进去了，唐湛落在最后。他看到门口地上躺着的腊肉和腌鱼，秉持着节约粮食的传统美德，弯腰捡起了，抖了抖上面的灰，打算让郁泞川晚上加个菜。

人可以不接受，菜是无辜的嘛。

郁大磊见到苏米亚后气得不行，郁吉吉也气得不行，两个生气的人可劲儿数落着共同的敌人，嘴上不停。郁泞川与唐湛对视一眼，两人非常有默契地退出堂屋，跑到院子角落抽烟解闷起来。

唐湛要递自己的烟，郁泞川给推开了，把红梅塞给他："天这么冷你还抽爆珠，不嫌透心凉吗？"

也是。

唐湛点燃了红梅，深深吸了口，再徐徐吐出，和郁泞川一样周身顷刻间都染上了红梅的气息。

"今天让你看笑话了。"郁泞川道。

"你不用跟我这么客气，我最失意最沮丧的样子你都见过了，还什么笑话不笑话的。"

郁泞川脸上笑意渐敛："我八岁，吉吉两岁的时候，我爸死了，之后我妈很快改嫁。我们俩是靠着大伯，靠着村里的百家饭长大的，之后的四年，我再也没见过她。到了吉吉六岁那年，她突然回来说要带吉吉去她夫家，还说她老公一定会把吉吉当亲生儿子看待。"

时隔四年，突然回来就说要带走小儿子，换谁谁都不干。凭什么你当初说走就走，什么都是你说了算？

"大伯不肯，把她打出去了。其实她如果真的能好好待吉吉，我是不会阻止她的。可后来我让村里人打听了下，发现她和她老公这些年都没孩子，她老公脾气不好，一直怪她生不出，结果去医院一看，才知道自己死精。"郁泞川薄唇勾出讽刺的弧度，"不知道是她的主意还是她老公的主意，觉得吉吉年纪小，又是有血缘关系的，就想把他带过去养，让他改名换姓，彻底成为'他们俩'的儿子。"

苏米亚想要接走小儿子并非出于母爱，相反，是出于一种自私。

"你说，她怎么能想得这么美？抛弃的时候觉得是垃圾，等有利用价值了，就又回过头来扮慈母，一口一个宝贝。”

“要是让她带走吉吉，我们恐怕都别想再看到他了。当然，我和大伯都不同意她带吉吉走，吉吉也不愿意跟她走，一见她就哭。她急了，串通了我们村的一个地痞无赖，趁我不在家的时候闯进我们家，打算将吉吉抢走。还好才到门口就被大伯及时发现了，没走成。两人撕打起来，动静引来了其他人，大家合力绑了无赖，逼他说出真相，这出抢孩子的闹剧才算收场。”

唐湛听着这魔幻的故事发展，惊得连烟都忘了抽。

他脑内灵光一闪，记忆深处有个灰扑扑非常模糊的人影：“那地痞无赖是不是之前你晚上送我出村口时遇见那人？”

有一次郁泞川送他到村口，手电照着路上一人，对方穿了件不合身的旧西装，流里流气的，见到郁泞川像见了鬼一样，当时他还好奇两人有什么样的恩怨。

郁泞川偏头想了半天：“有点驼背，胡子拉碴那个？”

“对对对。”经对方这样一说，唐湛脑海中的人影又清晰几分。

“就是他。”郁泞川又抽了口眼，表情淡淡地道，“我放学回来知道这事，直接拿着铁锹冲到他家把他打了一顿，打掉他一颗牙。我跟他说，我都不满十四岁，杀人是不用负责的，他最好想清楚是钱重要还是命重要。”

说这话时他眼眸很暗，毫无波澜。

唐湛没想到他从小就这样凶悍，冲他比了比大拇指道：“厉害了大佬！”怪不得那人见到郁泞川会这样害怕，“你十二岁连成年人都打得过了吗？”

郁泞川用一种古怪的眼神看着他：“偷袭啊，难道打他还提前通知？”

唐湛被他这句反问问得一噎，摸摸鼻子道：“那我可没你经验丰富。”

上午经苏米亚这样一闹，郁大磊再没出去过，还一定要郁吉吉也在家待着，仿佛他一不在自己眼皮子底下，就会被人贩子拐跑。

郁吉吉下午还想和郁韦他们一起用枯树叶烤玉米和地瓜呢，屁股根本坐不住，实在不成了，就和大伯打着商量，让他跟着一道去，好在旁边监督他。

最后他的一番深情演说打动了郁大磊，郁大磊撑着桌子站起身，颇为宠溺地道："行吧，我，我和你一起去。"

郁吉吉乐得差点没跳起来，屁颠颠挽着大伯出门了。

晚上，唐湛后背被树枝砸到的地方现出青紫，郁泞川给他用药油搓开了。

唐湛身子暖融融地窝进被子里，鼻端都是药油味，但奇异的并不难闻。在郁家的两晚，是他这段时间以来少有的好眠。

大年初四，唐湛要走了，王总派了车送他到机场。郁泞川本想跟去，结果临出门前李响他们打电话给他，说他们在镇上吃饭，想叫他过去喝一杯。

郁泞川看了眼唐湛，说："我这边还有事。"

"什么事啊？"李响也是个直肠子，硬要追根问底。

唐湛也听到对方那大嗓门说的话了，见郁泞川为难，压下心中不爽，大度道："你去吧，司机送我到机场就好。"

郁泞川问了李响他们具体位置，说了声知道了，随后挂了电话。

"我送你去完机场再过去。"他对唐湛道，"反正也不远。"

唐湛拎着行李往门外走，"哦"了一声。

郁泞川和唐湛认识也这么久了，此时已经能够听出唐湛语气里的小情绪。他跟在唐湛身后，趁对方开门时拎走了他拿着的行李。

"少爷，小的给您拎包。"

唐湛似笑非笑地盯着他，那点小情绪很快荡然无存。郁泞川全程跟在他后面，替他按电梯，给他引路，为他开车门，不知道的还真以为他们是什么霸道总裁和小秘书。

郁泞川一路将唐湛送到了机场，直到不能进了，才与他挥手道别，临走前深深抱了下对方，与他相约海城再见。

唐湛下一站目的地在宁市，也是严婧的老家。贵禾天怡在宁市设有一家分公司，而分公司里的高层，几乎都是和严家沾亲带故的关系，总经理是严婧的大哥严峰。按照伦理关系，唐湛还得叫对方一声"舅"。

这个严峰，除了日常管理涉及酒店业务的分公司，还管理了一家由贵禾天怡为主要持股公司，他为第二股东的餐饮子公司。唐湛之前都没有参与过自家公司的运营，对于这家搞餐饮的子公司是怎么开起来的，又为什么会以宁市为核心发展城市一无所知。只知道靠着贵禾天怡这棵大树，这家叫“宁北堂”的主题餐厅几年来发展迅速，今年已经开到第十四家，打出了不错的口碑和品牌效应，让严峰赚了不少钱。

唐湛一落地，就受到了严峰热情的款待。住着自家最好的酒店套房，一日起码有两餐都是宁北堂主厨亲自料理，吃好喝好，整日里说些风花雪月，正事半点不提。

严峰倒会带他去看自家酒店的运营情况，十几家宁北堂也是一家家带他走过去的，但都流于表面，趋于形式主义。唐湛不是要看他们作秀，这样走了两日，同严峰说明了要进公司，并且没有商量余地。

严峰的脸色当下就有些难看：“公司这几天都在放假，也没个人，小湛你要看什么恐怕都不方便。”

唐湛不为所动：“我记得今年总公司刚拨款给每个分公司建了凭证库，东西应该不难找。财务系统我也会用，调取资料，查看数据这些都没有问题，您只要负责将凭证库的钥匙给我，再打开一台授权的电脑就行。”

严峰一听，踌躇片刻，道：“要不这样，我找个人来帮你吧，你一个人这些东西也不太好弄。”

唐湛一个人，只能随机抽取一些账目查看，老实说也未必能发现问题。但严峰这样推三阻四、躲躲闪闪的态度十分可疑，让他对两个公司，尤其是宁北堂的财务报表的真实性产生了严重的怀疑。

山高皇帝远，唐湛对严家人的好感比较低，总觉得他们会在账目上做手脚。

严峰带着唐湛进到办公室时，他口中那位“帮手”也已经来了。对方二十来岁，穿着一件黑色的吊带连衣裙，鬈发红唇，胸器逼人。初见唐湛，一记撩人媚眼飞过来，让人恍惚间都觉得是不是进错了地方。

严峰介绍说：“这位是秦素，你叫她素素就好，她是我内人的妹妹，平时在公司担任我的助理。”

唐湛并非以貌取人之人，见对方这副样子，也没立刻发作，就当她是来诚心帮忙的。严峰与几个严姓经理一开始还像模像样帮着唐湛查数据，找凭证，半个小时后，唐湛一抬头，一间办公室里只剩下他和那位秦小姐。

“唐公子，你要不要喝杯咖啡啊？”秦素站在咖啡机前，手里搅动着银勺，空气中弥漫一股醇厚的咖啡香气。

唐湛为她的称呼眼角抽搐了一下，婉拒道：“不用了，我喝了晚上睡不着。”

秦素犹不死心，端着那杯咖啡走到他跟前，撒娇着往他怀里推。

“人家好不容易泡好的，你就赏脸喝一口咯！”

唐湛用手挡在身前，秉持着绅士风度才没将脏话骂出口。

“真的不用了。”

“就一口……”

一来一回间，茶杯里的咖啡毫无意外地泼洒出来，淋了唐湛满手，甚至弄脏了他的裤子。秦素眼明手快，抽了一旁纸巾就去擦唐湛裤裆，同时上身还拼命往对方怀里靠，还好唐湛发现及时，跳起来就往后面躲，这才保住了自身清白。

秦素没靠到人，一个趔趄，扶住一旁桌子才没狼狈地摔到地上。

“哎哟，你怎么不扶着人家？”

唐湛抽过纸巾擦手，同时冷冷地道：“秦小姐，麻烦你现在就出去。”

秦素一愣，委委屈屈看向唐湛，娇滴滴地道：“人家怎么了嘛……”

唐湛深吸一口气，将手中纸巾团成团丢到桌上，随后指着门口，用更严厉的语气道：“出去！”

秦素吓了一跳，见唐湛板着张脸，完全不为她所惑的样子，不甘又难堪，气恼地一跺脚，转身往屋外走去。

片刻后，之前不知道死哪里去的严峰等人再次出现，不好意思地向他赔罪，说小姑娘不懂事，让他不要放在心上。

唐湛是不会放在心上，但仍旧被他这出“美人计”恶心得不行。好在之后严峰都没再搞什么小动作，他查账查得也很顺利，随机抽了宁北堂其中一家店两个月的账，还真给他发现了不对劲的地方。

这家店每个月都要进大量的食材和酒水，进货量明显已经高于它的需求，货款往来也不是很清晰，他又翻开了其他几家宁北堂的账，发现都有同样的问题。

然而唐湛到底不是专业审计出身，虽然看出了问题，却看不出问题的节点在哪里。最后他没办法，只得暂且按下，打算回到海城，另找一家信得过的审计公司来进行内审工作。

疲惫不堪地回到酒店，洗好澡，唐湛穿着浴衣趴到床上，与郁泞川打起了电话。“她竟然叫我‘唐公子’！我差点以为走错片场，想问她是不是在拍《聊斋》。”他将秦素对他施展泼咖啡大法的事当作笑话说给对方听，“这里百分百有问题，简直是此地无银三百两。晚上严峰还邀我去夜总会，说我辛苦了，要给我放松放松。这是在用温柔乡消磨我的意志啊！”

郁泞川听他说了今天的遭遇，实在觉得好笑，难得有笑到停不下来的时候。

唐湛也不打断他，任他发出清悦的笑声。

等他笑够了，唐湛突然开口：“小川，给你个勤工俭学的机会，下学期来给我做实习秘书呗？”

秦素今天这个事儿倒是给他灵感了。

“实习秘书？”

“你专业反正也对口。”唐湛道，“不用天天来，你没课有空的时候来就行。”

其实郁泞川学业并不轻松，大一要忙的事情也有很多，但他想了很短的时间就答应下来。

“好。”

这是一个很好的实习机会，也是一个很好和唐湛交流的机会。

唐湛离开宁市后，辗转去了西平。

到的第一天，唐玉芬打电话给他，说方泽宁病倒了，好像还挺严重的，让他去看看。

就是这样巧，方泽宁带队在这里做项目，他一病倒，唐湛就来了。

唐湛本不想去看，他都打定主意要各自安好，还看什么看。可唐玉芬不知道他们之间的弯弯绕绕，当初唐湛在唐千云的葬礼上与方泽宁打架，大家也只以为他是气不过方泽宁深夜让唐千云一人外出。

“我们好歹也曾经是一家人，千云才走没半年，你到了地方都不去医院看他，这个传回海城是要被人戳脊梁骨骂的，方家那边也不好交代。你就算自己不想去，也要为了唐家去一趟。”唐玉芬总是习惯以唐家的利益为重，从唐家的角度出发。她的确很疼爱唐湛，可有太多的事在唐湛之上。比起唐湛，她更关注家族荣誉。

唐湛虽然总忍不住顶撞唐山海，隔三岔五就要怼一怼他，但骨子里其实是个非常孝顺的人。表面上放荡不羁爱自由，内心却尤为看重感情，珍惜别人对他的好。

唐玉芬都这样说了，他也不好忤逆，答应下来后，第二天按照对方不知道从哪里打听来的病床号，让人送他去了医院。

方泽宁也不知是水土不服还是忧思成疾，两个月的工夫，一米八几的大个子竟然瘦得不成样子了。

他住在单人病房里，唐湛拎着果篮进门时，他正靠在床头看书。听到动静他一抬头，看到来人是唐湛，整个人都惊呆了。

他忙放下书，直起腰：“小，小湛？”

唐湛也惊了一惊，但主要是为了他憔悴的形貌。他没想到唐玉芬口中的“还挺严重”竟然不是夸大，就眼前方泽宁的样子说难听点就跟个干瘪的僵尸差不多，只是比死人多了口气。

“姑姑让我来看看你。”唐湛将果篮往旁边床头柜上一放，也不用对方招呼，坐到椅子上，拧眉问道，“你怎么回事？”

方泽宁掀起一抹难看的笑，企图蒙混过关：“做项目太累了，医生说我过劳，没多大事，休息几天就好。”

唐湛视线游走过他凹陷的脸颊，落到他骨瘦嶙峋的双手上：“我看你是不想活了吧？”

或许他并没有想过自杀这件事，但他的情绪，他的身体，无不在往着这条道上走。他想用一辈子赎罪。

他想用他的命赎罪。

方泽宁指尖划拉着手底下的书封：“没有，我真的只是太累了。”

这时，窗外吹进来一股冷风，冻得唐湛一哆嗦，他这才发现病房里的窗户开着。方泽宁只穿了件单薄的病号服，他都觉得冷，对方竟然就跟没事人一样。

唐湛看了他一眼，将手机放到床头柜上，起身去关窗。

方泽宁这才反应过来："啊，是不是太冷了？我嫌房里太闷，就给开了一扇窗。"他颇有些不好意思，"你要是觉得冷，我这里有衣服你披上吧。"

唐湛坐回床边，将那件外套推了回去："不用了。"

方泽宁讪讪收回手。

两人不咸不淡聊了半小时，方泽宁才知道唐湛是视察来了，笑容里透出几分欣慰："唐家还好有你。"

唐湛扬起嘴角："严婧可不这么想。"他那位小妈，现在估计恨不得他立刻暴毙。

方泽宁笑容微敛："千云在的时候其实也知道严家有许多问题，但碍于爸爸的面子，一直没动他们。现在唐家既然是你主事，很多事情也可以提上日程了。"

唐湛对他有些刮目相看，他一直觉得方泽宁温和斯文，是两耳不闻窗外事，一心只搞学术的读书人，没想到也挺懂争权夺势那套。

时间也差不多了，唐湛起身告别，方泽宁坚持下地送他到了电梯口。

再回到病房时，床头柜上的手机在震动，方泽宁一愣，快走几步过去接了起来。

"喂？"

那头静了几秒，传来一抹疑惑的男声："……你是谁？"

"我是方泽宁，唐湛的姐夫。小湛刚才把手机落在我这儿了，你……"方泽宁想说你晚些时候再打来吧，那头电话就被挂断了。他愣了愣，看着重新暗下来的屏幕心里有些疑惑。

又过了五分钟，唐湛大概是回过神来了，从外边推门进来，一眼看到自己的手机，指着对方泽宁道："瞧我这脑子，我来拿手机的。"

方泽宁递给他："刚才有个电话进来，我给你接了，然后不知道是不是信号不好，很快又挂断了，你赶快回给人家吧！"

唐湛冲他道了声谢，再次转身离去。

他翻着手机，发现是郁泞川打来的电话，立即回拨过去，结果怎么也拨不通。他怕郁泞川找他是有什么重要的事，发信息过去询问，让对方有空了给他回个电话。然而一直到晚上，郁泞川都没有来电。

这就让人非常焦虑了。

唐湛回到酒店，从晚上九点一直打到十点，差点要打到诺亚叫陈经理去郁泞川他们家看看是不是出什么事了，毫无预兆地电话又接通了。

当郁泞川的声音出现在对面时，唐湛心底松一口气的同时，也涌上来一股无处发泄的怒意。

“你怎么这么久不接我电话？”

郁泞川平静地道：“我下午去了丽姐家吃饭，没拿手机。”

唐湛看不到郁泞川那边的情况，也就不知道他现在满身酒气，脸颊醺红，俨然一副喝多了的模样。

“不是，你下午打过来没五分钟我就打回去了，显示正在通话中，你跟我说你没拿手机？你骗谁呢？”要说唐湛方才只是有点不爽，那现在他就是炸了。对方莫名其妙不接他电话就算了，现在竟然还说谎骗他？

“郁泞川，你怎么回事？你是不是有什么事瞒着我？”唐湛声音都冒火了。

那头郁泞川仍旧很平静，完全无视了他的情绪变化：“你今天去找方泽宁了？”

唐湛一愣：“他生病了，我姑姑让我去看看他……”

“哦。”郁泞川拖长了音，“这样。”

唐湛被他弄得心里别提多难受了：“有话倒是说啊，你今天到底怎么了？”

郁泞川呼出一口气：“电话里说不清楚，等开学了……我们见面再聊吧！”

有时候他像少年一样炽热，有时候他又像成人一样果决。不给唐湛反对的机会，说完最后一句话，对方就将电话挂断了，任唐湛之后再怎么打过去都是关机状态。

这莫名其妙的竟然还跟他玩关机？！

唐湛焦躁地怒骂一声，将手机掷向地面。

那之后，两人足足有半个月没联系。唐湛转了一圈回到海城，正好过了正月十五，助理吴洋开车到机场接他，进公司之前唐湛让他先送自己回唐家。

唐玉芬不知道是不是受了唐山海的指示，前一天晚上打电话给唐湛，硬是要他下飞机第一时间回家一趟。唐湛不知道他们搞什么，但想着时间还早，去一趟也不费什么事，就应下了。

一进唐家大门，唐湛就感到了一股不同以往的气氛，有些凝滞，又有些严肃。

唐佳聪那小兔崽子应该是回学校了，大宅里只有严婧和唐玉芬在。唐湛一进屋，原本还在喝茶聊天的两个女人神情一变，都站了起来。

"小湛回来了啊！"严婧表情不是很自然，脸上的笑假到不能再假。

"小湛，你可总算回来了。"唐玉芬亲亲热热地上前拉住唐湛的手，将他拉到自己身旁坐下。

唐湛以为今天回家会像之前很多次那样，主要就是劝和，让他同唐山海低头认错之类的。可没想到唐玉芬拉着他的手，说了与他想象完全不同的一番话。

唐山海在前几天刚刚确诊得了帕金森病，这种老年病虽然不凶险，但十分磨人且无法治愈，以后公司的日常运营他恐怕无力参与了。唐玉芬让唐湛回家，也是唐山海的意思，他服老了，也认命了，终于打算放权，将公司彻底交给唐湛打理。

唐湛愣愣地张着嘴，有些回不过神来。

他总以为唐山海身体好了就会回到公司，重新掌权，从未想过对方竟然会以这样的方式谢幕。

唐玉芬告知了前情，也不管唐湛消不消化得了，就让他进唐山海的卧室与父亲细谈。

虽说是新春，但海城的温度仍旧停留在冬季，室外不过4℃左右。唐山海的卧室暖气开得很足，可能是怕他冻着，唐湛一进屋就觉得有些气闷，待得久了背上都生汗了。

唐山海戴着一副老花眼镜，正在看iPad上的财经新闻，见唐湛进来了，他抬起眼，避开镜片看向对方。

“回来啦！”他关掉手里的电子设备，取下眼镜，放到了一边。

他的床边有一张单人沙发，唐湛走过去坐了下来，说：“嗯，刚下飞机就来了。”

“你姑姑应该都跟你说了吧？我得了帕金森病，以后身体恐怕会越来越差，负担不了长时间的高强度工作了。”

可能是生了病的关系，唐湛一下子觉得对方没了以往的咄咄逼人，整个人都平和不少。看着他的时候，也更像是一位寻常的老人，而不是一位强势的父亲。

到这会儿唐湛才注意到，唐山海鬓边的白发已经显眼到无法忽视，比起除夕那夜来，短短几日就像是老了好几岁。

“你的工作能力我也看到了，马马虎虎，还算过得去。”这样的评价，从唐山海嘴里说出来，已经很高了，“之后我会召开一次董事会议，让你成为贵禾天怡的代理董事长。并且签一份股权转让协议，在禁售期满后将手中的股权以 1 元价格转让 10% 给你。再过几年，等我身体彻底不行了，你在公司的威望也高了，我就卸任董事长的职务，由你接任。”

唐千云之前曾是贵禾天怡的六名董事之一，她去世后，唐湛接替了她 CEO 的职务，也接替了她在董事会中的董事身份。哪怕她在世时，唐山海也从未分出自己的股份给她。

经过上市后的股权稀释，唐山海的股权占比仍旧在 50% 以上，是公司绝对控制人，哪怕再分 10% 给唐湛，他也是第一大股东。但他肯分权这一动作，还是叫唐湛受宠若惊。

“谢谢爸爸。”10% 的股份，让他瞬间拥有了亿万身价，于情于理，他都该表示下对于唐山海此番决定的感谢。

唐湛离开唐家后，唐山海躺在床上，对着室内寂静的空气叹了口气。他刚要戴上眼镜重新打开 iPad，房门被轻轻推开，严婧耷拉着一张脸，委屈巴巴地从外面走了进来。

“老唐……”她在床边坐下，踌躇着就是不继续说下去。

唐山海受不了了，啧了声：“有事说事！”

严婧眼眶立马红了："小湛是你儿子，聪聪也是你儿子啊，你可不能厚此薄彼，顾了大的不顾小的，万一将来你……你不在了，我就只有聪聪了。"

都是姓唐的，唐湛能得股份，她儿子凭什么一样都捞不到？可恨唐佳聪现在还小，给唐湛占了先机，入主公司成了主事人。这个继子还处处排挤他的娘家人，俨然一副要把严家赶出公司的架势。听她大哥说，前阵子还去宁城查了子公司的账，摆明了信不过他们家。

严婧低垂着眼，暗暗咬牙："小湛那个性子你是知道的，以后恐怕是容不下我们母子的。老唐，你可要早为我们母子做打算啊！"说着，她眼里的泪成串落下。

唐山海拧着眉，被她哭得头都痛了。对方的意思他不是不知道，自从他确诊帕金森病以来，严婧就一直明着暗着让他立遗嘱，甚至还想让他直接分出一部分手上的股权。

唐山海虽然老了，病了，但他仍是位精明的商人。分唐湛股权是为了将他留在贵禾天怡，笼络人心。至于其他人，就等着吧！

"不会少了你们母子的。"他敷衍道。

唐湛进贵禾天怡处理了一些堆积下来的文件，一直到五点，又自己驾车离开了公司。

华海大学已经开学两天了，这意味着郁泞川回到海城也已经两天了。这两天，对方始终没有联系过他，连只言片语也没有。

将车停到华海大学校门口，唐湛下车点了支烟，叼在嘴里抽了起来。快抽完了，他给郁泞川发了条短信，说自己在校门口等他，要和他面谈。

他发出去没多久，那头短信没来，人倒是先来了。只是不是一个人来的，身旁还跟着个眼熟的长发女孩子。

唐湛沉着脸看了他一眼，转身一言不发地上了车。

郁泞川也见到他了，蹙了蹙眉，对身旁的安澜道："不好意思，我临时有点事，你能不能替李响他们带个饭？"

安澜一愣："啊……好啊！"

郁泞川向她说了声"再见"，转身快步走向唐湛那辆卡宴。

唐湛烦躁地将烟掐灭在车载烟灰缸里，在想要不要就这样走了，他现在的情绪并不适合好好谈话。眼一抬，好嘛，郁泞川已经拉开车门跳上了副驾驶座。他走不了，只能坐直了身子，面朝前方，装得一脸平静的样子，不去看身边的人。

“我没有看到你给我发的信息。”郁泞川一坐上车就开口跟唐湛解释。

“嗯。”唐湛不怎么走心地回了一声，其实根本听了没往心里去，还在努力压制自己的怒火。

郁泞川等了片刻，见他不再开口，抿了抿唇道：“你没什么话和我说吗？”

唐湛握着方向盘的手指紧了紧，实在心烦意乱，忍不住掏出烟盒又抽了支烟。

“不是你说开学了有话跟我说吗？怎么又成我没话说了？”他按下车窗，将烟吐到了窗外，“有理总是你，没理总是我，你是不是太霸道了啊？”

“我霸道？那咱们今天就开诚布公地把所有的事情都说一说，对彼此不满的地方也捋一捋。”

“我没有对你不满，是你对我有成见！”

每多说一句，郁泞川就咬牙切齿一分：“我对你有成见我有病啊跟你来往这么久？”

唐湛嗤笑一声：“谁知道你是不是怕我收回助学贷款不敢得罪我才一直忍耐我？你要是觉得烦了，咱们就绝交呗！”

说完他自己都一愣，痛快是痛快了，但这并非他的本意。

吵架有时候就是这样，不顾一切说出伤人的话语，吵的时候有多爽，事后就有多懊悔。你或许只是一时口快，对方却会当成你这样想已经很久了。

郁泞川闻言的一瞬间瞳孔收缩了下，他不可置信地瞪着唐湛，大概静止了两秒，猛地一只手揪住唐湛的衣襟，另一只手将对方手上那支还剩半截的烟捏进掌心。

“你觉得我是为了钱？你当我是什么人！”他逼近唐湛，俊美的面容阴沉一片。

唐湛咽了口唾沫，有些慌了神：“我不是……”

他想说自己不是那个意思，但郁泞川已经不想再听他说下去，松开掌心，无论是唐湛的衣襟还是那支已经熄灭的烟，都被他丢了回去。

“小川！你听我解释……”

“小川！！”

郁泞川转身头也不回地下了车，任身后唐湛怎么叫都不应。

眼看着对方消失在眼前，唐湛懊恼地砸了下方向盘，不小心发出一声刺耳的喇叭声，引得路人纷纷侧目。

第十六章

Go for it

自从唐山海被确诊患帕金森病后，严婧就一直嘱咐小儿子要多表现表现，只有唐山海高兴了，他将来分到的财产才会多。唐佳聪年纪虽然小，但深受母亲影响，对钱财之物格外上心。这不，唐山海定期复诊，他正好也在家，便主动要求陪着一起到了医院。

唐山海还当小儿子懂事了，终于不再整日沉迷游戏，老怀安慰了一番，难得的一路上和对方话起家常。

经过医院花园，喷水池在三人走过时忽地停止出水，与他们隔着水池，原本被水帘遮挡的人影也因此显露出来。

林雪莹抱着臂，穿着一条紫色的包臀连衣裙，衬出她婀娜的身姿，手上戴着皮手套，头上是一顶格外英式的宽边帽，就那样直勾勾地看着他们。

除了唐佳聪并不知道对方是谁，剩下两人都齐刷刷地变了脸色。

分明已经年过五十，但林雪莹依旧气质优雅，容颜美丽，乍眼看去，竟连小她十多岁的严婧都有些比不上。要说一个好比天鹅，那另一个至多也就是野鸭的程度。

林雪莹踩着高跟鞋缓缓走向他们，最终停到了唐山海面前。

“我有话要与你说。”近了才看清，她脸上其实并非没有岁月痕迹，只是用精致的妆容遮掩住了一二，才显得她肤色雪白，唇如激丹。

严婧脸色有些难看，条件反射地看向唐山海，对方却连眼角余光都没给她，抬手挥了挥，道：“你们走远一些，让我和领事夫人说两句话。”

说到“领事夫人”这四个字时，他语带讽意，似乎并不认可对方的身份。

唐山海在家就是土皇帝，严婧不敢对他的话有异议，就算心中再不愿意，也只能咬牙带着唐佳聪悻悻离去。

林雪莹见人走了，放下胳膊，手里拎着自己的小包，说了今天的第二句话：“听说你快不行了。”

唐山海的面色瞬间漆黑如炭，额角青筋都浮现出来。

走得远了，唐佳聪才敢开口问严婧：“妈，那是谁啊？”

严婧沉着面色，下唇都要咬出血来。

“丧门星他妈。”

唐佳聪一愣：“就是把丧门星丢我们家的那个女人啊？”

严婧胡乱“嗯”了声，一直有意无意瞥向唐山海和林雪莹的方向，恨不得马上长出顺风耳来，好知道他们都说了什么。

“妈，她这时候来找爸爸做什么啊？”比起严婧看得偷偷摸摸，唐佳聪就要直白得多，双眼直勾勾地盯住林雪莹，透着不加掩饰的不屑与敌意。

“这你还看不出吗？听说你爸不行了，特地来给她儿子谋家产的呗！”严婧双手紧紧绞着包带，“他们母子就是要榨干老唐的钱！”

不远处是正在打篮球的男生们，郁泞川立在树荫下，因为下场比较仓促，他身上随意套着件外套，额上有些汗。初春的天气，海城尚且没有转暖的迹象，有太阳照射的时候还好，一到阴凉处，微风透着刺骨的凉意。

“抱歉，我不能接受你。”而郁泞川的声音，比三月的气温还要更冷。

安澜的脸一下子由红转白，连唇色都淡了几分。

郁泞川不再看她，转了个方向就要脱外套再次加入操场上的战局，不想被安澜的声音又拉了回来。

她红着眼眶微笑道：“其实我知道自己没什么希望，就是不想留下遗憾而已。以后你可别觉得见了我尴尬啊，我们……我们做普通同学就好。”

接下来三年，大家抬头不见低头见的，在一个班难免有交集，安澜不想因为今天这场告白让郁泞川觉得不自在。

一阵风吹过，吹散了郁泞川尚且汗湿的额发，他抬眼与安澜对视片刻，嘴角扬起一丝弧度道：“好。”

无论安澜有没有提出，她都只会是郁泞川的“普通同学”，他对她和所有别的女生从来都是一视同仁，并不会有任何不同。

唐湛手执银勺，缓慢搅动着眼前的一杯咖啡。

他身处一家市中心的高档法式餐厅，周边环境幽静，人烟稀少，背景音是小野丽莎沙哑低缓的歌声，而对面，正坐着他的亲生母亲——林雪莹。

林雪莹今天没有戴帽子，长发盘成完美的发髻，身上仍然穿着香奈儿的套裙，举手投足间尽显贵妇人的本色。

唐湛这些年一直试图这样和对方坐下来，好好说说话，就算不能做到像母子那样亲密，也可像朋友那般自然。可真的到了这天，他发现自己内心平静到不可思议，平静到不要说欣喜，连忐忑都生不出半分。

“怎么会想要找我出来喝咖啡？”过往就是餐厅遇到都要装不认识的人，竟然会亲自打电话给他，约他出来喝下午茶。唐湛接到林雪莹电话的时候，差点以为自己这些天睡眠差导致出现幻觉了。

“你现在有女朋友吗？”林雪莹问。

唐湛一噎，有些无语，又有些好笑：“怎么？你这是要跟我介绍对象吗？”

林雪莹表情很淡，和唐湛一样，既没有什么喜悦，也没有什么紧张的成分。甚至，她要比对方还淡定，仿佛只是见了一个房产经纪人，一个久未谋面的前同事那样淡定。

“关心一下而已。”她端起红茶杯轻轻抿了口，沉默了大约两分钟，突然开口，“我们以后应该很难见到了，我以前没管过你，现在就更没资格管你了。你随意，开心就好。”

以后很难见到？

这回换唐湛愣住了，今天这场会面本就突然，加上林雪莹话里有话，让他觉得这其中必不简单。

“你找我到底有什么事？”他甚至想着林雪莹该不会得了什么不治之症，才会突然想要见他，又没头没脑说这些话。

“我先生任期满了，下个月即将结束海城的领事工作回到自己的祖国去，我当然也跟着一起回去。”林雪莹道，“走之前，我总想当面和这边的亲友说声再见。你爸爸那里我也去告过别了，他老了很多，我差点都认不出来了。”

与唐湛的想象截然相反，对方并非是为了复原母子关系而来，单纯只是为了告别。

顿时他脑海里一片空白，有些茫然：“你以后都不再回来了？”

林雪莹看了眼手上腕表，视线转到唐湛脸上时，似乎很是为难：“你不要怪我心狠，有些东西终究还是要讲究缘分。能舍，才有得。人生只有一次，有人选择为了别人而活，我不行，我选择为了自己而活。”

她的意思很明白了，这是她与唐湛间的最后一次会面，之后两人母子情断，再不会相见。

唐湛说不出自己心里是什么滋味，反正五味杂陈，挺复杂的。

他一下子笑起来，问对方：“那你当初为什么生我？”

林雪莹拿起桌上的墨镜展开戴上：“为了让唐山海娶我。”她对自己做过的事完全不加掩饰，也不会为此感到羞愧，“那不是失败了吗。”说完这句话，她冲唐湛笑了笑，拎着自己的小包起身离开，仪态端庄从容，与她冷酷的话语形成鲜明对比。

失败了，所以也就不需要了。

唐湛直愣愣注视着自己眼前的那杯咖啡，宛如被人点了穴道一般。过了许久，他才缓缓解冻，端起杯子，无声地自嘲一笑，干掉了那杯苦涩无比的黑咖啡。

他到底如何才能学到，不要总是那么自以为是？

一个月前，李响无意中路过郁泞川床铺时，发现他手里正拿着一张“华海大学新时代创业大赛”的宣传海报发呆。

“你要参加啊？”李响一直觉得郁泞川这种男神校草级的人物，凭颜值做什么都能事半功倍，就是拍个穿大裤衩弹奏三弦的视频上传网络，估计都有一堆人点赞留言，轻松走红。

郁泞川弹了弹那张宣传单，说：“我想试试看。”

李响一掌拍在他背上：“那就试试呗，反正失败了也不会真的亏本。”

于是这一个月里，寝室每当夜深人静时，总还能看见郁泞川那头亮着的灯光。

他几乎全情投入到了这场创业大赛中，将课余时间，甚至自己的休息时间都耗费进去。学习和比赛，这两样事物填满了他的日常生活，让他再抽不出空去想其他的事，而这也是他迫切需要的。

他太想追赶上唐湛了。只能远远望着对方背影，看他越飞越高，自己却只能停在原地，那种感觉并不好。

打个比方，就是前方山峦起伏，云海缥缈，唐湛脚尖那么轻轻一蹬就飞出去十来米，展翅翱翔于九天，潇洒肆意。而郁泞川，他羽翼不丰，只有纤弱的两条臂膀，身前是万丈悬崖，他既恐惧于摔得尸骨无存，又害怕失去唐湛的踪影，只能逼迫自己成长，使出浑身解数催逼出羽翼，颤颤巍巍，跌跌撞撞追在唐湛身后拼命缩减距离，希望有朝一日能与对方并驾齐驱。

不在同一高度的交流，始终是不对等的，甚至小心翼翼的。

他和唐湛差距太大，如果他不快点成长，最后也只会让两人相距越来越远。

这段时间每次拿起电话想要联系唐湛，郁泞川脑海里总是会回忆起吵架那天对方说的话。他害怕打过去后，唐湛会告诉他那就是宣言。接着他便会将手机放回去，让自己忙碌起来，好逃避去想这件事。

经过院里推荐，他直接免海选进入初赛，又因出色的创业计划书，顺利进入复赛。到第二轮比赛时，还剩三十位选手，比的是室外营销，简单来说就是提供相同的商品，看谁在一样的时间里卖掉最多。

江涛和李响知道这个比赛项目时，简直想替郁泞川仰天大笑三声。这是什么为了选拔出天选之子量身打造的比赛吗？这个复赛项目完全就是郁泞川的强项啊！

果然，到比赛那天，郁泞川分到与别人一样的三十个小电风扇，还没走出校区十米，就被蜂拥而上的女孩子们一抢而空。买一个电风扇，就要送一张合影。

郁泞川僵着脸拍了整整三十张合影，还不算那些在被吃瓜群众偷偷拍下来的数量。

就这样，凭着过人的实力，郁泞川以复赛第一的成绩强势挺进决赛，成了十名选手中的一位。

唐湛难得空了一天去找夏瀚用午餐。这阵子他总是公司家里两点一线，不是处理公务就是应付各种饭局，身心都要麻木，实在很需要一些新鲜事物刺激一下。

比如投资圈的新项目，或者八卦。

“你到底好了没有？”在第三个“马上就好”过去十分钟后，唐湛终于忍不住亲自上来找人。

他推开玻璃门，夏瀚正与一位合伙人激烈讨论着什么，似乎是就某个项目该不该投产生了分歧。

“他太年轻了。”看起来三十多岁的男性合伙人对着手上一张照片摇了摇头。

“什么？”夏瀚简直不可置信自己听到的，“扎克伯格创办Facebook的时候你知道才多大吗？而且你看他这张脸，完美符合东西方审美，这简直是公司发展期的宣传利器啊！”

“可世界上只有一个扎克伯格，你不能用极少数个例来反驳我。并且长得好看的人创业也不是一定都能成功的，这点你要明白，明星做产品失败的还在少数吗？”

“可他还很有个人魅力，你可以看一下他比赛时的演讲视频……”

“我看了，像个人演唱会。”

“你太古板了！风投要的就是在风险里把握机会！他在五分钟演讲里将自己的创业方案解释得很清晰，并且引人入胜，就这点也值得我冒险。”

唐湛见两人忘我到都没发现他进来，不得不上前更直白地突显自己的存在。

他一掌重重拍在桌子上：“我有时候会很受不了你们这种公司文化，一件小事也能磨磨叽叽讨论半天。”

夏瀚和那位合伙人都吓了一跳，夏瀚很快回过神，接着就像找到救星一般冲唐湛展开了双臂。

“唐湛，你来得正好！”他拿起遥控器，打开了头顶的投影仪，“我前几天受邀担任了华海大学创业比赛的评委，有位参赛者最后得了第一，我认为他的创意很不错，本人也非常有魅力，想投一百万天使轮，可是……”他垮下脸看向身旁的合伙人，“我的下属认为对方只是靠着在学校里的人气投机取巧拿到的金奖，不肯在他身上花一分钱。”

在他说话的工夫，投影仪开始运作，将一段视频投射到了唐湛身后的墙面上。

“人类一生都在做的事是什么？”

听到熟悉的声音，唐湛整个人瞬间就僵硬了。

他瞪大双眼，见鬼似的转身，没有意外地在墙面上看到了郁汼川的影像。对方穿着简单的白衬衫牛仔裤，一举一动，甚至每一个挑眉都像是闪着光。

“学习。”

他们已经有一个多月没有互动了。

他们僵持着，对峙着，维持着诡异的平衡，谁都不愿打开薛定谔的盒子，去查看那只脆弱的小猫到底是死是活。

唐湛怎么也没想到会在这种情况下见到郁汼川，虽然只是一段影像。

他缓缓走近那面墙，微微仰头看着台上进行着演讲的年轻人。沉稳、冷静、还有一点酷。

这是一个唐湛从未见到过的郁汼川。

“我的同学经常会给初中生甚至高中生补课，有时候也会有人问我学业上的问题，抑或是音乐上的问题，他们促成了我的这个想法。为什么不能创建一个面向年轻人的在线知识分享网站？”

台下忽然响起夏瀚的声音：“我要提出一点，目前市面上这样的网站不在少数，大企业控股甚至独资的也有。”

郁汼川闻言看向台下，表现得十分从容：“的确，这样的网站很多，但它们大多数都是视频整合网站。”他说了一个比例，“很少有网站自己做视频，做有趣的年轻人喜欢的视频就更少了，全面覆盖各行各业乃至各类爱好的，那就是零。”

从市场、从运作、从营销，短短五分钟，他用尽可能精简的语句完整将自己的创业方案复述了遍。

等他说完，夏瀚的声音再次响起：“理论是没问题了，接下来你有十分钟的演示时间。”

唐湛身后，现实中，夏瀚的声音也跟着响起：“你看，唐湛都看呆了，说明这孩子的确很有天赋。”

唐湛听到他们的对话，清了清喉咙，回过身看向他们：“还不错，最后他得冠军了？”

“嗯哼，我颁的奖。”夏瀚道，“他那个演示非常有意思，你要看吗？”

他似乎要操作电脑调出另一个视频片段，刚要动作就被唐湛叫住了。

“不用了。”

一般这样的回答代表对方其实对这件事并没有很浓厚的兴趣，夏瀚有些失落，如果唐湛也不看好这孩子，那他就只能放弃了。

可唐湛很快接着道：“我投三千万。”

夏瀚和合伙人都有些被他震住了，两个人不约而同地露出匪夷所思的表情，夏瀚甚至掏了掏耳朵，问他：“我没听清，你再说一遍？”

“三千万。”唐湛道，“天使轮。”

他们这行有个不成文的说法：当一家企业拿到三千万以上的天使轮，那它必定会成为赛道冠军，后面的人要不就跟投，要不就放弃这条赛道。投了别的竞争企业，又不能超过别人天使轮的投资额，那就只有扑街的份儿。

每行每业，从来都在重复资本的游戏，无一例外。

夏瀚倒吸一口凉气，为他的疯狂找了个合适的理由：“他是你亲戚？”

唐湛莞尔：“他是我朋友。”

夏瀚和合伙人瞬间恍然大悟，两人对视一眼，合伙人耸了耸肩道：“如果他背后有一家上市公司为他保驾护航，又有一个出色的领导做朋友，我为什么不同意呢？”

夏瀚双手握拳，做了个“欧耶”的手势。

唐湛指了指夏瀚的笔记本电脑，说：“把我朋友的视频发我邮箱。”

夏瀚操作一番将视频发给他，发完站起身，抓起椅背上的西装就朝唐湛走去。

“久等了，我们走吧，我有很多新消息要跟你说。”

两人也没走远，就在夏瀚他们公司附近的西班牙餐厅用的午餐。

“你用三千万去支持你朋友的梦想，他知道了一定会感动哭的。”

夏瀚用起泡酒配伊比利亚火腿，唐湛用苏打水。

“这是我们之间的秘密，你不要告诉他。”唐湛苦笑道，“他不太喜欢我大手大脚花钱。”

夏瀚夸张地挑了挑眉：“为什么？”

正好这件事也在唐湛心里憋得够久了，夏瀚一问，他就忍不住将前因后果说了出来，希望对方能帮他分析问题出在哪儿。

“我说我要帮他买房，这有错吗？谁能受得了自己朋友住在那样简陋的环境里？”

“等等！等等！”夏瀚紧急叫停，“你就直接说‘我给你买套房子吧’？陈述句？”

唐湛一愣，回忆了片刻，说：“是吧……这重要吗？”

夏瀚扶额：“你怎么能和一个男人用陈述句说这样一句话？就算不是男人，这么重要的事，你难道不该先和对方商量吗？商量懂吗？你们中国人不是最喜欢有商有量吗？坐下，然后用问句问他‘亲爱的朋友，我有个想法，你听听怎么样’……你的情商被狗吃了吗？”

所谓旁观者清，夏瀚的话语一下子戳中了症结所在。

唐湛无言以对，他想了想，然后捂住了眼睛：“你说得对，我的确处理得很糟糕。”

与夏瀚的一番谈话可谓彻底点醒了唐湛。

昏暗的影音室内，巨大的屏幕上正播放着郁汸川在创业大赛上做的产品展示。

郁汸川抱着三弦，坐在舞台中央，精致俊美的面庞在舞台灯光的映射下呈现一种艺术般的光阴。他背后的大屏幕上，投影着另一个穿着汉服，同样怀抱三弦的郁汸川。

他坐在一间纯白色的房内，与舞台上的郁汸川保持同样的姿势，表情却更柔和，浑身散发着令人着迷的魅力，让你不由自主就将目光完全投在他身上，再也挪不开。

唐湛抽着烟，透过薄薄的烟雾注视着荧幕里的郁汸川，只觉得无论是哪个他，怎么样的他，都让自己倍感骄傲。

舞台上的郁汸川道：“我请计算机系的师兄做了个小程序，类似K歌软件中的音准器，因为是演示产品，所以还不是很成熟……”

能做到这样已经很了不起了啊，唐湛边看边在心里想着。

背景音开始响起钢琴之类的伴奏，舞台上的郁泞川随意地拨弄着琴弦，一旦音不准，就会对不上屏幕上的音准线，一曲弹完，评分才五十，显示不及格，不能晋级。

“我再演示一遍，你要看仔细点啊！”汉服郁泞川像个非玩家角色一样说出这句话后，又将刚才那段弹了一遍。

这次舞台上的郁泞川没有胡乱弹奏，而是认认真真以同样的调子重弹了曲目。这次他身后的大屏幕上跳出了 99 分的高分，顺利晋级下一曲。

寓教于乐，还把游戏里的晋级规则套用其中。

做完演示，郁泞川抱着琴鞠躬下台，坐满学生的观众席上竟然还响起了叫“安可”的声音。

原来是这么开演唱会的，唐湛终于明白那个合伙人是什么意思了。

他有些好笑地按了暂停键，站起身走到投影前，看着屏幕上的郁泞川。

“有这样的老师教我，我会毫不犹豫花钱买下所有的课程。”说着，他骄傲地笑了笑。

郁泞川想过自己会赢，甚至想过会有天使投资人愿意投他初创资金，但他万万没想到会投三千万这样多。

夏瀚约他在咖啡厅见面，说为他带来了一个好消息。

当听到对方说出这个夸张的数字后，郁泞川甚至认真地向对方确认了三遍才确定不是自己幻听。

按照常理，天使轮都会分出 10% ～ 20% 的股份，这样算来，他一个壳都没有的公司被估值上亿？

要不是夏瀚的身份实在不可能作伪，郁泞川都要怀疑这是不是一场精心策划的骗局。

“初创期首轮融资三千万，这也太看得起我了。”

夏瀚搅着身前的咖啡，真心实意地吹着彩虹屁：“我们都很看好你，你完全值得这三千万。没关系，大胆试。”失败了反正唐湛有的是钱。

郁泞川眉心一跳：“我们？还有谁？”

夏瀚这才惊觉说漏了嘴，连忙解释："我的工作伙伴，另一位合伙人，下次可以介绍你们认识。"

郁泞川总觉得哪里不对，有些将信将疑。

"那对我有什么要求吗？"

天下没有免费的午餐，他不觉得夏瀚是这样一个只谈付出不谈回报的人。

夏瀚道："我们会和你签一份对赌协议，你必须在十年内完成公司的IPO上市，不然就要以每年投资额20%的回报率让我们能够成功退出。"

十年，如果无法做到上市，就要退还九千万。

"我们之后会帮你组建团队，进入孵化园区，引荐其他投资者，我本人也将担任你的企业顾问，参与到公司初期的建设中。"夏瀚微笑道，"你只要将你想到的全都说出来，我们会替你实现。"

郁泞川宛如被一盏巨大的神灯砸中，因为太过突然，还有点反应不过来。但他很快就像所有懂得抓住机遇的年轻人一样，在投资者面前，将自己以前敢想不敢说，天马行空的想法尽数说了出来。

两人聊了一下午，夏瀚的一些建议给了刚刚一只脚踏入商圈的郁泞川拨云见日般的启发。

他便如一块海绵，疯狂吸收着自己所能吸收的所有知识，又如一只羽翼刚丰的雏鸟，乘着东风，青云直上。

夏瀚做风投这么多年，一直相信领袖魅力这种玄学。他接触过的大多数成功创业者，无一例外身上都会有一种普通人无法企及的魅力。可以在嘈杂的环境里让人静下心听他讲话，或者无条件地遵从他的决定。郁泞川身上正有这种魅力，又因为他的长相，这种魅力无限趋近于光环效应。

俊美迷人的学霸创始人，多么博好感的人设。可以预见的，未来终有一日他会长成翱翔九天的雄鹰，打出自己的一片天地。

大一下半学期，当同龄人都在放纵自我，抑或努力充电完成学业的时候，郁泞川已经创建了自己的公司，取名——欣创万想。

孙嘉然和周晖最近迷上了晨跑。主要是周晖前阵子可能夜生活太丰富，喝酒喝到胃溃疡，狠狠痛了两天，医生让他戒酒戒辛辣，还要保持健康的生活作息，不然以后说不定要胃穿孔。

一听胃上要开洞，周晖也害怕了，硬拉着孙嘉然要过健康的绿色生活，天天早起跑五公里，感受海城春天新鲜的空气。

孙嘉然固然没有周晖那么爱玩，但也不是个热爱运动的Boy，被周晖缠着晨跑，每天起床气超大，怨气十足，坚持了一周后，受不了了，订了张机票就去了国外海岛度假，不跟周晖这傻瓜玩了。

周晖找不到孙嘉然，脑袋一拍，主意打到唐湛身上，开着车每天到唐湛公寓楼下找他，大老远跑一趟就为了缠着对方在附近公园跑一圈。

唐湛本身也有定期健身的习惯，失眠后，他更是勤加锻炼，希望能通过运动改善睡眠。因为睡不着，起得早，他六点就会出门跑步，去附近公园跑一圈，然后买份早饭边吃边走回家。路过华海大学门口时，还会下意识看一下，郁泞川在不在。

周晖来找他晨跑，他也没意见，毕竟找不找他都会跑。

两人沿着森林小道一路小跑，头一公里时，周晖还有余力说话。

“最近怎么也没见你朋友圈发动态？什么时候叫上小川一起出来吃饭啊？整天忙忙忙，你家公司没有你一天就会倒闭怎么的？”

唐湛瞥了他一眼，脸不红气不喘地道：“你记不记得我家开在宁市的宁北堂？搞连锁餐饮的，严峰在管。”

周晖脚步一顿，略一思量：“严峰？你小妈的那个大哥？”

“对，我不是跟你们说过，我觉得那家子公司有古怪吗？我前阵子想查宁北堂的账，结果你猜怎么着？在我的人到达的前一天，账本全被突然失灵的消防灭火系统淋烂了。最近我都在处理这个事，哪里有空跟你们吃饭。”唐湛完全跳过了郁泞川的部分。

周晖惊了一惊：“此地无银三百两啊，你打算怎么样？”

唐湛眯眼道：“我准备把严峰调到海城来，升他的职。”

“啊？”

“放在我眼皮子底下，看他还能作什么妖。”先不管严峰是不是做了假账，明面上宁北堂的利润是一年比一年在减少，如此一来，对方作为企业管理者就是失败，他要将对方调到海城，不管是有意更换还是明升暗降，相信其他董事都不会有意见。

“哇，你这是要硬刚啊？你不怕你那小妈又给老爷子吹耳边风吗？”

晨风吹着唐湛的刘海儿，他冲周晖弯了弯嘴角，露出抹帅气十足的笑来：“不怕。”

两人正跑着，突然听到远远有求救声。他们对视一眼，同时朝着叫声方向奔跑过去。

公园里有个人工湖，最深处可达三四米，岸边竖着一块“禁止嬉戏，水深危险”的标牌，可平时不少人，特别是小孩子还是很喜欢在这边玩水，夏天甚至还有偷偷来游泳的。

周晖与唐湛奔到湖边时，就看到湖中央有个正在挣扎着的身影，听声音是个小男孩，岸边站着另外两个瞧着十岁左右的男孩，见到有人来了都是一副得救了的表情。

“救命！救救他！我朋友为了捡足球掉下去了！哥哥你们救救他！”小朋友说着说着眼泪就下来了。

周晖安慰道：“你们别急，别哭，哥哥这就救人……”

他还没说完，就感到身侧一阵风刮过，回过神就看到唐湛脱掉上衣扯掉胳膊上的手机、臂包，跳进了水里。

周晖一见这情形，也跟着快速脱掉了衣服，入水前还不忘嘱咐两位小朋友：“你们要给哥哥看好东西啊！”

郁泞川这天早上起床没来由地感到一阵心慌，眉心也不可抑制地狂跳起来，简直就像是有什么大事即将发生一样。

舍友们都在睡觉，他去到阳台，望着宿舍楼前方一大块葱郁的树林，拨通了唐湛的电话。他已经受够了这样的僵持，打算主动求和了。

获得了创业金奖，得到了三千万的投资额，这样大的好消息，他希望能和唐湛分享。

唐湛的手机许久才被接通，那头传来的却是个稚嫩的童音。

“哥哥……哥哥去救我朋友了，他们都跳到湖里去了……”

那头声音嘈杂，对方又一直在哭，郁泞川听得有些费力，但当他听到

“跳到湖里”这几个关键词后，心仍然一下子提到了嗓子眼。

“你们在哪里？哥哥是不是叫唐湛？”他迅速转身冲回屋里，边打电话边抓起外套就往外跑，一下没留意手劲儿，关门声有点大，把还在睡的李响和江涛吓得一哆嗦，纷纷睡眼蒙胧地探起头来。

“什么事啊？”李响打了个呵欠。

“不知道啊！”江涛抓了抓头发，迷迷糊糊又躺了回去。

郁泞川刚跑到楼梯口，手机那头响起一阵喧哗声，随后小朋友惊喜的声音响起：“救上来了！救上来了！”

不等他再问，不知是误按还是怎么回事，手机突然断线了，之后郁泞川无论再怎么打始终无人接听。

他焦急不已，在校门口打了十几分钟电话，打到手机都发烫，脑子里绷着的弦已经越来越紧。

他机械地重复着拨号的动作，分明是温暖的春季，他的手心却一片冰冷，脸色也白得吓人。

他禁止自己去想那些最糟糕的可能，可大脑就像是要与他唱反调，越不让想越是要想，简直要将他逼疯。

在不断拨打唐湛手机的间隙，突然一个周晖的电话插了进来，郁泞川一时不察按了接通键。

周晖一开口就是：“小川，我和唐湛在医院呢，他受了点伤，你快过来吧！”

紧缠在郁泞川心上的恐惧骤然抽离，一下子，整个人都在发抖。

“你们在哪里？”郁泞川哑着嗓子问。

“就你们学校旁边的那家三甲医院。”周晖报了具体位置，还不等再说什么，郁泞川就挂了电话。

唐湛救人的时候，与周晖一前一后抱着孩子游到岸边，手背不小心被石头划了一下，口子挺深，周晖怕他感染，硬是让他上医院包扎一下。

他刚包扎完，坐在诊室外的座椅上，举着绷带缠绕的那只手，发现到处找不到周晖的身影。

他的手机还在对方那儿呢……

唐湛刚要起身去找，走廊尽头忽然由远及近传来一阵急促的脚步声。

之后就像电影里的经典镜头，气喘吁吁，额发尽湿的郁泞川出现在了他眼前，那样正好，那样恰巧。

第十七章 Go for it

一开始并不顺利。唐湛游向那个溺水的孩子，想从后面托住他的腋下将对方拖上岸。可对方太惊恐了，他在发现唐湛这根救命稻草的瞬间就整个人攀附上去，本能地按着唐湛的肩膀，想要让自己尽可能地离开水面。

唐湛根本没法儿动弹，他被按进水里，捆住四肢。鬼门关面前，对方力量惊人，压根不像个十岁的孩子。

唐湛憋着的一口气不小心散了，一连串气泡从他嘴里吐出，再冉冉升上湖面。

他看到了湖面上明亮的阳光，看到了蓝蓝的天空和白云，甚至有那么个瞬间，他看到了唐千淼的脸。

“要好好长大啊！”湖水中，是对方温柔的面容。

唐湛不知道自己这算不算完成了唐千淼的嘱咐，好不好另说，反正他是长大了。以往回忆起对方时，他都满心苦涩，如今却又带上了一些愤懑。

哥哥，姐姐，妈妈……

为什么一个两个都要离他而去？

他真的撑得好苦啊，这些本不该他独自守护，更不该他独自支撑。

他慢慢下沉着，眼睛缓缓闭上，就在这时，耳边突然响起熟悉的声音。

“唐湛！”

是郁泞川。

宛若惊雷一般，唐湛倏地睁开眼，正好看到周晖潜下来，朝他伸出手。

他一把拉住那只手，被带着破出水面，另一只胳膊下夹着已经昏迷过去的孩子。

“哈……喀……哈……”他大口大口呼吸着珍贵的空气，与周晖两个人合力将孩子拖到了岸上，手背上没留神被岸边的大石头划了几道口子，很快渗出血来，被伤口周围的湖水一晕，半个手背都是红的。

人群拥上来，唐湛瘫在一边喘气，周晖指挥着大家散开点，留点新鲜空气，同时探了探那孩子的呼吸。

他看了唐湛一眼，说：“还有气。”在这句话前，他满脸严肃，神经都是绷着的，这句话后，一下子就垮了肩，恢复成了往日那个嬉皮笑脸的周大少，“吓死小爷了！”

唐湛莫名其妙也跟着笑起来，整个人都躺在了地上。

不知是谁喊的120，救护车很快到了，唐湛本来穿上衣服就想走，被周晖拽着胳膊拉上了车。

坐在车上他就开始后怕，差一点，要是今天没有周晖，没有冥冥之中那声郁泞川叫着自己名字的幻听，他就和这小屁孩共沉沦了。

躲过了十岁那一劫，差点没躲过今天这一劫。

他心中感慨，抬头冲对面的周晖道：“谢了，兄弟。”

周晖被他谢得有点愣神，琢磨半天回了句：“……不，不客气。”

唐湛用止血纱布按着手背，笑了笑。

“白痴。”

“哎，你这人怎么骂人！”

唐湛右手受伤，手机从上岸开始就一直由周晖保管，他又是习惯手机静音的人，也就无从知晓郁泞川在这期间到底疯狂地给他打了多少电话。

他在诊室处理伤口时，面对手背上被双氧水冲刷后裸露出的血口，再次涌起劫后余生的庆幸。

他过去一直以为“长大”是唐千淼对他的期许，可今时今日才明白，他错了，“好好的”才是对方对他最大的嘱托。

好好的比什么都重要，生死面前，旁的都不是大事。

人生短短几十载，世事无常，他不想再为一些无关紧要的事浪费时光，陷在无谓的争吵中。

谢过医生，唐湛快步走出诊室，迫不及待想要问周晖要回自己的手机给郁泞川打电话。他举着受伤的那只手，在诊室附近张望了一圈，没找到周晖那小子的身影。热烈的期盼因为这一不解风情的停顿而萎靡不少，就在他心里又要骂人的时候，奇迹就那么出现了。

郁泞川来了。

医院走廊，诊室门口，来来往往的人群。这实在不是个叙旧的好地方，但两人已经顾不得这些了。

“对不起……”他为那天的口不择言道歉，“小川，那天是我不好。”

可能太过激动，他的声音都有些哽咽。

“我也有错……”郁泞川拍了拍他的背，安抚着他，“以前的事都过去了，咱们和好吧！”

唐湛用力点头：“好！都过去了，再也不吵了。”

两人各自说着身上的毛病，积极承认自身错误，一时医院走廊就跟个大型反省会现场似的。

“喀喀喀喀……”

两人被这串刻意到惊天动地的咳嗽声拉回现实，不约而同地看向发出声音的周晖。

“你们有话要不要考虑回去说？”周晖放下抵在唇上的拳头，意有所指，“大庭广众的。”

唐湛这才后知后觉地发现整个走廊的人几乎都在看着他们。

两人各自不好意思地退了一步，拉开了大概十厘米的距离。

周晖朝天上翻了个白眼，将唐湛的手机往他怀里一塞，大跨步地往医院大门走去。

“我先走了拜拜！”他没好气地随意朝后摆了摆手，心里十分清楚并没有人想挽留他。

两人的关系恢复到了之前，甚至比之前更好。

唐湛的手受了伤，不能沾水，日常生活多有不便，郁泞川就每日利用课余时间给他整理房间，煲汤补身。虽然两人都忙，不一定能见上一面，但唐湛无论多晚回到家，都能喝到电炖锅里美味热汤，实在没有比这更美好的事了。

既然和好了，郁泞川自然要把获得三千万投资的事说给唐湛听，和他分享自己的喜悦。唐湛像模像样地一连问了三遍“真的”来表现自己的震惊，演技堪称精良。

暑假在即，唐湛干脆以此为由，让郁泞川假期里留在海城，进贵禾天怡做事，以增长自己的阅历。

“你看得多了，就知道大公司是怎么做事的，以后才不会走很多弯路。”

就算对方不说，唐湛隐隐也感觉到了郁泞川追赶他的那股冲劲儿。他并不畏惧，乐于被追，甚至还想将手递给郁泞川拉他一把。他期盼着有一天他们能成为生意上的伙伴，甚至是对手。

只是郁泞川现在还是只刚刚长成的小鹰，纵然已经初显锋芒，但还需要前辈的悉心守护与教导。唐湛乐于做这个领路人，无论是在哪方面。

“那我打电话给吉吉说一声。”郁泞川没有什么犹豫就答应下来，他现在在企业初创期，什么都要学习，什么都要操心，还要兼顾学业，行程早已排得满满当当。虽然很想家人，也很想回家看看，但在目前这个阶段，他也只能做出取舍，先将他们放到一边。

他表面淡然，似乎有一点无所谓，但唐湛知道他有多爱护自己的家人，以他现在的状况，恐怕近一年都回不了温镇。再说郁吉吉和郁大磊，盼了小半年，突然知道郁泞川回不去了，一定很失落。

唐湛勾着郁泞川的脖子：“那你明天来我公司报到吧，郁同学。”

他心里就有了琢磨，表面上却纹丝不动，半点风声没露。

郁泞川得了华海大学创业金奖的事他们院里不少人都知道，当然，这和郁泞川本身惹人关注不无关系。在最新一轮的华海大学校草选举中，郁泞川甚至在自己都不知道的情况下当选了华海大学新一任的校草。

校草夺了创业金奖，这样吸睛的标题，不仅登上了校报头条，还被不少海城当地媒体报道，一不留神，其中一篇配了郁泞川身穿汉服弹三弦照片的新闻稿还被微博吃瓜群众转上了热门。

随后的投资意向电话接踵而来，夏瀚看到了郁泞川的潜力，其他投资人也不是傻瓜。只是他们万万没想到，这个初出茅庐的年轻人竟然已经拿到了天使轮的投资款，并且由于投资额巨大，一下将公司估值到上亿，他们这些只想投个一两百万试试水的只能望而却步。

说是暑假实习，但其实五月中旬时，郁泞川已经进入贵禾天怡，在唐湛办公室外的小隔间安了家。

唐湛自然没义务同公司所有人解释郁泞川的身份，平时不八卦的见到郁泞川也就惊讶下他的长相年纪，八卦的早就凑在茶水间把这个空降兵来来回回扒了个彻底。

“会不会是小老板给自己培养的心腹啊？”职员A握着茶杯，小声与同僚解析着郁泞川的身份，“据说他是华海大学中文系的才子，才大一就得了创业金奖，年轻有为，现在很得风投界大佬青眼，好像说是投了他三千万呢！”

说到“三千万”这几个字时，她故意咬重发音，眼里透出一种既羡慕又嫉妒的情绪，而周围人大多也同她一样。

“三千万，我们几个从现在开始做到退休，工资总和都没有他一半多吧？”职员B长长叹了一口气，“不过我们反正都是底层小职员，人家注定成龙成凤，和我们也没多大关系，产生不了利益冲突，心态还能放平。这高层几个人现在恐怕心里都没着没落的吧？一个不满二十岁的后生，身价都上亿了，可能是将来的劲敌，也可能是下一个扎克伯格，相处起来既要小心拿捏态度，又要提防对方反扑。哎哟喂，我想想都替他们觉得累。”

其他人幸灾乐祸地笑起来，职员A又道：“说到高层，小老板是不是要动严家了？严峰这次调到总部来，脱离了自个儿那逍遥窝，说得好听是公司副总，其实明升暗降根本没给他什么实权，现在又要受总部诸多人的监视，一言一行都不由他，怪可怜的。”说着可怜，但她脸上却也没见什么同情的神色。

职员C道：“再可怜也是皇亲贵胄，比我们金贵，应该不会弄得很难看吧？”

职员A用一种“你还太嫩”的目光瞥了他一眼，摇了摇头道：“再怎么也就是小妈的哥哥，跟小老板又没关系，他干吗要留面子？留着他们以后让弟弟跟自己抢家产啊？”

“说的也是，听说严副总的提案小老板看都不看，开会有了不同的意见，小老板表面上点头赞同，会后其实根本不会去施行。”

听到这里，大家露出一种似乎参与了什么权谋大戏般的高深表情。而就如电视剧里太监宫女在背后非议各宫主子，总会被当事人听到一样，他们没注意到茶水间门口有个人影在方才一闪而过，正是严峰。

严峰午休时间上个厕所，路过茶水间没想到听到了自己的名字，出于本能停下脚步细听，没想到就听到了让自己七窍生烟的内容。

原来现在整个贵禾天怡都在看他笑话！

早年严家也是商贾世家，十几年前严婧嫁给唐山海时，贵禾天怡还没有如今这样大的规模，严家不能说比肩，但也差不了多少。然而时过境迁，严家在严峰这一代走了下坡路，生意一年不如一年，资产严重缩水，现在已经要完全依附唐家而生了。

虽说要仰人鼻息，但严峰一直在老家宁市，过着土皇帝般的日子，也挺逍遥自在。前几年他让严婧吹耳边风，央着唐山海出大头，开了一家连锁餐饮企业叫“宁北堂”，生意不错，但他不满足，嫌净利润太低，于是在账目上做了手脚，几年来捞了不少油水。

直到那次唐湛来宁市视察，他怕事情败露，让妻妹施展美人计想蒙混过关，反倒引起了对方的怀疑，后来还派人来查他的账。要不是他当机立断把账本全毁了，现在恐怕早就被赶出贵禾天怡了。

然而账目毁了，唐湛却也更怀疑他了。不仅借故将他调来海城，圈在自个儿身边像条哈巴狗似的让他哪儿都去不了，还在公司对他施行打压策略，除了他们严家的几个亲眷，根本没有人站在他这边。他在贵禾天怡，说得好听点是副总，说得难听点，就是个可有可无的废物！

严峰越想越气，手心攥得死紧，踏着重重的步伐往唐湛办公室走去。可他甚至没有靠近那扇门，就被郁浐川拦了下来。

“唐总在午休，有什么事下午再来吧！”郁浐川以自己的身高优势，整个人挡在严峰面前，让对方只能仰头和他说话。

“我是公司副总，唐湛的舅舅，你是什么东西，也敢拦我？”严峰简直要气疯了，说话就不太客气。

郁浐川俊美的五官一片冷漠，他低垂着眼，眼中满是寒芒：“我是唐总的秘书，我只为他一个人工作。”

严峰脸涨得通红，像极了一只被激怒的公牛：“我再说一遍，给我让开，我要见唐总。”他伸出食指，几乎要戳到郁泞川脸上。

郁泞川也不是实习一两天了，加上他和唐湛的关系，自然知道眼前这位是谁，并且在他心里还给对方多加了一个头衔——妄图施展美人计的小人。

“我也再说一遍，唐总在休息，不见任何人。”他在气势上毫不相让，根本没把对方放在眼里，“麻烦有事下午请早。”

严峰额角青筋毕露，差点就想动手，而就在这时，大门紧闭的办公室内传出唐湛初醒般带着稍许不悦的声音。

“门外怎么这么吵？”

郁泞川一顿，微微偏头朝门里道：“严副总说有事要找您，我让他下午来，他不肯。”

严峰也提高声音道：“小湛，我有重要的事想跟你说。”

“原来是舅舅啊，快进来。”他那边按了开关，门禁一下解锁，“郁泞川你怎么这么不懂事，这是我舅舅，你拦着他做什么？下次不许拦着听到没？”

郁泞川受到来自唐湛的批评，嘴角微微抽了抽，低下头态度恭敬道：“知道了，唐总。”充分展现出了一名实习秘书的专业素养。

严峰一振衣襟，抬头挺胸，像只打胜了仗的公鸡，狠狠瞪了他一眼，接着大摇大摆推门进了唐湛的办公室。

两人也不知道在里面说了什么，郁泞川只能隐隐听到唐湛粗听十分真诚，细听十足敷衍的应答。

“新来的不懂事，您别生气。”

“没有的事，舅舅你别听人瞎说。”

“咱们都是一家人，哪里会见外，瞧您说的……”

“对对对，是这样的，我知道您为公司做了很多，这些年您辛苦了。”

郁泞川编辑好上午的会议记录，用邮箱发给各个部门，又起身去茶水间倒了杯咖啡。他进茶水间的时候那里已经没有人在，他用胶囊咖啡机泡完了咖啡，回到座位上发现严峰在此期间已经离去，唐湛办公室重归寂静。

他敲了敲玻璃门，问里面的人：“咖啡要吗？”

回答他的是一声轻轻的开锁声。

郁泞川将杯子放到唐湛办公桌上，刚要转身离去，唐湛叫住他："过来。"

他似乎早有准备，并不意外，倒退几步，绕到办公桌后，毕恭毕敬地道："还有什么事吗？唐总。"

唐湛从如山的文件中抬起头，往椅子里一躺，双手交叉仰望着他："我刚刚批评你了，你生气吗？"

"不生气。"

"为什么不生气？"

"因为唐总批评得对。"

唐湛轻笑出声："你倒乖巧。"

林雪莹终究还是走了，走的时候没知会唐湛，他还是从唐山海嘴里听说的这一消息。

唐山海让他回家里吃饭，严婧不知道去了哪里，偌大的房子里就厨子、保姆和唐山海三个人在。

一道道菜端上来，都是比较方便用勺子的食物。唐湛坐在唐山海下手的位置，两人边吃饭边聊着公司里的情况。

聊着聊着，唐山海突然道："听说你给自己找了个秘书大有来头？"

唐湛低头喝汤的动作微顿，他放下勺子直起身，笑了笑道："小孩子而已，什么大有来头，说得那么玄乎。"

唐山海道："我听严峰说，这个小孩子在公司里挺横的。你要注意影响，培植自己势力时，也要顾及到底下人的情绪。"

郁泞川在公司里只听唐湛一人调遣，谁的账都不买，谁的拉拢都不屑，唐湛做好了他要成为某些人眼中钉的准备，不想竟然这么快，状都告到唐山海这里了。

"他不是我的势力。"唐湛轻轻放下勺子，正色道，"我教他做事是一回事，但我不会把他归到自己旗下。他将来必定大有可为，只会比我更出色。"

在事业上，他相信郁泞川会有更广阔的天空，而现在自己要做的，只是教他怎样更好地飞翔。

唐山海眉心一拧：“你很欣赏他？”

他从未见过唐湛这样不遗余力地夸奖一个人，甚至把自己都比下去了。

唐湛心神一收：“夏瀚投了这孩子三千万，人也是他让我照看着的，都是人情往来罢了。”

唐山海一听是夏瀚投的人，自发便把这背后的关系给补全了，只以为唐湛是买夏瀚的面子，才会聘下这么个秘书在身边，又因为郁泞川年少有为，根本也不是为了当秘书来的，才会这样不把别人放在眼里。

“既然是夏瀚托你照顾的人，那你就好好教教他吧！”唐山海接受了唐湛的说辞，“说到投资机构，锁定期下个月就要到期了，投资机构他们那边有什么说法吗？”

贵禾天怡 IPO 前，绝对控股股东是唐山海，第二大股东则是曾与他们签了对赌协议的申鑫基金。而为了能顺利IPO，上市前他们又引进了四家“基石投资者”对公司股票进行提前认购。根据规定，六个月锁定期满，这五家机构便能向市场抛售手中的股票了。

港股对于禁售期满的机构大规模抛售股票并无严格的比例规定，也不用在减持的前、中、后期就目的、进展向公众进行实事披露。相对于 A 股退出的“困难”，港股退出十分便捷，这也就导致了许多机构会在禁售期满后选择第一时间抛售自己手上大部分股票，以确保顺利套现。

然而机构大规模地减持，必定会造成股价的动荡，影响其他投资者的信心，特别是市场不景气，股价持续走低的现在。因此港股一般十分避讳大股东集中减持，一旦发生此类情况，往往伴随着股价持续暴跌。

“我分别约见了那四家基石投资者的代表，他们还是很看好贵禾天怡的，同意不会大规模减持，并且会错开彼此抛售时间。但是申鑫就……”唐湛一想到申鑫基金那个秃头代表转得二五八万的样子心里就冒火，“他们不做任何保证，我还在努力尝试，但有点险。”

唐山海冷着脸重重将勺子拍到桌子上：“我就知道他们不是好东西！”他气急败坏，情绪激动下，双手颤抖得越加厉害。

“当初为什么会同意让申鑫注资？”唐湛一直想不通，为什么以唐山海专横的性格，会分出自己的股份，让一家投资机构进入贵禾天怡。

“还不是严婧这女人！”唐山海冷哼一声，“她和申鑫的经理是老同学，就把对方介绍给了我。一来二去，我也不知道怎么了，跟被喂了迷魂汤一样就签了那份对赌协议。”说到最后，他满脸懊悔。

唐湛闻言心里有了数，这不是喂了迷魂汤，明明就是吹的枕边风啊！

“走一步算一步，就算他们真的要集中抛售手里全部股票，我也有信心能将股价重新拉回来。”

唐山海注视着唐湛年轻英俊的面容，忽然觉得对方其实很像年轻时的自己，干劲十足，永不言败。

这果然是他的儿子啊……

没来由地，从来不曾重视过的儿子，这会儿却让他内心涌起一股老怀安慰之感。

他别开眼，换了个话题：“对了，林雪莹昨天走了，你知道吗？”

唐湛愣了半晌才反应过来林雪莹是去哪儿了。她走了，离开这个国家，再也不会回来了。除了那日毫无温情可言的告别式，没有留下只言片语。

“哦……”唐湛手指摩挲着红酒杯的杯脚，涩然道，“祝她一路顺风。”

他掀起一抹难看的笑，接着将杯中半杯多的红酒一饮而尽。

本来已经答应了要戒酒，没想到还是破戒了。

禁售期一日日缩短，唐湛也不免有些急切，希望尽快促成与申鑫高层的会谈。

申鑫基金的经理蒋青松是严婧的老同学，同时也是严峰的老朋友，唐湛只好拜托严峰，让他出面约一约这位大架子的基金经理。

对严峰来说，只要唐湛有求于他，他还是很高兴的，当即应下来，并且很快有了回复。

蒋青松同意会面，但不是在办公室，而是在酒桌上。

周五晚八点，由严峰牵头，申鑫这边蒋青松带着他们代表，贵禾天怡唐湛带着郁泞川，一共五人来到海城一家挥金如土的私人会所，共赴佳宴。

蒋青松这人长得十分斯文，戴个银边眼镜，很有几分金融界成功人士的模样，乍一看不像是会和严峰深交的那类人，可接触下来，唐湛就知道，物以类聚人以群分，他俩就是一路货色。

桌上荤素段子一茬接着一茬，大多数时间都是严峰和蒋青松两人在回忆往昔，胡吹海侃，那个秃头代表则在一旁不停拍马屁。唐湛试了几次，正事半点插不上嘴，反倒是被他们灌了不少酒。

“我和严婧是老同学，她家小辈，自然也是我小辈。”蒋青松举着一杯红酒要跟唐湛碰杯，“你放心，既然是自家人，叔叔肯定不会坑你。”

严婧也就比他大十来岁，唐湛从没把她当自己长辈，这蒋青松和严婧年纪一样大，竟然开口就想当他叔？

唐湛忍着额角抽搐干了那杯酒：“蒋经理这么上道，那我真的要谢谢你了。”

蒋青松拍了拍他的肩：“谢我就不用了，多喝点酒才是真的。”说着他向自家代表使了个眼色，对方便端着酒瓶过来给唐湛的酒杯再次满上了。

唐湛几乎都要笑不下去，要说中国传统恶习里哪一点令他深恶痛绝，酒桌劝酒文化绝对在前十。

“好，我喝。”他刚要举杯，旁边伸出一只手拦下了他的动作。

唐湛一愣，就见郁泞川站在他身后，半个身子几乎与他贴在一起。去年这会儿还和他差不多高的人，今年就已经比他高一些了。这样的距离，唐湛要微微上抬了视线才能对上他的双眼。

“我来吧！”郁泞川不给唐湛说不的机会，将那杯酒夺过来，朝着蒋青松敬了敬，“老板酒量没有我好，我替他喝一些。”

蒋青松眉尾一挑：“你就是那个被久安资本投了三千万的年轻人吧？叫，叫什么来着？”他看向自家代表。

“叫郁泞川。”代表低头哈腰道。

“哦对，郁泞川。”蒋青松挑剔地打量着他，“长得倒是像模像样，你进娱乐圈发展搞不好比你自己创业还要回报高呢！”

蒋青松这态度实在说不上“尊重”，要是一年前郁泞川恐怕早就一脚踹上去了，可这会儿不行，这会儿他不只是“郁泞川”，他还代表着唐湛。

虚与委蛇而已，他学什么都很快。

“蒋经理说笑了。”郁泞川嘴角扬了扬，“以后说不定还要仰仗蒋经理的照拂，这杯酒算是提前敬您的。”

郁泞川一口喝干了杯中的红酒。

蒋青松见郁泞川干完了酒，便也慢慢吞吞、磨磨蹭蹭地将自己手中那杯酒喝光了。

“你以后的成就可不得了，有久安资本和小湛为你保驾护航，哪里还需要旁人照拂？”严峰坐在自己位置上，夹着桌上的腌黄瓜往嘴里送。这话表面上听着像是夸，细品了就是酸。

他举着自己那杯酒，站起来朝郁泞川走去：“来，我也敬你，以后飞黄腾达了可别忘了贵禾天怡。”

郁泞川的杯子再次被满上。他干脆利落地喝完了，那头蒋青松就像是和严峰达成了共识，又以别的名目要干杯。

一连喝了三四杯，一瓶红酒都见了底，唐湛见郁泞川虽然神情还算自然，但脸已经开始红了，就不想让他再继续。

“酒还是要适度，喝多了伤身。我看差不多了，就别再喝了，大家多吃点菜吧！”他拦下准备要开新酒的代表，“再说，还要留几分清醒头脑才好谈事情，真喝多了这顿饭也白吃了。”

“哟，怎么是白吃呢，敢情唐总是觉得我们除了公事没有私交的必要了是吗？”蒋青松脸上表情有些淡了。

唐湛知道对方这是仗着他们有求于自己才敢如此造次，但的确也是这个理，所以憋住了没发作，赔着笑脸道歉：“是我说错了，我自罚三杯。”

说罢从桌上拿起一个空杯子，递到代表面前让他倒酒。

一连三杯，又快又急，唐湛纵是酒量不错也有点头晕。他晃了一晃，一不小心撞到了郁泞川。

“没事吧？”郁泞川撑住他，在他耳边小声询问。

唐湛甩了甩脑袋：“没事。”

这三杯下去，蒋青松也不太好再揪着不放，正好这时服务员进来上菜，几人便各自归位。

“蒋经理，大家也是一张桌子上拼过酒的交情了，明人不说暗话，贵禾天怡从股价平稳和长远发展上来说，是不希望贵司在禁售期满后立刻大量抛售股份的。”唐湛拿起一旁湿毛巾擦了擦脸，将话题拉回正轨。

蒋青松摇晃着手里的红酒杯，笑了：“你要想稳住股价其实还有个办法，找个接盘的啊！我手里这些股，你只要找到人接手，我低位卖给他。这样我既套现成功，你们也不用担心股价崩盘，皆大欢喜。”

这话虽然没错，但太不上道，甚至有几分寻唐湛开心的意味。

“这样说就没意思了。”唐湛将手里的毛巾掷向桌面，“我知道申鑫等我们募股已经等了很多年，机构减持套现也无可厚非，毕竟你们就是靠这个吃饭的。但为何不将利益最大化呢？再给我们半年时间，我有信心到时贵禾天怡的市值必定比现在翻一番，到时退出，不比现在赚吗？”

蒋青松摇头笑叹：“我看你啊，就是想说一堆好话把我套进去，最终目的还是维稳。你也说了，申鑫等这一天等了很久，五年了，整整五年，我的钱投下去是要有回报的，你不能光给我一个空头支票。”

蒋青松虽然和严峰一样，做人都有几分泼皮无赖，但蒋青松有一点是严峰比不上的——精明。精明中透着点商人的世故，是唐湛最讨厌接触的那类合作对象。

“老蒋，都是自家人，你通融通融，小湛怎么也不会坑你的钱是吧？”严峰手上还有一些原始股，他虽然想挫一挫唐湛的锐气，但也不想真的把股价搞跌了，就在一旁调停起来。

蒋青松沉吟片刻，指尖弹了弹手边刚开的一瓶红酒：“这样，要有诚意的，吹了这瓶，我明天就让人拟‘不减持承诺’。”

唐湛盯着那瓶酒，心里转了许多念头。他好歹也是职务里带上“总”字的人，怎么就落得要陪酒赔笑的地步？身为上市公司董事会主席，谁还不是天之骄子？喝喝喝，喝他个大爷！

然而如此种种，最终还是憋进心里，表面化作一抹极其商业化的微笑：“行，怎么不行了。”

唐湛身形微动，胳膊就被身旁的郁泞川一把抓住道：“我替唐总喝行不行？”他脸上笑着，已经去够那瓶酒。

蒋青松点头：“行啊，但你就不是一瓶了，起码要三瓶。”

就是红酒，喝三瓶也够呛，没醉都饱了。

“什么三瓶，四瓶！”严峰在旁添油加醋，指挥那名秃头代表，“还不快让服务员开酒，这么高兴的事，当然要多喝几杯。”

唐湛冷冷看着他，恨不得把酒瓶子塞他嗓子眼里。郁泞川没还价：“说好了，四瓶，四瓶之后就出函。”

他已经举起瓶子打算喝了，唐湛实在看不过去，动手拦了下来。

“想喝是吧？”

唐湛将酒瓶拿到手里，对在场众人露了个不失礼貌的微笑，随即手腕一翻，将那瓶酒全都贡献给了餐桌。

红色的酒液顺着一点向四周扩散，又因为桌子是电动的，唐湛一边倒，一边转，转啊转啊就转满一圈，边边角角都不放过。

蒋青松差点被滴落的红酒浇了裤子，忙带着椅子往后退，椅子脚在地板上发出刺耳的声音。在最初的怔愣后，严峰最先发声：“唐、唐湛，你这是做什么？”

蒋青松脸色也很难看：“你要是不想喝就算了，何必这么浪费？”

唐湛扯了扯嘴角，将那只空了的酒瓶往空地用力一摔，霎时碎片四溅，秃头代表发出一声尖叫，差点从椅子上跳起来。

“老子不伺候了，爱抛不抛！”唐湛板着面孔的时候还是很能唬人的，面对他的彪悍，一时竟也没人再出声。

唐湛环视在座的一圈，嗤笑一声：“什么玩意儿。”随后朝郁泞川招了招手，兀自走向门口。

服务员十分有眼力见地给他取了衣服，他一把抓过了挽在臂上，头也不回地走了。郁泞川向服务员道了声谢，快步追上。

唐湛风风火火走了一阵，等出了会所，确定附近就他和郁泞川，这才目视前方道：“我刚刚帅不帅？”

郁泞川就差开他一个身位，闻言捧场道：“帅，特别是那句‘什么玩意儿’，我差点就鼓掌了。”

“是不是更崇拜我了？”

“现在可能已经严重崇拜了。”

开车技术无师自通，说话方面郁泞川也展现了学霸的实力。

唐湛受用地大笑起来，然而笑了会儿又逐渐低下声音，叹着气道：“爽是爽了，不过代价也很大。他们这下是一定会减持手里的股份了，说不定为了恶心我，还会在禁售期满当天就抛售。”

可再给他一次机会，他还是会这样做的。他自己当孙子就算了，却不能让郁泞川跟着受委屈。

冲冠一怒为蓝颜啊，放古代他肯定也是个成不了事的昏君。

“利剑悬空啊！”

“蓝颜”还在一旁戳他的心肺。

唐湛望着星光点点的夜空，忽然问身边人：“如果是你会怎么办？”

郁泞川深吸了口气，想了想，接着与他相视一笑。

“尽力扭转乾坤，利空转利好呗！”

第十八章

Go for it

唐湛先发制人，在解禁日前与四家基石投资机构做好协商，共同对外出具了不减持公告，表示自愿延长 6 个月禁售期，以全力稳定股价。

而就在他们出具公告的两周后，解禁日将至，如唐湛所料，申鑫提前三天对外公示，要在禁售期满后对贵禾天怡进行减持操作，出售手中所有股票。

除开唐氏父子外，申鑫现在是贵禾天怡的第三大股东，并且是 IPO 前便注资的股东，它的减持退出，将给投资者一个非常不好的信号——申鑫不再看好贵禾天怡的发展前景。

大股东的减持很快引起了二级市场的恐慌，就算有其余股东的不减持承诺，仍然不能叫股民放心，股价持续走低。

6 月底，华海大学已经放假，郁汸川按照计划没回温镇，而是留在了海城，留在了唐湛身边，与他并肩作战。

为了应对申鑫的减持退出，两人预先做好了几套准备方案，为了这，唐湛几乎忙得住在了公司，一天就睡 5 小时，整宿整宿喝咖啡。而郁汸川那阵子恰逢期末，也是忙得脚不沾地，连打给郁吉吉说明自己暑假不回家的电话，都是五分钟匆匆挂断。

两人别说找时间商量，就是睡眠时间都不能保证。期末考那几天，一场考试一个多小时，郁汸川花二十分钟答完题，剩下时间就趴在桌上补觉，争分夺秒地休息。连江涛他们都感叹，说他有一副铁打的身体，才能这样高强度地运转。

唐湛经过一天的会议，以及唐山海的电话轰炸，晚上实在没忍住，在电脑前打起了瞌睡。

郁泞川替他泡了杯咖啡，见他枕着胳膊睡着了，放轻脚步，将一旁衣架上的西装外套给他拿来披在了身上。

唐湛本就睡得浅，一下子就醒了，迷迷瞪瞪见是郁泞川，又整个放松下来。

“我好高兴。”他脸上还有红印子，可能是小睡了会儿的关系，眉宇间的疲累消散，透着一点餍足。

郁泞川问：“高兴什么？”

唐湛下巴搁在胳膊上，闭着眼道：“梦见你终于成长为能独当一面的霸道总裁，给我养老送终。”

郁泞川从喉咙里发出一声轻笑：“别以为说好听的话就能偷懒，快起来工作。”

唐湛哀叹一声：“这半年我一直在工作，从未停止过，到底什么时候才能休息，我好想退休啊！”

郁泞川整理着他签过的文件，一一翻看核对，闻言头也不抬地道：“再等一两年吧，等我公司建好了，稳定了，你就能在家享清福了。”

唐湛一愣：“你真的要给我养老送终啊郁同学？”

郁泞川面无表情抬头：“不是啊！”还不等唐湛反应，他便接着道，“你看不出来我这是在向你发起挑战吗？等我变成霸道总裁，收购了你们公司，你就可以在家享清福了。”

这下唐湛连表情都空白了。

郁泞川自然地将视线重新放回文件上，嘴里说着：“开玩笑的。”

唐湛的心情被他这两句话搞得可谓大起大落，跟坐过山车似的。

“你这臭小子！”他立马不干了，跳起来就骑到郁泞川背上去勒他的脖子。

郁泞川笑着一只手托住他：“别闹，万一被人看到影响多不好？”

唐湛才不会再上他的当：“我这屋有锁谁进得来？”

两人嬉闹了一阵，抽出零星的时间解了乏，过后便又快速投入到繁重的工作里。

在两人设想中，出具不减持承诺后，股价顶住申鑫减持的压力是最好的结果，可偏偏事与愿违，市场不景气下，贵禾天怡的股价持续下跌，眼看就要一泻千里，唐湛不得不启动第二套方案——停牌止跌。

他找了个十分鬼扯的“要与第三方签订重大战略协议”的理由，向港交所申请停牌。

由于港股没有涨跌停板制，一日暴跌个百分之八、九十也不足为奇。到唐湛成功申请停牌的时候，股价已经跌去大半，如若不采取有效措施止住这个势头，可以预见，一旦复牌，等着贵禾天怡的必定是“闪崩”的局面。

“我想了想，我们或许可以通过收购或者并购案来刺激股市回弹。”唐湛盯着屏幕上刺目的红绿数字，轻拧着眉心道。

一家公司能有能力有资金收购另一家公司扩展业务，这对市场无疑是个利好消息。

“可资金从哪里来？”郁泞川长腿交叠着，后腰轻轻靠在唐湛的书桌上。

唐湛陷入沉默，他注视着屏幕，大脑飞速运转着，久久才吐出四个字：“杠杆收购。”

郁泞川这一年也补了许多金融知识，虽然还不能说举一反三赶超唐湛，但以他的智商在唐湛说出这句话的时候，已经在下一秒就明白了他的意思。

“垃圾债券？”

杠杆收购，垃圾债券。简单来说就是一个“以小博大”的并购方式，兴起于欧美，国外会以发放垃圾债券的方式筹资，而在国内，主要是通过预先质押被收购公司的股权向银行借款来完成收购。这种方式的优点是收购方资金压力会大大减轻，缺点是一旦资不抵债，无法偿还银行的高利息，别说提高股价，一不小心反而会动摇根本。

郁泞川道：“高利息，高风险，其余股东不一定同意。”

他说得婉转，其实“其余”股东就那一位——公司的最大股东，唐湛的父亲唐山海。

因为申鑫减持的事情，唐山海知道后大发雷霆，把唐湛在电话里骂了个狗血淋头，那音量就是在旁边坐着的郁泞川都能清楚听到。以前他只知道他们父子关系不好，但不知道唐山海竟然是这样霸道不讲理的人。他完全将唐湛的努力和付出放下脚下践踏，没有半分体谅和理解。

他无法想象唐湛过去到底是怎样在这样的氛围下长大的。

“他不同意，也要做。”唐湛终于关掉了那个令自己头晕眼花的页面，抬头冲郁泞川笑了笑，“放心，我会说服他的。”

这事宜早不宜迟，唐湛隔天起了个大早就去跟唐山海请安了。一进门，与严婧撞了个正着。对方戴着一副宽大的墨镜，几乎遮住大半张脸，见到唐湛时有意躲闪了一下，只简单打了个招呼便匆匆离去。

唐湛盯着她的背影沉思片刻，回身问保姆：“她和我爸是不是吵架了？”

如果他没有看错，严婧那脸还是肿的，再厚的粉也遮不住嘴角的青紫。

“先生和太太的事，我们不好多说。”保姆满脸尴尬，冲他露出一个心照不宣的笑来。

听话里的意思，那就是吵了，还吵得挺厉害。

唐山海确诊帕金森病后身体一天不如一天，迅速恶化的病情使他如今只能长时间卧床休息。

唐湛进到卧室时，卧室的窗帘都拉着，屋子里弥漫着一股空气不流通所产生的憋闷感。唐山海手边放着一台 iPad，靠在床头，戴着老花镜，神情平静，像是睡着了。但等唐湛走到床边，他又很快睁开了眼，丝毫没有睡眼惺忪的样子，瞧着万分清醒。“来啦。”唐山海抬了抬下巴，让他坐到放置在床边的单人沙发上。唐湛坐定后，先是问候了番对方最近的身体情况，被唐山海不耐烦地打断后，顿了顿，再开口便是今天来此的目的。唐山海听了他一番话，摘掉眼镜，捏了捏鼻梁道：“收购？收购谁？”唐湛将夹着的文件袋递给对方，里面有他叫战略部做的收购可行性分析报告。

“水杉兰，一家连锁经济型酒店，全国分布三百家门店，在越、缅、泰国也有布点。收购它，既可以补足贵禾天怡在经济型酒店这块的短板，也能通过并购案增强市场对我们的信心，我个人认为是个不错的选择。”

唐山海翻看着厚厚的文件，最后可能觉得太费神了，将它们重新塞回袋子里丢到一边，闭上了眼。

“你接触过他们了？”

“我接触过他们的几个大股东，咨询了他们的报价意见。”

“没有接触过他们的管理层？”

“还没有。”

唐山海沉吟片刻：“协议收购耗时太长了，流程烦琐，扯个一两年也是常有的事，我们等不起。”

唐湛抿了抿唇，下颌有些绷起。

“那您的意思是？”

唐山海道：“不用知会他们管理层，直接股票收购。”

唐湛一惊：“恶意收购？”

所谓恶意收购，是与善意收购相对，指不经过标的公司管理层，突袭式的收购行为。如果说善意收购是文明人坐在谈判桌前的友好协商，那恶意收购就是野蛮人在午夜的进攻。

“恶意收购会带来更多的风险和成本，它的过程是不可控的。”唐湛并不支持唐山海的这项决策，“爸，万一把水杉兰惹急了，遭到他们的激烈抵抗，对我们百害而无一利啊！”

唐山海不觉得自己的决定需要经过唐湛同意，在前两年，他或许还能称得上一位英明的领导者。可在女儿去世，身患恶疾后，他的睿智与身体的活力与日递减，性格孤僻不说，简直到了刚愎自用的地步。

“有时候做生意就是一场豪赌，没有风险哪里来的回报？你做杠杆就没风险吗？一样是高风险高成本，再高一点又何妨？”

唐湛有些急躁：“风险和成本自然是越低越好，怎么会越高越好呢？你既然让我掌管公司，在这样的重大决策上就应该尊重我的决定。”

“你懂什么？”唐山海的语气不耐烦起来，“我们停牌止跌，现在又去收购水杉兰，你以为对方不知道我们为的什么吗？他们明白我们的需求，很可能乘机抬高价格狠敲我们一笔。既然这样，我为什么还要做协议收购？我宁可打他们个措手不及。”

“这完全是你的假设，没有任何事实依据……”

“事实依据就是我从商多年来的经验！唐湛，你只是个代理董事长，我仍然是贵禾天怡的实际控制人，你要是不能认同我的做事方法，我可以找个认同的人做你现在的位置。”

唐湛被气得一句话也说不出来，要不是心中对唐家还有一点留恋，他真想现在即刻转身就走，让唐山海去找另一个傻瓜接这烫手山芋。

他与唐山海对视片刻，在短暂的剑拔弩张之后，渐渐松弛了肌肉，软下了态度。

“我知道了。”他不再坚持自己的主张，“我会让并购小组启动股票收购方案。”

与唐山海的会面持续了一个小时，从卧室出来，唐湛没有多留，也没有用饭，匆匆离开了唐家。

他的游说不能说完全失败，但也不怎么成功。

未来会怎么样，他过去从来不忐忑，现在却有些迷茫。

回到家，他觉得很累，便和衣在床上躺了会儿。不知过了多久，耳边响起开关声，他睁开眼，有些不太适应骤然亮起的灯光。

“我一直打你电话你都没接，就想着过来看一看。”郁泞川走到床边，伸手探向唐湛的额头，“怎么了，生病了吗？”

唐湛仰着脸看他：“没有，就是累了，睡了一觉，手机调了静音没听到。”

郁泞川挡住了刺目的灯光，周身在橘色的光影下镀上了一层温暖的边。

唐湛看着他，那些郁结于心，那些烦躁苦闷，在一瞬间神奇般地都像是被夏风吹散了。那风带着干净清爽的薄荷气息，拂去了他的疲惫，驱散了他的不安，让他可以放心沉迷。

“我突然想听你弹琴了，你去把三弦拿来给我弹一个吧！”

郁泞川知道他今天是去见唐山海了，如今这样一副气息奄奄、无精打采的样子，恐怕过程不太顺利，也就没有多问。

“你等着，我去拿。”

郁泞川的三弦一直放在唐湛这儿，最近两个月比较忙，也没再弹过，都快生灰了。

他一边调着弦，一边坐到床头。

“我给你弹个什么呢……”

唐湛调整了姿势，靠在他边上，抱着胳膊道：“随便，你弹的我都爱听。”

戴假指甲比较麻烦，郁泞川没戴，就用檀木拨片随意地演奏起来。

唐湛起初还认真听着，微微闭着眼，一脸惬意，全身都像是沐浴在音乐里。但听着听着，他就觉得这音乐有种说不出的熟悉感，非常怀旧。

他一琢磨，想起来了："这不是天气预报的背景音吗？"

郁泞川按住琴弦："这叫《渔舟唱晚》。"

这么多年来，唐湛还是第一回知道天气预报的背景音乐有名字，还是个这么文艺的名字。

他有些震惊："它竟然还有名字！"

郁泞川挑眉："可不是。"

唐湛："你继续，快。"

郁泞川不知道他要做什么，但还是配合地让音乐声又起。

唐湛坐直了，清了清嗓子，深情款款地道："今明两天海城阴转多云，未来一周将有强降雨，请注意外出时携带雨具。或者不要出门。"

郁泞川差点把弦挑断了，拿着拨片戳了下唐湛的腰。

"不出门干吗？"

唐湛被戳中笑点，边躲边笑得停不下来："爱干吗干吗。"

闹了一阵，两人喘着气仰躺在床上。

"我哥死后，贵禾天怡成了我姐的责任，我姐死了，它又成了我的责任……它就像个深渊，一次又一次将我们吞食。"唐湛双眼半合着望着天花板，显得有些无神。

郁泞川侧过身，伸出胳膊将他揽进怀里。

"不会，有我在，我会拉住你。"

唐湛脑袋靠在他肩上，有些欣慰。

无论自己怎样迷失，怎样彷徨，郁泞川永远都会拉住他，这样就够了。

没人知道他心中有多少感激，感谢老天让他遇见郁泞川，让他不用再一个人苦苦支撑。

与唐、郁两人的温情相比，严婧那边就要苦情得多。她下午见了蒋青松，还来不及诉苦便被对方按到了床上，一番颠鸾倒凤直到夜里。

"老蒋，到底什么时候能救咱们母子出火坑，这日子真过不下去了。"

蒋青松倚在床头抽烟，严婧就在一旁絮絮叨叨地诉说自己的委屈。

“他竟然还打我，你看看我都被他打成什么样了！”

没了墨镜的遮掩，她眼下一块肌肤显出明显的乌青。

蒋青松吐出一口烟：“别急，你都忍了这么多年，不差这一两年，他那毛病没多少日子了。”

严婧眼圈都红了：“我忍得好难啊，我在他身边的每一天都是煎熬。”

蒋青松宽慰她：“我懂，但贵禾天怡就这么给唐家那个小杂种，你甘心？”

严婧沉默下来，她当然不甘心，她儿子才是唐家嫡子，要放古时候根本就没唐湛这私生子什么事儿，凭什么唐山海把公司都给私生子继承，她儿子反而一样捞不到？

蒋青松道：“你不要着急，我有法子治他，你看着吧！”

严婧好奇道：“什么法子？”

蒋青松看她一眼，没回答，掐了烟，将她再次按进床里。

“哎呀，你先说！”严婧嬉笑着和他滚作一团。

唐山海的决定无可动摇，工作日股市一开盘，贵禾天怡便通过二级市场收购了水杉兰酒店2%的股份，到了第二日，又持续收购了3.8%。由于港股规定，一旦个人或者公司持上市公司的股票数超过5%，必须于三个营业日内对外披露信息。第三日，贵禾天怡发布了重大收购事项公告，称计划全面收购水杉兰酒店，而自身将继续停牌。

这次收购打得水杉兰措手不及，由于贵禾天怡并未与他们的管理层进行提前沟通，水杉兰对外表示这是一次不受欢迎的恶意收购行为，他们并不会坐以待毙，束手就擒。一场收购与反收购战就此打响。

唐湛并不主张恶意收购，所有收购事项他只负责传递给唐山海，最后的决定都由对方来做。他仿佛骤然成了一个花瓶摆设，贵禾天怡不知哪个犄角旮旯传出来的消息，说大老板要架空小老板了，大老板要回来重新掌权了。为此严峰这几日在公司走路都带风，嘴角的笑意压都压不住。任何打压唐湛，搞垮对方的事，他都是乐见其成的。

唐湛最近不用忙收购的事也乐得清闲，长久紧绷的神经总算能松快松快，便被郁泞川拉了出来。

“你到底要带我去哪儿？”

唐湛跟着郁泞川预先设置的导航在城市街道间穿梭着，郁泞川拿着手机，眼底含笑，坐在副驾驶座上，也不说目的地到底是哪儿。

直到，唐湛就着指示拐进了一家互联网孵化产业园区。

导航传来机械女声“已到达目的地”的语音，唐湛透过挡风玻璃望了圈外面，心里已经有了底。

“我说，你公司是不是在这儿？”

创业的第一步是有计划，计划的实行，离不开好的办公地点。

唐湛下了车，继续打量四周。这是一家中规模的创业园区，建筑也好环境也好，都显得中规中矩，没有什么特别差的地方，自然也没有什么亮点。

“在四楼，两百平方米的豪宅，你是它第一个客人。”郁泞川拍上车门，指着眼前建筑，为唐湛做着介绍。

两人一左一右走到一处，唐湛胳膊伸长了搂住郁泞川的肩，哥俩好一般走在道上。

“你有三千万呢，怎么就选了这么个地方？”

三千万，海城最富丽堂皇的办公楼郁泞川都租得起，何苦要窝在这偏僻的城市一角？

“钱要花在刀刃上，金的银的，无论多贵我都会买。办公场所最多就是个刀柄，木的铁的，能用不就行？”

“那什么是刀刃？”唐湛笑着问他。

两人一起进了电梯，电梯徐徐上升，半透明的观光电梯，他们望着电梯外，俯瞰大地。

“人才。”

阳光打在他脸上，叫他脸上细小的茸毛都镀上了一层金。他说这话时眉眼微微低垂，褐色的瞳仁在日光下显得有些浅。

要是头上戴一顶金灿灿的皇冠，肩上再披一件红色的斗篷，他就跟个君临天下的国王一样了。

唐湛闻言认同地点了点头道：“那的确是企业最锋利的刀。”

电梯没多久就到了四楼，郁泞川先一步出门，指着正对电梯的那面墙，硕大的几个烫金字：欢迎来到欣创万想。

整个楼层都给郁泞川租了下来，办公用品也都置办齐了，会议室、经理室，甚至茶水室一应规划齐整，只等郁泞川招兵买马，将这具空壳填满。

郁泞川领着唐湛逛了一圈，连厕所都没放过。最后郁泞川将人领到了自己办公室，在一整面巨大的落地窗玻璃前，他张开双臂，对唐湛道："以后，这里就是我的战场了。"

无形中，唐湛似乎又看到了他的皇冠和斗篷，只是这次对方手里还握着一把寒光凛凛的宝剑，散发着强大的斗志。他要用这把剑披荆斩棘，闯出属于自己的一番天地。

郁泞川看着他道："你觉得怎么样？"

唐湛笑道："很好。"

一切都很合适，没有比这更好的了。

"以后会更好，我会加倍努力，绝不让你失望。"说到最后一个字，他抬眼看向唐湛，眼里闪过一道明亮的光。

唐湛心头就像被钟槌撞了一记，差点以为对方是知道那三千万的秘密了。可再一看，那眼里干干净净，深邃如墨，除了柔和的笑意什么也没有。

两人在孵化园区待了半小时，眼见要两点了，唐湛看了眼腕表上的时间，招呼着郁泞川离开。

"你赶时间？"郁泞川回到车上，系好安全带，见唐湛看了好几次手机，以为他接下来还有什么安排。

唐湛轻咳一声，将手机放好，挂挡开车："带你去个地方。"

今儿个也不知是什么日子，两人轮番给对方惊喜，一个接一个。

郁泞川："虽然我知道问了你也不会说，但我还是想问一句，我们去哪儿？"

"我不说，你自己看。"

唐湛做了贵禾天怡的总经理，可吃穿住行并没有什么变化，依旧开着他那辆一百来万的卡宴，住着三房一厅的公寓。他本质上还是与秦道那等富家子弟不太一样，花钱，但不会胡乱花钱，有眼界，却不会自视甚高，这也是他能和郁泞川两人成为朋友乃至商业伙伴的根本原因。观念不能说百分百重合，也总要有百分之六七十的重合，才有磨合的必要。若两人相差太多，磨到中途便已是伤痕累累，支离破碎，又何论相守一生？

郁泞川见他神秘兮兮的，心中多了些猜想，一度还怀疑自己是不是错漏了什么。等车子开进海城火车站停车场，稳稳地停在了停车位上，他就彻底蒙了。

“你要干吗？”

唐湛拔了钥匙好笑地瞅了他一眼，拿起手机拨了个号，同时推开车门往外走。

“喂？你们到了吗？”他对着手机那头的人道，“就B1停车场，A区，车位号是097，你们慢慢来，我们也刚到，没事……”

郁泞川在车里愣愣地看他跟人打着电话，心里没来由生出一个模糊又不可思议的念头，这个念头以无比迅猛的速度逐渐成形，就在他拉开车门要同唐湛问个清楚时，对方突然对着前方高高举起了手臂，接着热情地跑了过去。

“吉吉，大伯！”唐湛一手拎过郁大磊手里的大蛇皮袋，关切地问道，“累不累啊？坐这么长时间火车。”

郁吉吉正是生长发育的时候，经过一个学期的时间，个头高了不少，连声音都到了变声期，从脆生生的童音过渡到了青少年的公鸭嗓。

“不累，丽姐给我们准备了好多个糖果袋子，让我一上车就发给车厢里的人，大家都很照顾我们，下车的时候还帮我一起拿行李呢！”

糖果袋子是唐湛打电话到诺亚，让酒店厨子准备好了再交由郁丽的。每袋子糖果里都塞了一张小纸条，说明了郁大磊的情况，并告知了这是郁吉吉和郁大磊头一回出远门，要是遇到特殊情况，希望大家能搭把手照顾一下。

郁吉吉东张西望一阵，压抑着心中的激动，抬头问唐湛：“我哥呢？”

唐湛冲着停车位的方向抬了抬下巴：“喏，前面呢。我到这会儿都没跟他讲你们要来，他估计激动得不能自已呢。”

郁吉吉顺着方向望过去，果然看到郁泞川怔愣地开了车门，呆呆站在那里看着他们。

他就像在梦里，一时别说是动作，就是连眨眼、说话都忘了。唐湛保密工作做得太好，一点风声都不透给他，等到这彩蛋破开，惊喜程度可想而知。

“哥！”郁吉吉大叫一声，笑得跟被点了笑穴的鸭子似的，如乳燕投林，一头扎向了郁泞川。

郁大磊在身后喊他：“慢点，当……当心车！”

郁泞川等郁吉吉到了眼前，终于回过神，两兄弟亲亲热热抱在了一起，郁泞川还用力在弟弟背脊上拍了几下。

“你怎么要来也不跟我说一声？”

郁吉吉瘦得厉害，这会儿是瘦长瘦长的，背脊也单薄，被郁泞川用力一拍，内脏都跟着震了震。

“喏，是唐哥不让我说的。他说你忙，不能回去，但我们可以过来。”

郁泞川抬眼去看唐湛，对方扶着郁大磊，对他挤了挤眼。

“谢谢。”郁泞川无声地用口型对他说了两个字。

为了方便照顾，唐湛给郁吉吉和郁大磊借了套和他同小区的两居室，家具家电一应俱全，屋里还有辆小自行车，能让郁吉吉没事的时候去外面逛逛。

“唐哥，这房子好漂亮啊！”郁吉吉赞叹地摸着纤尘不染的茶几面，“很贵吧？”

真皮的沙发太软太滑，郁大磊好好坐着，一时不察整个人都窝了进去，吓得“哎哟”了声，让一旁的唐湛赶紧拉出来了。

郁大磊笑着打了沙发好几下，像是要出气：“咋还会吃……吃人呢？”

唐湛也作势去打：“是它不好，都是它起的头，我做证。”哄住了郁大磊，他转头看了眼在厨房里正在烧水的郁泞川，小声对郁吉吉道，“不贵，哥有钱。”

郁吉吉也不止一次被他这财大气粗的架势闪瞎眼了，闻言摇摇头道：“我还是见识太少，对你有钱的认识不够深刻。”

唐湛揉了揉他的脑袋：“等你长大了，好好奋斗，比哥还有钱就别想了，但和哥一样有钱还是可以的。”

郁吉吉不屑地“切”了声，掰开他的手，整理自己一头乱毛：“你别看不起人，指不定将来我就成首富了呢。”

他要成为郁泞川和郁大磊的港湾，总有一天他会和唐湛一样，长成鹏程万里的雄鹰，不再需要家人的照顾，而是换他照顾他们。

万事俱备，郁泞川开始专心忙自己公司的事务，两头不得兼顾，因此辞了唐湛实习秘书的活儿。唐湛想着郁吉吉他们是头一回来海城，总不能让他们一个小孩一个老人自己瞎逛，便打电话给周晖，请他作陪。

周晖昨夜不知在哪儿过的，接到电话还有些迷迷糊糊："啊？吉吉来海城了？"

"前两天到的，老孙不是去欧洲做生意了吗，我只能找你了。"孙嘉然据说是去欧洲和哪家百年钻石品牌签供应合同，已经过去有一阵了，应该没这么快回来。

"行！"周晖那头答应得挺干脆，"包在我身上，一定让他们把海城玩得翻过来。"

两人说完正事，因着这些日子唐湛忙得脚不沾地，他们也许久没见着了，周晖便问起他的近况。两家都在海城，商圈又这么点人，有些事就算彼此不通气，也是瞒不了人的。

"还成，最近收购到 19% 了，我们已经是水杉兰的第一大股东。到 30%，就能触发全面收购要约了。"

按照香港《证券法》规定，收购者一旦持有目标公司股份达到法定比例，也就是 30%，若想继续增持股份，就要依法向目标公司所有股东发出全面收购要约。

超过 30% 未满 50%，触发的是有条件现金要约，在要约函发出的一个月内，收购者可以有条件地以要约价收购小股东手里的股票。一旦收购满 50%，则相继触发无条件强制要约，收购者必须以要约价收购所有接受要约的股东手里的股票。而如果在要约函发出的这一个月内，收购未满 50%，则要约失效，不会触发无条件强制要约，就连 30% 以后有条件现金要约收购的股票，也不会成交。

由此可见，30% 是个界限，许多大股东若没有收购意向，一般不会超过这个线。

而 50% 是收购行为的界限，一旦无法达到这根线，不仅会导致前功尽弃，收购失败，就连之前收购入手的那 30% 股份，也会变得十分尴尬。

要约收购便是一场博弈，是输还是赢，不到最后谁也不知道。

“你爸也真是个狠人啊！”周晖他们家以光学镜片起家，周爸爸成天泡在实验室里，一股子文文弱弱的书生气，生意全由夫人操持，和唐山海这种纯商人是不能比的。

唐湛道：“水杉兰反应还是挺激烈的，看起来非常不满我们的恶意收购行为，不知道会不会有后着儿。”

周晖听出他语气里的无奈，知道他也不容易，宽慰道：“尽人事听天命，你也做了你能做的了，剩下就看老天了。”

唐湛这头刚挂了电话，那头助理匆匆推门进来，神情紧张道：“老爷子来了。”

能在唐湛面前称“老爷子”的，也只有唐山海一人了。

他病了这么久，这还是头一次进公司，唐湛愣了片刻，很快反应过来，起身往外走去。

他到电梯口的时候，唐山海正好上来，电梯门一开，严婧推着轮椅，身后跟着用人，昂首挺胸地从里面走出来。而唐山海坐在轮椅上，面色黑沉，眼角余光都不给唐湛一个。

唐湛一看这两人神情就觉得不妙，悄悄知会助理，让他打电话给唐玉芬。

助理点了点头，找了个机会溜了。

唐山海一路闷不吭声地进了唐湛办公室，叫严婧锁好门，拉上卷帘，一拍办公桌，瞪着眼睛好不吓人。

“小畜生，你看看你做的好事！”

唐湛被他骂得没头没脑：“我怎么了？”

严婧从包里掏出一个信封，轻咳两声，将它交到唐湛手里。

“别跟你爸犟，他身子不好。你认个错，保证再也不会了，这事儿就完了。”

唐湛没吭声，从她手里接过那包东西。拆开一看，是一沓郁泞川的照片，他又飞速往下看，还有他给郁泞川投的那三千万的文件。

那唐山海今天来此的目的就很明确了。

“你有什么要解释的？”唐山海沉着脸，面对这个从小就不亲近的二儿子，此时与其说失望多一些，不如说是恼怒更多一些。

“没什么好解释的。”唐湛也不去问这照片、文件是哪儿来的，既然被唐山海知道了，那这会儿追根溯源已经没有意义。

他将信封放到桌上，大方承认：“就是你看到的那样。”

唐山海被气了个倒仰，颤抖着手指对严婧道：“你看看，你看看他，还这么不以为耻！是不是还要我颁个奖杯给他？”

严婧赶忙过去给他顺气：“老唐你消消气，消消气，对你身体不好。”

唐山海指着唐湛：“你这是要全海城都看我们唐家笑话啊！你这个孽子，你给我跪下！”

唐湛站得笔挺挺的：“我又没错，为什么要跪？”

“你还有理了！”唐山海将手边的笔筒丢向他，唐湛用手挡了下，文具散了一地，还好他有经验，没受伤。

唐湛整了整衣襟，正色对唐山海道：“我不求你们理解我，反正也是不可能的事。我不会把钱要回来，也不会和他断交。其他人怎么看我，我不在乎。”

如果人类必须经历的所有感情是一副七巧板，唐湛一直知道，自己的那副七巧板从小就少了一块。

可少了一块又怎么样呢？前二十几年，他觉得自己和正常人一样，缺了一块不还能拼成许多其他的图案吗？这世上多的是少了两块、三块的人，哪有那么多完美无缺？

他已经放弃了完整，甚至认为自己不配拥有缺少的那块拼图。可现在，他觉得自己少的那块回来了。他又是完整的一个人了。只有经历了完整，才会明白那是种多美好的滋味。

“你要胡闹到什么时候？要不是你两个哥哥姐姐死得早，我又得了这个毛病，用得着来求你吗？现在唐家的重担落在你的肩上，整个贵禾天怡都跟着你摇摇欲坠，你也是过两年就要而立的人了，怎么做事情这么不用脑子呢？”

“咱们谁也说服不了谁，这么吵没意义。您说吧，今天来想要我做什么？我寻思着你让我做的我也做不了，您就直接说后果吧！”唐湛不想和他多吵，直接让他划出道来。

唐山海气得脸都青了，粗着嗓子道：“你做不了？你做不了的后果就是给我滚出唐家，以后唐家和你再没有关系，贵禾天怡今后也不需要你操心！”

唐湛望着他，面色平静：“您想好了？”

他问唐山海可想好了，自己却是一秒的犹豫也没有，对他来说，这根本不是一件需要想的事。

严婧大气都不敢喘地围观这场父子对峙，心里别提多兴奋了。只要唐湛跟唐山海断绝了父子关系，以后贵禾天怡就是她儿子的囊中物了。

她还当蒋青松有什么撒手锏，原来是这么个阴损招数。也不知他什么时候叫人跟踪的唐湛，才能拍到这么多私密照片。

“我……”唐山海正要开口，办公室的门“嘭嘭”就被人拍响了。

“哥，是我，开门啊！”唐玉芬来得再巧不过。

严婧眼瞧着杀出个程咬金，暗恨不已。她知道唐玉芬一向是偏心唐湛的，有她和稀泥，这事儿说不定会有转机。

唐山海收了火气，揉了揉额角，掀起眼皮向严婧示意：“去开门。”

严婧乖乖去开了门，唐玉芬一进屋，瞧着地上一片狼藉，没有先问事情起因，只是冲唐山海道：“我正好在附近逛街，抽空就想来看看唐湛，没想到大哥你也在。你也是，自己身体不好，有什么事叫唐湛回家商量就是，干吗亲自来一趟啊！”

最主要的是，这办公室一大半都是玻璃墙，也不隔音，外面人来人往都听着，父子不和，闹这么大动静，平白让人看了笑话。

她与唐山海到底是亲兄妹，本质还是一样的，都觉得面子光鲜最重要。

“能在家享清福，我何苦来一趟？还不是这孽子不争气？”唐山海鼻间喷着气，狠狠地刮了唐湛一眼。

唐玉芬这些年也惯会做和事佬了，嘴上说着：“正好下午我也没事儿，不如一起用个晚餐吧，我们兄妹也许久没碰头了。至于唐湛……”她暗暗给唐湛使了个眼色，“你要不要也一起啊？”

唐湛心领神会，一抬胳膊，看了眼手表：“不了，我晚上还约了人谈事，我先走了。”

他动作迅速，不等唐山海发难，拿了沙发上自己的外套就往外走，前后也不过半分钟的事。

走出贵禾天怡大厦，唐湛伸了个懒腰，长长吐了口气。

郁泞川这几日忙着面试招人，也不知道方不方便接他电话。为保险起见，他边走向车库，边给对方发了条信息。

——要是我不再是少爷了，你会怎么样？

唐湛不想把无关的烦恼带给郁泞川，特别是对方现在正在承受创业压力的时候，也就没说多余的话。

郁泞川不知是偷空发给他的还是这会儿没事儿，回得挺快。

——换你给我打工，叫我老爷。

还老爷！

“小兔崽子！”唐湛好笑地收了手机，坐进车里，开车往“欣创万想”而去。

第十九章 Go for it

“你真的要硬碰硬吗？”

唐湛握着手机，手里夹着烟，靠在阳台栏杆上同唐玉芬打电话。

他心里有些不好受，但语气仍然坚定：“不是我想硬碰硬，这不是被逼急了吗？”

屋里亮着暖黄的灯光，郁大磊和郁吉吉正在沙发上看电视，郁泞川则在厨房忙碌。虽说是临时租的房子，可看着这一幕，唐湛还是从中品出了“家”的滋味。那是让人浑身慵懒，内心安定，忍不住露出微笑的所在。

“你怎么这么不知道迂回呢？”唐玉芬说着说着也急了，“我知道过去你爸爸让你受了很多委屈，你想报复他刺激他，姑姑都理解，但是叛逆也要有个限度，离开唐家，这是你人生大事，你不要拿这个来赌气！”

唐湛一愣，有些好笑：“姑姑，我都二十好几的人了，过几年都三十了，您不觉得这叛逆期有点长吗？”他也不想给对方什么不切实际的幻想，直接道，“跟任何人都没关系，我天生就这样，不可能改过来了。”

唐玉芬那头静了一静，似乎也被唐湛刺激得不轻。

夏夜的风吹拂着唐湛的发丝，夹在手中的烟缓缓燃尽，四周的空气中弥漫开薄荷的香气。

他将烟蒂按熄在栏杆上，一抬头看到郁泞川隔门冲他比画，示意他菜已经做好，可以吃饭了。

唐湛见郁吉吉和郁大磊已经上桌了，无声地给郁泞川比了个“OK”的手势。

郁泞川转身走了，唐湛按住电话道：“姑姑，您别劝我了。真的，没用。”

唐玉芬还待说什么，唐湛已经快速挂断了电话。

郁泞川见唐湛进屋了，用汤勺给他盛了一碗排骨汤，等对方走到餐桌前时，汤也正好摆到他面前。

唐湛坐下后端起汤深深吸了口气："好香。"

"我哥煲汤的手艺还是没得说。"郁吉吉这已经是第二碗汤了，看得出是真心实意的马屁。

这种家庭聚餐要是还聊工作那可就太扫兴了。桌上几人有一搭没一搭地说着话，主要是一些比较轻松家常的话题。唐湛询问了郁吉吉村里众人的近况，郁吉吉说都不错，贺虎和郁韦一如既往跟着他撵猫逗狗，郁丽最近升了职，成了酒吧的总领班。

大家似乎都是一派岁月静好的模样。

"这几天周晖都带你们去了什么地方？"唐湛问。

郁吉吉停下喝汤的动作，认真回忆着："跨海大桥、自然博物馆、明珠塔、步行街……就这些。"

唐湛点点头："明天我带你们去老街吃好吃的。"

郁吉吉双眼一亮："你带我们去？真的？"

"真的。"

唐湛没有错过郁泞川诧异的目光，因为收购案，贵禾天恰这几日应该是最紧要的关头，他不要说带郁吉吉他们去游览观光，就是这样坐下来吃顿饭都已经很难得了，对方会感到不解也是正常的。

吃完饭唐湛又坐了一会儿，大概九点才起身要走。

"那我明天打电话给你，你就和大伯到楼下等我知道吗？"唐湛边穿鞋边嘱咐郁吉吉，让他别忘了明天的安排。

郁吉吉抱着半个西瓜窝在沙发上舒舒服服看着电视剧，闻言鼓着腮帮子含糊道："知道啦，我一定准时，唐哥再见！"

郁泞川在一旁默不作声换上了室外拖鞋，一抬头就见唐湛有些讶然地盯着他。

"我送送你。"他二话不说，推着唐湛就出了门。

等门关上了，两人身处安静的楼道，你看我我看你，互相对视片刻，一时竟也没人先开口。

最后还是郁泞川率先打破沉默："说吧，怎么回事？"

他边说边往电梯口走去，唐湛默默跟在他身后，视线盯着地面，半天张不开口，颇有点犯错小学生的味道。

郁泞川也不催他，两人一路安静地挪进电梯。

电梯匀速下降，很快到了一层。就在电梯门即将打开的时候，站在郁泞川身后的唐湛总算开口："喀，今天我爸找我了……还提到了你。"

肉眼可见，郁泞川浑身肌肉一僵。

电梯门徐徐打开，他抬步一声不吭地往外走，直到出了大门，被闷热的夜风一吹，才像刚回过神一样转头去看唐湛。

"那你接下来打算怎么办？"

他问的时候，唐湛有种想拿出手机把他表情录下来的冲动。拧着眉，板着脸，严肃凝重中还透着点不安。

唐湛双手插在兜里："以后跟你混呗！"

郁泞川一怔，眉心逐渐舒展开来。

他唇边露出一点笑："行。"

唐湛上前揽住他的肩，脸上丝毫看不出被家里扫地出门的忧愁，而是满满的轻松快乐。

"走，去我那里坐一会儿。"郁大磊他们的租屋和唐湛的房子就在同一个小区，走两分钟也就到了。

"你明天不是还要带吉吉他们出去玩吗？"虽然这样说着，脚步却很诚实地跟着唐湛在走。

"怕什么，要下午呢！"唐湛冲他眨了眨眼。

贵禾天怡对水杉兰的收购本来十分顺利，一切都按照计划稳步施行着，就在众人都以为水杉兰终究不敌野蛮人的穷追猛打，要举旗投降时，变数发生了。

水杉兰发动了一系列反收购措施，以有效遏制公司被恶意收购。

他们修改了公司章程，规定董事会每年最多更换三分之一，并且任何重大决定都必须有董事会三分之二的投票才能通过。如果把董事会比喻成鱼池，这些规定便是为了驱赶鲨鱼的"驱鲨剂"。

随后，水杉兰又对外公告，今后如若公司主动解雇管理层人员，将会无条件给予十倍年薪的补偿。

这显然也是一项反收购措施，他们想要告诉贵禾天怡，抑或是说唐山海，水杉兰并不会坐以待毙，想要从他们手中夺取公司，大不了就拼个鱼死网破。

而最让贵禾天怡措手不及，又毫无预料的，要数他们的第三项反收购措施——白骑士。

顾名思义，白骑士充当着正义一方救人于水火的英雄角色。如某公司遭遇恶意收购，他们又不想将公司拱手相送，便会私下向与自己交好的第三方寻求帮助，让这名“白骑士”出面与野蛮人竞争。

贵禾天怡的行为鲁莽又无力，这样的收购者必定不可能与水杉兰本身的经营理念相合，一样要卖，他们为何不卖给更友善的对象？

只能说唐山海的行为彻底触怒了对方，他们并不打算让贵禾天怡好过。

水杉兰找到的白骑士不是别人，正是目前他们的第二大股东——宝骏集团。

宝骏集团本身便拥有水杉兰 12% 的股份，在一个交易日的午后，没有给贵禾天怡任何反应的机会，宝骏集团突然向水杉兰的所有股东发出了有条件要约收购函。以收购价 4.5 元，溢价 50% 的高价，全面收购各类股东手里的股票。

宝骏集团的持股量以迅雷不及掩耳之势的速度很快超过了贵禾天怡，往着 30% 这一界限有序稳定地前进着。

唐湛胳膊挂在床边，脸趴在枕头上，双唇微微张开，睡得不省人事。

贵禾天怡不再需要唐湛，唐山海也解除了他的职务，他一下子闲了下来，压力少了，连睡眠质量都好了。

这些天他带着郁吉吉和郁大磊玩转海城，把好玩的不好玩的地方都去了一遍，甚至还去了两次动物园。别的不说，也算是把他童年的缺失给补回来了。

他已经很久没有这样轻松自在过了，甚至有那么个瞬间觉得自己以前是不是傻，不然为什么有福不享要去奋斗事业？

没什么就越看重什么，他太在乎父母的看法，努力表现自己，想将自己最优秀的一面展现给他们。结果不仅没人在乎，反而把自己弄得疲惫不堪。

他睡得正熟，忽然放在床头的手机剧烈震响起来。

手机响了许久，唐湛翻了个身，觉得吵又醒不过来。过了会儿铃声止住了，他眉头舒展，毫无障碍地继续睡觉。可没多久，吵闹不休的铃声再次响起，将他的神志彻底从睡梦中拖拽出来。

他摸到手机，迷迷糊糊接起来："喂？"

对面传来唐玉芬心急如焚的声音："小湛不好了，贵禾天怡收购失败，你爸爸心梗发作进了医院，刚刚才脱离危险。小湛，你快点回来主持大局，唐家需要你啊！"

唐山海再怎么不是，对唐湛也算有养育之恩，结束通话，唐湛坐在床上光着膀子挠了半天头，最终还是决定去一趟贵禾天怡。

公司里彻底乱了套，今日开盘后宝骏集团持股已超30%，触发了全面收购要约，有了水杉兰管理层的全面支持，宝骏集团对水杉兰已是志在必得。

唐湛的到来无疑是一剂定心针，众人都等着他下令来进行下一步操作，尽可能地挽回损失。然而严婧的哥哥严峰，却对这个好不容易赶出去又回来的大外甥充满敌意。

"身为公司副总我要说一句，唐湛已经被董事长停职了，他现在不能代表董事长做重大决定。"董事会议上，严峰瞥了眼坐在斜对面的唐湛，嘲讽道，"而且水杉兰的收购案一开始就是唐湛主持的，要不是他想到去收购另一家公司挽回股价，我们根本不可能冒这么大风险去做杠杆。现在别说股价了，能不能还上杠杆的利息都不知道。这样的人还要继续担任公司的决策者？我第一个不同意。"

会议室陷入一片寂静，众人目光不约而同落到了唐湛身上。

他手里把玩着一支圆珠笔，以规律的速度按压着笔帽。圆珠笔笔尖在他手中弹出又缩回，持续不断，发出的"咔嗒"声成了会议室唯一的声响。

严峰被这声音烦得不行，蹙眉用指节敲了敲桌面："请你严肃点。"

唐湛按压圆珠笔的动作一顿，终于抬起头看向他。眼里带着不屑，浑身写着“冷漠”。

严峰被他这样看一眼，牙根立马咬紧了，搁在桌上的手都握成了拳头。

“我想严副总你应该认清一个事实，在一个成熟的企业中，口头停职，公司内部邮件停职，抑或是没有经过任何公示的董事会成员职务卸任，都是不作数的。”唐湛看他就像在看一个傻子，“抑或是我们现在可以举行一个董事会投票，看要不要把我投出去，但大家确定要浪费时间在这种事情上面吗？”

会议室开始响起窸窸窣窣的说话声，董事们各自交头接耳着，交换着彼此的想法。其中最先表态的，是几家基金驻贵禾天怡的股东代表。

“我们无条件支持唐先生的决策。”

“如今的局面我们相信只有唐先生才能破解，我们会一如既往支持他。”

“到了现在这个地步，除了相信唐湛先生，我已经想不到别的可能了。恕我直言，贵司除了唐先生，并没有其他人有能力扶正这即将倾倒的大厦。”

被几家基金一带节奏，董事会的意向开始摇摆。

“我刚才视频连线了老唐，他也点头了。”这时，独立董事崔和英从外面推门进来，手里拿着手机给众人播放了一段唐山海躺在病床上的视频。

视频里唐玉芬举着手机问他：“公司要不要让唐湛暂管？”

唐山海身上插着各种仪器，嘴鼻处还罩着氧气罩，但他显然是听懂了妹妹的问题，十分艰难而缓慢地点了点头。

自从接到唐玉芬的电话，唐湛直接赶到了贵禾天怡，因此这还是他第一次看到唐山海目前的状况。到底是父子一场，目睹曾经强壮高大的父亲一点点变得老迈、病弱，唐湛做不到幸灾乐祸。他复杂地看着视频里衰老的唐山海，最终随着视频的结束无声地叹了口气。

他霍地站起身，迅速进入角色：“OK，没用的放一边，现在我们来讨论贵禾天怡接下来该怎么做。”

长条形的会议桌顶端留有一个座位，瞧着与旁的并无不同，但那是只有董事长才能专享的“宝座”。唐湛整了整西装衣襟，朝宝座信步走去。经过严峰时，还意味深长地从后方拍了拍对方的肩膀。

严峰沉着脸，差点一口牙都咬碎了。

唐湛往椅子里一靠，扫视一眼众人，宛如君王睥睨着他的臣子。

“谁先来……”

开完董事会议已经是下午，唐湛匆匆对付了两口助理买回来的简易便当，在短暂的休息期间给郁泞川打了个电话说明情况。

“你不知道我那会儿多帅，这要是一部小说，章节名就是‘唐湛重回王座巅峰’。严峰的脸都给我气歪了，我都怕给他气得原地升天。”

郁泞川那头显然也正在忙，与唐湛说话的间隙还要回答别人的问题。

“他就是个小人，你别跟他一般见识。接下来你打算怎么办？这个你找行政问一下要放哪里……”

唐湛仰躺在转椅上，两眼直视天花板：“驱鲨剂、金色降落伞，再加白骑士，这套组合拳我是没本事破了，只能放弃收购。等宝骏集团收购满50%触发无条件要约收购的时候，再把手里股份抛出，至少不会弄得太难看。”

然而贵禾天怡的危机并没有解除，本来收购案就是为了提升股价，可现在收购失败，他都不用想就知道此时复牌将会面临怎样暴跌不止的尴尬境况。

商场如战场，往往一个看似寻常的决策，就能毁去几十年的苦心经营。

他也不过是个没满级的白银，要一个人背负整家公司，拉动它蒸蒸日上……真的很难。

“你若想要转危为安，扭转乾坤，我倒有个办法，就看你愿不愿意尝试了。”

郁泞川的成长速度叫人难以想象，短短时间内他便发挥学霸本色，在商业上表现出了惊人的天赋。举一反三是好学生，而他，甚至不需要老师引导便能生出无限可能。

“什么？”

“并购案。”

唐湛有些不解，他已经尝试过了收购水杉兰，以失败告终，郁泞川难道是想让他再找一家试试吗？可合适的标的并不容易找到啊！

郁泞川似乎找了个更为安静的环境：“不是买，是卖。高价卖出贵禾天怡旗下的子公司，为母公司带来巨大经济效益，这在股市上应该算利好吧？”

唐湛双眼一亮，已经明白他的意思：“公司有钱了，股民信心也会增强，只要不是出于经济原因的贱卖，的确是利好。”他突然茅塞顿开，“谢了！”

他匆忙挂断了电话。

夏瀚身为久安资本的负责人，最不缺的就是人脉关系。当唐湛找到他，让他寻找合适的买家促成并购案时，他虽然惊讶，但也很快答应下来。

他很快找到了合适的买家，国际餐饮集团“凯豪”的中国子公司，意欲收购贵禾天怡旗下的连锁餐饮“宁北堂”，出价喜人。

这个好消息让唐湛大大地松了一口气，宁北堂本来就和贵禾天怡的酒店主业格格不入，能卖出去可说是百利而无一害。

他很快召集各大股东以及董事说明了他的计划，不出所料，遭到了严峰的强烈反对。

“不行，凭什么卖宁北堂？它的发展无可限量，我有信心它将来能成为中国的五百强餐饮！”严峰脸都涨红了，“它，它是能给公司赚钱的，我不同意卖它！”

宁北堂是贵禾天怡实际控股，严峰参股的一家子公司，卖掉它，除了同贵禾天怡有利益关系，接下来就要数与严峰关系最密切了。

卖出宁北堂的价格其实不低，以严峰的占股，也能拿到一大笔钱，不过显然人心不足，严峰并不满意唐湛的这项决定。

在他看来，宁北堂在，他就有一份自己的事业，躺着也能吃分红。以后说不定还能通过自己妹妹的关系低价购入贵禾天怡在宁北堂的股份，彻底掌管这家由他建立起来的子公司。但现在唐湛说卖就卖，没有一点转圜的余地，叫他如何不恨？

“舅舅，我不是在问你意见，我只是知会你一声。”唐湛双手置于桌面，身体微微前倾，质问对方，“到底是你个人的利益重要，还是贵禾天怡的利益重要？”

严峰面对他犀利的目光，一下子说不出话来。

最终董事会以压倒性的票数通过了卖出宁北堂子公司的方案，唐湛还没宣布会议结束，严峰便一言不发摔门离开了会议室。

他满心怨愤不得发，憋到要爆炸，走出会议室后，随即便驱车找蒋青松喝酒解闷去了。

蒋青松面带微笑地听他不断数落着唐山海和唐湛的不是，自始至终沉默不言。

“唐湛这个小畜生，运气也太好了吧？这样都能让他复起！”酒过三巡，他恶狠狠将杯子拍向桌面，“总有一天……我要给他点颜色瞧瞧！”

蒋青松给他添酒，安慰他道：“老严，我懂你的感受。他一个私生子，凭什么在你面前趾高气扬？这次没有弄死他的确可惜。”

“就是……一个私生子，在我面前耀武扬威什么呀？”严峰喝得醉醺醺的，眼神已经开始混浊，“唐家怎么不再多死一个，他也死了，老头子就只能靠我们严家了。”

蒋青松原本安安静静听着，到这里突然双眸眯了眯，眼里闪过一丝算计。

“是啊，他要是死了，贵禾天怡就是聪聪的囊中物了。聪聪现在还小，唐山海又病得那样重，到时候公司还不是要靠你主持大局？”

严峰缓缓抬头看向他：“靠我？”

“是啊，只要没有唐湛，唐家就是你们严家的。”蒋青松不遗余力地蛊惑着眼前的男人，“成大事者不拘小节，老严，你考虑考虑。”

严峰此时正糊涂着，也搞不清对方让他考虑什么，但看蒋青松表情，觉得那应该是件很重要的事。

“好，我考虑考虑。”他愣愣点头。

凯豪对于宁北堂的收购在夏瀚的牵线搭桥下顺畅而快速地进行着，一个月后已经完成了初步的谈判。按照行业套路，唐湛相信再扯皮一个月，讨价还价一下，应该就能完全谈下来。

这一个月里，唐湛抽空去见了唐山海。唐山海已经从重症监护室转到普通病房，唐湛去看他的时候他躺在床上，手上吊着点滴，脸色苍白，已经连坐起来的力气都没有了。

大多都是唐玉芬在说话，说的也是无关痛痒的小事。“这几天天气不太好，太闷了”、“医院里中暑的病人特别多”、“你爸只能吃清淡的，我让我们家保姆做了鸡肉粥”……诸如此类不会让大家太尴尬，又能聊两句的话题。

唐山海不知是病得说不了话还是不知道怎么面对唐湛，迷迷糊糊睁开眼看了看他，又给闭上了。

恶意收购的风险唐湛早已告知过他，他却一意孤行蛮横行事，最后导致水杉兰绝地反扑，自己也惹了一身腥。最讽刺的是前脚把唐湛赶出公司，后脚就因为收购失败要对方回来帮忙。这太狼狈，也太难堪，唐山海做了一辈子独裁的君主，丢不起这个脸。

唐湛倒也没想和他父慈子孝，以唐山海的脾气是绝无可能向他道歉或服软的。他见对方没事，坐了会儿也就走了。

这一个月他忙得昏天黑地，已许久没有见郁吉吉和郁大磊。最近两天好不容易一切都安定下来，上了轨道，他便提前知会了郁泞川，今天要去吃晚餐。

他从医院出来正是下班高峰，往华海大学方向堵得严重，花了一个小时才到。

“唐哥你总算来了。”郁吉吉给他开门，还乖巧地放好了拖鞋。

一进屋，满室明亮，鼻端充斥着食物美好的香气。唐湛边脱鞋边道：“好香啊，你哥做什么好吃的了？”

郁吉吉道：“可多了，我哥今天是使出看家本事了，做了一大桌子菜呢！”

听他这么说唐湛嘴里唾液都分泌得多了些，他咽了口口水，换好拖鞋快步随着郁吉吉进到餐厅。

郁大磊手里握着一把汤勺筷子，正一个座位一个座位分发。

“大伯你当心。”郁泞川招呼着，隔着抹布从炉灶上端起一大锅骨头汤几步走到餐桌旁，放到了最中央。

他一抬头，见唐湛从外面进来，笑道：“快坐下啊，傻站着干吗？”

郁泞川今天果真是做了许多菜的，好几个还是他爱吃的。

唐湛在桌边坐下，心里美滋滋的：“就算知道我要来吃饭你也不用做这么多吧？感觉我们四个人吃不完。”

嘴上这么说，手已经很诚实地去夹自己最喜欢吃的咕咾肉了。

“唐哥你怎么这么自作多情呢？”郁吉吉也是吃得嘴上冒油，还不停给身边郁大磊夹菜，“虽然你也是一部分原因，但主要也不是因为你。今天是我哥生日。”

唐湛筷子一顿，有些不解：“生日？他生日不是9月份吗？”

如今才8月，离郁泞川生日还有一段日子才对。

郁泞川捧着汤碗道：“本来是9月份的，这不吉吉和大伯正好都在，就想提前过了。”

“嘿！你怎么不早告诉我？我好准备生日礼物啊！”

“那你下个月再补上呗。”郁泞川笑道，“又不是下个月见不到了。”

说话间，郁吉吉突然起身：“他没准备，我准备了！”

他小跑着往屋子里去了，不一会儿抱着个盒子出来，小心地递给了郁泞川。

“别晃啊，易碎物品。”

郁泞川见他如此有心，也很好奇对方送的是什么，当场就拆了起来。

拆了半天，从填充碎纸屑里捧出一座微缩景观球。

一座一层楼的农家小院，周围点缀着几棵大树，一点田地。金黄的田埂旁，是两大一小三个塑料小人。

郁吉吉指着三人一一介绍：“这是大伯，这是我，这是哥。”

这俨然便是他们在温泉村的老宅了。

郁吉吉揉了揉鼻子道：“你以后可能也没什么时间回去了，我怕你想家，就给你做了个缩小版的。你可以放在床头，这样就能时常看到了。”

看到了，就能想到他身后还有个家，他的家人会一直支持他，心永远和他在一起。

郁泞川珍惜地摸着玻璃球罩，有些怔忪，有些感动。

“谢了，哥很喜欢。”他又看了会儿，将景观球小心放好。

郁大磊这时候站起来，往他手里塞了个红包。

“大伯，不用了，你自己留着用，我钱够呢！”郁泞川哪里肯要，一直往回推。

“不一样，大伯……大伯给你的……”他固执地将红包一个劲儿塞进郁泞川口袋里，“是大人了，大伯高兴。”

他不停地重复“大伯高兴”这几个字，脸上满是憨厚的笑容，仿佛过生日的是他自己一般。

他一直将郁泞川和郁吉吉当自己的孩子抚养，就算本身心智不全，重病缠身，也从未想过遗弃他们。他用最纯真的爱抚养这两个孩子，将他们养大成人，教得很好。

唐湛在旁边看着，也觉得高兴，真的高兴。

“大伯给你的你就收着，长辈的好意懂不懂？”他一把握住郁大磊的手，将他手中的红包顺势塞进了郁泞川口袋。

郁泞川推辞不过，只好收下了。

一顿饭吃得可谓热热闹闹，团团圆圆。吃完饭唐湛陪着三人边吃西瓜边看了会儿电视才起身离开，郁泞川将他送到了电梯口。

第二十章
Go for it

第二天，郁泞川正在公司忙碌，突然接到唐湛电话，问他晚上有没有空，说约了夏瀚吃饭。

“夏瀚？”

“他门路广，认识的创业者也多，去年我在他那儿投了一个拓展家政行业的年轻人，叫杨永逸。我觉得这个人脑子里还算有些东西，创业思路也非常清晰，就让夏瀚约出来想给你指点一下，分享下自己的经验，好让你少走些弯路。”

唐湛虽然有商业头脑，但他没有创立一家公司的经验，他生来家里就有公司良产，不用自己辛苦创造什么。在这一点上他帮不到郁泞川，所以他另辟蹊径，既然自己帮不到，就去找能帮他的人。

“行，有空，几点？”

“约了八点，我七点来接你，你饿了就先吃点饼干什么的垫垫肚子，别弄低血糖了。”

午休时间统共也就一小时，唐湛下午还有个高层会议，讨论宁北堂的一些收购审批流程进展，也就没有多聊。

严峰自从在宁北堂这件事上和唐湛闹得不愉快，索性再也没来过公司，称病告假，消极抵抗。唐湛如今不过是秉着自己姓“唐”，在公司需要自己的时候尽最后一点力，连唐山海都不想顾忌了，更不要说这个便宜大舅，根本懒得理他。

无论是收购还是被收购，永远都是一个复杂又精密的过程，需要走许多流程，制作无数报表。会议进行了一下午，就在众人以为小唐总要在会议室请大家吃盒饭的时候，六点半，对方看了眼腕表，准时喊了停，就地解散。

“会议上说的事各部门注意跟进，港交所那边也尽快提交复牌文件。公司现在处于非常时期，最重要的就是这两件事，希望大家风雨同舟，共同努力，散会。”

唐湛一路坐电梯下到停车场，边往车位走边用手机给郁泞川发了条已经出发的信息。

他拿出车钥匙走到车旁，突然抬头扫了圈四周。

偌大的停车场内除了远处不时传来汽车引擎发动的声音，唐湛方圆十米举目望去并没有瞧见人影。

可能是他太敏感了。没有发现什么不对的地方，他揉了揉后脖颈，扫去心中不安开门上了车。

唐湛不知道的是，在他的卡宴出库没多久，一辆再寻常不过的金杯面包车缓缓跟在后面同样驶离了停车库。

“久仰大名久仰大名，我听夏先生提过你不知道多少次了，今日一见果然名不虚传。”

路上有些堵车，唐湛和郁泞川虽然没迟到，但到的时候夏瀚和杨永逸已经好好坐在位置上了。

杨永逸见了两人立时起身与郁泞川亲密握手，虽说身材仍旧瘦小，头发也依然乱得像鸡窝，但谈吐与精神面貌却同一年前唐湛初见他时判若两人。

他现在已经可以称为一名优秀的，足以令他人信服的创业者了。

“我听夏先生说你是做线上趣味模拟教学这块的，你这个创意要是配上 VR 技术那真是无敌了。”杨永逸瞧着像个宅男，也的确深谙宅文化，什么任天堂啊，索尼游戏机啊，微软游戏本啊，他都信手拈来，就没他不会的。

“我们打算先上线小程序，大力推广宣传，形成国民话题度，然后再进一步开发后续产品。”企业从创立到盈利是个缓慢的过程，不能想着一蹴而就，更不能好高骛远。走太快容易摔，地基不稳容易倒，凡事都不好操之过急。

“你这里还需要程序员吗？要的话我有个不错的人选推荐给你，之前是帮我做小程序的，但我这边小程序已经稳定了，对他来说没有太多的挑战，留在我这边是屈才了。”杨永逸不遗余力地挖着自家公司的墙脚，“我觉得你们公司性质挺适合他的，应该能带给他更好的发展。”

郁泞川闻言愣了愣，算是知道为什么唐湛要将这个人引见给他了。

对生活充满热情，待他人满含真诚。亲和力满分，又极具人格魅力。郁泞川不觉得杨永逸是在讨好他，没这个必要。他能感觉出来对方是真的想帮他，抑或是帮自家员工谋求更好的发展。

没人会讨厌和这样的人来往。

“那就有劳杨先生引荐了，实在太感谢了。”郁泞川道。

杨永逸不好意思地挠了挠头：“没事，吃了这顿饭咱们就算朋友了，你喊我小逸，我喊你小川，咱俩谁都别跟谁客气。”

这时侍者过来上菜，唐湛笑着打断他们：“先吃菜，边吃边聊。今晚要是没聊够，可以加个微信回去继续聊。小杨你现在已经度过了初创期，公司正在稳步发展阶段，有什么过来人的忠告，掉过的坑，吃过的亏也别藏着掖着，跟小川多说说。”

一餐饭下来，大多都是郁泞川提问，杨永逸回答，而夏瀚、唐湛充当听众，或者补充回答。

聊到后面饭菜都撤了，侍者抱歉地告知餐厅要打烊了，几人这才起身。

夏瀚有司机接送，和他们在电梯口分了手。杨永逸则是自己开车来的，不过与唐湛的车并不停在同个区域。

三人下到停车库，杨永逸同两人在入口处挥手告别。

“那就再见了，路上小心。”

“再见。”

“下次见。”

望着杨永逸远去的背影，唐湛问郁泞川：“人怎么样？”

郁泞川想了想，发了张好人卡。

“挺好。”

唐湛轻笑一声：“一个创业者，能力很重要，但人品更重要。大家在商圈里摸爬滚打，指不定哪一天就要合作互惠，就算不能培养成得力伙伴，也不能给自己培养个绊子。创业者与投资人应该彼此成就，有许多投资人唯利是图，不看人只看项目，我不认为这是良性发展。如果你哪一天做了投资人，记得将我的这一理念传达下去。咱们薪火相传，生生不息。”

唐湛是郁泞川生活上的贵人，更是他事业上的导师。只要他不满嘴跑火车，郁泞川还是很爱听他说话的。

“精彩精彩。”郁泞川不怎么走心地鼓了鼓掌，先一步走在了唐湛前头。

“我怎么觉得你这么敷衍呢？”唐湛追上去。

“绝对发自肺腑，要我把心掏出来吗？”

“那还是算了吧！”

两人边侃边朝停车位缓缓走去，到跟前时，发现有辆白色面包车紧紧贴着卡宴驾驶室的那侧，唐湛要上车还得从副驾驶绕。

“现在的人停车都这么不讲究吗？”唐湛皱了皱眉，刚要去拉车门，面包车车厢突然被拉开，从上面下来个穿着迷彩工装裤的板寸男。

他一眼瞧见对方脸上戴着副口罩，手上还有什么东西寒光闪烁。没有给他太多反应的时间，对方突然直直朝他冲了过来，接下来的一切仿佛一场逼真的噩梦。

只是几秒的工夫，他被人猛地推开，撞到了车上。等稳住身形急急回身去看的时候，身后的景象叫他浑身血液都要冻结。

郁泞川的白衬衫逐渐透出血色，他拧眉捂住腹部的伤处，仍无法阻止汹涌的液体不住往外冒。那血滴滴答答汇聚在一起，很快在地上形成一摊深红色的积液。

“抢……抢钱！”板寸男手上握着一把染血的匕首，整个人不停在发颤，说话带着口音，并且结结巴巴。

“你是什么人派来的？”郁泞川忍痛质问他。

这个人一上来就动刀子，实在不像抢劫的，更像是目标明确，冲唐湛来的。

男人被问得一惊，心虚地飞快瞥了眼唐湛，见对方毫不迟疑朝他扑了过来，吓得丢开匕首拔腿就逃。他以最快的速度发动面包车，擦撞着唐湛的卡宴绝尘而去，从下车行凶到逃逸，整个过程甚至不足五分钟。

唐湛没有追他的打算，也不是朝他扑过去的。

“小川……”他一把搂抱住郁泞川不断下滑的身躯，牙关上下恐惧地磕碰着，刹那间竟然失语了。

郁泞川因为短时间的大量失血，额头上迅速出了层冷汗，嘴唇也变得一片苍白，但他仍然极力安抚着唐湛。

“别怕……”他努力牵动嘴角想要给唐湛一个微笑，却因为越发严重的眩晕而不得不闭上双眼。

唐湛的手紧紧叠压在郁泞川的伤口上，很快就被鲜血浸染，满手黏腻。那些带着郁泞川体温的液体像是硫酸，让碰触到它们的肌肤泛起剧烈的疼痛，从皮到骨，一路烧灼到心脏。

他觉得自己要死了，快要喘不过气了。

唐湛耳边嗡嗡作响，眼前阵阵发黑，从未有过的绝望和无助席卷着他，以至于连有人朝他们匆忙地跑过来都没察觉。

“……唐先生！唐先生！”

嗡鸣远去，唐湛终于听到一点声音，他僵硬地抬头，发现杨永逸不知道什么时候到了他跟前。摇晃着他的同时，另一只手不忘拨打电话。

“对，在星河广场地下停车库，刀伤，失血严重，快点快点！”杨永逸走到一半突然想起还没加郁泞川微信，这才掉头急急追上他们，没想到远远看到一辆面包车疾驰而去，唐湛则抱着浑身是血的郁泞川一动不动瘫在地上。

他急忙跑过去一看，郁泞川双眼半闭着，随时要休克昏迷的样子，情况不是很好。

他不知道之前发生了什么，只知道赶快打 120 叫救护车。

“求……求你……”

杨永逸一怔，视线从郁泞川身上移开，看向终于出声的唐湛。

唐湛脸色几乎同郁泞川一样苍白，嗓音嘶哑得不成样子。

“救救我们……求你……”说着，眼泪从通红的眼眶中滚落下来，如同狰狞的裂纹瞬间布满了瓷器的表面，让本就脆弱的瓷器变得愈加岌岌可危。

他低头不断哽咽着呢喃：“救救我们……求求你……救救我们……”

打着灯的警车与救护车几乎是同时到的，没有太多时间给他们浪费，唐湛跟着郁泞川一跃跳上救护车，杨永逸则钻进了一旁的警车。

救护车上，医护人员替郁泞川做了简单的止血包扎，可伤口太深，鲜血仍然透出层层纱布流淌到担架上，再滴落下来。唐湛盯着那些鲜红的液体，恨不得用盆接了再灌回郁泞川体内。

他努力搜索着脑海里的知识库，想要找到“人体最大失血量”的准确答案。可脑海里一片空白，他根本集中不了注意力。

他又想到自己是 0 型血，是不是可以给郁泞川输血，他身体好，年轻力壮，多抽点也没问题……

郁泞川的心率开始下降，唐湛僵硬地看着车厢里的医护人员来回忙碌，染血的手指紧紧攥着衬衫衣襟，胸口开始产生憋闷感。像是有块石头压着，让他无法痛快呼吸。

警车在前开道，他们以最快的速度抵达了附近的医院。

抢救室一早收到接诊信息，已经有医务人员在大门口等候，郁泞川的担架一下来就以最快速度推进了抢救室。唐湛跟了进去，却只能被成群的医护人员推挤到外沿。

他从缝隙里看到郁泞川的一截胳膊，那一小块肌肤带着一种不正常的苍白，他知道那是由于失血造成的。

“你们谁是病人家属？”郁泞川要办缴费手续，护士找到了唐湛和杨永逸。

“我……我是他朋友。”唐湛连忙道。

护士看了眼这个脸色同伤患几乎一样苍白的年轻人，将缴费单交给他道：“让他家属赶快过来，要签手术同意书的。你们先去缴费，等会儿要推他去做检查。”

杨永逸体谅唐湛的心情，知道他现在已经六神无主，主动接过了缴费的活儿。

“唐先生，你赶快给小川家人打个电话吧！”说完他快步离开了抢救室。

唐湛经他们提醒才想起要通知郁吉吉和郁大磊，他颤抖地掏出自己的手机，看了正在抢救的郁泞川一眼，到外面拨通了郁吉吉的电话。

为了方便联系，这次郁吉吉到海城唐湛给了他一个不用的旧手机，还给他办了张预付费的手机卡。

唐湛靠在抢救室门口冰冷的墙壁上，觉得腿软站不住，又蹲到了地上。

郁吉吉刚和郁大磊刚吃完饭，正坐在客厅里看电视，突然搁在茶几上的手机响了，郁吉吉探头一看，见是唐湛的。

“唐哥……”他想问对方和他哥怎么还没回来，可唐湛没让他继续说下去就打断了他。

“吉吉，你哥出事了，你和大伯需要赶快来医院一趟。”唐湛的声音干涩沙哑，让郁吉吉差点没认出来。

而在短暂的错愕过后，少年很快反应过来唐湛话里的意思。

他一瞬间手脚冰凉：“我哥出事了是什么意思？”

“他受了刀伤，现在在海城第四人民医院抢救。”

郁吉吉虽然才十四岁，但从去年经历过郁大磊脑出血那样凶险的事后，他自觉已经有了经验，知道这时候要冷静，要沉着。

“好，我们马上来。”他忍着心慌挂了电话，之后进屋拿了现金和卡，准备妥当了之后将坐在沙发上有些茫然的郁大磊搀扶了起来。

“大伯，咱们出去一趟，来……”

唐湛靠坐在墙脚，脸就埋在双臂之间。郁泞川在里面抢救，他在外面备受煎熬。

他不知道别人在这种时候是怎么样的，是不是会想很多糟糕的可能，做许多无用的假设，他一心只想一件事，就是郁泞川能快点好起来。

他这人平日里不讲信仰，不拜神佛，这时候却恨不得这世间真有八方神仙、耶稣上帝。只要郁泞川能没事，他今后一定多做好事，积善行德，就是要折他的寿都没关系。

“你好先生，能不能问两句话？”

唐湛闻声抬头，见面前站着两位穿着制服的民警。这样坐着不太好，他想起身，可浑身一点力气也没有，手掌撑着后面的墙壁，几次都没撑起来。

还是民警看不下去了，出手将他拉了起来。

“你脸色很差，没事吧？”

唐湛摇了摇头：“没事。”

民警在车上时已经大致询问过杨永逸案情，这会儿找到唐湛是想做细节补充的。

他们问了些诸如认不认识行凶者，最近有没有得罪什么人，现场有没有发生争执这类的问题。唐湛努力回答了前两个，回忆到郁泞川遇刺那会儿的情况就蒙了，他发现自己只记得郁泞川浑身是血倒在他怀里的景象，但之前的记忆就跟被人擦除了一样，直接略过了。

“抱歉，我有点记不起来了。”他揉着额角，眉心紧蹙。

民警对视一眼，知道这会儿是再问不出什么，便道：“那行，你要是想起来了再跟我们联系。”

唐湛点点头：“好的。”

这时抢救室的门打开，郁泞川被推了出来，唐湛所有心神立马扑到了对方身上。

因为不知道郁泞川有没有伤到脏器，他被推去做了 CT，唐湛握着他的手，只觉得像冰块一样。

“小川，你能听到我说话吗？”唐湛在郁泞川耳边不断低语，对方却始终毫无反应。

做完 CT 郁泞川再次被推回了抢救室，报告出来后唐湛第一时间拿给了医生，郁吉吉和郁大磊便是这时候到的。

“我哥怎么样了？”郁吉吉一见唐湛就扑到他跟前。

他在路上还抱有侥幸心理，觉得郁泞川可能只是小伤，没什么大事，结果一看唐湛满身是血的样子，腿立即就软了。

“要做手术。放心，你哥哥福大命大，不会有事的。”唐湛努力摆出笑脸，想摸摸郁吉吉的脑袋，却发现自己手上满是血污。他盯着手掌看了半晌，在胸口衣服上用力磨蹭了两下，想将上面已经凝结的如同铁锈一般的血垢擦掉，那血却像生了根，怎么也去除不了。

“你们谁是郁泞川家属？”一位年轻医生从急诊室出来。

唐湛刚想应声，想起自己并没有签字的权利，拉着郁吉吉到了对方面前。

“我们是，请问郁泞川怎么样了？”唐湛紧紧握着郁吉吉的手，恐惧与担忧通过两只微微轻颤的手掌互相传递。

医生同他们解释了郁泞川现在的情况，他现在处于大量失血引起的失血性休克中，虽然已经给他进行了及时的输血与补液，但还是需要尽快动手术，修补他体内破损的血管与器官。

郁吉吉认真地听着，不住点头：“好好好，动手术，动手术，马上动手术。医生哥哥拜托你们了，一定要救救我哥。”

医生态度和缓地表示：“患者很年轻，我们一定会尽力的。”

因为郁吉吉不满十八岁，最后手术同意书还是郁大磊签的。

他虽然有轻度智力障碍，但并不妨碍他明白郁泞川此时的危急状况。

他坐在手术室外，垂着头默默抹着眼泪，郁吉吉本来还能绷住，一见他这样，到底年纪小，也跟着一同哭了起来。

“我的娃儿啊……我的娃儿怎么这么命苦……”郁大磊心疼的泪水顺着脸上交错的纹路湿了整张脸。

“大伯……你别哭了，我哥会没事的呜呜呜……”郁吉吉一边劝着至亲，一边哭。

唐湛就靠坐在离手术室最近的地方，支着一条腿，后脑抵住墙面，发型凌乱，面色苍白，显得异常颓废。

伴着背景呜呜咽咽的哭声，他缓缓闭起眼，心中不断祈祷着郁泞川能平安无事。

他连二十岁生日礼物还没给他准备，他还没有教会他很多东西，要出事也应该他这个年纪更大的出事才对，郁泞川才不到二十岁，他还有大好人生，他还有爱他的家人……

“唐先生，要不要喝点水？”杨永逸到医院小卖部买了几瓶水，给郁吉吉他们一人一瓶，又拿了一瓶水递给坐在地上的唐湛。

唐湛睁开眼，接过那瓶水，冲他笑了笑：“谢谢，今天多亏了你。”

“哪里话，都是举手之劳。”杨永逸坐到唐湛身旁，陪他说话，分散他的注意力。

几个小时后，已经是早上五点，手术室门口的灯总算熄灭了。

主刀医生推门走出来，外面的四个人都紧张地蹿了起来，一眨不眨地盯着他瞧。

医生拉下口罩，眉宇间带着疲惫，神情却很轻松："手术做完了，目前患者生命体征平稳，在 ICU 观察两天，如果没有发生术后感染，就可以转入普通病房了。"

在场四个人不同程度地松了口气。

唐湛踉跄几步背脊撞到墙壁上，单手捂着脸，双肩颤抖着，也不知是哭是笑。

郁吉吉双手合十不断感谢老天，郁大磊问他郁泞川是不是没事了，郁吉吉抱着郁大磊差点转起圈圈。

第二十一章 Go for it

两天后，郁泞川情况稳定，被转到了普通病房。

在郁泞川待在加护病房的这两天，唐湛基本是住在医院走廊里的。走廊里病人不少，有时候病人家属见他西装革履，一副精英白领的模样，便会好奇地上前攀谈，打听他家里是谁生了病。

唐湛统一和他们说是自己好朋友。对方闻言无不感叹他是个重情重义的，说现在社会像他这样的少了，多少是重病见人心的，医院的走廊见证了不少薄情寡义之徒。

分明是冬去春来，年岁增长那样自然的事情，旁人却觉得稀罕，赋予他“重情重义”的称号，唐湛也不知道是社会太寡情，还是坏人太高调。

郁泞川转到普通病房的时候，人还发着高烧，38℃左右，医生说这是正常现象，没有什么大问题。

唐湛两日没有好好休息，眼下生出青黑，整个人憔悴不已。既然郁泞川没事了，郁吉吉也劝唐湛回家洗个澡好好休息一下。

“我是大人了，我可以照顾我哥的，唐哥你回去睡觉吧！”

唐湛打了个呵欠，见郁吉吉手里拿着送给郁泞川的那个微缩景观球，愣了一下：“这是……”

郁吉吉大拇指摩挲着怀里的玻璃球道：“我想着我哥要是醒了，能看到点熟悉的东西应该也会高兴的。”

医院惨白冰冷，空气中到处是消毒水的味道，郁吉吉对这里没有好感，他最深的恐惧几乎都与这里有关。

以己度人，郁吉吉想着要是自己躺了几天睁开眼睛，能在这样的环境看到点熟悉的摆设，心里多少也会有些安慰。

唐湛眼神温柔地揉了揉他的脑袋：“嗯，你哥一定会高兴的。”

走前唐湛嘱咐郁吉吉，郁泞川一醒就给自己打电话，又嘱咐了些照看病人要注意的事情，随后在医院门口打了辆车，赶回了家。

他一进门就冲进浴室洗澡，等刮去脸上的胡楂，用发蜡抓好头发，弄得稍微能见人一些了，便打开了关机两天的手机。

刚一打开，成堆的未读短信和未接语音就跳了出来。

他消失的这两天，贵禾天怡简直乱成一团了。

已经由助理升任董事长秘书的吴洋半夜突然收到唐湛一条“这两天不要找我”的信息，莫名其妙之余更怕这短信是有人假冒唐湛之名发的，迅速便给对方打去电话，却发现手机已经关机。他不放心，又通过多方人马去寻找唐湛，终于在第二天联系上了夏瀚，得知前一晚的确是他和唐湛等人用的晚餐，一直到十点多才分手。

夏瀚答应帮他打听唐湛的消息，等待的这段时间，吴洋差点急得去报警。可没等他拨打 110，警察竟然找上了门。

他心里一阵慌，怕从对方嘴里听到不好的消息，却被告知他们是来找严峰的。

“严峰？”吴洋拧眉道，“他已经很久不来公司了。”

两位刑警对视一眼，给了秘书一个电话号码，让他看到人的话立马联系他们。

“那个……他是出什么事了吗？”吴洋惴惴不安地询问。

唐湛不知所终，严峰被警察找上门，再过一天就是宁北堂签收购协议的日子，这一切发生得太突然，打得他措手不及，已经不是他一个秘书能处理的事了。

“他涉嫌一起故意伤人案。”其中一位警察道，“如果见到他，最好劝他尽快投案自首。”

吴洋一蒙：“伤人？！”

他无论如何也想不到严峰能干出这种事，而在此时，另一位警察的手机响了起来。

“嗯，好，已经找到人了是吧？知道了，这就回来。”

对方很快结束通话，收起手机对吴洋道：“人已经找到了，感谢你的配合，我们就先走了。”

吴洋愣愣地将人送出公司大门，忐忑着又等了一天，终于等来了夏瀚的回音——唐湛在和他分开后遇到了不明人士的袭击，唐湛没事，可他的朋友却因为救他遇刺了，正在医院抢救，所以才会找不到他的人。

吴洋已经完全不知道该震惊哪件事好了。

“你说唐总受到不明人士袭击？”他想到上午警察找上门时说严峰涉嫌一起故意伤人案。他忽然觉得这两者可能有某种联系。

“具体的我也不清楚，但他的朋友现在还躺在加护病房，你最好不要这个时候打扰他。”夏瀚告诫他。

吴洋谢过他后挂了电话，虽然还是有些担忧，但好在已有了头绪，可以不用再像无头苍蝇那样乱转了。

唐湛驱车前往贵禾天怡的途中，用车载电话给几个来电一一回去了电话。有一个是海城刑警队的电话，约他尽早去做笔录，又说已经找到了犯罪嫌疑人，对方还供出了雇主。

唐湛正好遇到红灯，停下了车：“雇主？他是受雇于人的？”

“是，一个叫严峰的雇用了他。”对方道，“严峰我们也已经控制起来了，具体等你明天过来再细说吧！”

听到严峰的名字，唐湛有些诧异，又有些在意料之中。他与严峰的确称得上积怨已久。但他没想到对方竟然恨他恨到要买凶杀他的地步。

唐湛紧了紧握住方向盘的手：“好，我明天会准时到的，麻烦你们了。”

今日是贵禾天怡与凯豪签收购合同的日子，一早定好的时间，地点就在贵禾天怡总部大楼。

吴洋盯着腕表，眼看预定的时间一点点要到了，唐湛却毫无踪影，打电话过去倒是没再关机，只是很快会被按掉。

他急得直冒汗，一会议室的人，都是大佬得罪不起，他简直不敢想要是今天唐湛没来会怎么样。

贵禾天怡怕是再也复不了牌，要考虑退市了。

就在分针还差两格就要到达指定时间时，会议室的门忽然被推开。一身光鲜亮丽的唐湛从容步入室内，脸上挂着招牌式的英俊笑容。

“抱歉，我来晚了。”

吴洋着实松了口气。

凯豪总经理笑着起身与唐湛握手：“没有晚，唐总来得正好。”

合同顺利签署，贵禾天怡宣传部门的员工还举着相机留下了两位老总相视握手的倩影，打算事后发给媒体，当作复牌前的预热。

凯豪老总与唐湛相谈甚欢，对这个年轻人很是欣赏，便想邀请他一起共进晚餐。

本来就算对方不说，唐湛也是有这个行程计划的，可如今郁泞川还在医院躺着，他虽然表面一派自然，内心早已焦灼不安，只想快点飞回医院陪人。

“呃，是这样的……”唐湛正要向对方解释，忽然吴洋接了个电话一脸难色地凑过来。

“唐总，那个……唐夫人来了，正在楼下，说要见你，瞧着来者不善。”他小声在唐湛耳边道。

唐湛眉心立马蹙了起来，他没去找人，人家倒先找上门了。

“不好意思陈总，我这里有些突发情况要处理。”唐湛歉意道，“下次，下次我一定补回来，和您不醉不归。”

对方倒也善解人意，没为难唐湛：“唉，我们不喝酒，养生一点，喝果汁。那我这就先走了，下次咱们说好了，就是你请我了。”

陈总五十多岁的年纪，倒也是个爽快人。

唐湛笑意更浓：“行，我请您，说好了。”

送走了对方，唐湛敛起笑容，这才让吴洋放严婧上来。他坐在办公室里，一改方才的谦和，从眼角眉梢都透出冷然。

严婧本还气势汹汹冲进来，一见他这个样子，倒有些胆怯了。她认识的唐湛总是带着笑的，甭管是冷笑还是讽笑，从来没有这样板过脸。

她一下子竟觉得很陌生。

“唐湛，你什么意思？”

唐湛偷偷在桌下开了手机录音。

“这是怎么了？没头没脑的，你什么意思啊？”他一副没明白的模样。

严婧咬了咬唇：“你让人抓走了我哥。”

唐湛嗤笑一声：“笑话，我让谁抓走了你哥啊？”

“你让警察抓的！”

“警察局是我家开的啊，我让抓就抓？”严婧无理取闹在前，唐湛说话越发不客气，“你有空在这儿跟我闹，不如去打听打听你哥到底犯了什么事。”

严婧怎么可能没有打听过，她一早就得到了消息，来找唐湛的主意还是蒋青松给出的。

这件事严峰做得实在太蠢，没弄死唐湛不说，还将自己搭了进去。蒋青松知道后气得破口大骂，立马致电严婧，让她去找唐湛求情，自己则买了去国外的机票，打算先出去避避风头。

这事儿他参与得不多，顶多就是给了严峰一点灵感，但他怕严峰为了推卸罪责将他供出来。警方这么抽丝剥茧下去，他和严婧的事也要瞒不住。

“小湛，我哥再怎么错你不也没事吗？你放过他这次吧，我求你了。”严婧软下口气，“咱们到底是一家人，家丑不可外扬。贵禾天怡现在正在紧要关头，出这种事对股价也没有好处是吧？”

要是某乎上有“人可以无耻到什么程度”这么一道问题，唐湛绝对有资格上去回答。

“什么叫我不也没事？”唐湛觉得荒唐，“他雇的人没捅死我是我命大，我还得感谢他怎么着？你在这儿求我没有用，这是刑事案件，不是我说撤销就可以撤销的。况且受害人也不是我，我顶多算个人证。我不想就这件事和你纠缠，你要是没事的话，就请回吧！”

严婧不甘又懊恼，眼都急红了：“你这人怎么这样，非得你爸亲自求你吗？你用唐家的钱供他读书开公司，现在又要为了他陷唐家于不义。唐湛，你爸养你一场，你就这么对他吗？”

不知道的光听她这番话还以为唐湛做了多大逆不道的事。到底谁才是那个不义之人？

“对，除非我爸亲自求我，不然这事我无能为力。”唐湛胸腔中怒气也在升腾，郁泞川这会儿人都没醒，还躺在医院里，严婧一句道歉都没有，净想着给严峰脱罪。若非对方是个女人，唐湛简直要控制不住自己的拳头了。

“你……”严婧怒瞪他，没想到他这样油盐不进。

唐湛停止录音，霍然从座位上起身，严婧吓了一跳，整个人往后退了一步。

“你要干吗？”

唐湛冷漠地看着她：“你该庆幸这是个法治社会，不然严峰对小川的所作所为，我一定会十倍百倍奉还。”

都说出这样的狠话了，严婧知道自己多说无益，骂骂咧咧地走了。

唐湛一刻不停地拿起外套出了公司，吴洋在后面追都来不及。

“唐总，今后几天是不是仍然不能联系到您……”

“有急事远程视频或者发信息给我。”唐湛对电梯外的吴洋道，“不是急事少烦我。”

他为这个公司做得已经够多了，也该去做自己的事了。

在郁泞川受伤后的第三天晚上，逐渐退烧的他缓慢睁开了双眼。

他眨动两下沉重的眼皮，好半天才看到旁边趴着的唐湛。

唐湛像是累极了，就这么个不舒服的姿势，竟然也能睡得发出轻微的鼾声。

郁泞川住的是双人病房，不过目前只有他一个病人，另一床罩着塑料薄膜，并有没人睡。病房除了心率监测仪发出的规律响声，只有唐湛均匀但略显沉重的呼吸声。

郁泞川抬起胳膊想叫醒唐湛，一不小心碰掉了手上的夹子。床头的机器立马发出刺耳嗡鸣，将唐湛从熟睡中惊醒，差点从椅子上跳起来。

他头脑还混沌着，就本能地要去按铃叫护士，结果与郁泞川双目相视，整个人都凝滞了。

“你……你醒了。”他声音很轻，语气很缓，像是怕惊动了什么。

唐湛重新坐回去，将仪器调整好，止住了没完没了的嗡鸣。到这会儿他才确定一切不是自己的梦，郁泞川是真的醒了。

“再睡下去我怕你又要哭了。”郁泞川想要坐起身，可一动就碰到了伤口，痛得眉心不受控制地蹙起来。

“祖宗，你干吗呢，给我躺回去！”唐湛忙将他按住了，嘴硬道，“谁跟你说我哭了，把‘又’字咽回去，少爷铁血男儿流血不流泪。”

郁泞川笑得眼都弯了：“所以那天滴在我脸上的是你口水吗？”

他虽然年纪轻，恢复力强，但到底受了重伤，脸色还有些苍白。原本俏生生一朵饱满鲜嫩的栀子花，如今跟被风雪打蔫儿了似的，透着病气。

唐湛也跟着笑：“兴许是杨永逸的口水。”

其实那天发生的事唐湛到这会儿都没全部记起来，医生说可能是刺激太过，大脑产生了自我保护意识，有些应激了。但他还记得那种感觉，那种无助又恐惧，害怕失去，仿佛置身噩梦的感觉，他一辈子都不想再经历。

两人笑过之后，病房里重归寂静。唐湛看着郁泞川有些后怕道：“你可真是吓死我了。”

他看着郁泞川的面颊，刚还说自己是铁血真汉子，这会儿话语里的脆弱都要满溢出来。

唐湛又给郁泞川量了下体温，发现已经降到37℃左右。唐湛陪他说了会儿话，郁泞川就又困了。

“那人抓到了吗？”他眼半睁半闭着问。

唐湛知道他说的是谁，淡淡道：“抓到了，第二天就抓到了。严峰指使的，就那个叫妻妹对我实施美人计的奇葩，我跟你吐槽过的。这次我卖他公司，估计他心里不舒服，加上我掌管贵禾天怡以来他觉得我一直给他们严家人穿小鞋，就想把我搞死，好掌握贵禾天怡大权。今天我那小妈还过来找我呢，要我放她哥一马。我放过他，他有想过放过我吗？”唐湛声音渐冷，“这次还好你没事，如果你有什么，我要他们整个严家都不好过。”

郁泞川闻言强自撑开眼皮，声音带着浓浓倦意：“人抓到就好。要不你以后配俩保镖吧，我不太放心你小妈一家。”

唐湛将戒指糖塞进嘴里含糊道：“你放心，这次等贵禾天怡安全渡过难关，我就离他们远远的。”

他不再奢求唐山海的亲情，也不再稀罕在贵禾天怡施展自己的商业才能。人生苦短，何必把日子过得那么憋屈。

第二天一大早，郁吉吉就来换唐湛的班了。郁泞川还在睡，唐湛给他量了腋温，确保他不发烧了，才放心离去。

他直奔刑警队做了笔录，从负责案件的警员处意外得知了新的案情进展。

当时从金色面包车上下来的那个男人叫作赵大贵，是个赌徒，在外面欠了一屁股债，这些年东躲西藏像只过街老鼠，家人也都放弃了他。严峰不知通过什么方法接触到了赵大贵，以现金一百万作为酬劳，让赵大贵伪装成抢劫犯，伺机除去唐湛。

结果赵大贵失了手，没能杀死唐湛，又想问严峰要剩下的钱。一个不肯给，一个急着要，两人就此发生了口角。赵大贵觉得这事情不对，第二天就投案自首了，供出了严峰。严峰被抓后一开始还嘴硬，后来见人证物证俱在，没办法抵赖了，又供出了蒋青松，直言一切都是对方唆使。

蒋青松人都在机场候机厅了，被刑警队的便衣连人带行李逮了回来。

“蒋青松？”唐湛对这个人的出现倒是有些意外。

他没记错的话，他们之前并无交集，也就那次酒桌上闹得有点不愉快，也值得对方这么大费周章地企图弄死他？

“你对这个人有了解吗？”负责笔录的警员问他。

唐湛回忆片刻道：“他是严峰妹妹也就是我小妈的老同学，之前我们……”他将蒋青松与唐家的关系，与自己的恩怨全数告诉了对方。

等做完笔录，他从刑警队出来，刚坐回车里，唐山海的电话打来了。

唐湛万万没想到，昨天他就随口一说，用来堵严婧的话，她竟然真的说动唐山海来求他了。

说是“求”也不准确，因为唐山海口气很强硬，中心思想是——你又没事，别弄得大家都难看，严家、唐家毕竟是姻亲，闹僵了你让你弟弟以后怎么做人。

“那您说我该怎么办？”唐湛除了荒诞与可笑，已经生不出别的情绪了。

唐山海一点点磨光了他对父亲的渴望，对亲情的向往。他觉得以前的自己就是个大傻瓜。

“严峰需要受害者谅解书才能取保候审，你让那个……姓郁的写一份谅解书给到刑警队。”唐山海道，“我们可以给他一千万赔偿。”

一千万……

唐湛冷笑，声音却很平静：“我要贵禾天怡10%的股份，除此之外免谈。”

说完他也不等唐山海发飙，率先挂断了电话。

他有些解气，又有些放下所有的痛快，哼着歌回了家，在久违的舒适大床上美美睡了一觉，连个梦都没做。

傍晚时分，他被唐玉芬的电话吵醒。对方后知后觉得到了消息，气愤震惊下打电话来询问唐湛的情况，顺道把严家人都骂了一遍。

“你现在打算怎么办？”唐玉芬骂爽了，冷静下来问唐湛。

唐湛把玩着电话绳，打了个呵欠道：“我爸不想和严家闹得太难看，要我出谅解书，我让他用10%贵禾天怡的股份换。”

唐玉芬大吃一惊：“你爸是疯了吗？”

唐湛笑着宽慰她：“也挺好啊，他要是真拿10%来换，我巴不得呢。您要不去劝劝他？”

“胡说什么呢！”唐玉芬斥道，“你真跟你爸闹翻了，最后还不是严家得利？”

唐湛道：“那就得利呗，我不在乎。”

唐家他都不在乎了，哪里还会在乎严家。

当一个人在一段关系中疲于开口时，这段关系也就走到了尽头。只能说他和唐家缘分已尽，他天生没有与父母的缘分。

唐玉芬一噎，险些被他气得犯高血压。

“你……”她很有些怒其不争，“算了，我不跟你说了，我去给你爸打个电话，不，我亲自去找他。他得的又不是老年痴呆，怎么能分不清亲疏远近呢！”

唐玉芬火急火燎挂了电话，唐湛对着忙音的话筒愣了片刻，最终一人在昏黄的室内，夕阳的余晖下叹了口气，挂上了电话。

郁泞川恢复得不错，两天后已经可以坐起来吃东西了。唐湛拎着大伯做的鱼汤去见他，离病房还有一段距离的时候就听见里面的说笑声，等走进去一看，郁泞川的床边围着七八个二十来岁的年轻人。

这里面唐湛就认识一个，是“欣创万想”的人事经理，叫寇杰。之前他去接郁泞川的时候见过两次，据说还是夏瀚引荐的。

看到他唐湛就明白了，这是欣创万想组织员工来医院慰问受伤的老板了。

“老板，你这个就很厉害了，属于见义勇为了吧？是我的话吓都吓蒙了，哪里还能去飞身挡刀啊！”

“我听说是把西瓜刀，小老板是不是真的啊？”

“我还听说是杀猪刀呢……”

“咦？”

唐湛进门时正听到这段，差点没忍住喷笑出声。

其他人见有人进来了，不约而同向他投去视线。

寇杰跟他打招呼：“唐先生。”

“你好。”唐湛将鱼汤放在郁泞川病床的小桌板上，嘱咐他快些喝，鱼汤冷了会有腥味。

郁泞川边旋开保温壶的盖子边向其他人介绍：“这就是我见义勇为的对象。”

众人恍然大悟，一位瞧着刚大学毕业，比郁泞川大不了两岁的女孩子道：“我们小郁总为您可算是豁出命了，您可要好好报答他，这份友谊值得地久天长。”

本是为活跃气氛开玩笑的话，唐湛闻言却十分认真地点了点头：“你说的对。但我除了有点臭钱，只有这一个还算聪明的脑袋比较有价值，要不我就唯你们老板马首是瞻吧！”说完还对着郁泞川做了个动作。

他实在说得很有道理，让人无法反驳。

众人嬉嬉笑笑一阵，寇杰看时间差不多了，便道：“郁总您先吃着，我们就不打扰了。公司有急事 Aidan 会直接打电话给您，您这几天就好好休养吧！”探病本是好意，要是给对方造成负担，反而不能好好休息，也就本末倒置了。

他们走后，原本满满当当的病房一下宽敞不少。

唐湛坐到病床旁，从怀里掏出两张纸拍在小桌板上，又从上衣口袋抽出一支钢笔，旋开了递到郁泞川眼前。

郁泞川不明所以看着他：“这什么？卖身契？”

唐湛竟然也不否认:“算是吧,签了就能得到我唐家数之不尽的财富。”

郁泞川将保温壶往一旁挪了挪,拿起两张纸细瞧。上面的内容都是差不多的,只是对象不同,一个是严峰,另一个是蒋青松。抬头是硕大的三个字——谅解书。

郁泞川去看唐湛,唐湛耸耸肩:“我昨天去见我爸了。”

唐玉芬打电话给他,叹着气让他回家一趟,唐山海竟然答应了那可笑的交换条件,真的要将贵禾天怡10%的股份给他。当然也不是没有前提,唐山海百年之后,他的财产将不再分配给唐湛。也就是说,唐湛现在等于提前预支了自己继承的那部分遗产。

在律师以及唐玉芬、唐山海的注视下,唐湛签下了那份赠予协议。从头到尾唐山海既不叫他,也不骂他,仿佛从今以后,他们只是陌路。

唐湛看着赠予协议上双方的字迹,发了会儿愣。明面上这是张赠予协议,其实也和父子关系断绝书差不多了。

律师收好文件在保姆的带领下离开了书房。唐玉芬抹着眼泪,声音哽咽:“都是一家人,何至如此啊!”

唐山海坐在宽大的书桌后,脸上一片冷硬:“嗬,你去问你的好侄子。”

唐湛本来都想走了,听他这么一说索性不着急了,慢悠悠地打开手机,点开严婧那天来找他时录下的音频。

严婧蛮横不讲理的怒吼从手机扬声器里透出,在寂静的书房内显得格外刺耳。

整体听过一遍,唐山海和唐玉芬两人像是愣住了,谁也没开口。唐湛将音频时间拉到前面一点,反复播放严婧的同一句话。

“我哥再怎么错你不也没事吗……”

“我哥再怎么错你不也没事吗……”

“我哥再怎么错你不也没事吗……”

短短一句话,此情此景,透出无尽讽刺。

几分钟后,唐湛终于关掉音频,收回手机,抬头冲唐山海笑了笑:“都是一家人,何至于此。”

唐山海脸色很不好看,他别开眼不去看唐湛,像是已经没有话对他说,又像是被唐湛戳中痛点,心虚到不知道怎么面对对方。

唐湛站起身，见他如此，叹了长长的一口气：“下周贵禾天怡应该就能复牌，之后我会慢慢脱手公司事务，等时机成熟了，就向董事会提出辞呈。”

唐山海猛地看向他，眼里十分震惊：“你要辞去职务？”

唐湛道：“我已经对唐家没有留恋。我本来就不是你心目中合格的继承者，如今发生了这样的事，你要保全严家和唐家的颜面，我要保全自己和重要的人。既然不能达成一致，只能分道扬镳。”

说完他不去管唐山海铁青的脸色，转身朝门外走去。

唐玉芬在稍许愣怔之后，快速追了出去：“小湛你等等我！”

刚走一半，两人就在楼梯口遇见了严婧，唐玉芬胸口起伏着就要与对方大战三百回合，楼上书房传出一阵砸东西的巨响。严婧脸色一变，顾不得唐湛他们，匆匆往楼上跑去。

唐玉芬与唐湛双双出了唐家，唐玉芬一直劝他不要放弃，总有一天唐山海会懂他的好。

唐湛闻言嗤笑一声：“我要是那天真被捅死了，他可能会觉得我的确是个好儿子，为我流两滴眼泪吧？现在，我就是个来讨债的，在他心里我比不上唐千云和唐千淼优秀，甚至还不如小儿子听话懂事。”以前他总不愿承认，现在却已经能坦然面对，“他不喜欢我，也从来没有期望过我的降生。我是他的无奈之选，是迫不得已。姑姑，我看开了，您也不要老是欺骗自己了。”

唐玉芬与唐山海兄妹几十年，哪里不清楚对方的脾气，又怎么会不明白唐湛说的都是真的。

她啜泣着，不再劝说唐湛，只是低头抹泪。

唐湛看了心里不好过，揽着她的肩膀让她靠在自己身上。

“别哭啦，我又没和您断绝关系。”唐湛轻声安慰她，“以后您还是我姑姑，只要您认我，我就是你侄子。”

唐玉芬捶了他一记：“说什么傻话呢，我当然认你。”

哭了好一会儿唐玉芬才停下，最后红着眼睛与唐湛挥别，两人各自开车分头离去。

“这么说你是彻底脱离唐家了？”

唐湛说完了昨晚发生的事，郁浔川那两个签名也都签好了。他将钢笔拧好塞回唐湛上衣口袋，又将两封谅解书叠好交给对方。

唐湛收进内侧口袋里，说：“现在还不算，再等半年吧！”

郁浔川起先没懂他的意思，后来想到那10%的股份，又想到禁售期，突然就明白过来。

“你要在禁售期后抛售手里的股票？”

唐湛将那壶鱼汤重新挪回郁浔川面前，拿着勺子吹了吹，喂到对方面前。

“你可真是个小机灵鬼。”唐湛算是默认了他的说法。

既然已经想好了要斩断这份关系，就干脆一些，当断不断必受其乱，这么多年他就是吃亏在不够果决。

郁浔川就着唐湛的手喝了口鱼汤，缓缓地说：“也好，以后你可以来帮我做事。”

唐湛打量他：“你想得倒挺美。”

郁浔川笑了：“我赚钱了你得到的回报也多啊！”

唐湛一惊，差点没控制好自己的表情。他心里想着是不是夏瀚将他投的那三千万说漏了嘴，面上强装镇定道：“回报在哪儿？”

郁浔川盯着他，好看的眸子里闪过一丝狡黠：“在三千万啊！”

唐湛沉默了好一会儿，艰涩道：“夏瀚那孙子出卖我？”

郁浔川从他手里接过勺子，一口一口喝起来。

“这年头能天使轮就投三千万的冤大头不多了，除了你还能有谁？”

唐湛看他神色如常，不像是生气，但仍旧心怀忐忑道：“你……你不生气吧？”

别的没什么，他就是怕郁浔川又觉得他凡事不跟他商量，生他的气。

郁浔川抬眼看向他，半晌没说话。

唐湛被他盯得有些发怵，刚要斟酌着开口询问，郁浔川总算说话了。

“不生气，但这是最后一次。”他对唐湛道，“我们也该彼此信任，是不是？”

唐湛忙不迭点头，哪里敢在这时跟他唱反调。

一周后，贵禾天怡在港交所重新复牌上市。由于前几日凯豪收购贵禾天怡旗下子公司宁北堂的消息已经通过媒体发散开来，散户信心回增，首日股价稳定，上浮 3%，走势良好。

唐湛盯着屏幕上红色的数字，重重呼出一口气。

这张最后的成绩单，他也算完美交付了。

半年后，唐湛辞去贵禾天怡代理董事身份，并将手中股票逐步变卖套现。唐山海通过唐玉芬找了唐湛几次，他都没有理会。

杨永逸的公司开始 B 轮融资，由久安资本领投，最终收获三亿投资额，在行业内取得了不俗的成绩。

年尾时，周晖等人约唐湛聚会，选在一家港式酒楼。孙嘉然见他独自赴约，有些奇怪。

"小川呢？"

唐湛坐下喝了口茶道："等会儿来接我。"

为了工作方便，郁泞川这半年里考了驾照，已经拥有了崭新的座驾。

秦逍道："干吗不一起聚聚。"

唐湛睨着他："不想让他见到你这货。"

其实是欣创万想最近程序开发进入关键阶段，郁泞川这几天都挺忙的，唐湛就没叫他。

他的能力有目共睹，已经引起不少投资者的兴趣，要是他开始 A 轮融资，说不准直接就成为"独角兽"了。

秦逍摸摸鼻子："你怎么还记仇呢？"

唐湛道："撬我墙脚我能不记着吗？"

秦逍也很冤："那不是没撬成吗！"

由于不用自己开车，唐湛桌上能喝点酒，但也就一杯红酒的程度。几个人天南海北地说着，突然周晖压低声音对唐湛道："唐湛，你家闹翻天了你知不知道？"

商圈就这么点人，什么都传得很快。之前严峰那事他们也略有耳闻，但唐湛既然选择不说，他们总不好去逼问。可这事闹得太大，几乎到了每家茶余饭后笑谈的地步，作为兄弟，还是想给唐湛打打预防针。

"什么？"唐湛抬起头。

“你那个小妈被人寄照片到家里了，你爸看了气得要死，把她赶出了家门，你弟好像也被赶出去了。”

唐湛神色不变，淡淡地“哦”了一声。

孙嘉然好歹跟他相识多年，还是了解他脾性的，这一声“哦”，让他瞬间领悟了什么。

“那些照片是不是你……”

唐湛看向他：“啊？”

孙嘉然察觉到周晖和秦逍也都看着他，满脸好奇，将涌到喉咙口的话又给咽了回去。

“没什么。”他说，“一群乌七八糟的事，提他们做什么！来来来，感情深一口闷。”他举起酒杯，朝几人遥遥敬了敬。

酒足饭饱，唐湛还好，周晖几个又划拳又罚酒的，站起来的时候人都有些飘。唐湛给他们叫了代驾，看着他们一个个跟幼儿园小朋友放学似的边走边跟身后的同学挥手告别，那模样可笑至极。他全都拍了下来，打算日后时不时就在他们面前回放。

将人都送走了，唐湛立在路灯下，从怀里掏出一支烟，点燃了，于初冬的夜晚吐出一口满含薄荷气息的薄雾。

不少人注意到他这个身高腿长颜值又高的大帅哥，路过都要偷偷瞟一眼。

唐湛全都不为所动，垂着眼皮吞云吐雾，直到一辆白色SUV停在他面前。

车窗缓缓降下，露出一张叫人惊艳的年轻面容。白皙干净，精致漂亮，好看得挑不出一点毛病。

唐湛嘴里咬着烟，嘴角微微上扬，迎了上去。

“怎么了帅哥？”

郁汀川趴在窗框上，也在笑：“能借个火吗？”

唐湛取下烟：“可以啊，载我一程呗！”

郁汀川拇指一指副驾驶座：“上来啊！”

唐湛噙着笑，将烟按熄了丢进垃圾桶，绕到副驾驶位坐了进去。

郁汀川一脚踩下油门，车平稳向前。

唐湛调低椅背，选了个最舒服的姿势窝着。夜晚路上的车不多，四周显得格外寂静，但唐湛很喜欢这样的环境——狭小的车厢，温暖的空气，对的人。

他喝了酒，没醉，但还是有些晕，于是他闭上了眼。

“过年回温镇一趟吧？”唐湛说。

郁泞川知道他对温镇有特殊的感情在，毕竟那里可算是两人相识的地方。

“本来就想着要回去的。”郁泞川道，“到时给你炖老母鸡汤。”

唐湛笑道：“我怕大伯打我。”

路面轻微的颠簸让他越发昏昏欲睡。他仿佛回到了当年那辆开往温镇的车上，漆黑的夜晚，昏黄的路灯，他随便选了一个地方，开了过去，结果就这么遇到了郁泞川。

他庆幸自己去了温镇，他永远感激那里。

郁泞川不知道，第一回见他时，除了感叹他惊人的帅，唐湛心里还不要脸地想过——这个人名字里有条河，同我的名字倒是很相称。

完